grafit

Chemnitzer Str. 31, D-44139 Dortmund
Internet: http://www.grafit.de
E-Mail: info@grafit.de

Umschlaggestaltung: Peter Bucker
Umschlagfoto: Ann Kick
Druck und Bindearbeiten: Clausen & Bosse, Leck
ISBN-13: 978-3-89425-311-0
ISBN-10: 3-89425-311-8
2. 3. 4. 5. / 2007 2006 2005

Petra Würth und Jürgen Kehrer

Blutmond – Wilsberg trifft Pia Petry

Kriminalroman

grafit

Die Autoren

Petra Würth wurde 1956 in Saarbrücken geboren, studierte in München Betriebswirtschaft und war zwölf Jahre lang in der Werbung tätig. Eher zufällig begann sie 1997 während einer Zugfahrt mit ihrem ersten Kriminalroman *Unter Strom* und schuf mit Pia Petry eine Hamburger Privatdetektivin, die sich inzwischen als Serienfigur etabliert hat. Ihr Roman *Frau aus Glas – Pia Petrys zweiter Fall* erschien im Wilhelm Heyne Verlag und wurde für den Wiesbadener FrauenKrimiPreis nominiert.

Weitere Informationen unter: www.petrawuerth.de

Jürgen Kehrer wurde 1956 in Essen geboren. Nach einem Studium und Erfahrungen im Journalismus lebt und arbeitet er als freiberuflicher Schriftsteller in Münster. Im Grafit Verlag sind siebzehn Kriminalromane von ihm lieferbar, in fünfzehn Geschichten ermittelt der münstersche Privatdetektiv Georg Wilsberg. Außerdem publizierte Jürgen Kehrer Sachbücher über realen Mord und Totschlag sowie vier historische Kriminalromane (Waxmann Verlag).

Fünf Wilsberg-Romane wurden schon vom ZDF verfilmt *(Und die Toten läßt man ruhen, In alter Freundschaft, Das Kappenstein-Projekt, Der Minister und das Mädchen* und *Wilsberg isst vietnamesisch).* Daneben führt Wilsberg im Fernsehen aber auch ein Eigenleben: Mehrere weitere Wilsberg-Krimis sind auf Zelluloid gebannt, die nicht auf Romanvorlagen basieren. Verkörpert wird der Fernseh-Wilsberg, der für die Samstagabend-Krimireihe im ZDF ermittelt, von Leonard Lansink.

Weitere Informationen unter: www.juergen-kehrer.de

Die Hauptfiguren

Die Hamburger Privatdetektivin **Pia Petry**, eine chaotische Großstadtpflanze mit vorlauter Klappe und ausgeprägter Schwäche für Statussymbole, ist trotz ihres rotzigen und selbstbewussten Auftretens leicht zu beeindrucken und schnell zu verunsichern. Auch mit Anfang vierzig ist sie noch auf der Suche nach dem Märchenprinzen, der ihr das Leben zu Füßen legen soll. Ein Traum, dessen Erfüllung auf sich warten lässt.

Sie trifft auf den münsterschen Privatdetektiv **Georg Wilsberg**, einen melancholischen Einzelgänger, der es sich in der Provinz mit einer mäßig erfolgreichen Detektei bequem gemacht hat. Frei von Ehrgeiz und Anspruchsdenken genießt er sein Leben und umschifft alles, was sein Leben erschweren könnte. Wie zum Beispiel komplizierte Frauen.

Someday they'll go down together
And they'll bury them side by side

Bonnie Parker

1

Pia Petry im Reich der Finsternis

Meine Stilettos sind zu hoch. Mein Push-up-BH ist zu eng. Und mein Alkoholpegel ist viel zu niedrig. Dabei ist dieser Sadomaso-Club eigentlich nur im Vollrausch zu ertragen. Bis zum heutigen Abend kannte ich solche Etablissements aus Fernsehberichten und Zeitungsartikeln. Jetzt kenne ich einen aus persönlicher Anschauung. Ein Erlebnis, auf das ich gerne verzichtet hätte. Mit einem schwarzen BH, einer durchsichtigen Bluse und einem Minirock bekleidet, stakse ich über glänzend weiße Bodenfliesen, immer in der Furcht, einer der Gäste könnte mir mit einem dümmlichen Grinsen ein Paar Handschellen oder eine Gerte unter die Nase halten. So zumindest stelle ich mir die hier übliche Anmache vor.

Doch meine Angst ist unbegründet. Die harten Jungs am Tresen halten sich am Bier oder an ihren mitgebrachten Damen fest und riskieren, wenn überhaupt, höchstens einen kurzen Blick in meine Richtung. Bis auf eine Ausnahme. Ganz rechts sitzt ein Kerl, der mich anstarrt, als habe er mich soeben zur Beute des Abends erkoren. Er sieht aus wie Romeo, der gerade Julia entdeckt hat und keine Zeit mit Vorgeplänkel verschwenden will. Nur dass mein Romeo Mitte vierzig sein dürfte, ein weißes T-Shirt und eine Motorradhose trägt und nicht den Eindruck erweckt, allzu viel Zeit mit körperlicher Ertüchtigung zu vergeuden. Ob dieser Mangel an Muskelmasse ein Zeichen für seine dominante oder eher für seine devote Veranlagung ist, weiß ich nicht einzuschätzen. Dafür ist mir die SM-Szene zu fremd.

Nie würde ich mich freiwillig mit sadomasochistischen Liebesformen beschäftigen. Ich bin eine stinknormale Heterofrau, die für ihren Orgasmus nichts weiter als einen jungen, gut aussehenden Mann und ein bequemes Bett braucht. Ich fand es noch nie luststeigernd, geschlagen, mit heißem Wachs verbrannt oder mit Kneifzangen an sensiblen Körperstellen traktiert zu werden. Dass ich mich trotzdem mit dem bizarren Liebesleben meiner Mitmenschen beschäftigen muss, verdanke ich meiner Freundin Renate …

Ein Typ in schwarzer Latexhose, mit freiem Oberkörper und Brustwarzenpiercings steuert direkt auf mich zu. Das hat mir gerade noch gefehlt. Erschrocken drehe ich ab und flüchte die Treppe hinunter. Ein Verhalten, das nicht sonderlich professionell ist. Schon gar nicht für eine Privatdetektivin. Doch nachdem ich mir heute Nachmittag Fotos von Genitalfolter, Fisting und anderen unappetitlichen Praktiken im Internet angesehen habe, sind meiner Kontaktfreudigkeit Grenzen gesetzt. Was das Recherchieren nicht gerade erleichtert.

Mit zunehmend flauen Gefühlen laufe ich durch den Flur und komme an einer Folterkammer vorbei, in der gerade niemand gequält wird. Neugierig bleibe ich stehen. Der Raum strahlt eine seltsame Atmosphäre aus. Eine Mischung aus Grusel und gediegenem Spießertum. Hier ist nicht nur der Boden, sondern sind auch die Wände gefliest. Und zwar mit hellbraun marmorierten Kacheln, die im Ruf stehen, besonders pflegeleicht zu sein. Na ja, denke ich, irgendwie muss man das Blut ja wieder von den Wänden kriegen. In der rechten Ecke steht ein Andreaskreuz, in der Mitte sehe ich so etwas Ähnliches wie eine Streckbank, an der linken Wand hängen Zangen, Handschellen, Hanfstricke, Lederbänder und Peitschen in allen erdenklichen Ausführungen und Größen. Aber es gibt auch einiges, dessen Bedeutung sich einem Laien nicht auf Anhieb erschließt. Was bitte schön macht man mit Wäscheklammern?

Gerade als ich mit dem Gedanken spiele, mir das Inventar dieses Gruselkabinetts vielleicht doch von einem Fachmann erklären zu lassen, bemerke ich eine halb offene Tür. Aus dem dahinter liegenden Zimmer dringt flackerndes Licht. Werden da gerade Folterinstrumente über glühenden Kohlen erhitzt? Ich bin mir nicht sicher, ob ich das wirklich so genau wissen möchte. Doch meine Neugier ist stärker als meine Angst. Leise pirsche ich mich an und bleibe dann völlig fasziniert stehen.

Der Boden des fensterlosen Raums ist mit hunderten von brennenden Friedhofskerzen bedeckt. Die Wände sind komplett mit schwarzem Samt ausgeschlagen. Bis auf eine Ausnahme ist das Zimmer unmöbliert. Die Ausnahme ist ein monströses Himmelbett mit weinrotem Baldachin, vier goldenen, mit finster blickenden Drachenköpfen verzierten Pfeilern und einem großen, an einigen Stellen schon erblindeten Spiegel, der sich über die gesamte Kopfseite erstreckt. Zwischen den Kerzen liegen weinrote Samtkissen, auf dem Bett liegt ein nackter Mann auf einer nackten Frau. Sie sind so hingebungsvoll in einen Kuss vertieft, dass sie mich nicht wahrnehmen.

Spätestens jetzt wäre der Zeitpunkt für einen unauffälligen Rückzug gekommen. Doch ich rühre mich nicht von der Stelle, bin gefangen von dieser gespenstischen und zugleich sehr erotischen Szene, spüre eine Faszination, die ich nicht recht einzuordnen weiß. Vielleicht liegt es an diesem Mann, an seinem Körper, der muskulös und verdammt sexy ist, oder an seinen Haaren, die, lang und schwarz, zu einem Zopf geflochten, über seinen Rücken fallen. Von der Frau sehe ich fast nichts, außer ihren Füßen, die klein und zierlich sind, und ihrer linken entblößten Brust, auf der seine Hand ruht. Diese Hand gleitet jetzt langsam nach unten, fährt sacht über ihre helle Haut, bewegt sich an ihrem Nabel vorbei zu ihrem Unterbauch. Der Mann rutscht ein Stück zur Seite, sodass ich einen kurzen Moment die rasierte Scham der Frau erkennen kann, bevor sich seine Hand zwischen ihre Beine schiebt. Die Krümmung seines Mittelfingers und die Bewegungen seiner Hand bleiben nicht ohne Wirkung. Die Frau windet sich, bäumt sich auf und stöhnt so laut, dass ich zusammenzucke und mir siedend heiß bewusst wird, was ich hier gerade tue.

Du bist eine gottverdammte Spannerin, denke ich, du wirst jetzt sofort gehen. Aber ich gehe nicht. Wie festgenagelt stehe ich da, spüre eine Erregung, die ich schon lange nicht mehr gespürt habe. Und da ist auch noch ein anderes Gefühl: Neid. Das letzte Mal, dass ich Sex hatte, war vor drei Monaten und nicht der Rede wert. Aber auch weiter rückblickend kann ich mich nicht erinnern, je in meinem Leben so gestöhnt zu haben. Es sei denn, mein schauspielerisches Talent war gerade gefragt.

Der Mann neigt den Kopf jetzt leicht zur Seite und ich kann das Gesicht der Frau sehen: asiatische Züge, geschlossene Augenlider, schwarz geschminkter Mund und Blut. Hellrotes Blut, das von einer Schnittverletzung auf ihrer Oberlippe stammt und auf ihrem Kinn und ihrer Wange schlierige Streifen hinterlassen hat. Erschrocken trete ich einen Schritt zurück und sehe dabei in den Spiegel. Sehe mich in diesem lächerlichen Outfit und sehe einen Mann, der direkt neben mir steht. Romeo! Unsere Blicke treffen sich. Er lächelt unsicher, hat dabei aber ein Glitzern in den Augen, das mir nicht gefällt. Vor Verlegenheit bekomme ich einen roten Kopf und weiß nicht, was mir peinlicher ist: die Tatsache, dass ich mich in diesem Club aufhalte, dass ich halb nackt durch die Gegend laufe oder dass ich mich dabei erwischen lasse, wie ich Liebespaare bei ihren Sexspielen beobachte.

»Darf ich Sie zu einem Glas Sekt einladen?«, fragt Romeo.

Das ist zu viel des Guten.

»Wirklich nicht«, zische ich ihn an und mache, dass ich Land gewinne.

2

Wilsberg sieht einen ungezogenen Mann mit Pampers

Dann eben nicht, dachte ich und schaute der Frau hinterher, die mit kleinen, wütenden Schritten davonstöckelte. Vielleicht war Sekt das falsche Wort gewesen. Möglicherweise verband man in diesen Räumen damit Praktiken, die nichts mit gepressten und gegorenen Trauben zu tun hatten. Andererseits machte sie keinen sehr erfahrenen Eindruck, eher wirkte sie neu, fremd und unsicher. Und gerade das hatte mich, abgesehen von ihrem Äußeren, an ihr gereizt.

Während ich darüber nachdachte, dass sie auch eine eifersüchtige Ehefrau sein konnte, die herausfinden wollte, von wem sich ihr Mann auspeitschen ließ, spürte ich, dass ich beobachtet wurde. Ich drehte mich um und sah in die schwarzen Augen der Asiatin. Zweifellos hatte sie unsere kleine Szene verfolgt. Spöttisch verzog sie den blutverschmierten Mund. Während sie die Berührung ihres zopfhaarigen Partners genoss, schien sie sich über meine Niederlage zu amüsieren. Unwillkürlich fühlte ich mich in einen Dracula-Film versetzt, in die Rolle des harmlosen Passanten, der Knoblauch und Kruzifix vergessen hatte.

Als hätte er gemerkt, dass sie ihm ihre Aufmerksamkeit entzogen hatte, drehte sich der Mann um und schaute mich ebenfalls an. Das Blut, das auf seinen Lippen klebte, war ihres, doch als er den Mund öffnete und etwas Metallisches auf seiner Zunge schimmerte, wurde mir klar, dass er sie nicht einfach nur gebissen hatte.

»Kommen Sie ruhig näher!«, sagte der Vampir mit einer tiefen, nicht unfreundlichen Stimme.

»Nein. Danke!«, erwiderte ich. »Ich wollte gerade gehen.«

Ich schlenderte langsam über den Flur. An diesem Wochentag vertrieben sich lediglich Stammgäste und mietbare Sklavinnen und Dominas die Zeit mit Quälerei. Das hatte mir Götz erzählt, ein Modellathlet mit olivfarbenem Teint, der mich am Eingang in Empfang genommen hatte. Vermutlich hieß er nicht wirklich Götz, denn im *Club Marquis* legte man Wert auf Diskretion. Der Club lag etwa fünf Kilometer außerhalb von Münster, mitten im Grünen. Eine Stichstraße führte zu der Anlage, Eingang und Parkplatz waren hinter einer dichten Hecke versteckt. Die Heuskens seien noch beschäftigt, hatte Götz auch gesagt, und ich könne mich ruhig schon einmal umsehen.

Die meisten Türen waren verschlossen. Eine rote Karte neben der Tür bedeutete, dass die Menschen im Inneren ungestört sein wollten, eine grüne Karte, dass Zuschauer erwünscht waren. Die grünen Karten überwogen.

Ich öffnete eine Tür. Eine Frau in einem hautengen, glänzenden Anzug stand unter einem an der Decke befestigten Metallrohr. Ihre Hände waren an das Rohr gekettet, ihre Beine wurden durch einen Stab gespreizt, der auf beiden Seiten Schlaufen besaß, die eng um ihre Füße lagen. So war sie, abgesehen von einem hilflosen Zappeln, zur Bewegungsunfähigkeit verdammt. Ob ihr das gefiel oder nicht, konnte ich nicht beurteilen, denn ihr Kopf steckte in einer Kapuze aus einem gummiartigen Material. Was sie an Luft zum Leben brauchte, bekam sie durch zwei Löcher unterhalb der Nase. Während die Frau zappelte und unverständliche Laute von sich gab, ging vor ihr ein älterer Mann auf und ab und beschimpfte sie wegen irgendwelcher Kränkungen, die sie ihm angeblich zugefügt hatte. Unter anderen Umständen hätte es sich wie ein stinknormaler Ehestreit angehört.

Ein paar Türen weiter leckte ein nackter Mann an den schwarzen, hochhackigen Schuhen einer lederbekleideten Domina. Der Mann trug Pampers und heulte jämmerlich.

Dass er schon wieder in die Hose gemacht habe, erklärte die Domina mit harter Stimme, sei einfach nicht tolerabel und erfordere strengste Bestrafung.

Ich nahm an, dass er damit einverstanden war, wartete die Bestrafung aber nicht mehr ab, sondern beschloss, dass ich erst einmal genug Eindrücke gesammelt hatte. Am Ende des Flurs führte eine Treppe ins Erdgeschoss hinauf, wo sich die Bar und die Bühne befanden. Vielleicht würde sich ja doch noch eine Gelegenheit ergeben, mit der Frau, die keinen Sekt mochte, ins Gespräch zu kommen. Falls sie sich nicht inzwischen anderweitig vergnügte.

Stattdessen wartete ein Mann auf mich. Er trug ein schlichtes schwarzes T-Shirt, eine schwarze Flanellhose und kurze graue Haare an den Stellen, an denen sie noch wuchsen.

»Sind Sie Georg Wilsberg?«

»Und wer sind Sie?«

»Manfred Heusken. Meine Frau hat Sie angerufen. Kommen Sie!«

Heusken führte mich quer durch das Erdgeschoss zu einer Tür mit der Aufschrift *Privat.* Wir betraten ein Büro mit Schreibtischen, Computern und einer Wand voller Monitore, auf denen alles zu sehen war, was sich vor dem Club, im Erdgeschoss und in den Kellerräumen abspielte. Auch die Kapuzenfrau und den Pampersmann konnte ich erkennen.

»Meine Frau und ich hatten einen kleinen Streit«, erklärte Heusken. »Ich war nicht damit einverstanden, dass wir Sie engagieren.«

»Dann kann ich also wieder gehen?«

»Nein«, sagte eine resolute Stimme. Sie gehörte einer Frau mit weißblonden, helmartig geschnittenen Haaren, die mir die Hand entgegenstreckte. »Clara Heusken.«

Viel Fantasie war nicht nötig, um sie sich als Domina vorzustellen. Sie musste nur die Jeans und das schlabberige Sweatshirt, die sie trug, mit Arbeitskleidung vertauschen.

»Wir sind Partner«, sagte Clara mit Seitenblick auf ihren Mann. »Wir entscheiden gemeinsam. Und ich habe Männe davon überzeugt, dass wir etwas unternehmen müssen.«

Manfred Heusken zuckte nur kurz mit dem Mund.

Inzwischen hatte mich Clara von oben bis unten kritisch gemustert. »Falls Sie als Gast durchgehen wollen, müssen wir noch etwas mit Ihrem Outfit unternehmen.«

»Ich bin nicht ganz auf dem Laufenden, was SM-Mode angeht«, gab ich zu.

»Bei uns gilt der LLL-Dresscode.«

Ich runzelte fragend die Stirn.

»Lack, Leder und Latex«, erläuterte Clara. Sie zupfte an meinem weißen Shirt. »Baumwolle ist verpönt. Blutflecken kriegen Sie nicht wieder raus. Nackt geht auch. Je weniger Sie anhaben, desto besser.« Sie legte mir eine Hand auf die Brust. »Ein nackter Mann kann auch sehr sexy sein.«

»Ich weiß nicht«, sagte ich skeptisch, »nackt fühle ich mich so nackt. Und zu Pampers«, ich deutete zu dem Monitor, auf dem zu sehen war, wie der Hosennässer gerade eine Tracht Prügel bekam, »werden Sie mich nicht überreden können. Die habe ich zuletzt getragen, als ich zwei war.«

»Wir werden schon was Schickes finden«, grinste die Clubbesitzerin. »Es gibt nette kurze Lederhosen.«

»Sie können mich ja beraten«, schlug ich vor. »Aber ich muss es auf die Spesenrechnung setzen. Ich glaube nicht, dass ich das später nochmal anziehen werde.«

Manfred Heusken räusperte sich.

Clara zog ihre Hand, die auf meine Hüfte geglitten war, zurück und wurde ernst. »Bei uns ist eine Frau schwer verletzt worden. Sie liegt im Krankenhaus. Das ist kein Spiel mehr, Herr Wilsberg. So etwas dulden wir in unserem Club nicht.«

»Warum zeigen Sie oder das Opfer den Täter nicht einfach an?«

»Weil wir ihn nicht kennen.«

»Es war letzten Samstag«, fiel Manfred Heusken ein, »bei einer Dungeon-and-Dragon-Party. Dann kommen bis zu zweihundert Leute, zum Teil von weit her. Wir haben zwar eine Gästeliste, trotzdem kennt nicht jeder jeden. Und bei so vielen Menschen kann man leicht den Überblick verlieren.«

»Zeichnen Sie nicht alles auf?« Ich zeigte auf die Monitorwand.

»Doch«, sagte Heusken. »Aber es gibt noch Räume im Obergeschoss. Studios, die wir nur bei Partys und für spezielle Gäste öffnen. Dort sind keine Kameras angebracht. Sehen Sie«, er holte Luft, »unsere Besucher sind in der Regel gut situiert. Sie bekleiden oft herausragende Positionen. Es sind Richter, Staatsanwälte, Ärzte und Unternehmer darunter. Die Kameras dienen zwar der Sicherheit und wir löschen die Aufnahmen selbstverständlich nach vierundzwanzig Stunden. Trotzdem bestehen einige unserer Stammgäste darauf, dass ihre …«, er zögerte, »… Spiele nicht aufgezeichnet werden.«

»Das Opfer gehört also zur besseren Gesellschaft?«

Clara und Manfred Heusken wechselten fragende Blicke.

»Womit soll ich anfangen, wenn ich nicht weiß, um wen es geht?«

»Renate Averbeck«, sagte Clara. »Ihr Mann, Jochen Averbeck, ist Geschäftsführer der *Meyerink & Co. KG*. Renate ist die Tochter des alten Meyerink.«

Der Name Meyerink war mir nicht unbekannt: alter münsterscher Geldadel. Zum Besitz der Familie gehörte eine Baumarktkette, außerdem tat sich Meyerink senior als Sponsor diverser Sportveranstaltungen hervor.

»Jetzt verstehen Sie sicher, warum die Angelegenheit mit äußerster Vorsicht zu behandeln ist«, sagte Manfred Heusken. »Sollte bekannt werden, dass Renate Averbeck einen SM-Club besucht, wäre das ein gefundenes Fressen für die Boulevardpresse.«

»Erzählen Sie mir einfach, was passiert ist«, bat ich.

»Wie gesagt, es geschah am letzten Samstag«, begann Clara. »Jochen und Renate hatten sich in ein Studio im Obergeschoss zurückgezogen. Jochen sagt, der Angreifer habe ihn von hinten niedergeschlagen. Er sei sofort bewusstlos gewesen.«

»Er hat ihn also nicht gesehen?«

»Richtig.«

»Woher weiß er, dass es ein Mann war?«

Clara zuckte die Achseln. »Er vermutet es.«

Ich nickte. »Und Renate Averbeck?«

»Renate war bereits gefesselt und trug eine Augenbinde.«

»Was hat der Typ mit ihr gemacht?«

»Er hat sie mit einer Rasierklinge bearbeitet. Sie hat Schnitte am ganzen Körper, zum Glück nicht im Gesicht.« Clara schüttelte den Kopf. »Wenn Jochen nicht rechtzeitig wieder aufgewacht wäre, hätte sie sterben können. Sie hat eine Menge Blut verloren. Wir haben sie sofort ins Krankenhaus gebracht. Natürlich wollte Jochen nicht, dass rauskommt, wo und wie es passiert ist. Er hat angegeben, dass er sie zu Hause gefunden hat und dass es sich um selbst beigebrachte Verletzungen handeln würde.«

»Und Renate Averbeck spielt da mit?«

Clara nickte.

»Es ist für beide das Vernünftigste«, assistierte Heusken.

»Jochen hat uns gedrängt, die Sache geheim zu halten«, redete Clara weiter. »Wir haben zugestimmt, allerdings unter der Bedingung, dass wir selbst Nachforschungen anstellen. Für uns steht einiges auf dem Spiel.«

Ich verstand, was sie meinte. »Es besteht die Gefahr, dass der Typ nochmal zuschlägt.«

»Das wäre eine Katastrophe. Wenn sich herumspricht, dass in unserem Club ein Realsadist sein Unwesen treibt, können wir den Laden dichtmachen.«

»Realsadist?« Ich ließ das Wort auf der Zunge zergehen. »Heißt das, die Sadisten da unten im Keller sind nicht real?«

Clara lächelte. »Sie haben wirklich wenig Ahnung von SM. Sadomasochismus ist eine sexuelle Orientierung wie Homosexualität. Nur weil wir uns nicht mit dem alten Rein-raus-Spiel begnügen, grassieren die wildesten Vorurteile. SM bedeutet nicht, dass jeder machen kann, was er will. Es gibt Regeln, an die sich die Partner zu halten haben.«

»Ein Realsadist ist also jemand, der sich nicht an die Regeln hält«, folgerte ich.

»Genau. SMler hassen Realsadisten wie die Pest. Nicht nur weil sie eine Gefahr darstellen, sondern auch weil sie den Ruf der Szene schädigen. Wer in den Verdacht gerät, ein Realsadist zu sein, kommt sofort auf die schwarze Liste.«

»Apropos Liste«, bemerkte ich. »Sie haben vorhin von einer Gästeliste gesprochen.«

»Die können wir unmöglich herausgeben«, sagte Manfred Heusken bestimmt.

»Ohne die Liste kann ich nicht ermitteln.«

»Sie werden die Liste bekommen«, entschied Clara und handelte sich einen wütenden Blick ihres Mannes ein.

»Und setzen Sie auch Ihr Personal drauf! Ich möchte wissen, wer an dem Abend im Club gearbeitet hat.«

»Ich muss Ihnen ja nicht sagen, dass die Liste reines Dynamit ist. Sie werden die Daten absolut vertraulich behandeln, außer Ihnen darf sie niemand zu Gesicht bekommen.«

Ich versprach, mich daran zu halten. Dann verhandelten wir über mein Honorar und vereinbarten einen Vorschuss.

»Besser, Sie lassen Renate Averbeck vorläufig in Ruhe«, sagte Manfred Heusken. »Es geht ihr immer noch ziemlich schlecht. Halten Sie sich an ihren Mann! Wir werden ihm mitteilen, dass wir Sie engagiert haben.«

»Gut.« Ich schaute zu den Monitoren.

»Sie ist vor zehn Minuten gegangen«, sagte Clara leise.

»Wie bitte?«

»Die Frau mit dem kurzen schwarzen Rock, die vorhin neben Ihnen gestanden hat.«

»Sie haben mich beobachtet?«

»Aber sicher.« Clara grinste. »Und jetzt wollen Sie bestimmt wissen, wer sie ist?«

Ich wartete.

»Sie war heute zum ersten Mal hier. Ich glaube, sie ist ein Neuling. Manche brauchen etwas länger, bis sie sich trauen, ihre Neigungen auszuleben.« Clara öffnete die Bürotür und begleitete mich hinaus. »Am Anfang sind sie unsicher und schauen sich nur um. Beim zweiten oder dritten Besuch werden sie dann mutiger.«

Wir erreichten den Ausgang. Clara blieb stehen und lächelte mich versonnen an. »Sie sind auch neugierig, stimmt's? Ich könnte Ihnen eine Einführungslektion geben.«

»Ich weiß nicht«, sagte ich. »Ich glaube, ich bin noch nicht so weit.«

3

Pia Petry trifft alte Freunde und neue Bekannte

Den Besuch in diesem SM-Club hätte ich mir sparen können. Nichts ist dabei herausgekommen. Absolut gar nichts. Außer dass mich ein Wichtigtuer zum Sekttrinken eingeladen hat.

»An der nächsten Kreuzung rechts abbiegen«, reißt mich die weibliche Stimme des Navigationssystems aus meinen Gedanken. Das geht aber nicht, weil die Straße wegen Bauarbeiten gesperrt ist. Ich fahre weiter geradeaus, in eine Richtung, in die ich gar nicht will, und genieße das Vibrieren des Sechs-Zylinder-Porsche-Motors unter meinem Hintern. 320 PS und eine Beschleunigung von null auf hundert Stundenkilometer in fünf Sekunden trösten mich ein wenig über die Pleite der letzten Nacht hinweg. Auch wenn mich dieser Mietwagen Unsummen kostet und ich gar nicht daran denken darf, was mein Assistent, Martin Cornfeld, sagen wird, wenn er erfährt, dass ich mir anstatt eines Fahrrads ein 911er Carrera Coupé gemietet habe. Als Student der Betriebswirtschaft verhält er sich immer sehr kostenbewusst und wacht wie ein Zerberus über unsere Finanzen. Eine Einstellung, die ich nicht teile. Denn egal wie prekär unsere finanzielle Situation auch ist, bestimmten Dingen kann ich nicht widerstehen. Dazu gehören Schuhe von Manolo Blahnik, Klamotten von Dolce & Gabbana, italienische Designermöbel und schnelle Autos. Vorlieben, die ich mit meiner Freundin Renate teile. Nur dass ich sie mir im Gegensatz zu ihr eigentlich nicht leisten kann.

In die nächste Straße, die rechts abgeht, kann ich wieder nicht einbiegen. Es ist eine Einbahnstraße. Die Navigationsstimme fordert mich auf umzudrehen. Dazu bietet sich keine Gelegenheit und wenige Minuten später stehe ich im Stau. Klasse, genauso habe ich mir das vorgestellt.

An dem Schlamassel ist Jochen schuld, Renates Ehemann. Warum musste er mich heute Morgen schon um Viertel nach sieben aus dem Bett klingeln? Dass Renate von der Beobachtungsstation auf die normale Krankenstation verlegt worden ist, hätte er mir auch noch zwei Stunden später erzählen können. Dank dieses Anrufs fing mein Tag viel zu früh an und ich bin gelandet, wo ich normalerweise nie lande – im morgendlichen Berufsverkehr.

Langsam setzt sich die Autokolonne vor mir wieder in Bewegung. Fünf Minuten später finde ich eine Möglichkeit, zu wenden und mich in den Gegenverkehr einzureihen. Laut Display sind es nur noch zwei Kilometer bis zum Krankenhaus. Das ist der Vorteil an Münster. Da sind die Wege kurz. Viel kürzer als in Hamburg.

Meine ohnehin schlechte Laune erreicht ihren Tiefpunkt, als ich im Krankenhaus vor dem Lift stehe. An der Tür klebt ein Zettel. *Außer Betrieb* steht darauf und ich darf mich zu Fuß auf den Weg in den dritten Stock machen. Dort ist die Privatstation und dort ist auch Renates Zimmer. So wie ich sie kenne, residiert sie in einem Raum, dessen Größe und Einrichtung dem Standard eines Fünf-Sterne-Hotels entsprechen, wird von Privatärzten und Privatschwestern umschwirrt und sieht aus wie frisch aus Hollywood eingeflogen. Ganz zu schweigen von den Blumensträußen, mit denen der liebende Gatte das Zimmer wahrscheinlich geflutet hat.

Etwas außer Atem komme ich im dritten Stock an. Das Zimmer 304 befindet sich auf der rechten Seite am Ende des Gangs. Auf dem kleinen Plastikschild neben der Tür steht nur ein Name: *Renate Averbeck.* Ich klopfe und öffne die Tür.

Auf den Anblick bin ich nicht vorbereitet. Die Tür fliegt mir aus der Hand und kracht donnernd gegen die Wand. Ich stehe da wie in Beton gegossen. Starre den Arzt an, der mich unwillig mustert, starre die Frau an, die mit einem weißen Slip bekleidet auf dem Bett sitzt und nur noch entfernt Ähnlichkeit mit meiner Freundin Renate hat. Ihr Blick ist kalt und abweisend und geht irgendwie durch mich hindurch. Ihr Haar hängt ihr stumpf und strähnig ins Gesicht. Ihre Haut ist fahl, unter ihren Augen liegen dunkle Schatten, um den Mund haben sich harte Falten eingegraben. Doch das ist nicht das Schlimmste. Das Schlimmste sind die Verletzungen. Die vielen langen, dunkelroten Schnitte, die kreuz und quer über ihren Oberkörper verlaufen.

»Machen Sie, dass Sie rauskommen!«, fährt mich der Arzt an. »Sie sehen doch, dass Sie stören.«

Aber ich bin unfähig, mich zu bewegen, und froh, heute Morgen nur eine Grapefruit gefrühstückt zu haben. Mein Blutdruck durchläuft eine rasante Talfahrt, und selbst wenn ich wollte, wüsste ich nicht, wie ich jetzt einen Fuß vor den anderen setzen sollte. Der Arzt kommt auf mich zu, packt mich an den Schultern und schiebt mich nach draußen. Ehe ich den Mund aufmachen kann, hat er mir die Tür vor der Nase zugeschlagen.

Ich atme tief durch den Bauch und versuche, die aufkommende Übelkeit zu unterdrücken. Langsam, mit vielen kleinen Schritten, bewege ich mich auf eine Holzbank an der gegenüberliegenden Gangseite zu und setze mich. Ich stehe unter Schock. So sieht also Renates Unfall, so sieht das Ausleben ihrer sexuellen Fantasien aus. Was man doch nicht alles für einen Orgasmus tut, denke ich und schäme mich meines Zynismus. Aber vielleicht brauche ich den, um mir das Bild vom Leib zu halten, das ich gerade gesehen habe. Und das so wenig zu der Frau passt, die ich zu kennen glaubte.

Renate Averbeck war der unumstrittene Star und Mittelpunkt der hipsten Clique auf dem Internat, in dem ich meine Jugend verbracht habe. Ihr Aussehen, ihr Stil, ihr Auftreten und nicht zuletzt der Reichtum ihrer Eltern machten sie unangreifbar. Alle Jungen waren in sie verknallt und die Mädchen hassten sie. Da der Versuch, sie vom Sockel zu stoßen, unweigerlich scheitern musste, wechselte ich früh die Strategie und wurde ihre Freundin. Auch wenn ich mir neben ihr immer vorgekommen bin wie ein Pinscher neben einem preisgekrönten Dobermann.

Doch was aus reiner Spekulation begonnen hatte, entwickelte sich im Laufe der Zeit zu einer echten Freundschaft. Eine Freundschaft, an der ich auch noch festhielt, als ich von Renates dunkler Seite erfuhr. Als ich begriff, warum sie an manchen Tagen die Sonnenbrille nicht abnahm, den Schwimmunterricht schwänzte oder tagelang überhaupt nicht aus dem Zimmer ging. Ich mochte sie und profitierte von ihr. Grund genug, alles auszublenden, was unsere Beziehung hätte stören können. Auch diese kleinen Ausflüge in die SM-Welt, von denen ich damals glaubte, sie seien harmlos und hätten etwas mit Neugier und verrückt spielenden Hormonen zu tun. Doch da irrte ich mich. Sadomasochismus wurde im Laufe der Zeit ein fester Bestandteil ihres Lebens. Und auch wenn Renate mir bei unseren monatlichen Telefonaten nicht allzu viel darüber erzählte, so erwähnte sie doch den *Club Marquis* und die dort regelmäßig stattfindenden Sessions.

Aus den Augenwinkeln sehe ich einen Mann den Flur heraufkommen. Irgendwie kommt er mir bekannt vor. Was eigentlich gar nicht sein kann, da ich in Münster außer Renate und ihrer Familie niemanden kenne. Er bleibt stehen und schaut in meine Richtung. Dann geht er zu einer der Türen und studiert das Namensschild.

In diesem Moment verlässt der Arzt Renates Zimmer.

»Sie können jetzt rein«, teilt er mir knapp mit und verschwindet, ohne mich eines weiteren Blickes zu würdigen.

Renate hat die Decke bis zum Kinn hochgezogen und sieht mich aus dunklen, tief in den Höhlen liegenden Augen an. Ihre Gesichtsfarbe unterscheidet sich nur unwesentlich von der Farbe ihres Kissens. Immer noch ist ihr Blick kalt und distanziert und verunsichert mich, sodass ich zu stottern beginne. »Wie, wie, wie … geht es dir?«

»Gut«, sagt sie und dreht sich zur Wand.

Ja super, denke ich. Da lasse ich in Hamburg alles stehen und liegen, rase mit zweihundertzwanzig Stundenkilometern über die Autobahn, um meiner schwer verletzten Freundin beizustehen, und das ist jetzt der Dank.

»Du musst dich vor Begeisterung nicht gleich überschlagen«, sage ich und setze mich auf den Besucherstuhl, der neben dem Fenster steht. »Ein *Schön, dass du da bist* würde mir völlig genügen.«

»Woher weißt du es?«, kommt es dumpf von der Wand.

»Von Jochen. Ich habe angerufen …«

»Und da hat er es dir erzählt. Der gute Jochen, einfach so, am Telefon.«

»Warum sollte er es mir nicht erzählen?«, frage ich beleidigt. »Schließlich …«

»Schließlich habt ihr euch ja immer schon bestens verstanden«, unterbricht sie mich und dreht sich zu mir um.

»Was soll denn das jetzt?« Ich springe vom Stuhl und trete näher an das Bett. »Warum bist du so? Was habe ich dir getan? Was, verdammt nochmal, passt dir nicht?«

Gelangweilt lässt sie sich in ihre Kissen zurücksinken und starrt an die Decke. Jetzt reicht es.

»Ist es dir peinlich? Ja? Ist es dir peinlich, dass ich dich so gesehen habe? Dass ich gesehen habe, was bei dieser SM-Scheiße rauskommt? Wie kannst du es zulassen, dass irgendein Arschloch dir so etwas antut? Warum bringst du dich in eine solche Situation? Hast du überhaupt kein Gefühl für dich und für deinen Körper?«

Bei dem Wort *SM-Scheiße* zuckt sie unwillig zusammen. »Es war ein Unfall.«

»Dass ich nicht lache. Ein Unfall! Du bist schlicht und ergreifend an den Falschen geraten. Hat er nicht aufgehört? Hat er nicht auf das Safeword reagiert? Oder bist du mittlerweile so pervers, dass du dich lieber umbringen lässt als abzubrechen?«

»Es war ein Unfall, verdammt nochmal!«, herrscht sie mich an. »In dem Club haben die nicht so viel Ahnung von SM. Das sind eben keine Profis.«

»Wie bitte? Der *Club Marquis* ist ein reinrassiger SM-Club und die Leute dort sind keine Amateure, die mal ein bisschen was ausprobieren und dabei leider Fehler machen.«

»Woher weißt du das?«, fragt sie entgeistert.

Verlegen fahre ich mir mit der Hand durch die Haare und räuspere mich erst einmal, bevor ich antworte. »Ich war gestern Abend dort.«

»Was?«

»Ich wollte mir den Laden mal ansehen.«

Sie setzt sich auf und funkelt mich aus zusammengekniffenen Augen böse an. »Was hat Jochen dir erzählt?«

»Dass du verletzt worden bist.«

»Was noch?«

»Dass das bei so einer SM-Nummer passiert ist.«

»Was noch?« Ihre Stimme erreicht langsam eine unangenehm schrille Tonlage.

»Dass jemand versucht hat, dich umzubringen.«

»Dieser Idiot!«

»Wieso Idiot?«

»Pass mal auf, Pia«, sagt sie scharf und knautscht das Kissen unter ihrem Kopf zusammen. »Das hier ist nicht eine von deinen kleinen Detektivgeschichtchen. Hier geht es nicht um Ehebruch oder Ladendiebstahl. Hier geht es um Sadomasochismus. Und davon hast du keine Ahnung. Also versuche nicht, irgendetwas zu verstehen oder irgendetwas aufzuklären. Das hier ist absolut nicht deine Baustelle ...«

Ihre Wut irritiert mich. Dieser unbedingte Wille, mich aus der Sache rauszuhalten, ihre Weigerung, darüber zu reden, dieses Ausweichen und Verharmlosen, diese unglaubliche Aggressivität machen mich nicht nur wütend, sondern auch misstrauisch. Und während sie immer heftiger auf ihr Kopfkissen eindrischt, dämmert mir langsam, was das zu bedeuten hat.

»Kann es sein, dass du Angst hast?«, frage ich. »Immer wenn du mit dieser blasierten, arroganten Tour kommst, hast du Angst, Renate. Das war schon auf dem Internat so. Also, was ist los? Wovor fürchtest du dich?«

Mit völlig ausdruckslosem Gesicht sieht sie mich an, dann wendet sie sich ab und fixiert einen Punkt an der gegenüberliegenden Wand. »Mach, dass du verschwindest!«

Ich schüttele den Kopf.

»Geh!«, zischt sie und dreht mir wieder den Rücken zu.

»Warum willst du nicht, dass ich dir helfe?«

»Lass mich einfach in Ruhe.«

»Renate!«

»Fahr heim! Fahr zurück nach Hamburg!«

Betreten stehe ich vor ihrem Bett. Ich habe es vergeigt. Die Schnecke sitzt im Schneckenhaus und lässt nichts und niemanden mehr an sich heran. Meine Schuld, denke ich, vielleicht hätte ich ein bisschen freundlicher sein sollen, ein bisschen diplomatischer. Aber Diplomatie war noch nie meine Stärke.

»Kann ich nicht doch ...«, setze ich noch einmal an.

»Lass!«, sagt sie. »Lass mich einfach.«

Es ist eindeutig, das Gespräch ist beendet.

»Tschüss!«, verabschiede ich mich und hoffe, dass sie noch irgendetwas sagt.

Doch das tut sie nicht.

Ich öffne die Tür. Und pralle erschrocken zurück. Vor mir steht der Typ, den ich eben den Flur habe heraufkommen sehen. Er sieht mich genauso erstaunt an wie ich ihn. Und jetzt weiß ich auch, woher ich ihn kenne. Es ist Romeo, der Kerl, der mich gestern Abend im *Club Marquis* auf ein Glas Sekt einladen wollte. Genau der Mann, den ich im Moment überhaupt nicht gebrauchen kann.

»Sie haben mir gerade noch gefehlt«, schnauze ich ihn an und stoße ihn unsanft zur Seite.

4

Wilsberg hängt einen Porsche ab

Auf dem Kaiser-Wilhelm-Ring, den ich entlangfuhr, um zum Verwaltungsgebäude der *Meyerink & Co. KG* zu gelangen, war sie zwei Autos hinter mir. Ich hatte sie schon auf dem Parkplatz des Krankenhauses in ihrem Porsche gesehen. Porsches und Ferraris eignen sich nicht unbedingt für verdeckte Verfolgungen. Aber die Frau, die mich vor dem Krankenhauszimmer von Renate Averbeck fast umgerannt hatte, musste ihre Brötchen vermutlich nicht als Privatdetektivin verdienen.

Natürlich hatte ich sie sofort erkannt, obwohl sie heute mehr Textil trug als im *Club Marquis.* Und sie traute offenbar meiner Arztverkleidung nicht. Jedenfalls war sie aus irgendeinem Grund misstrauisch geworden. Anders ließ sich nicht erklären, warum sie sich mit ihrem PS-starken Gefährt an meinen schlichten Mittelklassewagen gehängt hatte.

Im Krankenhaus hatte ich zwar ein Ohr gegen die Tür gepresst, aber nicht viel von ihrer Unterhaltung mit Renate Averbeck verstanden. Aus den wenigen Wortfetzen, die herausdrangen, als sich die beiden anschrien, schloss ich, dass es um den Überfall im Club ging. Vielleicht kannten sie sich ja von gemeinsamen SM-Abenden, was bedeutete, dass meine Verfolgerin doch kein Neuling in der Szene war. Möglicherweise wusste sie sogar etwas über den Täter. Eigentlich sollte ich also die Porschefahrerin beschatten, um mehr über sie herauszufinden, doch vorläufig waren die Rollen vertauscht. Deshalb musste ich sie erst einmal abschütteln, zumal ich nicht die Absicht hatte, ihr meine wahre Identität zu verraten.

Ich bog ins Mauritzviertel ab und hoffte, dass der Porsche im engen Einbahnstraßensystem des noblen Villenquartiers den Anschluss verlieren würde. Ein Blick in den Rückspiegel belehrte mich eines Besseren. Ganz offensichtlich war heute nicht mein Tag. Erst hatte mich Renate Averbeck abblitzen lassen und jetzt saß mir auch noch ihre Freundin im Nacken.

Bei meinem Besuch im Krankenhaus war nicht viel herausgekommen. Meine Nummer als Psychiater, der ein Gutachten über ihre Suizidgefährdung schreiben sollte, zeigte bei der Patientin keine Wirkung. Stattdessen hatte sie mir mit einem Professor Kleine-Wesling gedroht, den sie anrufen würde, falls ich sie nicht in Ruhe ließe. Die Tochter des alten Meyerink war eine verzogene, arrogante Frau, die sich daran gewöhnt hatte, mit Männern wie mir, die nicht auf ihrer gesellschaftlichen Stufe standen, im Befehlston zu verkehren. Und bevor mir das gefallen würde, wären sicher etliche Lektionen von Clara Heusken nötig.

Mir war nichts anderes übrig geblieben, als meine Taktik zu ändern. »Ich habe Fotos von Ihrem Oberkörper gesehen«, bluffte ich.

»Das ist ja toll«, giftete sie. »Werden die in der Kantine herumgereicht?«

»Worauf ich hinauswill«, sagte ich neutral, »es sind auch Narben von älteren Verletzungen zu erkennen.«

»Das waren Unfälle.«

»Ungewöhnlich viele. Einige deuten ebenfalls auf Schnittwunden hin, andere dagegen …«, ich zögerte, »… eher auf Peitschenhiebe.«

»Sie haben eine rege Fantasie, Herr Doktor.«

Ich hielt ihrem Blick stand. »Ich glaube die Geschichte nicht, die Sie bei Ihrer Einlieferung erzählt haben. Dass Sie sich die Schnitte selbst beigebracht haben. Ich denke, Sie sind das Opfer eines sadomasochistischen Spiels, das außer Kontrolle geraten ist.«

Ihre Mundwinkel zuckten spöttisch. »Und wenn es so wäre?«

»Müssten wir die Polizei informieren. Dann handelt es sich nämlich um gefährliche Körperverletzung, wenn nicht sogar um versuchten Totschlag oder Mord.«

»Sie haben ja keine Ahnung, wovon Sie reden.« Schmerzen verzerrten ihr Gesicht, als sie sich mühsam aufrichtete. »Wissen Sie, mit wem Sie es zu tun haben? Mein Vater ist Alfons Meyerink.«

»Auch wenn Sie mit der Königin von England verwandt wären ...«

»Das Gespräch ist beendet. Gehen Sie! Und zwar sofort!« Sie ließ sich ins Bett zurückfallen und drückte auf die Klingel über ihrem Kopf.

Da ich nicht unbedingt einer Krankenschwester begegnen wollte, hatte ich den Rückzug angetreten. Nachdem ich das Krankenhaus verlassen hatte, merkte ich, dass mein Kiefer schmerzte, weil ich immer noch die Zähne zusammenbiss. In den fast zwanzig Jahren, die ich als Privatdetektiv arbeitete, war ich vielen Opfern von Gewaltverbrechen begegnet. Aber selten einem, mit dem ich weniger Mitleid gehabt hatte als mit Renate Averbeck.

Ich schaute in den Rückspiegel und sah die Frau im Porsche nicht mehr. Na also. Mit einer für Stoßdämpfer mörderischen Fahrt über Kopfsteinpflaster und Bodenschwellen hatte ich sie abgehängt. In gemächlichem Tempo umrundete ich einen Ententeich, vorbei an den schönsten Villen des Viertels.

Am Ende der Straße wartete der Porsche in einer Parklücke. Allmählich ging mir die Verfolgungsjagd auf die Nerven.

Ich dachte gerade darüber nach, ob ich nicht anhalten und meine Verfolgerin zur Rede stellen sollte, als mir ein Schwarm Fahrradfahrer zu Hilfe kam. Laut hupend fuhr ich auf dem Bürgersteig an den Fahrrädern vorbei, was mir wütende Proteste und ein paar Tritte gegen die Stoßstange einbrachte. Gegen die derart stimulierten Autohasser hatte der Porsche dann keine Chance mehr. Amüsiert verfolgte ich im Rückspiegel, wie sich die Fahrradfahrer noch breiter machten und der Frau im Porsche mit eindeutigen Handzeichen zu verstehen gaben, was sie von eventuellen Überholversuchen hielten.

Das Verwaltungsgebäude der *Meyerink & Co. KG* stand auf der Loddenheide, dem ehemaligen Gelände der britischen Kasernen, ein zehnstöckiger, runder Turm mit gläserner Fassade. Jochen Averbeck residierte im zehnten Stock. Ich hatte mich telefonisch angemeldet und musste nur zehn Minuten warten, bis mir die Sekretärin den Zutritt zum Büro ihres Chefs gestattete.

»Ich habe nicht viel Zeit«, sagte Averbeck zur Begrüßung.

»Ich schon«, erwiderte ich. Was Höflichkeit anging, schienen Averbeck und seine Frau auf einer Wellenlänge zu liegen.

Der Leiter der Geschäftsführung stutzte. Ich schätzte ihn auf knapp über vierzig. Sein von intensiven Kontakten mit der Sonnenbank braun gebranntes Gesicht hatte keine Ecken und Kanten. Es war glatt und richtig proportioniert. Mit seinen dunkelblauen Augen, die einen schönen Kontrast zum blondierten vollen Haar bildeten, erzielte er wohl bei den meisten Mitteleuropäerinnen zwischen zwanzig und achtzig einen durchschlagenden Erfolg. Der selbstgefällige Ausdruck, der in diesen Augen lag, ließ darauf schließen, dass das für ihn keine Neuigkeit war. Dazu passte, dass in seinem italienischen Maßanzug ein durchtrainierter Körper steckte. Jochen Averbeck behielt gern die Kontrolle, über sich und über andere.

»Dass ich mit Ihnen rede, verdanken Sie einzig und allein Manfred Heusken, der mich darum gebeten hat. Ich lege keinen Wert darauf, dass der Vorfall im Club öffentlich breitgetreten wird.«

»Ich weiß«, sagte ich.

Mit einer gereizten Handbewegung deutete er auf eine lederne Sitzgruppe neben der Glasfront. Der Ausblick war nicht atemberaubend. Die Loddenheide war nach dem Abzug der Briten als Gewerbegebiet erschlossen worden. Abgesehen von ein paar zweckmäßigen Bauten und etlichen Baustellen gab es nicht viel zu sehen.

»Erzählen Sie mir einfach Ihre Version!«, schlug ich vor.

»Das Wesentliche werden Sie ja schon von den Heuskens gehört haben.« Averbeck redete schnell und ohne Betonung. »Renate und ich hatten uns in dieses Studio im Obergeschoss zurückgezogen. Ich habe Renate an ein Andreaskreuz gefesselt, ihr eine Augenbinde und einen Ball-Gag angelegt.«

»Einen Ball-Gag?«

»Das Ding, das Bruce Willis in *Pulp Fiction* trägt. Man kann auch Knebel dazu sagen.«

»Aha. Und was geschah dann?«

»Ich wurde von hinten mit einem Knüppel niedergeschlagen. Jedenfalls nehme ich an, dass es ein Knüppel war.«

»Konnten Sie irgendetwas von dem Angreifer erkennen?«

»Im letzten Moment habe ich etwas hinter mir gespürt und den Kopf gedreht. Aber ich bin mir dessen, was ich gesehen habe, nicht sicher. Ich glaube, er hatte lange, blonde Haare.«

»Lange, blonde Haare deuten auf eine Frau hin.«

»Vielleicht trug er eine Perücke. Es kam mir so vor, als sei die Person groß und muskulös gewesen. Das verbinde ich mit einem Mann. Übrigens ist auch Renate davon überzeugt, dass es sich um einen Mann gehandelt hat. Sie sagt, die Hände, mit denen er sie abgetastet hat, hätten sich männlich angefühlt.«

»Er hat nicht mit ihr geredet?«, fragte ich.

»Nein. Kein Wort.« Averbeck drehte mechanisch an seinem Ehering. »Als ich wieder zu Bewusstsein kam, war Renate blutüberströmt. Das waren keine normalen Cuttings.«

Er erinnerte sich an meine Unwissenheit und fügte hinzu: »Cuttings können zu einem SM-Spiel gehören. Aber das, was der Typ mit Renate angestellt hat, war einfach nur brutal.«

»Ihnen ist klar, dass er sich ein neues Opfer suchen könnte?«

»Das ist mir bewusst. Doch was würde dabei herauskommen, wenn wir zur Polizei gingen? Nichts, abgesehen von der Tatsache, dass man meine Familie in den Schmutz ziehen würde. Deshalb muss ich Sie dringend ersuchen, uns aus der Sache herauszuhalten, Herr …«

»Wilsberg.«

Das Telefon klingelte. Averbeck stand auf, ging zu seinem Schreibtisch und murmelte ein paar Worte in den Hörer. Ich nahm an, dass er das mit seiner Sekretärin abgesprochen hatte, damit er mich nicht länger als unbedingt nötig ertragen musste.

»Tut mir leid, Herr Wilsberg«, sagte er prompt und blieb hinter seinem Schreibtisch stehen, »ich habe ein Meeting.«

Ich ging zur Tür.

»Ach, noch etwas.«

Ich stoppte.

»Meine Frau ist zwar auf dem Weg der Besserung, aber noch längst nicht in der Lage, Fragen zu beantworten. Also unternehmen Sie bitte keinen Versuch, mit ihr zu reden!«

»Verstehe«, sagte ich.

Im Vorzimmer wäre ich fast mit einer jungen, schlanken Asiatin zusammengestoßen, die einen Stapel Mappen unter dem Arm trug. Ich war mir zuerst nicht sicher, bis ich die kleine Schnittwunde auf ihrer Oberlippe bemerkte. In der Firma *Meyerink & Co. KG* hatte anscheinend nicht nur der Chef eine Vorliebe für ungewöhnliche Sexpraktiken.

Die Asiatin lächelte so unergründlich, wie nur Asiatinnen unergründlich lächeln können. Ich lächelte zurück, mit einem verschwörerischen ›It's a small world‹-Lächeln.

Franka stand schon vor der Haustür, als ich meine Wohnung im Kreuzviertel erreichte.

»Wir hatten einen Termin«, sagte sie ohne Umschweife. Anscheinend waren die alten Begrüßungsformeln nicht mehr im Trend.

»Stimmt.« Ich schloss die Tür auf. »Ich musste vor meinem letzten Gespräch noch jemanden abhängen.«

»Den Gerichtsvollzieher?«

»Habe ich dir schon mal gesagt, dass dich dein Beruf verhärtet?«

»Georg«, maulte Franka, »ich bin mit meinem Mandanten verabredet, um ihm das Material zu übergeben. Du hast es doch hoffentlich?«

»Natürlich.« Wir stiegen die Treppe hinauf und ich öffnete die Tür zu meiner Wohnung, deren vorderer Teil mir gleichzeitig als Detektivbüro diente.

Während Franka nervös an ihrem Hosenanzug zupfte, suchte ich den Bericht und die Fotos heraus.

»Wo hast du die Fotos geschossen?«, fragte Franka.

»In Hamm.« Ich breitete die Fotos auf dem Schreibtisch aus.

»Wieso Hamm?«

»Hamm ist der Hauptsitz der Fleischmann-Konditorei.« Ich deutete auf das erste Bild. »Hier siehst du Fleischmann junior. Der Mann, der ihm gegenübersitzt, heißt Oliver Schulte und arbeitet im Betrieb deines Klienten.«

Bei dem Fall, den ich in Frankas Auftrag erledigt hatte, ging es um Betriebsspionage. Ein münsterscher Großkonditor fürchtete um das Geheimnis der Zutatenmischung seiner speziellen Kiepenkerl-Kugeln, die er europaweit vermarkten wollte.

Ich erläuterte, was auf den folgenden Fotos zu erkennen war. Schulte hatte Fleischmann junior ein Papier überreicht und im Gegenzug ein Päckchen erhalten.

»Geld«, vermutete Franka.

»Höchstwahrscheinlich. Ich habe Schulte verfolgt und beobachtet, wie er ein Bündel Geldscheine bei seiner Bank eingezahlt hat. Das dürfte ausreichen, um Schulte fristlos kündigen und der Fleischmann-Konditorei per einstweiliger Verfügung untersagen zu können, die Zutatenmischung zu verwenden oder weiterzugeben. Den Rest kannst du im Bericht nachlesen.«

»Ausgezeichnet.« Franka raffte die Fotos zusammen.

Im selben Moment begann das Faxgerät zu rattern.

Vor ihrer Karriere als Anwältin hatte Franka in meinem Detektivbüro gejobbt. Seither waren wir Freunde und gelegentlich, wenn ich bei einem schwierigen Fall nicht weiterkam, half es mir, mit ihr darüber zu reden. Deshalb hatte ich keine Einwände, als sie einen Blick auf das Fax warf.

»Hey, wieso interessierst du dich für meinen Zahnarzt?« Sie kicherte. »Thomas Wolfenrath, das ist ein Richter am Landgericht. Und hier, der stellvertretende Sprecher der Kaufmannschaft. Das ist ja eine illustre Gesellschaft. Feiern die schwarze Messen oder so was?«

»Eher so was.« Ich stellte mich neben sie. »Sie treiben gerne SM-Spiele.«

»Im Ernst?« Frankas Augen glitzerten.

Ich erzählte ihr von meinem neuen Auftrag.

»Du musst mich unbedingt mal in diesen *Club Marquis* mitnehmen«, verkündete sie anschließend.

»Niemals.«

»Georg, ich hatte mal eine Freundin, die auf SM stand. Ich kenne mich aus. Ich könnte dir wertvolle Tipps geben.«

»Vergiss es! Außerdem würdest du vielleicht einigen deiner Mandanten und Kollegen begegnen.«

»Na und? Ein Vorsitzender Richter im Ledertanga wäre doch ein erhebender Anblick.«

»Wartet nicht dein Mandant auf dich?«

»Wir reden noch darüber«, sagte Franka und ging zur Tür.

Mir fiel ein, dass ich sie um einen Gefallen hatte bitten wollen. »Könntest du deinen Kontaktmann beim Straßenverkehrsamt anrufen?«

»Um wen geht es?«

»Um eine Frau, die Porsche fährt.« Ich gab ihr einen Zettel, auf dem ich das Autokennzeichen notiert hatte. »Ich brauche den Namen und die Adresse.«

»Eine Frau mit Porsche.« Franka verzog anerkennend den Mund. »Anscheinend bessert sich dein Geschmack.«

5

Pia Petry scheut das Feuer

Mein Porsche entwickelt sich zum echten Handicap. Das Auto ist nicht nur viel zu teuer, sondern auch viel zu auffällig. So auffällig, dass der gute Romeo, der zwei Autos vor mir in einem dunkelblauen Audi sitzt, mich natürlich längst bemerkt hat. Alle fünf Sekunden wechselt er die Spur und passiert Ampeln am liebsten, kurz bevor sie auf Rot schalten. Aber ich lasse mich nicht abschütteln. Selbst wenn er quer durch die Grünanlagen brettern sollte.

Doch dann sind es die in Münster allseits präsenten Fahrradfahrer, die mir einen Strich durch die Rechnung machen. Eine ganze Gruppe von ihnen versammelt sich direkt vor meiner Stoßstange und zwingt mich, auf Tempo fünfzehn abzubremsen. Mein Hupen bewirkt gar nichts. Außer dass vor mir fünf Mittelfinger in die Höhe schießen. Und Romeo nutzt seine Chance. Der dunkelblaue Audi verschwindet um die Ecke und im Gewirr der Einbahnstraßen aus meinem Sichtfeld. Das war's. Er ist mir entwischt. Schade eigentlich. Ich hätte mich zu gerne mit dem Mann unterhalten, der vor wenigen Minuten im Krankenhaus seinen Arztkittel und sein Klemmboard in einen Mülleimer geschmissen hat. Das ist nicht gerade das Verhalten, das man von einem seriösen Mediziner erwartet. Der Mann hat Geheimnisse. Und das macht ihn interessant.

Mein Handy klingelt. Sofort fahre ich in die nächste freie Parkbucht und stelle den Motor ab.

Es dauert, bis ich in meiner völlig überfüllten Handtasche das Telefon gefunden habe. Kaum drücke ich die grüne Taste, höre ich die aufgeregte Stimme meines Assistenten Martin Cornfeld.

»Alles in Ordnung bei Ihnen?«

Wie rührend. Er macht sich Sorgen.

»Alles okay!«, sage ich.

»Wie war es denn in diesem SM-Club?«

Aha. Wusste ich es doch. Es ist weniger Sorge als Neugier, die ihn umtreibt. Neugier und wohl auch ein bisschen Eifersucht. Mein Assistent ist zehn Jahre jünger als ich und das, was man einen Frauentyp nennt. Mit seinen halblangen, rötlichen Haaren, seiner schlaksigen Figur und seinem strahlenden Lächeln gehört er zu den attraktivsten Männern, die ich kenne. Dass er gut aussieht, weiß er. Und er nutzt es. Die Zahl seiner Affären, Wochenendlieben und One-Night-Stands ist astronomisch. Die Mädels wechseln so schnell, dass einem schwindlig werden könnte. Doch das hält ihn nicht davon ab, auch mich zu einer Nummer auf seiner Abschussliste machen zu wollen. Bisher habe ich mich seinen Avancen immer erfolgreich entzogen. Und das wird auch so bleiben – hoffe ich wenigstens.

»Pia, sind Sie noch dran?«

»Ja.«

»Wie war es denn jetzt?«

»Spannend«, sage ich gedehnt. »In diesem Laden gab es wirklich verdammt gut aussehende Männer.«

»Sie haben doch nicht …?«

»Entschuldigen Sie mal«, unterbreche ich ihn, »wenn ich recherchiere, recherchiere ich richtig. Und so ein bisschen Auspeitschen gehört dann schon dazu.« Leider kann ich mir ein Kichern nicht verkneifen.

»Ich glaube Ihnen kein Wort«, antwortet er trocken.

Da ich das Thema nicht vertiefen möchte, komme ich lieber auf das Berufliche zurück. Ich berichte ihm von Renate, ihren üblen Verletzungen und ihrer Weigerung, mit mir darüber zu reden. Und ich erzähle von Romeo, dem Mann, der immer da auftaucht, wo ich gerade bin, und es nicht merkt, wenn man ihn beschattet. Es sei denn, man ist mit einem Porsche hinter ihm her.

Cornfeld ist not amused. Die Beschreibung von Renates Schnittwunden ist mir ein bisschen zu drastisch geraten und hat ihn in Alarmbereitschaft versetzt. Während ich das Navigationssystem meines Autos mit der Hoteladresse füttere, verfolge ich nur noch mit halbem Ohr seine Ausführungen zum Thema ›Perverse Sadisten und was sie hilflosen Frauen anzutun pflegen‹. Mir ist völlig klar, wie das Ganze enden wird. Cornfeld wird behaupten, dass der Auftrag zu gefährlich sei und er unbedingt zu meiner Unterstützung nach Münster kommen müsse. Und das ist so ziemlich das Letzte, was ich im Moment gebrauchen kann.

»Cornfeld«, schreie ich, »ich verstehe Sie so schlecht. Cornfeld, können Sie mich hören?«

Natürlich kann er mich hören.

»Hallo, Pia, hallo«, ruft er.

»Sorry, Cornfeld, ich höre Sie nicht mehr. Bin wohl in ein Funkloch geraten. Ich rufe Sie später zurück.«

Dann lege ich auf.

Um zwanzig Uhr bin ich mit Jochen Averbeck in seinem Lieblingsrestaurant verabredet. Entsprechend lang haben meine Vorbereitungen in meinem Hotelzimmer gedauert. Und als ich dann endlich in einem eng anliegenden, dunkelgrauen Kleid, in viel zu hohen, schwarzen Stiefeln die Treppe zum Restaurant hochgehe, bin ich eine halbe Stunde zu spät. Was Jochen nicht zu stören scheint.

Als er mich am Eingang entdeckt, kommt er mit ausgestreckten Armen auf mich zu. Und schon in der ersten Sekunde unseres Wiedersehens ist klar, dass er nichts von seiner Faszination eingebüßt hat. Wenn ich gehofft hatte, er sei in den letzten Jahren alt, unattraktiv und langweilig geworden, sehe ich mich getäuscht. Er ist immer noch groß, blond, blauäugig, hat immer noch diese jungenhaft draufgängerische Ausstrahlung, die mich schon früher aus der Fassung gebracht hat und die auch jetzt ihre Wirkung nicht verfehlt. Die Tatsache, dass er mich in die Arme nimmt und mich viel zu lange an sich drückt, jagt mir einen kleinen Schauer über den Rücken. Verlegen schiebe ich ihn ein Stück von mir weg, rücke in einer hilflosen Geste seine Krawatte gerade und sage, während ich weiterhin meinen Blick fest auf seinen Binder gerichtet halte: »Du hast dich überhaupt nicht verändert.«

»Du dich schon.« Er greift mir unters Kinn und zwingt mich, ihn anzusehen. »Du bist noch schöner geworden.«

Meine Knie werden weich und mit einem Schlag fühle ich mich in die Vergangenheit zurückversetzt, als er mich mit genau diesem leicht amüsierten, vor allem aber unverschämt interessierten Blick ansah. Damals war ich Chefredakteurin unserer Internatszeitung gewesen und hatte ihn, den aufstrebenden Star der deutschen Tennisszene, interviewt. Er spielte in der Tennisbundesliga, hatte gerade ein Match gegen Patrick Kühnen gewonnen und es bis auf Platz 278 der Weltrangliste geschafft. Ihn umgab die Aura des Winners, die Unwiderstehlichkeit derer, die alles haben. Gutes Aussehen, Intelligenz, Erfolg und Glück. Ich wurde seine Freundin und blieb es genau zwei Monate lang. Zwei Monate genoss ich diesen Zustand himmelhoch jauchzender Glückseligkeit, sonnte mich in seiner Popularität, genoss die neidischen Blicke der anderen Mädchen. Bis zu dem Tag, an dem ich den Fehler machte, Jochen Renate vorzustellen. Schon als sich die beiden zum ersten Mal gegenüberstanden, sprühten die Funken und ein Blinder hätte gespürt, dass meine liebe Freundin mich gerade vom Platz stellte. Das Match war für mich verloren, bevor es richtig begonnen hatte.

Ganze drei Wochen dauerte es, bis Jochen mit der Wahrheit herausrückte. Renate sei die Liebe seines Lebens, sagte er. Dagegen käme er nun mal nicht an. Wogegen er in Wirklichkeit nicht ankam, war die Mischung aus gutem Aussehen und reichem Elternhaus. Der Name Meyerink und alles, was damit an Wohlstand und Prestige zusammenhing, waren mindestens so attraktiv wie Renates Schneewittchenteint, ihre dunklen Augen und ihre Mannequinfigur. Ich brauchte lange, um damit fertig zu werden. Und wahrscheinlich würde ich heute noch kein Wort mit den beiden wechseln, wenn Renate mich nicht so nachdrücklich und ausdauernd umworben hätte. Wenn sie mich nicht mit Briefen, kleinen Geschenken, überraschenden Besuchen so lange belagert hätte, bis ich aus meiner Schmollecke wieder herauskam, bis ich so tat, als wäre ich heroisch genug, den beiden zu verzeihen. Ich wollte weder meine Freunde noch mein Gesicht verlieren und stand die verbleibenden drei Monate bis zum Abitur irgendwie durch. Erst die Zeit und die räumliche Distanz haben die Wunden geheilt. Aber nicht ganz, wie mir dieses unangenehm spitze Schmerzgefühl in der Brust gerade zeigt. Jochen hat immer noch etwas an sich, das mir wehtut.

Er fasst mich am Arm und führt mich zu einem Tisch im hinteren Teil des Restaurants.

»Entschuldige. Ich bin zu spät.«

»Macht nichts«, sagt er und rückt einen Stuhl für mich zurecht.

Als wir uns gegenübersitzen, bedenkt er mich mit einem Raubtierlächeln, das mich genau unterhalb des Bauchnabels trifft und mich so verunsichert, dass ich verlegen nach der Speisekarte greife. »Kannst du mir etwas empfehlen?«

»Das Osso buco ist hier ziemlich gut«, sagt er, ohne mich aus den Augen zu lassen.

»Na prima!« Ich klappe die Karte wieder zu. »Dann nehme ich das doch.«

Sein Lächeln vertieft sich.

»Ich war heute bei Renate«, unternehme ich einen Versuch, sicheren Boden unter die Füße zu bekommen.

»Und? Hat sie sich gefreut?«

»Nein. Hat sie nicht. Ganz im Gegenteil. Sie möchte, dass ich abreise.«

»Das ist der Schock. Mach dir nix draus.«

»Warum willst du eigentlich, dass ausgerechnet ich das aufkläre?«, frage ich ihn unvermittelt.

Jetzt ist er es, der verlegen wird und mit der flachen Hand imaginäre Falten aus der weißen Damasttischdecke streicht. »Nun, wir können die Polizei nicht einschalten. Aus nahe liegenden Gründen. Und ich wollte nicht irgendeinen Privatdetektiv. Man weiß ja nie, ob so jemand nicht doch irgendwann zur Presse rennt.«

»Aber was machst du, wenn ich den Typen finde? Der Polizei kannst du ihn ja schlecht ausliefern.«

»Weißt du«, sagt er und senkt seine Stimme, »die Firma Meyerink verfügt über einen äußerst effizienten Werkschutz. Die Jungs werden sich den Scheißkerl vorknöpfen. Und danach nimmt der keine Rasierklinge mehr in die Hand. Da kannst du sicher sein.«

»Hast du denn keine Angst, dass das schief geht? Dass sie ihn umbringen?«

»Das sind Profis, die wissen, was sie tun«, antwortet er ungerührt. »Übrigens ...«

Ich warte, doch er spricht nicht weiter. »Übrigens ...?«, frage ich.

»Ach nichts.« Er fährt sich mit der Hand durch seine dichten, blonden Haare. »Weißt du, das ist alles sehr, sehr heikel. Wenn Renates Vater jemals von der Geschichte erfährt, ist die Hölle los.«

»Wäre das so schlimm?«

»Was glaubst du denn!«, herrscht er mich an. »Ich arbeite für den Mann. Ich bin mittlerweile Leiter der Geschäftsführung. Und das möchte ich auch gerne bleiben. Doch wenn die Geschichte rauskommt, wird der Alte mir die Schuld geben. Dann bin ich derjenige, der seine Tochter zu SM-Spielen gezwungen und seine kleine unschuldige Prinzessin den Perversen zum Fraß vorgeworfen hat.«

Ich kann mich eines kleinen, fiesen Gefühls der Schadenfreude nicht erwehren. Schließlich verdanke ich diesem Mann die schmerzhafteste Abfuhr meines Lebens. Doch auch strahlende Helden legen einmal eine Bauchlandung hin. Jochens Bauchlandung kam fünf Jahre nach unserer Trennung. Seine hoffnungsvolle Tenniskarriere scheiterte an einem kaputten Knie. Das war der Moment, in dem sich seine Damenwahl auszuzahlen schien. Der alte Meyerink bot ihm den Job des Marketingleiters in seinem Unternehmen an. Jochen akzeptierte und sitzt seitdem in der Falle. Jetzt ist er nicht nur von seiner reichen Frau, sondern auch von seinem reichen Schwiegervater abhängig. Mit Eintritt in die Firma *Meyerink & Co. KG* kann er sich so gut wie alles leisten. Mit einer Ausnahme. Eine Scheidung kommt nicht mehr in Betracht.

»Zehn Euro für deine Gedanken«, sagt Jochen und mustert mich neugierig.

»Ich frage mich, warum mir nie aufgefallen ist, dass du dich für SM interessierst?«

»Das habe ich ja zu unserer Zeit auch nicht.«

»Ach. Dann hat dich Renate dazu bekehrt?«

»Wenn du so willst«, sagt er. »Das heißt aber nicht, dass ich keinen Blümchensex mag. Den finde ich nach wie vor spannend. Wenn du weißt, was ich meine.«

Er grinst und unterstreicht seine Worte mit einer vagen Handbewegung. Dabei stößt er sein Rotweinglas um. Der *Côte du Rhône* läuft über die blütenweiße Decke, bahnt sich in rasanter Geschwindigkeit seinen Weg zwischen zwei silbernen Kerzenständern, erreicht die Tischkante und – tropft auf mein Kleid. Erschrocken springe ich hoch. Sofort eilen zwei Kellner herbei. Während der eine die rote Pfütze auf dem Tisch eindämmt, wischt der andere mit einer Stoffserviette an meinem Oberschenkel herum. Was den Fleck nicht kleiner, sondern immer größer und mich ziemlich sauer macht.

»Lassen Sie, lassen Sie«, fauche ich. »Es geht schon.«

Jochen kommt um den Tisch herum. »Tut mir leid«, sagt er. »Ich kaufe dir ein neues Kleid, wenn du möchtest.«

»Nicht nötig. Ich setze es auf die Rechnung«, antworte ich und schenke ihm ein schiefes Lächeln.

Während die Kellner den Tisch neu decken, schiebe ich mir ein paar Tempos unter den nassen Fleck. Das sieht zwar nicht gut aus, fühlt sich aber eindeutig besser an. Nachdem wir unsere Bestellung aufgegeben und die Kellner uns endlich wieder allein gelassen haben, versuche ich, auf unser ursprüngliches Thema zurückzukommen.

»Du läufst also zweigleisig?«

Er schüttelt den Kopf. »Renate zuliebe konsequent eingleisig. Wenn man eine Frau liebt, tut man vieles für sie.« Er greift nach meiner Hand.

»Du scheinst deine Frau ja wirklich zu vergöttern«, antworte ich und mustere demonstrativ seine Hand.

Er zieht sie zurück. »Gefühle verändern sich. Und Menschen auch.«

»Ach! Tatsächlich?«

Nachdenklich trommelt er mit den Fingern auf den Tisch. »Pia, das klingt jetzt vielleicht blöd, aber Renate hat sich wirklich verändert. In letzter Zeit ist sie nur noch schlecht gelaunt, gereizt, muffig. Wegen jeder Kleinigkeit geht sie sofort an die Decke. Als ob sie in der Menopause wäre. Nur dass sie dafür ja eigentlich noch ein bisschen zu jung ist.«

»Hast du außer den Wechseljahren vielleicht noch eine andere Erklärung?«, frage ich spitz.

»Nein. Sie ist irgendwie so weit weg.«

Vielleicht hat sie ja allen Grund, weit weg zu sein, geht es mir durch den Kopf.

»Gehst du fremd?«, frage ich.

»Bist du verrückt?«

»Jochen, wenn du eine Freundin hast, wenn da draußen irgendeine Tussi herumläuft, die Renate aus dem Weg haben will, die gerne die nächste Frau Averbeck werden möchte, dann sag mir das bitte, und zwar jetzt. Ich krieg es sowieso raus.«

»Ich bin doch nicht wahnsinnig«, braust er auf. »Wenn bekannt würde, dass ich eine Geliebte habe, dann wäre ich meine Frau und meinen Job los. Dann würde ich alles verlieren, was ich in den letzten fünfzehn Jahren aufgebaut habe. Hältst du mich für so bescheuert?«

»Nein. Entschuldige«, versuche ich, ihn zu beruhigen. »Ich wollte dir nicht zu nahe treten.«

»Außerdem ist Renate nicht von einer Frau verletzt worden, sondern von einem Mann«, sagt er immer noch aufgebracht.

»Bist du dir sicher?«

»Ja! Ganz sicher.«

»Okay, dann lass uns Folgendes machen. Wir gehen den Abend noch einmal zusammen durch. Jedes einzelne Detail, jede noch so kleine Winzigkeit.«

»Das haben wir doch schon am Telefon getan«, stöhnt er.

»Ich weiß, aber ...«

Sachte beginnt er mit seinen Fingerkuppen über meinen Handrücken zu streichen.

»Jochen, findest du das in Ordnung, was du hier machst? Deine Frau liegt im Krankenhaus und du ...«

Seufzend nimmt er seine Hand wieder weg. »Spielverderberin.« Er greift nach seinem Glas. »Ich mache dir einen Vorschlag. Ich erzähle dir alles. Alles, was du wissen willst.

Aber erst nach dem Essen, bei einer Tasse Kaffee, bei uns daheim. Kennst du überhaupt schon unser neues Haus?«

»Nein.«

»Es wird dir gefallen. Es ist ganz modern. Keine Schnörkel, keine Erker, kein Stuck, nichts, nur gerade, klare Linien. Bis auf eine Ausnahme. Einen offenen Kamin, mit einer Marmoreinfassung aus dem siebzehnten Jahrhundert, stammt angeblich aus einem französischen Schloss. Renate hat ihn bei irgendeinem Antiquitätenhändler aufgetrieben.«

»Toll«, sage ich wenig begeistert. Ich finde, man sollte alte Kamineinfassungen in alten Schlössern lassen, da, wo sie hingehören.

»Dort kannst du dann auch dein Kleid trocknen«, fügt er augenzwinkernd hinzu.

Auf meinen angewiderten Gesichtsausdruck reagiert er mit einem lauten Lachen und einem erneuten Übergriff auf meine linke Hand.

»Mein Gott, Pia, du bist ja immer noch so humorlos wie früher.«

»Und so schlagfertig«, sage ich und haue ihm auf die Finger.

6

Wilsberg inspiziert ein Hotelzimmer

»Für wen hältst du mich, Wilsberg?«, fragte Stürzenbecher.

Der Hauptkommissar betrachtete die Liste mit dem Blick einer Raubkatze, die so tut, als würde sie sich nicht für die junge Antilope am Wasserloch interessieren.

»Was sind das für Leute? Warum soll ich sie durch den Computer jagen?«

»Ich möchte nur wissen, ob einer von denen vorbestraft ist.«

»Das habe ich schon verstanden.« Stürzenbecher strich sich über die Krawatte, die über seinem Bauch baumelte. »Wenn ich für dich den Handlanger spielen soll, musst du ein bisschen mehr Fleisch an die Geschichte geben.«

»Geht nicht«, erwiderte ich.

Ich war mit der Gästeliste des *Club Marquis* zum Polizeipräsidium gefahren und hatte sie Hauptkommissar Stürzenbecher auf den Schreibtisch gelegt. Das war zwar gegen die Vereinbarung, die ich mit den Heuskens getroffen hatte, aber warum sollte ich mir die Ermittlungen unnötig schwer machen, wenn es auch einen einfachen Weg zum Jackpot gab. Vielleicht blinkte ja einer der Namen wie eine rote Warnleuchte auf.

Stürzenbecher runzelte die Stirn. Wir kannten uns seit zwei Jahrzehnten und mochten uns, obwohl das für Außenstehende manchmal nicht so aussah. Ich hatte ihm mindestens genauso oft geholfen wie er mir, das wussten wir beide, ohne darüber ein Wort verlieren zu müssen.

»Na schön.« Er stand auf und ging zu der Glastür, die ihn vom Fußvolk des für Gewaltverbrechen zuständigen Kommissariats trennte. »Brünstrup!«

Eine Frau mit Pferdeschwanz trabte heran.

Stürzenbecher gab ihr die Liste. »Checken Sie die Namen auf Vorstrafen!«

»In welcher Sache?«

»In gar keiner.«

Brünstrup öffnete den Mund zu einer weiteren Frage, doch da hatte Stürzenbecher die Tür schon wieder geschlossen.

»Willst du einen Kaffee?« Die Frage galt mir.

»Gerne.«

Der Hauptkommissar goss Kaffee aus einer Thermoskanne in zwei Becher und stellte sie zusammen mit einem Glas Milchpulver auf den Tisch. Trotz des Milchpulvers schmeckte der Kaffee wie fauliges Brackwasser.

»Da sind ein paar bekannte Namen darunter.« Er nahm einen Schluck, ohne die Miene zu verziehen. »Liest sich wie die Mitgliederliste eines Golfclubs.«

»Mit Hobby liegst du schon richtig, allerdings ist es etwas ausgefallener.«

Stürzenbecher schnaubte.

»Hör zu!«, sagte ich. »Sobald ich weiß, was da läuft, gebe ich dir Bescheid. Darauf hast du mein Wort.«

Fünf Minuten später brachte die Frau mit dem Pferdeschwanz das Ergebnis.

»Sieben Vorbestrafte«, fasste Stürzenbecher zusammen, »kein schlechter Schnitt. Zweimal Steuerhinterziehung, zweimal Betrug.«

»Hast du auch schwerere Straftaten im Angebot?«

»Ja. Ein Raoul Meyer ist wegen Rauschgiftschmuggel verurteilt worden.«

»Und was ist mit Körperverletzungen?«

Er schaute kurz hoch und musterte mich skeptisch. »Harald Wiesloch. Hat einen Mann, der ihm in den Wagen gefahren ist, krankenhausreif geschlagen.«

Auch das klang nicht sehr viel versprechend. »Und?«, fragte ich.

»Volker Wegener. Ist gegenüber einer Prostituierten, die er in sein Hotelzimmer bestellt hat, gewalttätig geworden.«

»Danke.« Ich stand auf und griff nach der Liste.

Stürzenbecher hielt das Blatt fest. »Körperverletzung ist kein Antragsdelikt, Wilsberg. Wenn du von einem Verbrechen weißt, musst du uns informieren.«

»Das Opfer will nicht mit der Polizei reden und hat die Sache vertuscht. Außerdem kann es den Täter nicht identifizieren.«

Ich zog ihm das Papier aus der Hand.

»Ich hoffe, du weißt, was du tust«, sagte Stürzenbecher.

Als ich im Auto saß, klingelte das Handy.

»Ich muss dich enttäuschen«, sagte Franka. »Der Porsche ist nur gemietet.« Sie nannte den Namen einer bundesweit operierenden Firma, die für ihre originelle Werbung bekannt war. »Anscheinend hatte die Frau vor, dich zu beeindrucken.«

»Das ist ihr gelungen.« Ich bedankte mich bei Franka und nahm das münstersche Telefonbuch aus dem Handschuhfach. Einiges wurde mir jetzt klarer. Die Frau war erst nach Münster gekommen, als sie von dem Überfall auf Renate Averbeck gehört hatte. Deshalb hatte Clara Heusken sie noch nie im *Club Marquis* gesehen.

Nachdem ich die Adresse der münsterschen Filiale der Leihwagenfirma aufgeschlagen hatte, fuhr ich los.

»Dummerweise kenne ich weder ihren Namen noch ihre Handynummer«, sagte ich zu dem jungen Mann hinter der Theke der Leihwagenfirma, der mit seinen schmalen Schultern und knochigen Hüften den billigen Konfektionsanzug nur unzureichend ausfüllen konnte.

»Aber das Autokennzeichen haben Sie sich gemerkt?« Das Misstrauen in seiner Stimme war nicht zu überhören.

»Tja, wissen Sie, das ist ein Tick von mir. Schon als Kind habe ich ständig auf Autokennzeichen geachtet.«

»Tut mir leid, wir dürfen keine Namen herausgeben.«

»Das verstehe ich ja.« Ich lehnte mich auf die Theke und lächelte ihn freundlich an.

Der junge Mann wich einen halben Schritt zurück und schaute sich unsicher um. In einem Glaskabuff hatte ein bierbäuchiger Schnauzbartträger seine Beine auf den Schreibtisch gelegt und lachte schallend in ein Telefon, das er unter sein Doppelkinn geklemmt hatte. Es sah nicht so aus, als würde Schnauzbart bald sein Telefongespräch beenden, was mir ganz recht war.

»Wenn es nur um einen Regenschirm ginge, würde ich Sie auch nicht behelligen, aber ich habe meinen Laptop in ihrem Wagen vergessen. Den brauche ich unbedingt, und zwar heute noch.«

Ich hatte ihm erzählt, dass ich die Unbekannte bei einem Kongress kennen gelernt und sie mich in dem Porsche mitgenommen hatte.

»Warum fragen Sie nicht einfach bei der Kongressleitung nach?«

»Der Kongress ist heute Mittag zu Ende gegangen. Ich weiß aber, dass sie noch einen Tag in Münster bleiben wollte.« Ich legte einen Zwanzig-Euro-Schein auf die Theke. »Machen Sie eine Ausnahme von Ihren Regeln. Es handelt sich um einen Notfall.«

»Normalerweise wissen wir nichts über den Aufenthalt unserer Kunden.«

Ein klares Nein hörte sich anders an.

Ich verwandelte den Geldschein in einen Zwilling. »Vielleicht hat sie hier angerufen, weil sie den Porsche ein paar Tage länger behalten will.«

»Oder gegen einen kleineren Wagen tauschen möchte«, ergänzte der Jüngling.

»Sehen Sie, wir kommen uns doch näher.« Ich blätterte den dritten Schein auf seine Artgenossen. »Geben Sie mir den Namen der Frau und verraten Sie mir, wo ich sie finden kann. Alles andere kläre ich selbst. Selbstverständlich werde ich nicht erwähnen, woher ich die Information habe.«

Er linste zu dem Geld.

»Mehr ist nicht drin.« Ich legte meine rechte Hand auf die Scheine. »Entscheiden Sie sich, bevor Ihr Kollege etwas merkt.«

»Pia Petry«, antwortete er rasch. »Sie wohnt im *Hotel Schweizerhof.*«

Das *Hotel Schweizerhof* war nur durch einige Baumreihen vom Aasee getrennt. Nicht das teuerste Hotel in Münster, aber edel genug, um Frau Petrys Porsche nicht der Gefahr der Einsamkeit unter minderwertigen Karossen auszusetzen. Als ich am Abend über den Parkplatz zum Eingang schritt, konnte ich ihn allerdings nirgends entdecken.

Wegen der Uni- und Innenstadtnähe stiegen im *Schweizerhof* zumeist Wissenschaftler und Geschäftsleute ab, deshalb hatte ich meine übliche Berufskleidung gegen einen grauen Anzug getauscht und meine lederne Reisetasche mit Pullovern und ein paar Einbruchswerkzeugen gefüllt.

»Gärtner«, sagte ich und stellte meine Reisetasche vor der Rezeption ab, »Frau Petry hat ein Zimmer für mich reserviert.«

Die Frau mit dem bunten Halstuch suchte vergeblich auf dem Monitor. »Tut mir leid, uns liegt keine Reservierung vor.«

»Das verstehe ich nicht«, tat ich verwirrt, »Frau Petry ist doch da, oder nicht?«

Ein erneuter Blick auf den Monitor. »Ja, sie ist seit gestern hier.«

»Kann ich mit ihr sprechen?«

Die Hotelangestellte wählte eine Nummer und ließ es eine Weile tuten. »Sie scheint nicht in ihrem Zimmer zu sein.«

»Tja«, ich schaute mich Hilfe suchend um, »haben Sie denn noch ein Zimmer frei?«

»Wie lange wollen Sie bleiben?«

»Nur eine Nacht.«

Ich schrieb eine Fantasieadresse auf das Anmeldeformular und bezahlte bar im Voraus, der alten Einbrecherregel folgend, dass man nie mehr als eine Straftat auf einmal begehen soll. Und da ich vorhatte, dem Zimmer von Pia Petry einen Besuch abzustatten, wollte ich mich nicht auch noch der Zechprellerei schuldig machen.

Ich bekam ein Zimmer im siebten Stock, mit herrlichem Ausblick auf den Aasee, auf dessen Oberfläche sich der Vollmond spiegelte. Von hier oben sah Münster schöner aus, als die meisten Münsteraner ahnten. Aber ich war ja nicht hier, um die Aussicht zu genießen, sondern um zu arbeiten.

Vom Zimmertelefon aus rief ich in der Lobby an und bat den Mann, der sich meldete, um die interne Telefonnummer von Frau Petry. Er nannte eine Zahl, von der ich hoffte, das sie mit der Zimmernummer identisch war.

Nachdem ich das Zimmer gefunden hatte, klopfte ich vorsichtshalber an. Niemand antwortete. Mit dem richtigen Equipment stellt auch eine Hotelzimmertür kein ernsthaftes Hindernis dar. Ich brauchte nur knapp zwanzig Sekunden, um das Kartenschloss zu knacken, verriegelte die Tür von innen und schaltete die Taschenlampe an.

Dass das Zimmer von einer Frau bewohnt wurde, stand außer Frage. Kein Mann ist genetisch dazu in der Lage, den halben Inhalt seines Kleiderschranks und ein komplettes Körperpflege- und Kosmetikprogramm einzupacken und bei erstbester Gelegenheit auf dem Boden und auf dem Bett zu verteilen. Ich ging näher heran und entdeckte den schwarzen Minirock, den ich aus dem *Club Marquis* kannte. Zweifellos befand ich mich im richtigen Zimmer. Allerdings fand ich kein Leder, keinen Latex, nicht mal ein paar metallische Accessoires. Für eine SM-Braut kleidete sich Pia Petry ungewöhnlich sittsam. Auch der geöffnete Rollkoffer, der neben dem Bett stand, enthielt keine Handschellen, Peitschen, Knebel oder andere Dinge, die das sadomasochistische Leben angeblich so schön machten. Überhaupt fand ich nichts, was mich weiterbrachte. Natürlich hatte Frau Petry ihr Handy und ihren Terminkalender mitgenommen. Aber wenigstens einige Briefe oder persönliche Notizen hätte sie für mich zurücklassen können.

Zunehmend frustriert drehte ich eine weitere Runde durch das Zimmer, öffnete Schubladen und inspizierte das Badezimmer. Ohne Erfolg. Schließlich betrachtete ich den Schreibblock, der neben dem Telefon lag. Ganz schwach waren Linien zu erkennen, die vom Druck eines Kugelschreibers stammten. Offenbar hatte sie etwas geschrieben und den Zettel abgerissen.

Ich hielt den Block schräg unter das Licht der Taschenlampe. Jetzt wurden die Linien deutlicher. *Restaurant im Heeremanschen Hof*, entzifferte ich mühsam, dann *Jochen* und *20.00.*

Jochen wie Jochen Averbeck. Das war tatsächlich interessant. Jochen Averbeck traf sich mit Pia Petry. Vielleicht war sie seine Geliebte und der Auftritt im Krankenhaus kein Höflichkeitsbesuch, sondern ein Streit zwischen Rivalinnen gewesen.

Meine Gedanken drehten sich weiter. Möglicherweise hatte es den unbekannten Angreifer nie gegeben. Ein anderes Szenario war ebenso denkbar: Averbeck hatte seine Frau töten wollen und im letzten Moment Skrupel bekommen. Wenn der gute Jochen am Geldtropf der Meyerinks hing, war der Weg in die Freiheit ohne nennenswerten Einkommensverlust nur als Witwer zu beschreiten.

Ich verließ das Zimmer und schlenderte wie ein gewöhnlicher Hotelgast über den Flur. Vor mir öffneten sich die Aufzugtüren. Und dann kam *sie* heraus. Sie stöckelte in orthopädisch ungesund aussehenden Stiefeln und hatte einen Fleck auf ihrem Designerkleid.

Ich schaute gelangweilt geradeaus und hoffte, dass sie mitspielen würde. Was blieb mir anderes übrig? Ein Hotelflur eignet sich nicht zum Verstecken.

Aber die Rechnung ging nicht auf. Als wir auf einer Höhe waren, fuhr sie mich an: »Sie? Was machen Sie hier?«

»Meinen Sie mich?«

»Wen sonst?«

»Geht Sie das etwas an?«

Sie schaute von mir zu ihrer Zimmertür. »Sie waren in meinem Zimmer.«

»Erzählen Sie keinen Unsinn!«

Ich wollte weitergehen, doch sie hielt mich fest. »Sie waren in diesem Club, Sie waren im Krankenhaus und jetzt lungern Sie vor meiner Tür herum.«

»Nun, offenbar waren Sie ja auch an diesen Orten, sonst hätten Sie mich nicht gesehen. Im Übrigen bin ich im Begriff, das Hotel zu verlassen. Ich nehme an, dass Sie mich nicht begleiten wollen.«

Ich schüttelte ihre Hand ab.

»Bleiben Sie stehen!«

Ich ging weiter.

»Wenn Sie nicht sofort stehen bleiben, schreie ich das ganze Hotel zusammen.«

»Na schön.« Ich drehte mich um. »Was wollen Sie?«

Sie baute sich vor mir auf. »Ich möchte wissen, warum Sie hinter mir her sind.«

»Einverstanden. Dafür verraten Sie mir, warum Sie hinter Jochen her sind.«

»Was?«

»Sie haben sich doch mit ihm getroffen.«

»Woher wissen Sie das?«

Ich grinste. »Wir haben alle unsere kleinen Geheimnisse. Haben Sie Jochen Averbeck darüber hinweggetröstet, dass seine Frau schwer verletzt im Krankenhaus liegt?«

Sie schnappte nach Luft. »Sie werden unverschämt.«

»War es nur seelischer Beistand, den Sie geleistet haben, oder auch sexueller?«

Ich fing ihre Hand ab, mit der sie mich ohrfeigen wollte. »Sparen Sie sich Ihre Empörung! Ich nehme an, Sie wollen Jochen für sich allein haben. Nur steht Ihnen dabei Renate im Weg.«

»Das ist nicht wahr«, fauchte Pia Petry. »Renate ist meine Freundin.«

»Na gut. Wie Sie meinen. Ich bin jedenfalls hinter dem Kerl her, der Ihre Freundin fast umgebracht hat.«

Ich ließ sie stehen und spürte ihren Blick im Rücken, bis ich die Tür zum Treppenhaus erreicht hatte.

7

Pia Petry steigt in den Hades hinab

Für wen hält sich dieser Kerl eigentlich? Für Supermann? *Ich bin jedenfalls hinter dem Kerl her, der Ihre Freundin fast umgebracht hat.* Theatralischer geht's ja wohl nicht. Perplex starre ich dem Typen nach, der mit hocherhobenem Kopf steifbeinig den Gang hinunterläuft und dann im Treppenhaus verschwindet. Ein Bulle ist er bestimmt nicht. Sonst hätte er mir längst seinen Ausweis unter die Nase gehalten. Aber wer ist er dann? Ein SM-Verehrer von Renate, der sich als Held aufspielen will? Der die Gelegenheit nutzt, sich wichtig zu machen, um sich dann in Renates Dankbarkeit sonnen zu können? Naiv genug scheint er dafür zu sein.

Doch kaum stehe ich in meinem Zimmer, sehe ich, dass Romeo wohl doch nicht so naiv ist. Er ist tatsächlich hier drin gewesen. Mein Schreibblock ist nicht mehr an dem Platz, an den ich ihn zuletzt hingelegt habe. Der Einbruch nötigt mir einen gewissen Respekt ab. Allerdings macht mich die Vorstellung, dass der Kerl meine Sachen durchsucht, womöglich meine Kosmetikartikel inspiziert und meine BHs und Slips in der Hand gehabt hat, ziemlich sauer. So sauer, dass ich kurz davor bin, Renate im Krankenhaus anzurufen. Aber zwölf Uhr nachts ist vielleicht nicht unbedingt der richtige Zeitpunkt, um eine Schwerverletzte aus dem Schlaf zu reißen. Bleibt Jochen. Doch den rufe ich ganz bestimmt nicht an. Auf die Diskussion, die dann folgen würde, bin ich nicht scharf.

Am nächsten Morgen klingelt um halb zehn das Telefon. Auf mein müdes Hallo meldet sich die Rezeptionistin, die mir mit Verschwörerstimme mitteilt, dass das Buffet bald abgeräumt wird und ich mich beeilen müsse, wenn ich noch frühstücken wolle.

»Ich will nicht frühstücken«, blaffe ich. »Ich will schlafen.«

Ihre Entschuldigungsversuche warte ich gar nicht erst ab, sondern lege gleich wieder auf. Natürlich schlafe ich danach nicht mehr ein. Übermüdet und von dröhnenden Kopfschmerzen benommen, stolpere ich eine halbe Stunde später die Treppe zur Lobby hinunter.

Die junge Frau hinter der Rezeption zieht schuldbewusst den Kopf ein. »Frau Petry. Das ist mir so unangenehm. Ich wollte Sie nicht stören. Ich dachte nur …«

»Ist schon gut«, sage ich und mache mich auf den Weg zum Frühstücksraum.

»Ich habe eine Nachricht für Sie«, ruft sie hinter mir her, als ich schon fast dort bin. Also trotte ich wieder zurück.

»Eine Nachricht?«, frage ich müde.

Sie händigt mir einen säuberlich zusammengefalteten Zettel aus.

Hallo, du Biest, steht da drauf, *du solltest heute Abend in den Club gehen. Ab 22 Uhr läuft eine Veranstaltung, die interessant für dich sein könnte. Kauf dir was Passendes und setz es auf meine Rechnung. Gruß und Kuss Jochen*

Darunter steht eine Adresse. Ich nehme an, es ist die eines SM-Ladens. *Hallo, du Biest*, lese ich noch einmal. Offensichtlich hat er mir die Geschichte von gestern Abend nicht übel genommen. Oder er ist ein guter Verlierer. Was allerdings neu wäre. Er muss sich schon ziemlich bescheuert vorgekommen sein, als er vor dem offenen Kamin aus dem siebzehnten Jahrhundert gesessen und auf mich gewartet hat. Vorher hat er wahrscheinlich den Rotwein dekantiert, ein paar Plätzchen auf dem Tisch und ein paar Präservative neben dem Bett deponiert. Doch Frau Petry ist nicht erschienen. Die ist nämlich schnurstracks in ihr Hotel gefahren. Obwohl ich ihm ungefähr hundert Mal gesagt habe, dass ich müde und sowieso kein großer Fan von offenen Kaminen bin, hat er unbeirrt weiter insistiert. Als sei ich ein kleines Schulmädchen, dem man einfach nur oft genug sagen muss, was es tun soll. Irgendwann habe ich keinen anderen Ausweg mehr gesehen als zuzustimmen. Pro forma. Ich habe mich in mein Auto gesetzt, »Bis gleich« gerufen und bin zum *Schweizerhof* gefahren. Mein Handy habe ich ausgeschaltet und den Nachtportier angewiesen, auf gar keinen Fall Telefonate durchzustellen. Es hat funktioniert. Und das Erstaunliche ist, dass Jochen offensichtlich nicht eingeschnappt ist. Eher im Gegenteil. Es scheint ihm imponiert zu haben. So sind Männer, denke ich, sie wollen gequält werden.

Gleich nach dem Frühstück setze ich mich in meinen Porsche und fahre zu dem SM-Laden. Ich parke den Wagen in einer Seitenstraße und gehe das restliche Stück zu Fuß. Minutenlang stehe ich vor dem Schaufenster und betrachte die Modepuppen, die mit schwarzen Latexkleidchen, Lederkorsetts oder Riemenbodys bekleidet sind und deren blasse Gesichter, mit den kajalumrundeten Augen und den bläulich geschminkten Lippen, ein bisschen an Zombies erinnern. Es ist eindeutig, was hier verkauft wird und wie die Zielgruppe aussieht. Genauso eindeutig ist, dass ich nicht dazugehöre. Mein Spiegelbild zeigt mir eine typische Anhängerin des von der SM-Szene so verachteten Blümchensex. Jemand, bei dem Liebe nichts mit Demütigung und Schmerz zu tun hat.

Dass man mir meine Unbedarftheit so deutlich ansieht, verunsichert mich. Aber nur kurz. Dann gehe ich tapfer die drei Treppenstufen zu dem Souterrainladen hinunter, der passenderweise *Hades* heißt.

Und wie in der Unterwelt sieht es im Innern auch aus. Die Wände sind schwarz gestrichen, der kleine Tresen, der rechts hinten in der Ecke steht, ist mit schwarzen Holzpaneelen verkleidet, der Boden mit schwarzem Teppichboden ausgelegt und fast alle Klamotten und Erotikartikel sind schwarz, von wenigen roten Ausnahmen abgesehen. An den Regalen hängen Schilder, auf denen das Warensortiment spezifiziert wird. Da stehen Begriffe wie: *Halsbänder*, *Masken*, *Knebel*, *Klammern*, *Gewichte*, *Reizstrom*, *Klinikprodukte*, *Peitschen*, *Vibratoren*, *Dildos*, *Cockringe*, *Riemen*, *Plugs*, *Kugeln*, *Harnesse*, *Spreizstangen*, *Bodybags*, *Mumifizierung* und vieles mehr. Das Angebot ist überwältigend und in vielerlei Hinsicht irritierend. Allein komme ich hier nicht zurecht.

Als ich eine zierliche Blondine entdecke, die im hinteren Teil des Ladens schwarze Dildos in schwarze Holzkisten sortiert, fasse ich mir ein Herz. »Könnten Sie mir bitte helfen?«

Sie sieht hoch und schaut mich aus großen blassblauen Augen neugierig an.

»Klar«, sagt sie und ermutigt mich mit einem freundlichen Lächeln. Dabei erscheint auf ihrer linken Wange ein kleines Grübchen, das ihr hübsches Gesicht noch reizvoller macht.

»Ich bräuchte ein Outfit für eine SM-Veranstaltung«, sage ich.

»Top oder bottom?«

»Top«, antworte ich sofort. Denn wenn ich mich hier schon als SMlerin verkaufe, dann möchte ich doch bitte diejenige sein, die haut, und nicht diejenige, die verhauen wird.

»Top«, wiederholt sie gedehnt und mustert mich erstaunt. »Novizin?«

Da ich es mit der Lügerei nicht übertreiben will, bejahe ich die Frage.

»An was hatten Sie gedacht? Lack, Leder oder Latex?«

»Äh«, sage ich und mache große Augen.

Sie mustert mich von Kopf bis Fuß. »Was halten Sie von einer Latexhose mit einem Unterbrustkorsett?«

»Unterbrustkorsett?«, frage ich.

»Das lässt die Brust frei.«

»Nein, lieber nicht.«

»Na, dann eben ein Vollbrustkorsett«, antwortet sie, als mir ein Tattoo an ihrem Hals auffällt. Ein roter, sichelförmiger Halbmond, an dessen unterer Spitze ein kleiner roter Tropfen hängt. Die Tätowierung ist nicht größer als ein Zwei-Cent-Stück und sitzt etwa drei Zentimeter unter ihrem rechten Ohr. Sie bemerkt meinen Blick und fasst sich instinktiv an den Hals.

»Das ist ein Blutmond«, erklärt sie. »Man nennt ihn auch ausblutender Mond. Schon bei den alten Römern hatte er eine mystische Bedeutung. Er ist ein Symbol für ...«

»Ja?«

»Für richtig guten Sex«, sagt sie leise, zwinkert mir zu und eilt durch den Verkaufsraum davon. Ich sehe ihr nach, bis sie hinter einem schwarzen Vorhang verschwunden ist, hinter dem ich das Warenlager vermute. Richtig guter Sex, denke ich, hat bei SMlern anscheinend immer etwas mit Blut zu tun.

Ich schlendere an den Regalen entlang. Unter dem Schild *Bettwäsche aus Lack* bleibe ich stehen und ziehe ein in Klarsichtfolie verpacktes Spannbettlaken aus einem ausnahmsweise mal roten Stapel. Unter der Größenangabe von *100 x 200 cm* steht *Feuchtspielwiese DE LUXE* und daneben *Premium-Line für erotisch schlüpfrige Wet-Games.* Mich graust es bei der Vorstellung, dass sich jemand sein Bett mit Lackwäsche bezieht. Aber noch mehr graust es mich bei der Vorstellung, warum er das tut.

Blondie reißt mich aus meinen unappetitlichen Gedanken. Mit Schwung bugsiert sie mich in eine Umkleidekabine und drückt mir einen Haufen schwarz glänzender Lack- und Ledersachen in die Hand.

»Wenn Sie umgezogen sind, kommen Sie bitte raus. Der Spiegel ist hier vorne.«

Schön, dass wenigstens draußen einer hängt. Ich zwänge mich in die Latexhose, was anstrengender und schweißtreibender ist, als ich erwartet habe. Danach kommt das Korsett dran. Da man nur die Druckknöpfe vorn schließen muss, habe ich es relativ schnell angelegt.

»Sind Sie fertig?«, ertönt Blondies Stimme. Auf mein Ja hin wird der Vorhang zurückgezogen und die junge Frau hält mir ein Paar schwarze Lackpumps unter die Nase, deren Absätze mit high nur unzureichend beschrieben sind.

»Die sind mir zu hoch«, wehre ich ab.

»Alles Gewöhnungssache«, sagt sie ungerührt und bleibt so lange vor mir stehen, bis ich endlich Anstalten mache, die Schuhe anzuziehen. Kurz darauf stehe ich vor einem mannshohen Spiegel und betrachte eine Pia Petry, die ich noch nicht kannte. Kleider machen nicht nur Leute. Sie vermitteln auch ein bestimmtes Lebensgefühl. Mir ist auf einmal ausgesprochen dominant zu Mute. Blondie reicht mir eine Peitsche, die ich spielerisch durch die Luft sausen lasse. Und plötzlich wird vieles vorstellbar. Auch das Verabreichen einer Tracht Prügel.

»Unsere Gummi-Genusspeitsche ist übrigens im Angebot. Nur 25,49«, sagt Blondie, »auch bei dem Korsett kann ich Ihnen preislich entgegenkommen.« Dann gibt sie einen spitzen Schrei von sich. »Sie haben es ja gar nicht richtig zugeschnürt«, schimpft sie und macht sich an meiner Rückseite zu schaffen.

Und dann passiert etwas völlig Unerwartetes. Von einer Sekunde auf die andere steht ein Mann hinter mir. Er schiebt die Verkäuferin zur Seite, greift nach den Bändern meines Oberteils und zieht zu. Mir bleibt die Luft weg. Und das nicht nur, weil ich keine mehr kriege. Denn der Mann, der meine Taille auf Wespenformat trimmt, ist der Typ, den ich im *Club Marquis* zusammen mit der Asiatin gesehen habe. Der Mann mit dem langen, dunklen Zopf, dem muskulösen

Oberkörper und der erstaunlichen Fingerfertigkeit. Die Erinnerung an die Szene und die Tatsache, dass ich mich dabei als Voyeurin betätigt habe, verunsichern mich genauso wie die physische und psychische Präsenz dieses Mannes, der mich aus stahlblauen Augen unverwandt ansieht, während er mir das letzte bisschen Luft aus dem Körper presst.

»Es reicht«, rufe ich erschrocken. Das würde mir gerade noch fehlen, dass ich hier ohnmächtig werde.

»Das reicht noch lange nicht«, sagt er. »Aber ich will dich ja nicht quälen. Wo du doch top bist.«

Das klingt ironisch. Ein Eindruck, der durch sein maliziöses Lächeln verstärkt wird.

»Wie heißt du?«, fragt er und greift nach einem Lederhalsband, das an einem Haken an der Wand hängt.

»Pia. Und du?«

»Dracu.«

Er schnallt mir das Halsband um und einen Moment fürchte ich, er würde so fest zuziehen, wie er es bei dem Korsett getan hat. Doch die Sorge ist unbegründet, er verschließt es, ohne mich zu strangulieren.

Seine Hände sinken auf meine Hüften und er schnuppert an meinem Haar. »Der Laden gehört übrigens mir«, sagt er leise.

Mein Rücken versteift sich. Hilfe suchend halte ich Ausschau nach der jungen Verkäuferin. Doch die ist verschwunden.

»Wofür ist das?«, frage ich und deute auf den Metallring, der vorn an meinem Halsband angebracht ist.

»Da kann man etwas einhängen«, antwortet Dracu und reibt seine Nase an meinem Ohr.

Das geht mir jetzt eindeutig zu weit.

»Ich nehme alles«, verkünde ich und flüchte umgehend in die Umkleidekabine. In Rekordzeit schäle ich mich aus den Leder-, Latex- und Sonst-was-Klamotten. Ich möchte nur noch eins: so schnell wie möglich raus aus dem Laden.

Als ich die Kabine verlasse, ist Blondie immer noch nicht wieder aufgetaucht. Dracu nimmt mir meine Sachen ab und tippt die Preise in die Kasse.

»Bist du Novizin?«, fragt er.

Ich nicke.

»Was hältst du von einer Ausbildung? Ich bin gut im Ausbilden.«

Wie zufällig streift er meinen Arm und ich bekomme eine Gänsehaut. Der Typ sieht höllisch gut aus, aber irgendetwas an ihm ist unheimlich. Irgendetwas signalisiert mir, dass er einer Spezies angehört, der brave Mädchen weitläufig aus dem Weg gehen sollten. Wollen sie nicht unter die Räder kommen.

»Zu was ausbilden?«, frage ich unsicher.

»Zur Sklavin.«

»Ich bin Sadistin!«

»Wenn du Sadistin bist, bin ich Kermit, der Frosch«, antwortet er und lacht schallend.

»Das weiß ich ja wohl besser.«

»Offensichtlich nicht.« Er nimmt mir meine Mastercard aus der Hand und steckt sie in das Lesegerät. »Bist du heute Abend im Club?«

»Wahrscheinlich.«

»Dann können wir ja nochmal drüber reden.«

Das klingt wie eine Drohung. Er reicht mir die Tüte mit meinen Neuerwerbungen und meinen Kreditkartenbeleg. Als ich unterschreibe, fällt mein Blick auf die Gesamtsumme und mich trifft fast der Schlag: 737,80 Euro. Erschrocken reiße ich die Augen auf. Jochen flippt aus, wenn er das sieht.

Dracu, der meinen entsetzten Blick registriert hat, greift hinter sich, nimmt einen kleinen Karton aus dem Regal und legt ihn in meine Tüte.

»Ein kleines Geschenk«, sagt er und zwinkert mir zu.

Immerhin, denke ich, er versucht nett zu sein. Das honoriere ich mit einem Lächeln. Einem Lächeln, das mir in dem Moment vergeht, als ich sehe, was auf dem Karton steht: *Busenkette mit Nippelzwinge.* Vor Schreck fällt mir fast die Tüte aus der Hand.

8

Wilsberg und die hohe Kunst des Bondage

An diesem Abend fand im *Club Marquis* eine Bondage-Performance statt. Clara Heusken hatte mich mit dem Versprechen geködert, dass viele Stammgäste kommen würden, die ich mir sicher anschauen wolle. Außerdem würde ich die hohe Kunst des japanischen Bondage kennen lernen, vorgeführt von einem in Japan ausgebildeten Meister.

Nun kannte ich Fesselungstechniken zur Genüge, zumeist ausgeführt von Polizisten mit schlichten Handschellen, aber da Clara Heusken meine Auftraggeberin war, konnte ich ihr den Wunsch schlecht abschlagen. Unterschwellig klang in ihrer Stimme auch ein persönliches Interesse mit, allerdings war ich fest entschlossen, auch diesmal dem Angebot einer Einführungslektion in Sadomasochismus zu widerstehen.

Als ich den Saal im Erdgeschoss des Clubs betrat, standen oder saßen etwa fünfzig Leute in kleinen Grüppchen zusammen. Der Altersdurchschnitt lag deutlich über vierzig, allerdings wurden einige ältere Herren, die nach gut gefüllten Bankkonten und Fincas auf Mallorca aussahen, von jungen Frauen begleitet. Hätten nicht alle Lack und Leder in Schwarz getragen – wobei etliche Frauen jedweden Alters ihre Brüste gänzlich unbekleidet ließen –, hätte man die Gläser schwingende und fröhlich talkende Versammlung für eine x-beliebige Cocktailparty halten können.

Doch dann spürte ich, wie ich selbst zum Objekt der Begierde wurde. Einige Transvestiten oder Transsexuelle, die in der Mitte des Saals standen, hatten mich als Frischfleisch ausgemacht und starrten mich aus zentimeterdick zugeschminkten Gesichtern in eindeutiger Absicht an. Unterhalb des Bauchnabels kühlte meine Körpertemperatur um etliche

Grade ab. Ich bemühte mich, so desinteressiert wie möglich zurückzuschauen, und stapfte mit machohaftem Gang zur Bar, um mich auf einen Hocker zu fläzen. Die Transen setzten sich ebenfalls in Bewegung. Anscheinend hatte sie mein Heterogehabe nicht beeindruckt. Oder sie dachten, ich würde auf sehr groß geratene, mit Perücken und Bauarbeiterhänden ausgestattete Frauen stehen.

Bevor sie die Bar erreichten, kam mir Clara Heusken zu Hilfe. Dankbar nahm ich zur Kenntnis, dass sie sich auf den Hocker neben mich setzte und mich schelmisch anlächelte. Sie trug einen schwarzen Lederbody, aus dem zwei straff verschnürte, nackte Brüste ragten. Die Nippel steckten in silbernen, strahlenförmigen Schmuckstücken, wie sie Janet Jackson getragen hatte, als sie beim Endspiel der amerikanischen Football-Meisterschaft von Justin Timberlake entkleidet wurde.

»Nicht schlecht«, sagte die Chefin des SM-Clubs, wobei sie das lederne Muskelshirt begutachtete, das meine nicht besonders durchtrainierten Oberarme zur Geltung brachte. Götz hatte es mir am Eingang mit ihrer Empfehlung überreicht.

»Sie sehen auch bezaubernd aus«, gab ich zurück.

»Danke.« Sie nahm die beiden Sektgläser, die die rothaarige Bardame auf die Theke gestellt hatte, und reichte mir eins. »Haben Sie sich schon einen Namen überlegt?«

»Wofür?«

»Niemand hier benutzt seinen richtigen Namen.«

»Wie wäre es mit Georg?«

»Schön.« Sie stieß mit mir an. »Bleiben wir bei Clara und Georg.« Mit der Zungenspitze berührte sie den feuchten Schimmer ihrer violett gefärbten Oberlippe. »Wissen Sie, ich finde Sie richtig kinky.«

Kinky war wohl das, was andere Frauen in anderer Umgebung süß nennen.

In diesem Moment stieg Manfred Heusken auf die kleine Bühne an der Stirnseite des Saals. Die Bühne war ebenso schwarz ausgekleidet wie der übrige Raum, abgesehen von einer frei stehenden Stahlkonstruktion mit zahlreichen Haken, an denen vermutlich das Opfer der Bondage-Performance aufgehängt werden sollte.

»Was sagt Manfred denn dazu, dass Sie andere Männer kinky finden?«

Clara lachte. »Was denken Sie, warum wir einen SM-Club führen? Hierher kommen Leute, die etwas Neues ausprobieren wollen, neue Techniken und neue Spielpartner. Und natürlich wollen Männe und ich das auch.«

»Und Ihrer Ehe schadet das nicht?«

»Nein. Wir wissen, was wir aneinander haben. Ich werde nur eifersüchtig, wenn ich zusehen muss, wie er mit einer anderen Frau Spaß hat. Deshalb gucke ich nicht hin und er bei mir auch nicht.« Sie legte ihre Hand auf meinen Oberarm und kratzte mich zärtlich mit angespitzten Fingernägeln. »Machen Sie sich keine Sorgen!«

»Ich mache mir keine Sorgen. Höchstens über das, was die dort drüben aushecken.« Ich deutete mit dem Kopf zu den Transen, die ein paar Meter entfernt ihre Köpfe zusammensteckten.

Clara gluckste. »Ach, die sind harmlos. Die möchten von Ihnen nur hart rangenommen werden.«

»Gerade das macht mir ja Sorgen.«

Clara strich über meinen Dreitagebart. »Was erwarten Sie, wenn Sie hier den Top geben?«

Inzwischen hatte Manfred Heusken den Star des Abends angekündigt, einen weizenblonden Mann, der sich Bondingu Tatsujin nannte und angeblich im Dojo des japanischen Großmeisters Masaaki Hatsumi in die Strickfolterlehre gegangen war. Begleitet wurde der Bondingu von einer zierlichen japanischen Schönheit, die ein geblümtes Kleid trug und so unschuldig aussah, als würde sie jeden Tag einen Strauß Wiesenblumen für ihre Mutter pflücken.

Während die Japanerin unentwegt lächelte, hielt der Bondingu einen langatmigen Vortrag über die Geschichte der japanischen Fesselkunst, die sich Nawa Shibari nennt und mit einem einzigen, zwanzig Meter langen Seil ausgeführt wird. Ursprünglich, im japanischen Mittelalter, hatte die Fesselung dem gleichen Zweck gedient wie der deutsche Pranger: den Verurteilten zu demütigen, zu erniedrigen und auf einem öffentlichen Platz zur Schau zu stellen. In der Edo-Periode gab es unterschiedliche Stricke für verschiedene Vergehen und in Klassen unterteilte Beamte, die eine Todsünde begingen, wenn sie den falschen Strick für das falsche Opfer verwendeten.

Ich verstand, dass Schlaufen und Schlingen bei den Japanern eine große Tradition hatten und insbesondere gefesselte Frauen die Schaulustigen aufgeilten. Ein paar Jahrhunderte später kultivierten japanische Edelmänner diese Perversion und legten sich gerne mal eine gefesselte Frau auf ihre Tatami. Schließlich, im zwanzigsten Jahrhundert, wurden Bilder von gefesselten Frauen ein großer Exportschlager japanischer Fotografen.

Nachdem er die Geschichtslektion beendet hatte, begann der Bondingu, die Japanerin zu fesseln. Dabei erzählte er weiter, von Ryo-tebuki Shibari, Ryo-ashi Tsuri und anderen Ryos, allesamt Wickeltechniken, die nicht nur gut aussehen, sondern auch vermeiden sollen, dass den Opfern die Glieder ausgekugelt oder gebrochen werden.

Ich beugte mich zu Clara Heusken hinüber: »Hat Jochen Averbeck neben seiner Frau andere Spielpartnerinnen gehabt?«

»Nein. Jedenfalls nicht hier.«

»Warum haben es die beiden dann nicht zu Hause getrieben?«

»Weil sie hier Gleichgesinnte treffen. Und weil es hier netter ist als im eigenen Hobbykeller.« Clara lehnte sich gegen meine Schulter. »Haben Sie schon etwas herausgefunden?«

»Ich frage mich, ob es den großen Unbekannten, der Renate verletzt haben soll, überhaupt gegeben hat.«

»Daran habe ich auch schon gedacht«, flüsterte sie zurück. »Doch wie ist Jochen zu der Beule am Hinterkopf gekommen? Die war nämlich echt.«

»Was wissen Sie über Volker Wegener?«

»Wer ist das?«

»Sein Name steht auf der Gästeliste, die Sie mir gefaxt haben.«

Clara grübelte. »Jedenfalls kein Stammgast. Warum fragen Sie?«

»Ich bin in einem anderen Zusammenhang auf ihn gestoßen«, wich ich aus.

Die japanische Schönheit war mittlerweile gut verschnürt, das geblümte Kleid bis über die Brüste hochgeschoben, darunter trug sie nur einen schmalen weißen Slip.

Ein großer Mann mit langem, schwarzem Zopf betrat den Saal. Ich erkannte den Vampir, der sich in Jochen Averbecks asiatischer Assistentin festgebissen hatte.

»Wer ist das?«, fragte ich Clara.

»Dracu. Ein Latino. Der begehrteste Top in der Szene. Alle Masochistinnen sind verrückt nach ihm.«

»Sie auch?«

»Er bevorzugt Novizinnen.«

Die Japanerin stand jetzt auf einem Bein, das andere hing an einem Haken. Der blonde Fesselmeister drückte den Oberkörper der Frau nach unten und befestigte das mehrfach um den Oberkörper geschlungene Seil an einer zweiten Hängevorrichtung. Dann griff er sich das Standbein der Japanerin, die zierliche Frau schwebte in der Luft. Vergnügen schien sie dabei nicht zu empfinden, ihr Gesicht war schmerzverzerrt, Tränen liefen ihr über die Wangen. Das Publikum hielt den Atem an.

»Sieht nicht so aus, als würde ihr das gefallen«, bemerkte ich.

»Die Frau ist Profi«, erwiderte Clara. »Die macht das fünfzig Mal im Jahr. Niemand kann schöner leiden als Japanerinnen. Eine Amerikanerin würde nur dümmlich grinsen. Trotzdem sollten Sie das nicht nachmachen.«

»Hatte ich auch nicht vor.«

»Mit einer Frau, die höchstens vierzig Kilo wiegt und sehr elastisch ist, kann man vieles anstellen, was bei einer Mitteleuropäerin ohne Training zu ernsthaften Verletzungen führen würde.«

Der Bondingu ließ seine Finger über den Körper des Opfers gleiten. Als er beim Slip angelangt war, wurde die andächtige Stille von lautem Schuhgestöckel unterbrochen. Pia Petry hatte ihren Auftritt.

Einen Moment lang dachte ich, sie würde kehrtmachen, als sie von einundfünfzig Augenpaaren angestarrt wurde. Bei weniger schummrigem Licht und nicht so sorgfältig aufgetragenem Make-up hätte man bestimmt gesehen, dass sie rot wurde.

Dann rettete der Fesselmeister die Situation, indem er den ersten Teil der Show für beendet erklärte und begann, seine Partnerin von dem Strick zu befreien.

Clara Heusken stieß mich in die Seite. »Da ist ja Ihre Freundin. Hat sich echt in Schale geschmissen.«

Auch ich staunte. In ihrem Hotelzimmer hatte ich das hautenge Latex-Outfit, das sie heute trug, nicht entdeckt. Und im Gegensatz zu vielen anderen anwesenden Frauen, bei denen man die Hüftringe zählen konnte, stand es ihr richtig gut.

Dracu löste sich von seinem Platz an der Wand und bewegte sich auf Pia Petry zu. Die beiden schienen sich zu kennen, denn wie selbstverständlich legte er seine Hand auf Pias Hüfte und dirigierte sie zur Bar, direkt an mir vorbei.

Sie bemerkte mich erst, als wir uns beinahe berührten, und blieb stehen.

»Hallo!«, sagte ich.

»Sie schon wieder«, antwortete sie. »Haben Sie Eintritt gezahlt oder sind Sie mal wieder eingebrochen?«

Bevor ich darauf reagieren konnte, zog Dracu sie weiter und ließ seine Hand besitzergreifend über ihren Rücken gleiten. Ich spürte einen Stich in der Magengegend.

»Merkwürdig«, sagte Clara, die das Schauspiel gespannt verfolgt hatte.

Ich ersparte mir einen Kommentar.

»Natürlich.« Die Club-Chefin schnipste mit den Fingern. »Sie hat bei ihm eingekauft.«

»Was?«

»Dracu besitzt einen Laden für SM-Kleidung. Sie hat bei ihm eingekauft und er hat zugegriffen. Sieht so aus, als habe er heute noch einiges mit ihr vor.«

Eigentlich ging es mich ja nichts an, was Herr Dracu mit Frau Petry vorhatte, solange er dafür kein Messer benutzte, trotzdem gefiel mir die Sache überhaupt nicht. Was nicht besser wurde, als ich beobachtete, wie Dracu eine Lederleine an Pias Halsband befestigte und neckisch daran zog.

»Noch einen Sekt?«, fragte Clara.

»Nein, danke.« Ich glitt vom Hocker.

Bevor ich länger über einen Plan nachdenken konnte, stand ich vor Pia und klinkte die Leine aus dem Halsband. »Ich muss mit Ihnen reden.«

»Hey, was soll das?«, fuhr mich Dracu an.

Ich beachtete ihn nicht. »Ich habe eine Nachricht von Renate für Sie«, wandte ich mich an Pia, die offenbar unschlüssig war, was sie von meinem Angebot halten sollte. »Unter vier Augen. Bitte!«

Dracu baute sich vor mir auf. »So läuft das nicht, Freundchen!«

»Halten Sie sich da raus!«, schnauzte ich ihn an.

Seine Augen flackerten.

»Gehen Sie aus dem Weg!«

Er schaute sich um, zur erwartungsvoll lauernden Meute.

Da wusste ich, dass ich gewonnen hatte. Sich auf offener Bühne zu prügeln, war unter seiner Würde. Falls er dazu überhaupt den Mumm hatte. Ich nahm Pias Arm und führte sie an ihm vorbei.

Bis wir auf dem mit Kies bedeckten Parkplatz vor dem Club standen, verlor keiner von uns ein Wort. Pia Petry musterte mich kritisch. »Was hat Renate Ihnen gesagt?«

»Gar nichts. Ich wollte Sie da rausholen.«

Sie schnaubte. »Sie sind ja verrückt. Wie kommen Sie dazu, sich so aufzuspielen?«

»Hören Sie, einer dieser Typen da drin hat vor ein paar Tagen Renate Averbeck schwer verletzt. Und Sie könnten die Nächste sein.«

Sie lachte. »Und dieser Typ soll Dracu sein?«

»Dracu oder irgendein anderer. Vielleicht vergisst er, Sie vom Andreaskreuz oder der Streckbank loszubinden, nachdem er mit Ihnen fertig ist. Sie sind doch neu in der Szene und können die Gefahren nicht einschätzen. Ein gefundenes Fressen für einen Sadisten, der keine Grenzen kennt.«

»Sind Sie von der Heilsarmee, haben Sie ein Helfersyndrom oder verwandeln Sie sich bei Vollmond in Supermann?«, pflaumte sie mich an. »Was, verdammt nochmal, ist Ihr Problem?«

»Ich will den Täter finden.«

»Och nee, und nebenbei retten Sie arme hilflose Frauen?«

»Nein. Das tue ich, weil ich Sie mag.«

Sie prustete los. »Sie mögen mich? Entschuldigung, ich finde, Sie haben eine interessante Art, das zu zeigen.«

»Mir fiel keine bessere ein.« Ich deutete zum Eingang. »Tut mir leid, wenn ich Sie überrumpelt habe. Es ist Ihre Entscheidung. Sie können gerne wieder da reingehen und sich von Dracu auspeitschen lassen.«

Sie trat näher, so nah, dass sich unsere Nasenspitzen fast berührten, und blickte mir direkt in die Augen. »Dabei würden Sie das doch viel lieber selbst tun. Hab ich Recht?«

Meine Antwort wartete sie nicht ab. Sie drehte sich um und stöckelte über den Kies zum Club zurück. Allerdings nur ein paar Meter. Dann knickte sie um.

»Aua!« Sie griff sich an den Knöchel. »Hey, Supermann!«, rief sie mir über die Schulter zu. »Wo steht eigentlich Ihr Auto?«

9

Pia Petry spielt ein böses Spiel

Am Himmel ballen sich schwarze Wolken und erste Regentropfen zerplatzen auf der Windschutzscheibe. Fröstelnd ziehe ich mir den Mantel über die nackten Schultern. Doch die Kälte, die ich spüre, kommt nicht von außen, sie kommt von innen. Mir dämmert, in was für eine Situation ich mich gerade hineinmanövriert habe. Ich bin zu jemandem in den Wagen gestiegen, von dem ich nichts weiß, außer dass er SM-Clubs aufsucht, gerne als Arzt verkleidet in Krankenhäusern herumläuft und auch schon mal in Hotelzimmer einbricht. Das ist nicht sonderlich Vertrauen erweckend. Was, wenn er der Täter ist, wenn ich gerade neben dem Mann sitze, der Renate so zugerichtet hat?

»Wie heißen Sie eigentlich?«, fragt er.

»Pia Petry.«

»Und Sie?«

»Wilsberg, Georg Wilsberg.« Mit zusammengekniffenen Augen starrt er auf die nasse Fahrbahn. »Sie kommen nicht aus Münster, oder?«

»Nein. Aus Hamburg.«

»Und woher kennen Sie Renate?«

»Haben Ihnen eigentlich meine BHs gefallen?«

»Was?« Ruckartig dreht er seinen Kopf in meine Richtung.

»Sie waren in meinem Hotelzimmer. Da haben Sie sich doch bestimmt ein bisschen umgesehen. Ich meine, wo Sie schon mal da waren.«

»Was ist denn so Besonderes an Ihren BHs?«

»Aha, Sie geben es also zu.«

»Gar nichts gebe ich zu. Wenn ich bei Ihnen eingebrochen wäre, wüsste ich wahrscheinlich, wovon Sie reden.«

»Sie wissen genau, wovon ich rede.«

»Also, bei aller Sympathie, ich habe keine Ahnung.«

»Woher wussten Sie, dass ich mit Jochen verabredet war?«

Er seufzt. »Eingebung?«

»Wo fahren Sie hin?«, blaffe ich ihn an, als mir plötzlich auffällt, dass wir nicht mehr auf der Straße sind, die der Taxifahrer auf dem Hinweg zum Club genommen hat.

»Das ist eine Abkürzung«, sagt er.

Mir schlägt das Herz bis zum Hals. Angestrengt blicke ich in die Dunkelheit. Was mache ich, wenn er jetzt in irgendeinen Waldweg abbiegt?

»Haben Sie Schiss?«, fragt er und klingt amüsiert.

»Vor Ihnen? Wirklich nicht.«

»Dann sind Sie aber ganz schön mutig. Nach der Geschichte mit Renate einfach zu einem wildfremden Mann ins Auto zu steigen.«

Jetzt reicht es mir. Hektisch krame ich in meiner Tasche. Als ich mein Reizgas endlich gefunden habe, behalte ich es demonstrativ in der Hand. So ganz hilflos bin ich nun auch nicht.

Wilsberg sieht das Gas und wird unruhig. »Stecken Sie das wieder ein. Das brauchen Sie nicht.«

»Haben Sie etwa Schiss?«, imitiere ich seinen Tonfall.

»Nein, aber mit Reizgas ist es wie mit Waffen. Sie gehen gern im falschen Moment los und treffen meistens die falschen Leute.«

»Keine Angst, ich treffe immer die richtigen«, sage ich und ziele mit der Düse auf ihn.

»Sie müssen sich wirklich keine Sorgen machen, ich bin völlig harmlos.«

»Beweisen Sie es«, sage ich. »Woher kennen Sie Renate? Und was sollte diese Arztnummer im Krankenhaus?«

»Ich kenne Renate aus dem Club.«

»Interessant. Sind Sie dann Sadist oder Masochist?«

»Weder noch. Ich bin Journalist und arbeite an einem Buch über die SM-Szene.«

»Und warum sind Sie so wild darauf, den Täter zu finden?«

»Weil ich es für eine Riesensauerei halte, einem wehrlosen Menschen so etwas anzutun.«

Seine Betroffenheit wirkt echt.

»Aha«, sage ich und sehe ihn erstaunt an. Hat der gute Mann sich bei seinen Recherchen etwa in Renate verknallt? Oder glaubt er, es sei dem Verkauf seines Buches förderlich, wenn er selbst den Täter findet? Vielleicht spielt ja beides eine Rolle. Das erklärt aber immer noch nicht, warum er sich als Arzt verkleidet hat.

Die Klingelmelodie meines Handys lässt mich zusammenfahren. Bis ich es endlich gefunden habe, hat das Klingeln schon wieder aufgehört. Allerdings kann ich noch den Namen *Jochen Averbeck* auf dem Display erkennen.

Auch Wilsberg hat Jochens Namen gesehen.

»Tja, der Herr Averbeck lässt einfach nicht locker«, sagt er süffisant.

»Der Herr Averbeck ist der Ehemann meiner Freundin.«

»Das hat noch nie jemanden von irgendetwas abgehalten.«

»Jetzt fangen Sie nicht schon wieder damit an. Ich hab nichts mit Jochen und ich werde auch nichts mit ihm anfangen. Und ich stecke auch nicht mit ihm unter einer Decke. Wie Sie mir freundlicherweise ja schon mal unterstellt haben.«

»Das würde ich Ihnen auch dringend empfehlen«, sagt er plötzlich in völlig ernstem Ton. »Der Mörder ist nämlich nicht selten der Ehemann.«

»Das war kein Mord«, erwidere ich gereizt. »Renate lebt noch.«

»Es war ein missglückter Mordversuch. Und Ihr Freund Jochen ist genau der Typ Ehemann, der seine reiche Ehefrau um die Ecke bringt, um freie Bahn für seine Freundin zu haben.«

»Er hat eine Freundin? Woher wissen Sie das?«

»Das weiß ich nicht«, sagt er kleinlaut. »Aber es würde zu dem Typ passen.«

»Na, Sie sind ja klasse. Sind Sie immer so schnell dabei, Leute vorzuverurteilen? Sind Sie Wahrsager? Stehen Sie mit Geistern und Untoten in Kontakt?«

Er schüttelt den Kopf. »Nennen Sie es Intuition.«

»Männliche Intuition gibt es genauso wenig, wie es das Ungeheuer von Loch Ness gibt«, antworte ich, drehe meinen Kopf zur Seite und blicke aus dem Fenster. Mit einer gewissen Beruhigung stelle ich fest, dass wir inzwischen die Stadtgrenze von Münster erreicht haben. Mein Puls normalisiert sich in dem Maße, in dem ich nicht mehr befürchten muss, dass Wilsberg einen Abstecher in den Wald machen könnte. Die Straßen sind jetzt besser beleuchtet, ich sehe mehrere Leute an einer Bushaltestelle stehen, beobachte im Auto neben uns einen Mann, der geistesabwesend in der Nase bohrt. Meine Ängste kommen mir auf einmal kindisch vor.

»Haben Sie Lust, mit mir noch ein Bier zu trinken?«, fragt Wilsberg.

Ich drehe mich zu ihm, mustere sein von den Straßenlaternen erhelltes Gesicht und kann nichts Gruseliges mehr an ihm finden.

»Nur wenn ich mein Reizgas mitnehmen darf«, sage ich.

Er zwinkert mir zu. »Wenn Sie sich dann sicherer fühlen.«

»Der Hafen«, erklärt Wilsberg, als wir neben einem aufgemotzten Lagerhaus und vor einem mickrigen Wasserbecken halten. »Genauer gesagt: der ehemalige Hafen. Heute nennt sich die Gegend Kreativkai und ist ein In-Viertel.«

»So etwas gibt es in Münster?«, spotte ich.

»Tja, selbst in Münster leben wir nicht hinter dem Mond.«

Oje, da habe ich wohl seinen Lokalpatriotismus gekitzelt.

Wir steigen aus. Tatsächlich drängeln sich eine Menge Nachtschwärmer auf dem Kai, Disco-Klänge und Bongo-Rhythmen hallen über das Wasser.

Die drei Treppenstufen zur Kneipe hinauf humpele ich so hingebungsvoll, wie es mir nur möglich ist. Ich hoffe, es wirkt realistisch.

»Hatten Sie sich nicht den rechten Knöchel verstaucht?«, fragt Wilsberg.

»Der linke tat vorhin weh und der linke tut jetzt immer noch weh«, fauche ich und ärgere mich über meine Unachtsamkeit. Rechts und links habe ich leider noch nie auseinander halten können.

Wilsberg steuert einen kleinen Tisch am Fenster an. Dezent stöhnend lasse ich mich auf einem dunkel gebeizten Holzstuhl nieder und genieße den mitleidigen Blick, den er mir zuwirft.

»Tut es sehr weh?«

»Ja«, antworte ich und ziehe den Mantel aus. Das hätte ich lieber lassen sollen. Ich habe sofort die volle Aufmerksamkeit aller Männer in der näheren Umgebung. Daran ist mein Lederkorsett schuld. Mein Lederkorsett und mein Dekolletee, das mehr zeigt, als mir lieb ist. Aber nicht nur die Jungs am Tresen und den umliegenden Tischen interessieren sich für meine Oberweite. Auch der Mann an meiner Seite ist verstummt und schielt paralysiert auf meine Brüste. Kerle sind doch alle gleich. Bevor Wilsberg Schlagseite bekommt und mit seiner Nase in meinem Busen versinkt, ziehe ich meinen Mantel lieber wieder an.

Wilsbergs Handy klingelt und er richtet sich auf.

»Entschuldigung«, nuschelt er und fummelt sein Telefon aus der Jackentasche. Der Anruf kommt von einer Frau, die stocksauer ist. Sie brüllt so laut, dass ich das Gespräch problemlos mitverfolgen kann. Es geht um sein viel zu frühes Verschwinden von der Bondage-Veranstaltung und darum, dass er mit »Dracus neuer Schlampe« abgezogen ist. Wilsberg ist deutlich anzusehen, wie unangenehm ihm dieses Telefonat ist. Er sagt leise »Sorry«, steht auf und flüchtet mit seinem Mobiltelefon vor die Tür.

Ich winke der Kellnerin und bestelle ein Alsterwasser. Während ich warte, beobachte ich durchs Fenster, wie Wilsberg auf einer Art Rampe steht und verlegen mit der handyfreien Hand in der Luft herumfuchtelt.

Die Bedienung stellt ein Glas vor mir ab. »Kann ich gleich kassieren?«, fragt sie. »Ich habe Schichtwechsel.«

Erst jetzt fällt mir auf, dass ich meine Tasche in Wilsbergs Auto vergessen habe. Macht nichts. Seine Jacke hängt über dem Stuhl und aus der ausgebeulten rechten Sakkotasche schaut ein Stück seines Geldbeutels hervor. Da er mich eingeladen hat, habe ich keine Hemmungen, mit seinem Geld zu bezahlen. Als ich seine Börse wieder schließen will, fällt mir ein Stapel Visitenkarten auf, den ich neugierig herausnehme. Auf der ersten Karte steht: *Georg Wilsberg, Journalist.* Anscheinend hat er also nicht gelogen. Auf der zweiten Karte steht: *Georg Wilsberg, Versicherungsagent.* Dann kommt: *Georg Wilsberg, Immobilienmakler.* Danach: *Georg Wilsberg, Filmproduzent.* Und so geht das über zwanzig Karten lang weiter. Auf jeder steht eine andere Berufsbezeichnung. Das kommt mir verdammt bekannt vor. Ich werfe einen kurzen Blick durchs Fenster und filze schnell seine Jacke. In einer der Innentaschen finde ich, was ich gesucht habe. Mehrere Visitenkarten mit dem ausnahmsweise immer gleichen Aufdruck: *Georg Wilsberg, Privatdetektiv.*

Das erklärt einiges. Zum Beispiel, warum er sich als Arzt verkleidet hat, warum er ständig in diesem SM-Club aufgetaucht und warum er in mein Zimmer eingebrochen ist. Damit wäre klar, dass es sich bei Wilsberg nicht um den Mann mit dem Faible für Rasierklingen handelt. Allerdings bedeutet das auch, dass sein Interesse an mir keine privaten, sondern rein berufliche Gründe hat. Und das kränkt meine Eitelkeit. Mehr, als ich erwartet hätte.

Wenig später kehrt Wilsberg zurück, lässt sich auf den Stuhl fallen, entschuldigt sich lang und umständlich für seine Abwesenheit und bestellt bei dem jungen Mann, der hinter dem Tresen Gläser poliert, per Handzeichen ein Pils.

»War das die Frau, die im Club neben Ihnen gesessen hat?«, frage ich.

»Ja, ja. Das war Clara Heusken, die Clubbesitzerin.«

»Ihre Freundin?«

»Nein. Sie ist nur eine gute Bekannte. Ich hatte versprochen, etwas für sie zu erledigen … Nun ja, wir haben das geklärt.«

»Sie haben das geklärt. Das ist doch schön«, sage ich ironisch und überlege, ob es wohl Clara Heusken war, die ihn auf den Fall angesetzt hat. Schließlich haben die Betreiber des Clubs eine Menge zu verlieren.

Wilsberg räuspert sich. »Wie geht es Ihrem Knöchel?«

»Besser.«

»Das freut mich.« Er lächelt mich an. Doch ich erwidere sein Lächeln nicht.

»Was machen Sie eigentlich, wenn Sie nicht gerade in SM-Clubs rumlaufen?«, fragt er.

»Sie meinen beruflich?«

Er nickt.

»Ich bin Schauspielerin. Zurzeit allerdings ohne Engagement.«

»Oh«, sagt er. »Und wovon leben Sie, wenn Sie kein Engagement haben?«

»Ich jobbe in der Kneipe meiner Mutter. Auf dem Kiez. Der Laden läuft allerdings nicht mehr so besonders. Die Mädels kommen halt in die Jahre und da lässt das Geschäft dann doch ziemlich nach.«

»Was für Mädels?«, fragt er.

»Na, die Huren, die für meine Mutter arbeiten.«

»Ihre Mutter ist …«

»Puffmutter. Genau. Und mein Vater war Catcher.«

Seine Augen werden immer größer und runder. »Sie nehmen mich auf den Arm?«

»Nein, warum sollte ich? Man muss zu seinen Wurzeln stehen. Meine Mutter ist eine fantastische Frau und mein Vater war ein toller Mann, der Held meiner Kindheit. Leider ist er vor zehn Jahren gestorben.«

»Lassen Sie mich raten: Er wurde von einem Zuhälter erschossen?«

»Nein«, sage ich. »Er kam bei einem Autounfall ums Leben.«

»Das tut mir leid.«

»Ja, es war tragisch.«

Bevor ich noch mehr Blödsinn erzählen kann, kommt die Kellnerin mit Wilsbergs Bier. Er greift sofort nach seinem Glas. Als er es wieder absetzt, kleben Schaumreste an seiner Oberlippe. Eigentlich ist er ganz nett. Nicht dass er in mein Beuteschema passen würde. Aber je länger ich ihn mir angucke, umso weniger unattraktiv finde ich ihn. Was mir gefällt, ist seine Stimme, die ziemlich tief und ein ganz kleines bisschen sexy ist. Außerdem riecht er gut. Als er mich auf dem Clubparkplatz zu seinem Auto schleppte und ich mich schwer auf ihn stützte – schließlich musste ich ja so tun, als hätte ich mir tatsächlich den Knöchel verstaucht –, da fand ich sein Eau de Toilette, das nach Sandelholz riecht, ausgesprochen anziehend. Und dass er anschließend in den Club zurückgelaufen ist, um meinen Mantel zu holen, hat ihm weitere Pluspunkte eingebracht.

»Interessieren Sie sich schon lange für SM?«, fragt er.

»Ich interessiere mich überhaupt nicht für SM. Es gibt nur einen einzigen Grund, warum ich in diesem *Club Marquis* war: Ich will wissen, wer Renate verletzt hat und warum.«

»Da haben wir ja etwas gemeinsam.«

Wir haben mehr gemeinsam, als du glaubst, denke ich. »Wissen Sie, was ich immer noch nicht so ganz verstehe: Warum ist Ihnen diese Geschichte so wichtig? Sie kennen die Beteiligten doch kaum. Oder geht es Ihnen nur um Ihr Buch?«

Er schüttelt den Kopf. »Mir geht es um den Täter und um seine Motivation. Handelt es sich um einen durchgedrehten Sadisten, der leider kurz die Kontrolle verloren hat? Oder spielt etwas anderes eine Rolle?«

Das würde mich allerdings auch interessieren.

»Woher kennen Sie eigentlich Dracu?«, fragt er mich.

Ich kann mir ein Grinsen nicht verkneifen. Dass die Frage kommen würde, hätte ich mir eigentlich denken können. »Ich habe in seinem Laden eingekauft.«

»Und sich gleich mit ihm verabredet?«

»Na ja, er ist ein attraktiver Mann. Obwohl ich als Sadistin eigentlich nicht wirklich etwas mit ihm anfangen kann.«

»Als Sadistin?«, fragt er und zieht die Augenbrauen hoch.

Bevor ich etwas erwidern kann, fährt er fort. »Eine Sadistin«, sagt er, »trägt kein Halsband. Die lässt sich nicht von so einem Möchtegern-Winnetou Gassi führen. Der Typ hat Sie doch vor versammelter Mannschaft als seine neue Sklavin zur Schau gestellt. Haben Sie das nicht gemerkt?«

Natürlich habe ich das gemerkt. Das war auch der Grund, warum ich so getan habe, als hätte ich mir den Knöchel verstaucht. Ich wollte nicht zurück in den Club. Ich wollte nicht wieder an die Hundeleine, ich wollte nicht zu diesem Mann, dessen Attraktivität mich genauso fasziniert, wie mich sein dominantes Auftreten abstößt. In meinem ganzen Leben habe ich noch niemanden getroffen, der derart widersprüchliche Gefühle in mir ausgelöst hat. Irgendetwas reizt mich an ihm, aber da ist auch etwas in diesen viel zu blauen Augen, was mir Angst macht. Ich bin Dracu nicht gewachsen. Das weiß ich. Und das Schlimmste ist: Er weiß es auch.

Wilsberg mustert mich. »Was ist?«, fragt er. »Woran haben Sie gerade gedacht?«

»Dass Sie eifersüchtig sind.«

»Bin ich nicht«, widerspricht er, wirkt dabei aber ziemlich verlegen.

»Erzählen Sie mir etwas über sich«, sage ich, stütze mein Gesicht in beide Hände und strahle ihn an.

»Was wollen Sie denn hören?«

»Alles!«

Zwei Stunden und drei Alsterwasser später habe ich eine ganze Menge über Herrn Wilsberg in Erfahrung gebracht. Angeblich hat er Jura studiert, eine Zeit lang als Rechtsanwalt gearbeitet, dann jedoch Karriere als Journalist gemacht. Er ist achtundvierzig Jahre alt, geschieden und hat eine dreizehnjährige Tochter. Zurzeit ist er Single. Und das angeblich gern. Ob das, was er mir erzählt hat, der Wahrheit entspricht oder zur Legende vom Journalisten gehört, der ein Buch über SM schreibt, kann ich nicht beurteilen. Ich weiß nur eins, mit dieser Vita wäre er der ideale Mann für mich. Wir sind beide Singles, haben das Gleiche studiert und sind beide als Privatschnüffler unterwegs. Doch wie ich das Leben kenne, sind das zu viele Gemeinsamkeiten für ein Happy End.

Frierend warte ich vor dem Eingang meines Hotels, halte den Mantel über meinem üppigen Dekolletee zusammen und spiele ein böses Spiel. Wilsberg, der direkt vor mir steht, hat eindeutig zu viel Bier getrunken. Nicht dass er besoffen wäre, doch der Alkohol hat ihn in eine sentimentale Stimmung versetzt, die ihn anlehnungsbedürftig und unvorsichtig macht.

»Wollen Sie wirklich schon gehen?«, fragt er.

»Nein«, sage ich, »ich wollte noch ein Stündchen hier herumstehen und darauf warten, dass meine Füße festfrieren.«

Er legt seine Hände auf meine Hüften. Ich spüre die Berührung deutlich durch die dünne Latexhose. Er geht zum Angriff über und ich sollte mir langsam eine Strategie überlegen.

»Interessiert Sie SM nur theoretisch oder auch praktisch?«, frage ich.

»Ach, ich könnte mir schon vorstellen, Sie mal übers Knie zu legen.«

Jetzt wird er auch noch witzig. »Da verwechseln Sie etwas«, entgegne ich. »Wenn überhaupt, dann werde ich Sie übers Knie legen.«

Er schüttelt den Kopf. »So kommen wir nicht zusammen. Allerdings weiß ich auch nicht, was zwei Sadisten machen, die sich füreinander interessieren?«

»Vielleicht suchen sie sich ja einen Dritten, den sie zusammen verhauen können?«, schlage ich vor.

»Ich will keinen Dritten.«

»Dann vielleicht eine Dritte?«

»Ich will auch keine Dritte«, antwortet er und zieht mich behutsam an sich. Sein Mund kommt gefährlich näher. Und der Geruch nach Sandelholz steigt mir wieder in die Nase. Zusammen mit dem Alkohol, der durch meinen Blutkreislauf zirkuliert, verfehlt er seine Wirkung nicht. Kurz fühle ich mich außer Gefecht gesetzt. Doch dann schiebe ich die Romantik beiseite. Meine Bösartigkeit gewinnt die Oberhand. Wilsberg hat die Augen geschlossen, den Kopf leicht zur Seite geneigt.

Tja, mein Lieber, denke ich, wir haben noch eine Rechnung offen. Und das scheint mir genau der richtige Moment zu sein, um sie zu begleichen. »Gehört Küssen zu Ihren Recherchemethoden, Herr D-e-t-e-k-t-i-v?«, frage ich leise.

Erst passiert nichts. Dann reißt Wilsberg die Augen auf und starrt mich an, als hätte ich ihm gerade einen Schwinger in den Solarplexus versetzt. Ich kann mir ein bösartiges

Lächeln nicht verkneifen, zwinkere ihm zu und gehe zum Hoteleingang. Dort drehe ich mich noch einmal um. »Schlafen Sie schön, Sherlock Holmes.«

Beschwingt und selig vor mich hin grinsend, laufe ich durch die Drehtür, immer noch das Bild des völlig verdutzten Wilsberg vor Augen. Ich liebe es, wenn die Jungs k. o. gehen.

10

Wilsberg hat Illusionen

Am nächsten Morgen hatten sich die Wolken verzogen und die Sonne brannte vom Himmel. Um zehn Uhr, also zu der Zeit, als ich aufstand, zeigte das Thermometer auf meinem Balkon bereits fünfundzwanzig Grad im Schatten an. Ich beschloss, auswärts zu frühstücken. Normalerweise bin ich morgens weder unternehmungslustig noch kommunikativ, es sei denn, ich werde durch einen Fall dazu gezwungen. Aber mir war danach, eine Ausnahme zu machen. Schon die zweite innerhalb der letzten zwölf Stunden. Mit einer Verdächtigen zu flirten widerspricht den eisernen Regeln der Detektivarbeit, denn Gefühle sind bekanntlich die natürlichen Feinde eines objektiv urteilenden Verstandes. Andererseits war Pia Petry nicht wirklich eine Verdächtige. Sie war in die Geschichte hineingeschlittert, mit dem Opfer und dem möglichen Täter befreundet. Und sie bewegte sich ziemlich unbefangen in einer Szene, die ich vielleicht nur deshalb für gefährlich hielt, weil sie mir so fremd war. Oder trogen mich da schon meine Gefühle?

Ich ging zum *Café Röstfrisch,* zwei Querstraßen von meiner Wohnung entfernt, und setzte mich unter einen bunten Sonnenschirm. Während ich einen Milchkaffee schlürfte und ein Schokoladencroissant kaute, schaute ich den Studentinnen zu, die nur mit dem Notwendigsten bekleidet auf ihren Hollandrädern vorbeifuhren.

Eigentlich, dachte ich, lässt sich das Leben ertragen. Dabei wusste ich, auch wenn ich es mir nicht offen eingestand, dass es weder das schöne Wetter noch die Studentinnen waren, die meine Stimmung hoben. Es war dieses Prickeln, die das ewige Jagdfieber auslösende Frage, ob aus dem Beinahekuss vor dem Hotel mehr werden würde. Während der letzten Jahre, in denen mein Liebesleben so aufregend wie ein Nacktbadestrand auf Grönland gewesen war, hatte ich fast vergessen, wie sich das anfühlte.

Mein Handy klingelte und ich meldete mich.

»Hi!«, sagte eine Frauenstimme.

»Pia?«

»Wer ist Pia?« Jetzt erkannte ich, dass die Stimme Franka gehörte.

»Eine Bekannte. Ich erwarte ihren Anruf.«

»Das habe ich gemerkt«, stichelte Franka.

»Also?«, fragte ich.

»Also was?«

»Du hast angerufen. Meistens hat derjenige, der anruft, dafür einen Grund.«

»Och, ich wollte nur wissen, wie du mit dem SM-Fall vorankommst.«

Ich nahm einen Schluck Kaffee. »Lau.«

»Hey, du bist ja ziemlich gesprächig«, maulte Franka.

»Du erwartest doch nicht, dass ich dir das am Telefon erzähle.«

»Wo bist du gerade?«

»Im *Café Röstfrisch.* Das frühere *Café Schmidt.* Ist jetzt ein bisschen hipper und französischer.«

»Allein?«

Ich schaute mich um. »Abgesehen von ungefähr zehn Leuten an den Nachbartischen, ja.«

»Mein Gerichtstermin ist ausgefallen und bei dem schönen Wetter habe ich keine Lust, in Akten zu wühlen. Hast du was dagegen, wenn ich vorbeikomme?«

»Ganz und gar nicht.« Ich grinste. »Willst du mich ins Kreuzverhör nehmen?«

»Nur wenn du nicht freiwillig gestehst.«

Zehn Minuten später parkte Franka ihren Mini am Straßenrand. Ihre graue Businessjacke lässig mit einem Finger haltend, hauchte sie mir einen Kuss auf die Wange.

»Ihhh, du hast dich heute noch nicht rasiert.«

»Ich dachte, das wirkt männlicher.«

Franka hängte ihre Jacke über die Stuhllehne und setzte sich. Ich bewunderte ihr von Spagettiträgern gehaltenes Top und das, was es beinahe nicht verhüllte.

Sie lächelte kühl. »Womit fangen wir an?«

»Kein Wort über Pia Petry.«

»Petry heißt sie also?«

Verdammt, schon hatte ich mich verplappert.

Franka winkte der Kellnerin und bestellte einen Cappuccino. Ich steckte mir einen Zigarillo an.

»Die Frau im Porsche?«

»Ja.«

»Du hast sie getroffen?«

»Ja.«

»Wie war's?«

»Franka«, sagte ich. »Wir sind weder verheiratet noch geschieden. Ich bin nicht verpflichtet, solche Fragen zu beantworten.«

Der Cappuccino kam und sie löffelte etwas Milchschaum. Das Zuckerpäckchen neben der Tasse ließ sie unberührt. Franka ernährte sich vegetarisch und ging zweimal pro Woche ins Fitnessstudio. Ihr Körper war perfekt proportioniert. Sobald sie hundert Gramm zunahm, bekam sie eine Krise.

»Also gut.« Sie legte den Löffel hin. »Dann reden wir über die SM-Geschichte. Was hast du herausgefunden?«

»Nicht viel.« Ich erzählte ihr von meinem vagen Verdacht gegen Jochen Averbeck.

»Du glaubst, er hat seinen K. o. nur vorgetäuscht?«

»Die Geschichte von dem Typen mit Blondhaarperücke klang wie ein spontaner Einfall, um mich aufs Glatteis zu führen. Andererseits soll die Beule an seinem Hinterkopf echt gewesen sein. Und die kann er sich schlecht selbst beigebracht haben.«

»Und was ist mit der Liste?«, fragte Franka.

»Die Teilnehmer der Dungeon-and-Dragon-Party? Ich habe sie von Stürzenbecher überprüfen lassen. Es gibt nur einen Kandidaten, der in das Schema passt. Er heißt Volker Wegener und besitzt ein luxuriöses Apartment am Aasee. Anscheinend ist er aber zurzeit nicht in Münster. Ich habe es gestern telefonisch probiert und die Nachbarn ausgefragt. Sie sagen, sie hätten ihn seit Längerem nicht mehr gesehen. Angeblich hält er sich aus beruflichen Gründen oft in Südamerika auf.«

»Vielleicht hat jemand seinen Namen benutzt, um unerkannt in den SM-Club zu kommen«, spekulierte Franka.

»Wäre möglich«, stimmte ich zu. »Jedenfalls hat er die Schlüssel zu seinem Apartment einem Freund oder einer Freundin überlassen. Eine Nachbarin hat mir erzählt, dass gelegentlich eindeutige Geräusche aus der Wohnung zu hören sind.«

»Ein Liebesnest?«

Ich nickte. »Was darauf schließen lässt, dass einer der beiden verheiratet ist. Dazu passt, dass sich das Pärchen sehr konspirativ verhält und nur nachts in die Wohnung schleicht. Niemand scheint sie zu Gesicht bekommen zu haben.«

»Was wiederum die Vermutung nahe legt, dass einer der beiden in Münster relativ bekannt ist«, folgerte Franka.

»Keine besonders heiße Spur«, sagte ich lahm. »Aber ich werde mich weiter um Wegener und seine Geschäfte kümmern. Vielleicht kommt doch noch was dabei heraus.«

»Und was hat das Ganze mit Pia Petry zu tun?«

Ich blies einen Rauchring in die Luft. »Dazu verweigere ich die Aussage.«

»Ach, komm schon, Georg! Du bist doch sonst nicht so ein Geheimniskrämer.«

Mein Handy klingelte.

»Hi!«, meldete sich eine Frauenstimme.

Diesmal fragte ich vorsichtshalber: »Wer ist da?«

»Pia Petry. Was halten Sie davon, wenn wir zusammen essen gehen?«

Ich schaute zur Straße. »Gerne. Wann?«

»Warum nicht heute Mittag?«

»Okay.« Ich guckte auf meine Uhr. »Sagen wir in einer Stunde. In dem italienischen Restaurant an der Kreuzkirche.«

»Wenn ich das finde.«

»Geben Sie einfach Hoyastraße in Ihr Navigationsgerät ein! Von dort aus wird Ihnen jeder Einheimische den Weg weisen.«

»Ich werd's versuchen.«

Wir beendeten die Verbindung.

»Das war Pia Petry«, stellte Franka fest.

Ich sagte nichts.

»Bist du verliebt?«

»Quatsch.«

»Mich kannst du nicht täuschen, Georg. Dazu kennen wir uns zu lange.«

»Bist du eifersüchtig?«

»Blödsinn. Ich möchte nur nicht, dass du auf so eine Zicke im Porsche reinfällst.«

»Mach dir mal keine Sorgen!«, sagte ich und gab der Kellnerin per Handzeichen zu verstehen, dass ich bezahlen wollte.

Seit meinen letzten, ökonomisch halbwegs erfolgreichen Aufträgen leistete ich mir den Luxus einer Putzfrau. Auch unter Marketingaspekten ist ein sauberes Büro nicht zu verachten. Mancher solvente Klient mochte in der Vergangenheit seinen Vertrauensvorschuss sowie die Bereitschaft, meinen Honorarforderungen zu entsprechen, reduziert haben, nachdem er die neckischen Zeichen gesehen hatte, die meine Tochter Sarah in den Staub auf dem Schreibtisch zu malen pflegte. Und da ich mich nur äußerst selten dazu aufraffen konnte, das Staubtuch zu schwingen, vom elenden Fensterputzen ganz zu schweigen, hatte ich Frau Brandmeier engagiert, die einmal in der Woche nicht nur das Büro, sondern die ganze Wohnung putzte. Frau Brandmeier war aus Kasachstan in die alte deutsche Heimat eingewandert, sprach jedoch nicht gern und nicht viel, zumindest nicht Deutsch. Wenn überhaupt, redeten wir über das Wetter und die missglückte Gesundheitsreform. Mir war das ganz recht. Frau Brandmeier war ein wenig korpulent und meine Wohnung bereits die dritte Station auf ihrer Putztour. Da blieb es nicht aus, dass die Schweißflecken unter ihren Achseln ziemlich muffelten.

Ich wollte gerade zu meinem Date mit Pia Petry aufbrechen, als Frau Brandmeier eintraf. Sie besaß einen Schlüssel und war es gewohnt, ohne mich zurechtzukommen. Deshalb sagte ich ihr nur, dass ich wegmüsse.

»Kein Problem«, kommentierte sie kurzatmig. »Gehen Sie ruhig!«

Von meiner Wohnung bis zur Kreuzkirche und dem italienischen Restaurant brauchte ich zu Fuß fünf Minuten. Dreimal so lange saß ich vor einer Apfelsaftschorle, wobei ich immer häufiger auf meine Uhr und aus dem Fenster schaute. Zuerst beruhigte ich mich mit dem Gedanken, dass Frauen erstens sowieso zu spät kommen und sich zweitens in einer fremden Stadt nicht zurechtfinden. Doch dann begann ich, mich über Pia Petry zu ärgern. Ich wählte ihre Handynummer, aber sie nahm nicht ab. Falls sie irgendein Spiel mit mir spielte, war unsere romantische Beziehung schon zu Ende, bevor sie begonnen hatte.

Nach weiteren fünf Minuten bezahlte ich die Apfelsaftschorle und machte mich auf den Heimweg. Gerade rechtzeitig, um mitzubekommen, wie der Porsche aus einer Parklücke vor meiner Wohnung ausscherte und wegfuhr. Was hatte das jetzt zu bedeuten? Die Details unserer Verabredung konnte sie eigentlich nicht missverstanden haben.

Ich beschleunigte meine Schritte und hastete die Treppe zur Wohnung hinauf. Frau Brandmeier widmete sich gerade dem Badezimmer.

»War jemand da?«

»Ja, Frau war da.«

»Was hat sie gewollt?«

»Nur was abgeben.«

»Was?«

»Weiß nicht. Sagt, sie legt es in Ihr Büro.«

Ich hetzte in mein Büro. Da lag nichts, was nicht schon vorher dort gelegen hatte. Ich ließ mich auf meinen Sessel fallen.

Frau Brandmeier tauchte in der Tür auf. »War nicht richtig?«

»Es ist alles in Ordnung«, sagte ich, »aber in Zukunft lassen Sie bitte niemanden in mein Büro!«

Frau Brandmeier war sichtlich geknickt. »Habe doch falsch gemacht.«

»Machen Sie sich keine Gedanken!«, beruhigte ich sie. »Sie wissen ja, ich bin Detektiv, da muss man etwas vorsichtig sein.«

Mit einem russischen Stoßgebet verschwand Frau Brandmeier wieder in den hinteren Regionen der Wohnung.

Wenn Pia Petry nichts gebracht hatte, musste sie etwas gesucht haben. Informationen zum Beispiel. Schließlich war sie in den Averbeck-Fall verwickelt. Das nette Gespräch in der Kneipe, ihr charmantes Lächeln – alles nur ein Trick, um mich um den Finger zu wickeln. Vermutlich hatte sie sich köstlich darüber amüsiert, wie leicht ich auszurechnen war. Wer auch immer die eisernen Regeln der Detektivarbeit aufgestellt hatte – er hatte dabei an Idioten wie mich gedacht. Wie konnte ich nur so blöd sein und mich wie ein blutiger Anfänger benehmen?

Damit war ich bei Frage zwei: Was hatte sie möglicherweise gefunden? Die Informationen, die ich in den Computer eingegeben hatte, waren durch ein Passwort gesichert. Blieb nur die Liste mit den Teilnehmern der Dungeon-and-Dragon-Party. Ich nahm den Papierstapel aus der Ablage. Bingo. Die Liste war weg. Frau Petry war also fündig geworden. Aber was konnte sie mit der Liste anfangen?

Ich dachte nach. Den Namen von Volker Wegener hatte ich unterstrichen und das Wort *vorbestraft* an den Rand geschrieben. War es möglich, dass ich damit Frau Petrys Neugierde geweckt hatte? Wollte sie mir vielleicht zuvorkommen und mit Wegener reden, bevor ich ihn gefunden hatte?

Ich zögerte einen Moment, dann nahm ich meinen Autoschlüssel aus der Schublade. Es kam auf einen Versuch an. Vielleicht würde ich sie ja bei Wegener treffen. Dann konnte sie auch meine andere Seite kennen lernen, die des unfreundlichen, toughen Privatdetektivs Wilsberg.

Ich parkte meinen Wagen etwas abseits und näherte mich zu Fuß dem Apartmentgebäude, in dem Wegener das Penthaus bewohnte. Am Straßenrand stand nur ein Kleintransporter, von Pia Petrys Porsche war nichts zu sehen. So weit zu meinen Intuitionen. Natürlich hätte ich zu ihrem Hotel fahren und ein paar Stunden in der Lobby herumhängen können, um ihr meine Meinung zu sagen. Aber so viel war mir die Sache auch nicht wert. Ich war in ihr Hotelzimmer eingebrochen und sie hatte sich Zugang zu meinem Büro verschafft. Damit stand es eins zu eins. Abpfiff. Keine Verlängerung. Kein Grund, verpassten Chancen nachzutrauern.

Ich schaute zur obersten Fensterreihe. Vielleicht sollte ich zur Abwechslung mal ein bisschen arbeiten. Zum Beispiel in Wegeners Wohnung einbrechen und mich dort umsehen.

Ich drückte auf mehrere Klingeln, bis ein »Ja, bitte?« aus dem Lautsprecher quakte, erklärte der Besitzerin der Stimme, dass ich nur ein Päckchen im Flur deponieren wolle – und schon war ich im Haus.

Anschließend wartete ich ein paar Minuten, bevor ich die Treppe hinaufstieg. Wegeners Wohnung, das hatte ich gestern in Erfahrung gebracht, nahm die gesamte obere Etage ein. Wenn ich nicht allzu viel Lärm machte, konnte ich in aller Ruhe das Türschloss knacken.

Als ich den obersten Treppenabsatz erreichte, sah ich, dass das nicht notwendig war. Die Wohnungstür war nur angelehnt. Mein Puls beschleunigte sich.

Ich drückte die Tür weiter auf. »Herr Wegener?«

Keine Antwort.

Ich betrat die Diele und registrierte automatisch, dass in den Holzrahmen an den Wänden keine billigen Drucke hingen, sondern Originale, bei denen die Künstler nicht mit Farbe gegeizt hatten. Noch einmal rief ich Wegeners Namen und lauschte. In der Wohnung blieb es absolut still.

Von der Diele trat ich in ein riesiges Wohnzimmer, das eine Glasfront von der Dachterrasse trennte. Parkettboden, weiße Polstermöbel, ein überdimensionaler Fernseher. Geld stellte für Wegener offenbar kein Problem dar. Was mich jedoch irritierte, waren die Schuhabdrücke, die von der Tür eines angrenzenden Zimmers bis zur Diele führten, wobei sie immer undeutlicher wurden.

Ich ging neben einem Abdruck in die Hocke und betrachtete ihn genauer. Die rotbraune Farbe sah aus wie – geronnenes Blut. Das Kribbeln in meinem Magen wurde stärker. Und plötzlich hatte ich das Gefühl, nicht allein in der Wohnung zu sein. Wahrscheinlich spielten mir meine Nerven einen Streich, denn es kam mir so vor, als hätte sich im vorderen Teil der Wohnung etwas bewegt. Ich trat einen Schritt zurück und schaute in die Diele. Aber da war niemand.

Noch konnte ich verschwinden. Anonym die Polizei anrufen und mir einreden, dass mich das, was hinter der Tür passiert war, nichts anging.

Ich atmete ein paarmal tief durch, nahm ein Papiertaschentuch in die Hand und drückte die Klinke nach unten.

Es war schlimmer, als ich befürchtet hatte. Ein Anblick, von dem ich schon jetzt wusste, dass er noch lange durch meine Albträume geistern würde. Eine junge Frau, blond, soweit man das bei dem ganzen Blut erkennen konnte, schwebte nackt, mit ausgebreiteten Armen und Beinen wie im Sprung erstarrt, über dem Bett. Ihre Hände und Füße waren mit Seilen gefesselt. Große Stahlhaken in den Wänden, an denen die Seile befestigt waren, hielten ihren Körper etwa einen Meter über der Bettdecke. Ihr Mörder hatte sich viel Mühe gegeben. Der Oberkörper war mit Schnittwunden übersät. Das Blut hatte sich auf das Bett ergossen und war in schmalen, inzwischen angetrockneten Rinnsalen bis zum Teppich geflossen. Aber nicht der Blutverlust hatte zum Tod der Frau geführt. Die Enden einer merkwürdig verknoteten Doppelschlinge, die um ihren Hals lag, reichten bis zur Hüfte, dem Körperteil, der aufgrund der Fesselung dem Bett am nächsten kam. Die Frau hatte sich durch ihr eigenes Körpergewicht erdrosselt.

Die Vorstellung, wie die Frau zu Tode gekommen war, und der süßliche Blutgeruch drehten mir den Magen um. Ich wandte mich ab, presste mir das Taschentuch vor den Mund und atmete flach. Im selben Moment nahmen meine überreizten Sinne Schritte im Hausflur wahr. Jemand betrat die Wohnung.

11

Pia Petry kann kein Blut sehen

Meine Freude über den Streich, den ich Wilsberg gespielt hatte, war nicht von Dauer. Als ich ausparkte, sah ich ihn im Rückspiegel. Er stand auf dem Bürgersteig und starrte meinem Porsche hinterher. Deutlich war ihm anzusehen, wie sauer und verletzt er war. Und mir kamen Zweifel, ob es wirklich eine gute Idee gewesen war, ihn so gemein auszutricksen. Aber wie hätte ich der Gelegenheit widerstehen können, so einfach an seine Rechercheergebnisse zu kommen? Und warum sollte ich mich nicht ein bisschen für diese unsägliche Journalisten-Nummer von gestern Abend rächen?

Das ist schon in Ordnung, rede ich mir ein, während ich die Straße vor dem Schloss hinunterfahre. Als ich eine leere Parkbucht entdecke, lenke ich den Wagen hinein und stelle den Motor ab. Unsicher darüber, wie es weitergehen soll, nehme ich die Gästeliste, die neben mir auf dem Beifahrersitz liegt, zur Hand. Absender des Faxes sind die Betreiber des *Club Marquis.* Es sieht ganz so aus, als seien die beiden tatsächlich Wilsbergs Auftraggeber. Andernfalls würden sie so brisante Informationen nicht aus der Hand geben. Im Großen und Ganzen ist meine Ausbeute jedoch eher mager. Mein einziger Anhaltspunkt ist der Name *Wegener,* den Wilsberg unterstrichen hat. Daneben hat er etwas notiert, was ich leider nicht entziffern kann. Soll ich mich gleich auf den Weg zu diesem Wegener machen oder soll ich erst einmal ein paar Erkundigungen über ihn einziehen? Bei Jochen Averbeck zum Beispiel? Bei der Gelegenheit könnte ich meinen Auftraggeber auch gleich ein bisschen mit den Ergebnissen meiner Arbeit beeindrucken.

Ich tippe Jochens Nummer ins Handy und warte. Seine Sekretärin, Frau Haller, meldet sich, klingt aber nicht ganz so freundlich, wie ich es von ihr gewohnt bin. Als ich nach Jochen frage, versucht sie, mich abzuwimmeln.

»Herr Averbeck ist nicht im Haus.«

»Wo kann ich ihn denn erreichen? Ich muss ihn dringend sprechen.«

»Tut mir leid, aber das geht im Moment wirklich nicht.« Ihr Tonfall legt an Schärfe zu.

»Herr Averbeck hat mich mit einer Untersuchung beauftragt«, ich senke meine Stimme, »das Ganze ist vertraulich, sehr vertraulich, und er hat mir gesagt, dass ich ihn jederzeit erreichen kann, wenn …«

»Geht es um die Auslandskonten?«, fragt sie leise.

»Ja«, sage ich und hoffe, dass das die richtige Antwort ist.

Es ist die richtige Antwort. Sie sagt »Moment« und legt den Hörer neben den Apparat. Kurz darauf ist sie wieder zurück. »Herr Averbeck ist nach Argentinien geflogen. Er müsste aber vor etwa einer Viertelstunde gelandet sein.« Sie gibt mir die Nummer seines Firmenhandys durch.

Ich bedanke mich und lege auf. Danach rufe ich Jochen an. Nach drei Fehlversuchen höre ich endlich seine Stimme. Und die klingt mindestens so gereizt wie die seiner Sekretärin.

»Ja?«, bellt er in den Hörer.

Ich halte mich nicht lange mit Erklärungen auf.

»Wer ist Volker Wegener?«

»Pia, bist du das?«

»Ja.«

»Du willst mir doch nicht allen Ernstes erzählen, dass du mich in Buenos Aires anrufst, um mich das zu fragen?«

»Erstens«, sage ich, »haben die Heuskens einen Privatdetektiv namens Georg Wilsberg engagiert. Und zweitens ermittelt der gegen einen Mann, der anscheinend am Tatabend im Club war und Volker Wegener heißt.«

Einen kurzen Moment höre ich gar nichts. So als müsse Jochen diese Information erst einmal verdauen.

»Volker ist ein Freund von mir«, sagt er. »Wir kennen uns schon seit Ewigkeiten. Wenn dieser Wilsberg ihn verdächtigt, dann ist er auf dem Holzweg.«

»Wilsberg hat von den Heuskens eine Gästeliste gefaxt bekommen, auf der Wegeners Name steht. Sein Name ist unterstrichen und daneben steht etwas, was ich nicht ...« Doch, jetzt kann ich es lesen. »Da steht: v-o-r-b-e-s-t-r-a-f-t«, sage ich triumphierend.

»Ach«, sagt Jochen. »Das sind uralte Geschichten. Jugendsünden. Vergiss Volker! Der ist nun wirklich der Einzige, der mit Sicherheit nichts mit der Sache zu tun hat. Ich muss jetzt«, sagt er, und bevor ich widersprechen kann, legt er auf.

Mit gerunzelter Stirn starre ich auf mein Handy. Lieber Jochen, denke ich, warum habe ich nur das Gefühl, dass an deiner Geschichte irgendetwas faul ist? Ich wähle die 11880, klemme mir das Telefon zwischen Schulter und Ohr und starte den Motor. Die junge Frau, die sich am anderen Ende der Leitung meldet, bitte ich, mir die Telefonnummer und die Anschrift von einem Volker Wegener, wohnhaft in Münster, herauszusuchen. Sie muss die Adresse zweimal wiederholen, bis ich sie in mein Navigationssystem eingegeben habe.

Das vierstöckige, moderne Apartmenthaus, in dem Wegener wohnt, gehört zu jenen Bauten, deren einfallslose Architektur minimalistisch genannt wird und die im Allgemeinen mit drei Materialien auskommen: Beton, Glas und gebürstetem Edelstahl. Nach den Namensschildern zu urteilen, wohnen auf jeder Etage zwei Parteien. Mit Ausnahme des obersten Stockwerks, einem Penthaus. Dort steht nur ein Name: *V. Wegener.* Der Mann scheint nicht von Sozialhilfe zu leben. Mir ist ziemlich mulmig zu Mute. Auf der Fahrt habe ich mir alle möglichen und unmöglichen Geschichten überlegt, die ich Wegener auftischen könnte, mich aber dann doch für die Wahrheit entschieden. Allerdings weiß ich nicht, wie er auf eine Privatdetektivin reagieren wird, die ihn auf seine SM-Neigungen und seine Besuche im *Club Marquis* anspricht.

Bevor ich klingeln kann, geht die Tür auf und ein Mann in blauer Latzhose kommt heraus. Er schleppt einen Bierkasten, auf dem ein brauner Karton mit der Aufschrift *Chateau Petrus* liegt. Der Mann bleibt stehen, nickt mir zu und hält die Tür auf. Als ich mich an ihm vorbeizwänge, steigt mir der Geruch von Kuhmist in die Nase. Mein Gott, denke ich, was fährt der denn sonst noch aus. Ich bin kurz davor, mir die Nase zuzuhalten, als sich endlich die Tür hinter ihm schließt und ich im Hausflur stehe. Wo es eindeutig besser riecht.

Die vier Stockwerke gehe ich zu Fuß und komme völlig außer Atem oben an. Ich nehme mir gerade mal wieder vor, in Zukunft mehr Sport zu treiben, als ich sehe, dass die Tür zu Wegeners Wohnung offen steht. Wahrscheinlich war der Getränkelieferant hier oben und hat vergessen, die Tür hinter sich zuzuziehen.

Ich rufe: »Herr Wegener?«, und stoße die Tür ein Stück weiter auf. Nichts rührt sich. Niemand ist zu sehen. Vorsichtig betrete ich die Diele. An den Wänden hängen Gemälde von Elvira Bach und Stefan Szczesny, Künstlern, die zu den so genannten *Jungen Wilden* zählen, aber schon seit geraumer Zeit nicht mehr besonders jung oder besonders wild sind. Ich spähe in die Küche. Bewundere glänzend graue Schleiflacktüren, einen großen Gasherd von Gaggenau, einen amerikanischen Kühlschrank mit eingebautem Eiscruncher sowie die Edelstahlwerkbank von Bulthaup. Der Mann hat Geld und offensichtlich einen Hang zu teuren

Markenartikeln. Ein Verdacht, der sich im Wohnzimmer bestätigt. Die Sofas sind von Rolf Benz, der Couchtisch stammt von Zanotta und ist so niedrig, dass man einen Bandscheibenvorfall riskiert, wenn man versucht, etwas darauf abzustellen. Womöglich ist das auch der Grund, warum der braune Mulberry-Timer nicht auf dem Tisch, sondern daneben am Boden liegt. Halb verdeckt von einer schwarzen Stehlampe. Bevor ich den Kalender hochhebe, sehe ich mich erst noch einmal um, lausche auf verdächtige Geräusche. Ich habe keine Lust, von Herrn Wegener beim Schnüffeln erwischt zu werden. Alles bleibt ruhig, ich nehme den Timer und blättere ihn durch. Wem auch immer das teure Teil gehört, er scheint es kaum zu nutzen. Die wenigen Eintragungen, die ich finde, beziehen sich ausschließlich auf die ersten drei Monate des Jahres und sind wenig aufschlussreich. Da steht zum Beispiel: *Termin absagen*, *Flug umbuchen*, *R. anrufen* usw. Doch etwas fällt auf: eine kleine handschriftliche Skizze, die wie eine Wegbeschreibung aussieht. Das könnte interessant sein. Ich reiße die Seite heraus und lasse sie in meiner Handtasche verschwinden.

Da fällt mein Blick auf etwas, das nicht ins Bild vom perfekten Designerheim passt. Schmierig braune Schuhabdrücke auf dem glänzenden Parkett. Topft da gerade jemand seine Blumen um? Oder ist das gar keine Blumenerde? Mir wird plötzlich ganz flau. Mit zittrigen Knien folge ich der Spur bis zu einer Tür. Ich stoße sie auf und bereue es augenblicklich. Der Anblick ist grauenhaft. Alles, was an Blut in meinen Adern zirkulierte, findet sich geschlossen in meinen Füßen ein und ich muss mich am Türrahmen festhalten, um nicht wegzusacken. Ich habe ja schon einiges in meinem Leben gesehen, aber so etwas Entsetzliches noch nie. Die nackte Frau, die von mehreren Seilen gehalten über dem Bett hängt, ist tot und ihre Leiche ist über und über mit Blut verschmiert. Das Seil, das der Mörder ihr um den Hals geschlungen hat, ist dunkelrot verfärbt und direkt über ihrem Kehlkopf mit einem Knoten versehen, der wie eine Kette aussieht. Wie ein blutiges Schmuckstück, das sich tief in ihre Haut eingeschnitten hat.

Irgendjemand hat hier ein Schlachtfest veranstaltet und dabei keine Widerwärtigkeit ausgelassen. Lange schaue ich mir das nicht an. Es gibt Bilder, die kriegt man nie wieder aus dem Kopf, die machen sich selbstständig und belasten einen für den Rest des Lebens. Doch selbst wenn ich wollte, könnte ich nicht länger hinsehen, mein Magen macht sich bemerkbar. Leider ist das eine unangenehme, für meinen Job ziemlich unpraktische und schon häufiger vorgekommene Reaktion. Ich kann kein Blut sehen. Und schon gar nicht in solchen Mengen. Mein Frühstück will wieder raus. Nur nicht neben die Leiche kotzen, denke ich entsetzt.

Da höre ich ein Klacken. Erschrocken sehe ich mich um. Das Geräusch kam aus der Richtung einer halb offenen Tür, hinter der ein weiß gekachelter Fußboden schimmert. Das Badezimmer. Was, wenn der Mörder noch hier ist? Wenn er sich dort versteckt? Das kann nicht sein, geht es mir durch den Kopf. Schließlich ist das Blut schon geronnen. So taufrisch ist die Leiche nun auch wieder nicht. Aber vielleicht hat der Mörder etwas vergessen und ist zurückgekommen?

Mit zittrigen Fingern greife ich nach einer schweren Art-déco-Vase, die neben mir auf einem Sideboard steht. Regungslos stehe ich da und warte. Auf weitere Geräusche, auf einen Angriff, auf den Weltuntergang. Aber es passiert nichts. Mit der Vase in der Hand gehe ich langsam auf die Tür zu. Vielleicht habe ich mich ja verhört. Vielleicht kam das Geräusch aus der darunter liegenden Wohnung. Vielleicht war es nur ein Vogel, der gegen die Fensterscheibe geflogen ist.

Doch all diese Hoffnungen zerstieben, als ich die Tür vorsichtig aufdrücke. Da ist ein Schatten, der sich auf den Fliesen abzeichnet. Der Schatten eines Mannes. Entsetzt mache ich einen Schritt zurück, sehe in den Badezimmerspiegel und sehe ihn. Er steht hinter der Tür und beobachtet mich mit einem Gesichtsausdruck, in dem keinerlei Gefühlsregung erkennbar ist.

»Wilsberg!«, rufe ich erschrocken aus. »Was machen Sie denn hier?«

»Ich will meine Liste wiederhaben«, sagt er. »Oder hatten Sie gedacht, ich lasse mich so einfach austricksen?«

Ich komme nicht dazu, seine Frage zu beantworten. Mein Magen fängt erneut an zu rotieren. Und mir bricht der kalte Schweiß aus. Wilsberg macht einen Schritt auf mich zu und sofort reiße ich die Vase hoch.

»Kommen Sie mir nicht zu nahe«, flüstere ich panisch.

Völlig konsterniert sieht er mich an. Dann verfinstert sich sein Gesicht. »Sie glauben doch nicht etwa …?«

»Was soll ich denn glauben?«

»Pia, jetzt hören Sie aber auf. Seh ich aus wie jemand, der so etwas macht?«, fragt er und deutet zum Bett.

»Die Irren sehen immer ganz harmlos aus.«

»Wie hätte ich das denn in der Zeit schaffen sollen?«, fragt er.

»Vielleicht haben Sie das ja schon heute Morgen geschafft. Und sind zurückgekommen, weil ich die Liste …«

»Wir haben doch heute Morgen noch telefoniert. Da war ich in einem Café. Mit einer Freundin.«

Freundin?, denke ich. Was denn für eine Freundin? Doch lange interessiert mich das nicht. Ich muss würgen und schmecke Gallenflüssigkeit im Mund.

»Sie müssen sich doch hoffentlich nicht übergeben?«, fragt Wilsberg entsetzt und macht Anstalten, mir die Vase aus der Hand zu nehmen.

»Finger weg!«, fauche ich. »Machen Sie, dass Sie rauskommen! Ich kotze nicht so gern vor Publikum.«

»Geben Sie mir wenigstens die Vase«, sagt er, als er schon draußen steht.

»NEIN!«

Ich schlage die Tür zu, erleichtert, endlich allein zu sein. Aber dann kann ich mich doch nicht übergeben. Mein Magen hat dazu keine Lust mehr.

Als ich aus dem Bad komme, bin ich mir nicht sicher, ob sich mein Magen wirklich beruhigt hat oder ob ein Blick auf die tote Frau reichen wird, ihn wieder in Wallung zu bringen. Ich gehe das Risiko gar nicht erst ein und vermeide jeden Blick auf die Leiche, während ich die Vase wieder an ihren Platz zurückstelle. Von Wilsberg ist nichts zu sehen. Dafür sind eindeutige Geräusche aus dem Wohnzimmer zu hören. Er filzt die Schränke. Das passt zu einem Privatdetektiv. Aber passt das nicht auch zu einem Mörder? Einem Mörder, der Beweismaterial verschwinden lässt?

Sicherheitshalber krame ich mein Reizgas aus der Tasche und stecke es in meinen Hosenbund. Dann gehe ich zurück ins Bad und hole mir ein bisschen Klopapier. Besser, ich hinterlasse nicht überall meine Fingerabdrücke. Als ich schon auf der Schwelle stehe, registriere ich aus den Augenwinkeln den Bademantel. Er liegt neben der Tür auf dem Boden, ist aus weinroter Seide und offensichtlich von dem Chromhaken gerutscht, der in Stirnhöhe an der Wand angebracht ist. Wahrscheinlich ist er heruntergefallen, als Wilsberg sich hinter der Tür versteckt hat. Ich gebe einem tief verwurzelten Aufräumreflex nach und hebe ihn hoch. Eine der Manteltaschen ist deutlich ausgebeult. Ich greife hinein und ziehe einen Siegelring heraus. Das Wappen auf dem Ring kenne ich: zwei Schwerter, ein Herz und zwei Kohlköpfe. Über dieses Wappen habe ich vor zwanzig Jahren das letzte Mal gelacht: als Jochen es Renate und mir stolz präsentierte. Das Wappen seiner Familie. Er war beleidigt und wir haben uns fast in die Hosen gemacht. Vor allem wegen der Kohlköpfe.

Ich halte den Ring immer noch in der Hand, als ich Wilsberg im Schlafzimmer höre. Sofort lasse ich das Schmuckstück in meiner Hosentasche verschwinden.

»Was machen Sie da?«, fragt Wilsberg.

»Aufräumen«, sage ich und hänge den Bademantel an den Haken.

Wilsberg verdreht die Augen. »Fassen Sie um Gottes willen nichts an!«

»Ich passe schon auf«, antworte ich und gehe einen Schritt zurück. Ich möchte nicht, dass er mir zu nahe kommt.

Wilsberg registriert sowohl mein Ausweichen als auch das Reizgas in meinem Hosenbund.

»Ich fasse es nicht!«, sagt er. »Sie glauben tatsächlich, dass ich es war.«

»Waren Sie es?«

»NEIN!«, schreit er mich an. »Sonst würde ich ja wohl kaum noch hier herumstehen und Smalltalk mit Ihnen machen.«

Nun ja, da hat er nicht ganz Unrecht.

»Aber vielleicht erzählen Sie mir mal, was Sie hier wollen«, fragt er. »Sie haben hier doch überhaupt nichts verloren.«

»Sie auch nicht.«

»Ich bin Privatdetektiv, wie Sie ja mittlerweile wissen. Aber Sie …«

»Haben Sie was gefunden?«, unterbreche ich ihn.

»Was?«, fragt er irritiert.

»Haben Sie in den anderen Zimmern irgendetwas Interessantes entdeckt? Eine Spur, einen Hinweis, ein Indiz?«

»Das würde ich gerade Ihnen auf die Nase binden. Und Sie?«, kommt dann die kleinlaute Gegenfrage.

»Das würde ich Ihnen genauso wenig auf die Nase binden.«

Resigniert sieht er mich an. »Sie beseitigen jetzt Ihre Fingerabdrücke. Draußen an der Tür, an der Vase im Schlafzimmer, im Wohnzimmer, im Bad. Überall, wo Sie etwas angefasst haben. Und dann verschwinden Sie.«

»Wollen Sie nicht erst einmal die Polizei rufen?«, frage ich misstrauisch.

»Das mache ich, wenn Sie weg sind. Oder möchten Sie die hiesigen Kripobeamten gerne kennen lernen?«

»Nicht unbedingt.«

Mit der Rolle Klopapier bewaffnet, mache ich mich auf den Weg ins Schlafzimmer. Doch bevor ich es betreten kann, fällt Wilsberg noch eine Frage ein.

»Eins würde mich interessieren«, sagt er. »Kennen Sie die Frau eigentlich?«

Ich räuspere mich. »Welche?«

»Die Tote.«

»Nein«, sage ich. »Ich glaube nicht.«

»Was meinen Sie mit ›Ich glaube nicht‹?«

»Ich habe sie mir nicht so genau angesehen.«

»Das sollten Sie aber.«

»Muss nicht sein.«

»Pia, tun Sie mir den Gefallen. Versuchen Sie es, bitte!«, sagt er so eindringlich, dass ich keine Möglichkeit sehe, mich weiterhin zu widersetzen.

Ich drehe mich um. Ganz langsam. Einen kurzen Blick in Richtung ihres Gesichts kann ich doch riskieren, denke ich. Das müsste ich doch aushalten. Ich nehme all meinen Mut zusammen und versuche, durch das ganze Blut hindurch ihre Gesichtszüge und ihre Haarfarbe zu erkennen.

Drei Sekunden lang stehe ich es durch. Drei Sekunden bin ich mir sicher, die Frau noch nie in meinem Leben gesehen zu haben. Doch als ich den Blick abwende, fällt mir etwas auf: ein Tattoo. Eine Tätowierung an ihrem Hals, direkt oberhalb des blutigen Seils, in Form eines kleinen roten Halbmondes. Und plötzlich habe ich wieder ihre Stimme im Ohr: *»Das ist ein Blutmond. Man nennt ihn auch ausbluten-*

der Mond. Schon bei den alten Römern hatte er eine mystische Bedeutung …

Und ich sehe sie wieder vor mir, mit ihren blauen Augen, den blonden Haaren und dem kleinen Grübchen links auf der Wange, das immer dann zu sehen war, wenn sie sich über eine meiner Fragen amüsierte.

»Ja, ich kenne sie«, sage ich leise, »aus dem SM-Laden.«

Und auf einmal habe ich nicht mehr das Problem, dass ich ihren Anblick nicht ertrage, ich ertrage die Vorstellung nicht, wie sie gestorben ist. Wie lange es gedauert hat, wie schmerzhaft und wie qualvoll es für sie gewesen sein muss. Sie ist keine anonyme Leiche mehr, nicht mehr nur eine Masochistin, die ein zu hohes Risiko eingegangen ist. Sie ist das junge Mädchen aus Dracus Geschäft, das mich so nett beraten, das so großzügig über meine Unwissenheit hinweggesehen hat.

Wilsberg berührt mich an der Schulter. »Hey«, sagt er sanft. »Was ist denn mit Ihnen? Sie weinen ja.«

12

Wilsberg gerät unter Druck

»Das ist ein Blutknoten«, sagte Brünstrup.

Stürzenbecher schaute sie an, als hätte sie von einer übernatürlichen Erscheinung erzählt.

»Der Knoten am Hals der Toten«, erklärte die Kommissarin. »Angler verwenden ihn, um zwei Schnüre miteinander zu verbinden. Ich habe geangelt, als ich klein war.«

»Und wieso Blutknoten?«

»Weiß ich nicht.« Brünstrup zeigte auf die blutdurchtränkte Bettdecke. »Vielleicht hat ihn der Mörder wegen der Assoziation benutzt. Scheint einen abartigen Sinn für Humor zu haben.«

An der Tür zu Wegeners Schlafzimmer drängelte sich eine Gruppe von Spurensicherern, die allesamt weiße Overalls trugen.

»Bitte verlassen Sie sofort den Raum!«, ereiferte sich der Chef des Trupps. »Das hier ist ein Tatort. Dadurch, dass Sie Spuren verunreinigen, erschweren Sie uns unnötig die Arbeit.«

»Nun reg dich mal nicht auf, Günni!«, sagte Stürzenbecher jovial.

Der Mann im Schutzanzug baute sich vor mir auf. »Seit wann sind Sie hier?«

»Ich bin vor etwa einer Stunde gekommen, aber ich habe nichts angefasst.«

»Das werden wir ja sehen.« Er funkelte mich durch seine Goldrandbrille an. »Halten Sie sich zur Verfügung! Wir brauchen Ihre Finger- und Schuhabdrücke.«

Vielleicht war die schroffe Professionalität seine Methode, um mit dem Schrecken der Situation fertig zu werden. Ich konnte mir nicht vorstellen, dass ihn der Anblick der toten Verkäuferin so kalt ließ, wie er sich den Anschein zu geben versuchte.

Stürzenbecher legte mir eine Hand auf die Schulter und schob mich zur Tür. »Komm schon, Wilsberg! Du hast mir einiges zu erzählen.«

»Auch im Wohnzimmer nichts berühren!«, scholl es hinter uns her. »Und achtet darauf, dass ihr die Schuhprints nicht beschädigt!«

»Klar, Günni«, gab Stürzenbecher zurück.

Kommissarin Brünstrup schaute mich erwartungsvoll an.

»Nehmt euch die Nachbarn vor!«, befahl Stürzenbecher. »Vielleicht hat einer etwas gesehen oder gehört.«

Brünstrup zögerte. Natürlich erinnerte sie sich an meinen Besuch im Polizeipräsidium und den Namen Wegener auf der Liste. Es war ihr nicht zu verdenken, dass sie gerne die dazu passende Geschichte gehört hätte.

»Ist noch was?«, fragte Stürzenbecher.

»Sollten wir den Zeugen nicht formal korrekt vernehmen?«

»Das machen wir später.«

Zwei Sekunden lang blickte sie ihrem Chef in die Augen. Dann wandte sie sich ab.

»Ich glaube, sie kann mich nicht leiden«, sagte ich.

»Kein Polizist kann einen Privatdetektiv leiden, der an einem Tatort herumschnüffelt.«

»Immerhin habe ich euch angerufen.«

»Soll ich dir dafür dankbar sein?« Der Hauptkommissar nickte mir zu. »Also!«

»Na ja, du weißt ja, dass ich mich für Wegener interessiere, wegen eines Falls, den ich gerade bearbeite.«

Stürzenbechers Gesicht blieb ausdruckslos.

»Heute wollte ich mir seine Wohnung aus der Nähe ansehen …«

»Das heißt, du wolltest einbrechen«, unterbrach er mich.

»Das war nicht nötig. Die Wohnungstür stand auf. Ich bin hineingegangen und über die Leiche gestolpert. Das ist alles.«

»Wer ist die Tote?«, fragte Stürzenbecher.

»Keine Ahnung«, log ich.

Er nickte erneut. »Okay, und jetzt nochmal von vorn: Um welchen Fall geht es und was hat Wegener damit zu tun? Und keine Mätzchen, Wilsberg! Dafür fehlt mir die Zeit.«

Ich entschloss mich, die Wahrheit zu sagen, und erzählte von dem Überfall im *Club Marquis.*

Stürzenbecher pfiff durch die Zähne. »Scheiße. Dem alten Meyerink gehört die halbe Stadt, einschließlich der gewählten Stadträte. Das bringt nichts als Ärger.«

»Im Krankenhaus haben die Averbecks behauptet, Renate habe sich die Schnittverletzungen selbst zugefügt. Ich soll herausfinden, wer es getan hat, weil nicht auszuschließen ist …«

»… dass der Typ nochmal eine Frau angreift«, ergänzte Stürzenbecher. »Schon klar.« Er deutete mit dem Kopf zum Schlafzimmer. »Ich habe ja schon viel gesehen, aber so was …«

»Sie muss langsam und qualvoll gestorben sein«, sagte ich. »Und wer Seile an der Wand befestigt, um sein Opfer aufzuhängen, handelt nicht im Affekt.«

»Was weißt du sonst noch?«

»Nicht viel. Ich habe mit Renate und Jochen Averbeck gesprochen und mich im Club umgesehen. Volker Wegener war meine einzige Spur.«

»Zu der ich dir verholfen habe. Was war das für eine Liste, die du mir gegeben hast?«

»Die Gästeliste des besagten Partyabends.«

»Genial«, höhnte Stürzenbecher. »Weißt du, Wilsberg, wenn ich dein Auftraggeber wäre, wäre ich etwas enttäuscht von deiner Arbeit.«

»Stimmt«, gab ich zu. »Kann ich jetzt gehen?«

»Nein.« Seine Mundwinkel verzogen sich zur Andeutung

eines Grinsens. »Du musst noch formal korrekt vernommen werden. Im Präsidium.«

»Doch nicht etwa von Kommissarin Brünstrup?«

»Warum nicht?«

Vier Stunden später hatte ich Kopfschmerzen und den Geschmack von Pappe im Mund. Brünstrup hatte mich nach allen Regeln der Verhörtechnik ausgewrungen, mir immer wieder dieselben Fragen gestellt und auf kleinste Abweichungen in meiner Geschichte geachtet, um anschließend auf ihnen herumzureiten. Aber ich hatte nicht mehr verraten, als ich Stürzenbecher schon erzählt hatte. Dass ich den *Club Marquis* und die Familie Averbeck ins Spiel gebracht hatte, würde mir ohnehin genug Ärger einbringen. Die Heuskens waren bestimmt nicht erbaut, wenn die Polizei bei ihnen auftauchte. Doch Verschwiegenheitspflicht hin oder her, jetzt ging es nicht mehr um Körperverletzung, sondern um Mord. Pia Petry dagegen erwähnte ich mit keinem Wort. Allerdings scheiterte mein großzügiges Versprechen, sie aus allem herauszuhalten, an der Akribie der Spurensicherer.

Nach einer Vernehmungspause, in der sie sich mit frischen Papieren versorgt hatte, ließ mich Brünstrup endlos lange Minuten warten, während sie den Text sorgfältig studierte.

Schließlich legte sie die Blätter auf den Tisch im Vernehmungsraum. »Wir haben jetzt die Leiche identifiziert. Die Frau heißt Tanja Brockhoff. Sagt Ihnen der Name etwas?«

»Nein.«

»Sie hat in einem Laden für SM-Zubehör gearbeitet.«

»Aha.«

Brünstrup schaute mich an.

»Den Laden kenne ich nicht«, sagte ich. »Aber vielleicht hat sie ihren Mörder mal bedient. Als Verkäuferin, meine ich.«

»Ja.« Die Kommissarin faltete die Hände. »Brockhoffs Fingerabdrücke und Haare befinden sich überall in der Wohnung, auch im Bad und auf der Sitzgarnitur. Was vermuten lässt, dass sie sich öfter in der Wohnung aufgehalten hat.«

»Dann war sie vielleicht Wegeners Freundin.«

»Erstaunlich ist allerdings«, fuhr Brünstrup fort, »dass wir Prints einer unbekannten Person, wahrscheinlich einer Frau, am Türrahmen des Schlafzimmers gefunden haben. Es sieht so aus, als habe sie sich dort festgehalten. Und – jetzt kommt der Clou, Herr Wilsberg – von da aus hat man einen guten Blick auf das Bett und die Leiche.«

»Und?«, fragte ich.

»Sie waren nicht allein in der Wohnung. Es war jemand bei Ihnen.«

Ich lächelte. »Eine gewagte Vermutung. Es gibt tausend Gründe, warum man sich an einem Türrahmen festhält, angefangen bei einer leichten Kreislaufschwäche.«

»Hervorgerufen durch den Schock, den der Anblick der Leiche auslöst«, konterte die Kommissarin.

»Gut. Nehmen wir mal an, es war so: Wieso soll die Unbekannte zusammen mit mir in der Wohnung gewesen sein? Die Wohnungstür stand offen. Es kann also jemand vor mir die Wohnung betreten und wieder verlassen haben.«

Brünstrup musterte mich kritisch. »Dann hat diese Unbekannte sicher auch das Blatt aus Wegeners Kalender gerissen?«

»Was?« Hatte mich Pia Petry schon wieder gelinkt?

»Tun Sie nicht so unschuldig, Herr Wilsberg. Der Perforationsstreifen lag auf dem Boden. Also – wo ist das Kalenderblatt?«

»Ich hab's nicht. Sie können mich ja filzen, wenn Sie wollen.«

»Das werden wir auch. Ziehen Sie Ihre Sachen aus!«

Ich stand auf und hängte mein Jackett über den Stuhl. »Möchten Sie mir dabei zusehen?«

»Bedaure.« Die Kommissarin erhob sich ebenfalls. »Das werden zwei männliche Kollegen übernehmen.«

Nachdem ich endlich das Protokoll unterschrieben hatte, winkte mich Stürzenbecher in sein Büro.

Er schloss die Tür hinter mir. »Wie hast du dich mit Brünstrup verstanden?«

»Wo hat sie gelernt? Bei der US-Armee?«

Der Hauptkommissar grinste. »Ich habe ihr geraten, nicht allzu hart mit dir umzuspringen. Willst du einen Kaffee?«

Ich schielte zu der Kanne, die auf dem Büroschrank stand, doch die Erinnerung an die Plörre, die er mir beim letzten Mal eingeschenkt hatte, war noch zu lebendig.

»Ein Bier wäre mir lieber.«

»So was führen wir nicht.« Er deutete auf den Besucherstuhl. »Setz dich!«

»Hör mal, ich bin müde, durstig, hungrig und genervt. Ich möchte nur noch ein Bier, eine Pizza, ein Bad und dann noch ein Bier. In dieser Reihenfolge. Also, wenn du nichts dagegen hast …«

»Es dauert nicht lange«, beharrte er. »Ich habe ein paar Neuigkeiten, die dich sicher interessieren.«

Dem konnte ich nicht widerstehen.

»Was Volker Wegener angeht«, begann Stürzenbecher. »Der Mann besitzt eine Marketingagentur in Buenos Aires. Er ist vor zehn Tagen von Argentinien nach Frankfurt geflogen. Danach verliert sich seine Spur. Das einzige Lebenszeichen, das wir von ihm haben, ist die Gästeliste des SM-Clubs.« Stürzenbecher grinste. »Brünstrup hat die Liste natürlich kopiert, als du hier warst. Ist ja wirklich eine feine Gesellschaft.«

»Sadomasochismus ist kein billiger Freizeitspaß. Arbeitslosengeld-II-Empfänger können sich den nicht leisten. Falls sie nicht eh schon genug Stress im Alltag haben und keine Peitschenhiebe mehr brauchen.«

»Wird eine Weile dauern, bis wir mit allen gesprochen haben«, meinte der Hauptkommissar.

»Bis Weihnachten«, schätzte ich. »Da stehen fast zweihundert Namen auf der Liste.«

Er lächelte versonnen. »Vieles lässt sich telefonisch erledigen. Aber es wird mir ein Vergnügen sein, mit einigen Richtern persönlich zu reden.« Er wurde ernst. »Zurück zu Volker Wegener. Weißt du etwas über ihn, was wir nicht wissen?«

»Nein. Aber ich frage mich, warum er die Frau in seiner Wohnung umbringen und die Leiche dort hängen lassen sollte. Zudem bei geöffneter Tür, sodass jeder hineinspazieren kann.«

»Wer sagt, dass Mörder schlau sind?«, versetzte Stürzenbecher. »Oder er war gerade dabei, die Leiche zu beseitigen, und du hast ihn gestört.«

»Das glaube ich nicht. Ich denke eher, dass ihm jemand den Mord anhängen will.« Ich stand auf. »War's das?«

»Nicht ganz. Du hättest auch den Namen deines Auftraggebers auf die Liste setzen sollen.«

»Was?«

»Manfred Heusken. Er ist ebenfalls wegen Körperverletzung vorbestraft. Eine Frau hat ihn nach einem dieser …«

»Spiele«, schlug ich vor.

»Bei Spiel denke ich an ›Mensch ärgere Dich nicht‹ und nicht an ›Mensch quäl mich‹. Aber wie auch immer. Er ist zu weit gegangen und hat die Frau übel zugerichtet. Sie hat ihn angezeigt. Vor Gericht hat er ausgesagt, sie sei mit allem einverstanden gewesen, was sie natürlich bestritten hat. Letztlich war nicht genau zu klären, was die beiden ausgemacht hatten, deshalb ist er glimpflich davongekommen. Zwei Jahre auf Bewährung.« Stürzenbecher schaute mich an. »Das hast du wohl nicht gewusst?«

»Nein«, sagte ich, »das habe ich nicht gewusst.«

13

Pia Petry lässt eine Bombe platzen

Ich stehe immer noch unter Schock. Nachdem Wilsberg mich freundlich, aber bestimmt aus der Wohnung geschmissen hat, bin ich wie in Trance zu meinem Auto gewankt. Ich habe keinerlei Erinnerung an die Rückfahrt. Ich weiß nicht, welche Strecke ich genommen, wo ich den Wagen geparkt, wie ich ins Hotel gekommen bin. Alles weg. Ich fühle mich wie ein Zombie, der mit einer Straßenwalze kollidiert ist. Als wäre ich nicht von dieser Welt. Als wäre das, was ich gesehen habe, ein schlechter Film oder eine schlechte Theaterinszenierung gewesen. Benommen sitze ich auf dem Hotelbett und starre aus dem Fenster. Warum mache ich nur diesen Job? Warum wühle ich in anderer Leute Dreck, beschäftige mich mit Dingen, von denen normale Menschen höchstens in der Zeitung lesen? Wenn sie sie überhaupt lesen und nicht gleich weiterblättern. Meine trübseligen Gedanken werden vom Klingeln meines Handys unterbrochen.

Geistesabwesend melde ich mich. »Pia.«

»Ist was passiert?«, fragt Cornfeld alarmiert.

Ich muss mich ja fürchterlich anhören, wenn er das so schnell merkt.

»Wir haben eine Leiche gefunden«, sage ich leise.

»Eine Leiche?«

»Ja, eine junge Frau. Sie wurde zu Tode gefoltert. Grauenhaft …«

»Pia! Wo sind Sie? Auf dem Kommissariat?«

»Nein. Im Hotel.«

»Im Hotel? Wieso im Hotel?«

»Wilsberg meinte, es sei besser, wenn ich verschwinden würde, bevor die Bullen kommen.«

»Wilsberg?«

»Ja«, sage ich, »ein Kollege.«

Wieder muss ich daran denken, wie Wilsberg mich in den Arm genommen hat, als ich in Wegeners Wohnung in Tränen ausgebrochen bin. Wie er mich festgehalten hat, ruhig dastand und nichts sagte, sich nicht bewegte und mich einfach heulen ließ. Und ich habe geheult. Bis keine Tränen mehr da waren.

»Wieso haben Sie die Leiche mit diesem Typ zusammen gefunden?«, fragt mein Assistent und das Misstrauen in seiner Stimme ist nicht zu überhören.

Ich erzähle ihm die ganze Geschichte. Angefangen bei der Liste, die ich Wilsberg geklaut habe, bis hin zu der Toten in Wegeners Wohnung. Und natürlich erzähle ich ihm auch von Wilsberg.

»Der Kerl war in der Wohnung«, sagt Cornfeld fassungslos. »Und schickt Sie nach Hause, bevor er angeblich die Bullen ruft.« Mein Assistent schnauft wie ein Walross, das gerade aus dem Wasser aufgetaucht ist. »Sind Sie sicher, dass der überhaupt die Polizei geholt hat, dass der gute Mann nicht vielleicht diese ganze Sauerei höchstpersönlich angerichtet hat? Und jetzt dabei ist, sowohl die Leiche als auch die Spuren zu beseitigen?«

»Das ist Quatsch«, sage ich müde. »Die Leiche hing da schon ein paar Stunden. Er kann es nicht gewesen sein. Und wenn er es war, hätte er mich auch gleich umbringen können.«

»Vielleicht kommt das ja noch«, erwidert Cornfeld böse. »So wie Sie die Tote beschrieben haben, lässt sich der Herr gerne Zeit. Vielleicht hat er noch etwas ganz Besonderes mit Ihnen vor?«

»Wahrscheinlich«, sage ich.

»Pia«, sagt er eindringlich. »Rufen Sie wenigstens jetzt die Polizei an.«

»Das ist doch viel zu spät. Wie soll ich das denn erklären? Nach über zwei Stunden.«

»Haben Sie Averbeck informiert?«

»Nein. Das geht nicht.«

»Das geht nicht?«

»Ich habe Jochens Siegelring im Badezimmer gefunden. Somit ist mein lieber Freund und Auftraggeber im Moment sehr viel verdächtiger als Wilsberg.«

»Ach du Scheiße«, sagt Cornfeld. »Wenn Averbeck da mit drinhängt, haben wir ein Problem.«

»Der hat nichts damit zu tun«, sage ich. »Es wäre doch wirklich zu dämlich, wenn er eine Privatdetektivin beauftragen würde, ein Verbrechen aufzuklären, das er selbst begangen hat.«

»Das wäre ja nicht das erste Mal. Wir hatten schon mal so einen Fall, in Frankfurt«, erwidert Cornfeld. »Da fällt mir ein, er hat den Vorschuss noch nicht überwiesen. Und unser Konto ist mal wieder in den Miesen. Also, es wäre nett, wenn Sie ihn daran erinnern könnten.«

»Tu ich.«

»Wo ist der Siegelring jetzt?«

»Raten Sie mal.«

»Pia ...«

Da fängt das Hoteltelefon an zu klingeln. Was mir sehr entgegenkommt. »Ich muss leider Schluss machen«, sage ich und beende das Gespräch.

Der Hausapparat bimmelt mit einer Penetranz, die verdächtig ist. Unschlüssig stehe ich auf. Soll ich das Gespräch annehmen? Vielleicht hat Wilsberg mich ja doch verpfiffen? Und die Polizei möchte mir jetzt ein paar Fragen stellen. Schließlich siegt meine Neugier und ich nehme ab.

Ich habe Glück. Es ist Renate. Und die scheint eine Metamorphose durchlaufen zu haben. Ihre Stimme klingt freundlich, fast herzlich, und sie entschuldigt sich gleich mehrmals für ihre harsche Reaktion im Krankenhaus. Es sei ihr sehr schlecht gegangen, erzählt sie, und sie habe nicht gewollt, dass eine so gute Freundin wie ich in diese scheußliche Geschichte verwickelt werden würde. Ich überlege, was diese Einhundertachtzig-Grad-Drehung wohl ausgelöst haben könnte. Doch ich komme nicht drauf.

»Und jetzt geht es dir besser?«, frage ich.

»Ja, viel. Ich bin heute aus dem Krankenhaus entlassen worden.«

»Das freut mich.«

»Du«, sagt sie, »ich habe einen Anschlag auf dich vor.«

Aha, jetzt kommen wir also zu des Pudels Kern.

»Ich würde mich freuen, wenn du bei uns wohnen würdest. Das ist doch blödsinnig, dass du ein Hotelzimmer bezahlst, wo wir hier ein großes, komfortables Gästezimmer haben. Und ich glaube, ein bisschen Gesellschaft würde mir im Moment ganz gut tun.«

»Meinst du wirklich?«, frage ich zögerlich. Eigentlich bin ich im Moment nicht scharf darauf, mit Jochen Averbeck unter einem Dach zu leben. Ich kann mir zwar nicht vorstellen, dass er etwas mit dem Mord an der jungen Verkäuferin zu tun hat. Aber hundertprozentig ausschließen kann ich es auch nicht.

»Pia, was ist?«

»Ich weiß nicht«, sage ich. »Jochen …«

»Der ist nicht da«, fällt sie mir sofort ins Wort. »Der ist in Buenos Aires.«

Stimmt, denke ich. Wir haben ja heute Mittag noch miteinander telefoniert. Mir kommt es so vor, als sei das schon hundert Jahre her.

»Was ist jetzt, Pia? Kommst du?«, drängt Renate.

»Ja«, sage ich.

»Super!«, ruft sie begeistert. »Pack deine Sachen und check

gleich aus. Ich habe schon Frau Hoffschulte Bescheid gegeben. Sie macht uns heute Abend Rahmschnitzel mit Kartoffelpüree und Brechbohnen. Das hast du doch immer so gern gegessen.«

»Daran erinnerst du dich noch?« Ich bin gerührt.

»Du kommst also wirklich?«, fragt Renate unsicher.

»Wie könnte ich Rahmschnitzel mit Kartoffelpüree und Brechbohnen widerstehen.«

»Dann bis gleich. Ich freue mich.«

»Ich freue mich auch.«

Und das meine ich ernst. Denn nach den Erlebnissen des Nachmittags hätte ich den Abend ungern allein in meinem Hotelzimmer verbringen wollen.

Eine halbe Stunde später zerre ich einen großen Koffer und zwei schwere Taschen aus dem Aufzug. Ich habe mit meinem Gepäck noch nicht einmal die Mitte der Lobby erreicht, als ein junger Mann im grauen Anzug auf mich zutritt und nervös an seiner gestreiften Krawatte zupft.

»Frau Petry?«

O Gott, denke ich, die Bullen. Jetzt haben sie mich doch noch erwischt.

»Es geht um den Porsche.«

»Es geht um den Porsche«, wiederhole ich erleichtert. Da bin ich aber beruhigt. »Was ist denn mit dem Auto?«

»Ihre Kreditkarte ist nicht gedeckt«, flüstert er und zieht so heftig an seiner Krawatte, dass ich befürchte, er stranguliert sich gleich.

»Ach so«, sage ich und winke ab. »Sagen Sie Ihrem Chef, ich sorge dafür, dass das Problem morgen aus der Welt geschafft wird.«

Verlegen beginnt er, auf den Zehenspitzen hin- und herzuwippen. »Ich müsste die tausend Euro gleich kassieren, und zwar bar.«

»Sagen Sie mal, wie kommen Sie auf die Idee, dass ich mit Tausend-Euro-Scheinchen durch die Gegend laufe?« Ich greife nach meinen Taschen und will an ihm vorbeigehen.

Doch der junge Mann versperrt mir den Weg. »Wenn Sie nicht zahlen, muss ich Sie um den Schlüssel bitten.«

»Ach nee«, sage ich. »Und was, wenn ich Ihnen den Schlüssel nicht gebe? Was wollen Sie machen? Mich in den Schwitzkasten nehmen. Hier, mitten in der Lobby?«

Er schluckt. »Ich krieg Ärger, wenn ich den Wagen nicht zurückbringe.«

»Die Mitleidsnummer zieht bei mir nicht.«

»Ich krieg wirklich Ärger«, sagt er und seine Stimme hat jetzt so etwas flehentlich Erschrockenes, dass ich anfange, ihm zu glauben.

»Na gut«, sage ich und krame den Schlüssel aus meiner Tasche. Ich möchte nicht daran schuld sein, wenn der Mann seinen Job verliert.

Blitzschnell nimmt er ihn mir aus der Hand und lässt ihn in seiner Jackentasche verschwinden. Dafür hat er auf einmal einen weißen Briefumschlag in der Hand.

»Die Rechnung?«, frage ich.

Er nickt.

»Schicken Sie mir die mit der Post«, sage ich und lasse ihn stehen.

Nachdem ich meinen Autoschlüssel so unrühmlich losgeworden bin, schleppe ich mein Gepäck zur Rezeption und bitte die junge Frau hinter dem Tresen um die Rechnung. Gott sei Dank muss ich die nicht selbst bezahlen. Das wird Jochen Averbeck erledigen.

Als ich die einzelnen Posten kontrolliere, fällt mir etwas auf. Leider habe ich mich mehrmals und nachhaltig an der Minibar vergriffen.

Die Summe ist nicht wirklich erschreckend, übersteigt

aber meine finanziellen Reserven von fünfzig Euro deutlich. Und da ich nicht möchte, dass Jochen anhand dieser Auflistung über den Umfang meines Alkoholkonsums informiert wird, habe ich jetzt ein Problem.

Die Rezeptionistin mustert mich mit einem Lächeln, das von Sekunde zu Sekunde distanzierter wird. Ich sehe keine andere Lösung, als Renate anzurufen.

»Ich kann nicht kommen«, sage ich zu ihr.

»Warum?«

»Ich muss in die Hotelküche und Teller spülen.«

»Pia ...«

»Ich kann meine Minibarrechnung nicht bezahlen«, flüstere ich. »Und mein Auto bin ich auch los.«

»Und jetzt soll ich dich auslösen?«, flüstert sie zurück.

»Das wäre nett.«

»Gib mir zehn Minuten«, sagt sie und legt auf.

Nach fünfzehn Minuten ist Renate immer noch nicht da. Aber das habe ich auch nicht anders erwartet. Pünktlichkeit war noch nie ihre Stärke. Ich setze mich in einen tiefroten Sessel, gruppiere mein Gepäck um mich herum und beschäftige mich mit einer dieser Frauenzeitschriften, die mich schon seit zehn Jahren nicht mehr interessieren. Den ersten Artikel über die Beziehungsprobleme großstädtischer Singlefrauen mit bindungsunwilligen Kabriofahrern lese ich zweimal und kapiere ihn trotzdem nicht. Doch dann vertiefe ich mich in einen Bericht über die neuesten Verfahren der Schönheitschirurgie. Schwer beeindruckt von den Ergebnissen schonenden Laserliftings, ein Thema, das in meinem Alter zunehmend an Relevanz gewinnt, bemerke ich nicht, dass jemand hereinkommt, den ich kenne. Erst als er sich mir gegenüber in den Sessel fallen lässt, sehe ich hoch und zucke zusammen.

»Müssen Sie mich eigentlich immer so erschrecken?«

»War nicht meine Absicht«, sagt Wilsberg kühl und genauso kühl deutet er auf mein Gepäck. »Reisen Sie etwa schon ab?«

»Geht Sie das etwas an?«

Er beugt sich vor und die kleine Falte über seiner Nase zeigt mir, dass er ernsthaft verärgert ist. »Ich habe Sie bei der Polizei gedeckt, obwohl die Ihre Fingerabdrücke gefunden haben und mich jetzt massiv unter Druck setzen, weil sie nicht glauben, dass ich allein in der Wohnung war.«

»Sie Held«, sage ich und schlage gelangweilt die Beine übereinander. »Da muss ich Ihnen aber echt dankbar sein.«

»Verdammt nochmal«, zischt er. »Ich will jetzt sofort wissen, warum Sie in Münster sind. Was Sie in dem Club wollten, wieso Sie die Liste geklaut haben. Und warum Sie auf einmal abreisen.«

»Ist das alles?«

Wilsberg schüttelt den Kopf. »Nein.«

Erstaunt hebe ich die Augenbrauen.

»Aus Wegeners Kalender ist eine Seite herausgerissen worden. Waren Sie das?«

»Nein.«

Die kleine Falte über seiner Nasenwurzel vertieft sich. »Wieso glaube ich Ihnen das nicht?«

»Das weiß ich nicht«, sage ich und muss grinsen. Das macht ihn erst recht sauer.

»Ich will jetzt sofort wissen, was dieser ganze Zirkus soll!«, bellt er.

Unbeeindruckt und völlig regungslos sehe ich ihn an. Wie die Schlange ihr Beutetier. »Sie haben wirklich keine Ahnung, oder?«

»Nein!«

»Das ist ein Armutszeugnis, Wilsberg. Sie hätten längst drauf kommen müssen. Bei aller Liebe …«

»Jetzt sagen Sie mir endlich, was los ist.«

Er muss mich nicht noch einmal bitten. Mit Genuss lasse ich die Bombe platzen. »Ich bin P-r-i-v-a-t-d-e-t-e-k-t-i-v-i-n.«

Wilsberg sieht aus wie ein Zuschauer, dem bei einem Eishockeyspiel der Puck ins Gesicht geflogen ist.

»Ich gebe ja zu, unsere Arbeitsweisen unterscheiden sich ein bisschen«, sage ich.

»Allerdings!« Er reibt sich mit der Hand über das Gesicht und sieht mich an, als sähe er mich zum ersten Mal. »Wir sind also Kollegen.«

Ich nicke.

»Und wir arbeiten am selben Fall.«

Ich nicke.

»Wer ist Ihr Auftraggeber?«

»Jochen Averbeck.«

»Dieser Idiot!«

»Das habe ich nicht gehört.«

»Und wie geht das jetzt weiter?«, fragt er irritiert.

»Wir könnten zusammenarbeiten«, schlage ich vor. »Das ist doch Blödsinn, dass wir ständig aneinander vorbeiermitteln und uns gegenseitig ins Gehege kommen.«

Er lässt sich Zeit mit der Antwort.

»Gemeinsam recherchieren, getrennt kassieren«, sage ich und lächele ihm aufmunternd zu.

»Warum nicht«, antwortet er langsam. »Das würde Sinn machen …«

Genau in dem Moment betritt Dracu die Halle. Ganz in schwarzes Leder gekleidet, steht er da wie ein Dämon. Teuflisch attraktiv, aber irgendwie auch teuflisch gefährlich. So ziemlich jeder in der Lobby hat ihn bemerkt und viele drehen sich nach ihm um. Als Wilsberg Dracu sieht, zuckt er zusammen, als habe er einen Stromschlag bekommen.

Ich hoffe inständig, dass Dracu zufällig hier ist, dass er mit irgendeinem der Hotelgäste verabredet ist.

Aber das ist nicht der Fall. Er steuert direkt auf mich zu.

»Renate schickt mich. Ich soll dich abholen«, sagt er und deutet auf mein Gepäck. »Ist das deins?«

Von seinem Auftritt überrumpelt, sitze ich nur da und nicke. Dracu schnappt sich meine Koffer, läuft zur Rezeption und zückt seinen Geldbeutel. Ich schätze, er begleicht meine Minibarrechnung.

Bevor ich irgendetwas sagen, irgendetwas erklären kann, springt Wilsberg auf.

»Ganz offensichtlich haben Sie schon einen Partner gefunden«, sagt er eisig. Dann dreht er sich um und rennt davon.

Bestürzt blicke ich hinter ihm her. Es sieht nicht so aus, als sei das der Anfang einer wunderbaren Zusammenarbeit gewesen.

14

Wilsberg steht im Abseits

In der Tat unterscheiden sich unsere Arbeitsweisen ein bisschen, dachte ich, als ich dem Wagen folgte, in dem Dracu und Pia Petry saßen. Ich bekam nicht gleich weiche Knie und einen verzückten Gesichtsausdruck, wenn ein Lederheini mit düsterer Ausstrahlung auftauchte. Und bestimmt würde ich mich nicht von jemandem wie Dracu an die Hundeleine legen lassen. Aber vielleicht hoffte Pia ja, dass er ihr seine tiefsten Geheimnisse verriet, sobald er sie auf der Streckbank festbinden durfte.

Ich stoppte meinen Anflug von Eifersucht und zwang mich dazu, die Lage zu analysieren. Vieles ergab jetzt einen Sinn. Zum Beispiel, dass mir Pia Petry dauernd über den Weg gelaufen war. Nur meine Vermutung, dass Jochen Averbeck seine Frau selbst verletzt hatte, stand plötzlich auf bröckeligem Untergrund. Kaum denkbar, dass er der Täter war, wenn er jemanden dafür bezahlte, die Sache aufzuklären. Es sei denn, er benutzte Pia Petry, um von sich ab- und den Verdacht auf jemand anderen zu lenken. Oder um herauszufinden, was ich wusste.

Nein, das war zu abstrus. Ich verwarf den Gedanken und wandte mich dem nächsten Problem zu, der ermordeten Verkäuferin aus dem SM-Laden. Falls es einen Zusammenhang zwischen dem Überfall im Club und dem Mord gab, und intuitiv ging ich davon aus, musste etwas anderes hinter dem Ganzen stecken. Doch wer hatte ein Motiv für die Verbrechen?

Vorerst hielt ich mich an das nahe Liegende, und das fuhr in einem Opel Astra zehn Meter vor mir. Ich gab mir keine Mühe, die Verfolgung als etwas anderes aussehen zu lassen.

Stoßstangenfahrt nennen das die Schlapphüte vom Geheimdienst, wenn der Verfolgte wissen soll, dass er unter Beobachtung steht. Und natürlich hatte mich Dracu längst im Rückspiegel entdeckt. Demonstrativ legte er seine Hand auf Pia Petrys Schulter.

Ich biss die Zähne zusammen und verzog das Gesicht zu einem Grinsen. Streng dich ruhig an, Freundchen, dachte ich, aber den Plan, zu einem gemütlichen, abgelegenen Kerker zu fahren, kannst du dir aus dem Kopf schlagen.

Tatsächlich war es kein Kerker, sondern eine Villa, vor deren Hauptportal Dracu anhielt, nachdem sich das zweiflügelige metallene Tor an der Straße automatisch geöffnet und den Zufahrtsweg durch einen parkähnlichen Garten freigegeben hatte. Außerhalb von Angelmodde und direkt an der sanft plätschernden Werse gelegen, wirkte das moderne zweistöckige Haus, dessen Vorderfront von klaren Linien und viel Glas beherrscht wurde, wie eine bescheidene Millionärsunterkunft. Dazu passte, dass es neben dem Tor zwar eine überdimensional große Klingel und eine Kamera, aber kein Namensschild gab.

Ich parkte am Straßenrand und beobachtete, wie Dracu Pia Petrys Gepäck ins Innere der Villa schleppte. Weil er im Hotel den Namen Renate erwähnt hatte, nahm ich an, dass das Anwesen den Averbecks gehörte. Anscheinend war meine Kollegin tatsächlich eine Freundin der Familie. Da sie sich gerne mal einen Porsche mietete und in teuren Hotels logierte, kannte sie sich in diesen Kreisen wohl aus. Vermutlich saß sie in ihrem Büro an einem edel gestylten Schreibtisch und ließ sich von einem gut aussehenden Angestellten den Tee servieren. Ein kleiner Schnüffler wie ich konnte da nicht mithalten.

Während ich noch diesen trüben Gedanken nachhing, registrierte ich zu meiner Erleichterung, dass sich Dracu mit seiner Rolle als Kofferträger begnügte. Nach wenigen Minuten kam er wieder aus dem Haus heraus und fuhr zum Tor zurück. Als er auf die Straße einbog, winkte er mir zu.

Mit einem müden Lächeln gönnte ich ihm seine kleine Rache. Die Lektion, die ich ihm im Club erteilt hatte, würde ihn noch länger wurmen, da war ich ganz sicher.

Als Dracu verschwunden war, stieg ich aus. Ich überquerte die Straße und drückte, nur um mich zu vergewissern, auf die im Torpfosten eingelassene Klingel.

Die Videokamera ruckelte und zoomte auf mein Gesicht.

»Ja, bitte?«, quäkte eine weibliche Stimme.

»Ich möchte Herrn Averbeck sprechen.«

»Wen darf ich melden?«

»Ach, vergessen Sie's, ist nicht so wichtig.«

Ich drehte mich um und ging zum Auto zurück. Nun, damit war auch das geklärt. Doch noch mehr als die Frage, warum Pia Petry bei ihrem Auftraggeber eingezogen war, beschäftigte mich im Moment mein knurrender Magen. Trotz meiner vollmundigen Ankündigung in Stürzenbechers Büro, war ich vom Polizeipräsidium nicht nach Hause, sondern sofort zum Hotel gefahren. Seit dem Frühstück hatte ich nichts mehr gegessen, und beim abnehmenden Tageslicht betrachtet, war das entschieden zu lange her.

Ich fuhr nach Angelmodde hinein, einem kleinen, dörflichen Vorposten im Südosten von Münster, mit einer kleinen weißen Kirche und vielen weißen und roten Backsteinhäusern. Eine imbissähnliche Einrichtung suchte ich allerdings vergeblich. Wahrscheinlich lebten hier nur heile Familien, die ihre Kinder mit gesundem Möhrenkuchen abspeisten, wenn die zur Unzeit vom Heißhunger gepackt wurden.

Erst in Gremmendorf, ein paar Kilometer weiter, fand ich eine Dönerbude. Die erste mit Hähnchenfleisch und Salat gefüllte Teigtasche vertilgte ich sofort, die zweite ließ ich mir einpacken.

Als ich den letzten Schluck Ayran getrunken hatte, klingelte mein Handy.

»Warum haben Sie uns die Polizei auf den Hals gehetzt?«, fragte Clara Heusken.

»Mir blieb nichts anderes übrig.« Ich nahm den in Stanniolpapier verpackten Döner und ging nach draußen. »Bei Mord habe ich wenig Spielraum.«

»Und Sie haben die Leiche gefunden?« Das klang schon freundlicher.

»Ja.« Ich steckte den Döner in die Tasche. »Die Frau hat in Dracus Laden gearbeitet. War sie manchmal bei Ihnen im Club?«

»Nein. Sie hat mich einige Male bedient und ich habe sie eingeladen. Da hat sie mir erzählt, dass sie privat auf Blümchensex steht.«

Warum nicht? Heutzutage nahm man jeden Job, den man kriegen konnte. »Ihr Mörder weniger.«

»Was?«

»Er ist Sadist.«

»Wie ist sie gestorben?«

»Sie ist erstickt. Vorher wurde sie gefesselt, an Seilen aufgehängt und mit einem Messer verletzt.«

»Mein Gott!« Clara schluckte. »Sie war so ein nettes Mädchen. Glauben Sie, es war derselbe …?«

»Keine Ahnung.« Ich klemmte das Handy zwischen Ohr und Schulter und steckte mir einen Zigarillo an. »Ist Ihnen zu Volker Wegener noch etwas eingefallen?«

»Das hat uns die Polizei auch schon gefragt. Aber Wegener ist für uns ein unbeschriebenes Blatt. Er war an jenem Abend, als die Sache mit Renate Averbeck passierte, zum ersten Mal da. Übrigens auf Empfehlung von Jochen Averbeck.«

»Tatsächlich?«

»Ja. Götz sagt, die beiden hätten sich benommen wie alte Freunde.«

Das war ein völlig neuer Aspekt.

»Denken Sie, Wegener hat Renate …«

»Möglich«, sagte ich und ging langsam zu meinem Auto. »Hören Sie, wenn Sie meinen Auftrag kündigen wollen, sagen Sie es ruhig! Die Polizei sucht Wegener sowieso. Ich weiß nicht, was ich im Moment noch für Sie tun kann.«

»Nein. Männe ist zwar ziemlich sauer auf Sie, aber …«

»Aber was?«

»Ich möchte, dass Sie weitermachen. Übermorgen findet wieder eine Dungeon-and-Dragon-Party statt. Ich würde mich viel wohler fühlen, wenn Sie da wären.«

»Versprechen Sie sich nicht zu viel von meiner Anwesenheit.«

Sie kicherte. »Ich habe schon gemerkt, dass auch Sie auf Novizinnen stehen.«

»Also dann, bis übermorgen«, sagte ich und schaltete das Handy aus.

Ich parkte wieder vor dem Tor der Averbeck'schen Villa und verzehrte den zweiten Döner. Im Erdgeschoss des Hauses brannten einige Lichter, ansonsten blieb es ruhig. Niemand fuhr hinein oder heraus, es rasselten keine Ketten und ich hörte auch keine Hilferufe. Eigentlich gab es nichts, das mich daran hinderte, nach Hause zu fahren und mich mit einer Flasche Bier vor den Fernseher zu setzen. Aber nach diesem endlosen und fürchterlichen Tag war ich zu aufgeputscht, um abschalten zu können. Sobald ich die Augen schloss, kehrte das Bild der ermordeten Frau zurück und mit dem Bild die Erinnerung an den ekelhaften Blutgeruch.

Mir wurde schlecht. Ich öffnete schnell die Autotür und stieg aus. Eine Minute lang atmete ich tief durch, dann ließ der Brechreiz nach. Vielleicht hätte ich mir den zweiten Döner sparen sollen.

Auf jeden Fall brauchte ich etwas Bewegung. Und da ich

schon mal hier war, konnte ich mir genauso gut die Villa aus der Nähe ansehen.

Was sich als gar nicht so einfach erwies. Die Mauer, die sich um das Grundstück herumzog, war auf ihrer Oberseite abgerundet und mit Glasscherben besetzt. Ich brauchte eine Weile, bis ich den Schwachpunkt der Sicherungsanlagen entdeckte. Am Ufer der Werse ragte zwar ein mit Metallspitzen versehenes Gitter etwa einen Meter über die Oberfläche des Flusses hinaus, aber mit etwas Schwung und rudimentären Kletterkünsten gelang es mir, auf der anderen Seite den festen Boden zu erreichen. Jetzt stand ich auf dem Grund der Kaufmannssippe und hoffte, dass sie kein Geld in frei laufende Kampfhunde oder Bewegungsmelder investiert hatten.

Meine Hoffnung erwies sich als berechtigt. Ungehindert näherte ich mich der verglasten Rückfront. Und ich konnte sehen, wie Pia Petry und Renate Averbeck im Erdgeschoss ausgelassen tanzten.

Der Anblick der gelöst und locker wirkenden Pia gab mir einen Stich. Sie lachte mit vor Aufregung geröteten Wangen und strahlenden Augen. Ich hatte damit gerechnet, sie deprimiert und von den Ereignissen aus der Bahn geworfen vorzufinden. Vielleicht hatte ich insgeheim sogar darauf spekuliert, sie wieder einmal retten zu müssen. Aber es ging ihr offensichtlich gut. Und ich kam mir wie ein Idiot vor. Was machte ich hier eigentlich?

Auf der Stelle drehte ich mich um und ging zum Fluss zurück. Es wurde Zeit, dass ich mir Pia Petry aus dem Kopf schlug. Hatte ich wirklich gedacht, sie würde sich etwas aus mir machen? Waren meine Versuche, sie aus Dracus Fängen zu retten und vor der Polizei zu schützen, nichts anderes als sentimentale Anwandlungen eines alternden Provinzdetektivs? Ich war weder reich noch berühmt noch mächtig, hatte also keine der Eigenschaften, die Männer über vierzig für

Frauen interessant machen. Besonders für Frauen wie Pia Petry. Gegen einen auf der Sonnenbank gebräunten Markenkleiderbügel wie Jochen Averbeck oder einen exotisch angehauchten Vampirverschnitt wie Dracu hatte ich keine Chance. So war das nun mal. Die Welt war ungerecht. Aber das hatte ich schon vor dreißig Jahren als linker Student gelernt.

Als ich eine halbe Stunde später nach Hause kam, holte ich mir dann endlich ein Bier aus dem Kühlschrank und legte mich auf die Couch in meinem Wohnzimmer. Im Fernsehen lief ein Krimi mit lauter starken Frauen und als Männer verkleideten Waschlappen, dessen Handlung ich gleich wieder vergaß.

Nach dem zweiten Bier überlegte ich, ob ich in die Innenstadt pilgern und mir in einer Nachtbar etwas Hochprozentigeres gönnen sollte. Aber ich widerstand der Versuchung. Oder ich war einfach zu faul, um mich in den Abgrund zu stürzen.

15

Pia Petry tanzt auf dünnem Eis

Das vierte Glas Champagner setzt mich endgültig außer Gefecht. Während Renate, laut *Jumping Jack Flash* von den Rolling Stones grölend, mit mir durchs Wohnzimmer wirbelt, wird mir schwindelig. Ich lasse ihre Hände los und trudele wie ein seekranker Matrose quer durch den Raum. Sie folgt mir, hält mich fest und ich sinke, kichernd wie ein bekiffter Teenager, gegen ihre Schulter. Ihre weichen, schwarzen Haare kitzeln mich an der Nase, ihr Körper riecht nach Parfüm, nach Schweiß und auch ein bisschen nach Sex. Ich genieße ihre Nähe und das Gefühl, eine beste Freundin zu haben. Eine, die mich wieder mag. Die wieder für mich da ist, die ihre Geheimnisse mit mir teilt, mir zuhört und mich versteht. Am liebsten würde ich ihr in die Arme fallen, aber das traue ich mich nicht. Ihre Verletzungen sind noch nicht verheilt und ich habe Angst, ihr wehzutun. Auch wenn sie behauptet, keine Schmerzen mehr zu haben.

Als ich keine Anstalten mache, mich von der Stelle zu bewegen, zieht Renate mich zum Sofa. Erschöpft lasse ich mich auf die dicken, weichen Polster fallen. Vor mir ragen die hohen, von schmalen Aluminiumrahmen gehaltenen Glasfenster wie ein bedrohlich schwarzes Felsmassiv auf. Den dahinter liegenden Park hat längst die Dunkelheit verschluckt.

»Ich mache die Musik aus«, ruft Renate mir zu und tänzelt beschwingt zu dem alten Technics-Plattenspieler, den wir eine Stunde zuvor aufgebaut haben, um all die Platten zu hören, die wir als Teenager so liebten.

Während mein Oberkörper langsam von der Vertikalen in die Horizontale rutscht, registriere ich etwas draußen im

Park. Sofort sitze ich wieder aufrecht. Da war etwas. Ein Schatten, eine Bewegung, irgendetwas, was da nicht hingehört. Aus einem diffusen Gefühl heraus assoziiere ich Wilsberg damit. Bin mir aber nicht sicher, ob mir nicht meine Eitelkeit einen Streich spielt. Vielleicht will ich ja nur, dass er um Renates Haus schleicht und mich beobachtet. Dass er es keine Sekunde mehr ohne mich aushält. Denn dass ich ihm gefalle, ist nicht zu übersehen. Mit dem Dackelblick, mit dem er mich immer anstaunt, und mit dieser aufgesetzten Ruppigkeit, die er mir gegenüber an den Tag legt, ist er der Prototyp des verliebten Mannes. Und das schmeichelt mir. Nur daran gewöhnen sollte ich mich besser nicht.

Renate hat das Vinyl vom Plattenteller genommen und sich neben mich gesetzt.

»Ist dir schlecht?«, fragt sie.

»Nein, nur ein bisschen schwindelig.«

Immer noch starre ich angestrengt in den Park und kann außer den unscharfen Umrissen mächtiger Baumriesen nicht viel erkennen. Da ist nichts, denke ich. Ich muss mich getäuscht haben.

Renate streicht mir eine Haarsträhne aus der Stirn und kuschelt sich an mich. Die hysterische Euphorie, in die ich mich nach vier Gläsern Champagner und einer halben Stunde Rock-'n'-Roll-Tanzen hineingesteigert habe, ist einer kleinen Depression gewichen, die anfängt, sich zu einer großen auszuwachsen. Die grässlichen Bilder kehren zurück. Die tote Frau, die Schnittwunden, das Blut …

»Du bist ja ganz blass«, sagt Renate. »Bist du wirklich okay?«

»Aber klar doch«, antworte ich. »Dafür, dass ich heute Mittag heulend vor einer ausgebluteten Leiche gestanden habe, geht es mir fantastisch.«

Meine Freundin greift nach meiner Hand. »Du darfst das nicht so nah an dich heranlassen.«

Seit ich ihr gesagt habe, dass ich die tote Verkäuferin gefunden habe, betütelt sie mich wie eine Mutter ihr Kleinkind. Ich bin mir nicht sicher, ob ich ihr davon erzählt hätte, wenn nicht nachmittags ohnehin die Polizei hier gewesen wäre. Es war gar nicht so einfach, Renate davon zu überzeugen, dass nicht ich die undichte Stelle gewesen bin, sondern irgendjemand anders der Polizei von dem Überfall auf sie erzählt haben musste. Was Renate aber am meisten entsetzt hat, ist die Vorstellung, ihr Vater könne durch die polizeilichen Ermittlungen von ihren SM-Neigungen erfahren. Eine Angst, die ihr der Kommissar nicht hat nehmen können. In der Situation fand ich es nicht ratsam, Jochens Siegelring zu erwähnen. Intuitiv weiß ich, dass diese Information einen Sprengsatz enthält, den ich hier und jetzt nicht zünden sollte.

»Renate«, sage ich und drehe mich zu ihr um. »Dabei geht es nicht um mich. Es geht um dich. Der Mann, der dieses Mädchen umgebracht hat, ist mit ziemlicher Sicherheit derselbe, der dich überfallen hat.«

»Ach, Pia.« Sie macht eine wegwerfende Handbewegung. »Wenn das stimmen würde, dann hätte er mich doch auch getötet.«

Vielleicht kommt das ja noch, denke ich. Behalte diesen Gedanken aber lieber für mich. Ich will sie nicht unnötig ängstigen. Andererseits macht mich ihre Sturheit wahnsinnig. Von Anfang an hat sie die Möglichkeit, dass es einen Zusammenhang zwischen den beiden Fällen geben könnte, weit von sich gewiesen. Und was mich am meisten ärgert, ist diese arrogante Selbstsicherheit, mit der sie das tut. Doch Renate war schon immer eine Meisterin der Verdrängung. Was sie nicht sehen will, das sieht sie einfach nicht.

»Er hat dich nur aus einem einzigen Grund nicht umgebracht«, sage ich. »Jochen ist zu früh zu sich gekommen. Der Typ musste abhauen ...«

»Glaub mir«, unterbricht sie mich und lächelt dieses seltsam abwesende Lächeln, das sie immer dann zur Schau trägt, wenn sie mir signalisieren will, dass wir über Dinge reden, von denen ich keine Ahnung habe. »Wenn man so lange SM betreibt wie ich, dann weiß man, ob man es mit einem Kranken oder mit einem normalen Sadisten zu tun hat.«

»Normaler Sadist«, sage ich verächtlich. »Das ist doch absurd.«

Sie antwortet nicht. Stattdessen rückt sie ein Stück von mir ab.

Nur jetzt keine schlechte Stimmung verbreiten, denke ich.

»Woran merkst du denn, dass du es mit einem normalen Sadisten zu tun hast?«, frage ich versöhnlich.

Sie streicht mit der flachen Hand langsam ihre Hose glatt und lässt mich zur Bestrafung ein bisschen warten.

»Er ist zu weit gegangen«, sagt sie dann. »Das stimmt schon. Das war nicht in Ordnung. Aber es ging ihm nicht nur ums Quälen. Es gab auch Momente von Nähe und von – Zärtlichkeit.«

Ich reiße die Augen auf. »Ich fasse es nicht. Der zerschneidet dir den ganzen Oberkörper und du redest von Zärtlichkeit?«

»Herrgott, Pia!«, faucht sie mich an. »Für Masochisten bedeutet Schmerz etwas anderes als für Menschen, die diese Neigung nicht haben. Für mich hat Schmerz auch etwas mit Lust zu tun. Mein Körper schüttet schlicht und ergreifend Endorphine aus, wenn mir jemand in bestimmten Situationen wehtut. Allerdings muss das Drumherum stimmen. Der Schmerz darf nicht zu dominant sein und das Ganze muss in einem sexuellen Zusammenhang stattfinden.«

»Das ist doch pervers«, rutscht es mir da raus.

»Pervers?«, fragt sie ironisch und sieht mich von der Seite an. »Sind wir nicht alle ein bisschen pervers? Steckt nicht in jedem von uns ein bisschen SM?«

Als ich ihr widersprechen will, lässt sie mich nicht zu Wort kommen. »Erzähl mir nicht, dass du noch nie übers Fesseln und übers Auspeitschen nachgedacht hast.«

»Nie!«, sage ich mit Nachdruck. »Ich bin völlig normal.«

»Was ist schon normal?« Sie verdreht die Augen. »SM ist eine sexuelle Variante mit genau festgelegten Regeln. Niemand wird zu irgendetwas gezwungen, niemand wird so schwer verletzt, dass seine Gesundheit dauerhaft Schaden nimmt. Alles passiert auf freiwilliger Basis. Wenn der Bottom das Safeword ausspricht, wird sofort abgebrochen.«

»Und wann beendest du das Spiel?«, fahre ich sie an. »Kurz bevor du das Bewusstsein verlierst?«

»Der Ehrgeiz einer Masochistin ist es, Schmerz und Demütigung möglichst lange auszuhalten«, antwortet sie, ohne auf meinen provokativen Ton einzugehen. »Und erst dann aufzugeben, wenn sie es wirklich nicht mehr aushält.«

»Das heißt, heute erträgst du fünf Schläge, morgen zehn, übermorgen fünfzehn, dann zwanzig, dreißig, vierzig. Und immer so weiter. Das ist ja rasend spannend.«

Renate schüttelt den Kopf. »Es geht nicht nur um den Schmerz. Es geht auch, und bei manchen SMlern sogar ausschließlich, um Macht und Ohmacht. Beim Bottom um die Unterwerfung, um Hilflosigkeit und Demütigung – und beim Top um das Gefühl von Allmacht und totaler Kontrolle. Und natürlich um die Spiele, in denen all diese Erwartungen und Fantasien miteinander verwoben und ständig variiert werden. Das setzt Intelligenz und ein enormes Vertrauen zwischen allen Beteiligten voraus.«

Klar, denke ich, die SM-Clubs sind voll mit Intelligenzbestien. Lauter Hochbegabte und Nobelpreisgewinner.

Renate beobachtet mich lächelnd von der Seite. »Probier es doch einfach mal aus. Vielleicht gefällt es dir ja.«

Das möchte ich mir gar nicht erst vorstellen.

»Wie war das an dem Abend, als du gemerkt hast, dass

nicht Jochen, sondern ein anderer Mann im Raum ist? Dass du jemandem ausgeliefert warst, mit dem es keine Absprachen und kein vereinbartes Safeword gab?«, frage ich stattdessen.

Renate sieht mich aus zusammengekniffenen Augen an. »Ich hatte wahnsinnige Angst«, sagt sie leise. »Ich habe wirklich gedacht, der bringt mich um. Bis er mich das erste Mal gestreichelt hat.«

»Hast du seine Stimme gehört?«

»Nein.«

»Aber du bist dir sicher, dass es ein Mann war?«

»Ja.«

»Wenn dieser Überfall nur eine weitere Spielvariante war, warum hat Jochen mich dann engagiert?«, frage ich.

»Weil sich der Typ nicht an die Regeln hält.« Renate steht auf und geht zum Fenster. »Und das ist gefährlich. Außerdem …«

»Außerdem?«, frage ich nach.

»Jochen hat dich auch engagiert, weil ein Sadist sich sein Spielzeug nicht von einem anderen Sadisten einfach so wegnehmen lässt. Und weil wir eine Abmachung haben, Jochen und ich. SM findet nur zwischen uns statt. Es gibt keine anderen Spielpartner.«

»Du hattest nie etwas mit einem anderen Sadisten?«, frage ich ungläubig. »Auch nicht mit Dracu?«

Ruckartig dreht sie sich zu mir um. »Ich kaufe meine SM-Klamotten in Dracus Laden. Und wenn es ausgefallenere Sachen sind, dann bestellt er sie und liefert sie mir hierher.«

»Wie heute Nachmittag«, sage ich. »Und weil er schon mal da war, hast du ihn gebeten, mich abzuholen.«

»Genau.« Sie wendet sich wieder dem Fenster zu. »Es tut mir leid, wenn dir das unangenehm war.«

»So unangenehm war es nicht«, antworte ich. Nur etwas seltsam.

Gedankenverloren reibt sich Renate die Arme. Es ist kühl geworden, das Feuer im Kamin glimmt nur noch und ist kurz davor auszugehen.

Ich stehe auf und stelle mich neben sie. »Renate«, sage ich. »Du weißt doch, wer es war? Du hast doch eine Vermutung?«

»Nein«, sagt sie und wendet mir ihr schönes, blasses Gesicht zu. »Aber ich würde es wirklich gerne wissen.«

16

Wilsberg denkt nach und sieht dressierte Pferde

Was suchte ich eigentlich bei den Frauen? Die große Liebe, das kurze Glück oder einfach nur die Bestätigung, dass ich noch lebte? Abgesehen von meiner ziemlich kurzen Ehe war ich langfristigen Beziehungen aus dem Weg gegangen. Ich redete mir ein, dass ich niemanden verletzen wollte, dass es auf Dauer nicht klappen würde oder dass die Umstände gerade nicht günstig waren. Wahrscheinlich lag der Grund in meiner Unfähigkeit, mich zu binden, den Stress und die Langeweile des Alltags auszuhalten. Und obendrein hatte ich den falschen Beruf. Ein Detektiv muss dann arbeiten, wenn der Fall es erfordert, notfalls rund um die Uhr, ohne Rücksicht auf private Termine und Verpflichtungen. *Entschuldigen Sie, ich musste die Verfolgung abbrechen, weil ich mit meiner Freundin zum Essen verabredet war.* Das konnte ich keinem Auftraggeber erzählen. Und die Frauen verstanden nicht, warum ich Nächte in meinem Auto verbrachte und auf ein Haus starrte, in dem vielleicht, vielleicht aber auch nicht etwas passieren würde, das meinen Klienten interessierte. Sie verstanden es noch weniger, wenn ich ihnen erzählte, dass ich mal Jura studiert hatte und Rechtsanwalt gewesen war. Dass ich die Chance, Karriere zu machen, gutes Geld zu verdienen und zur so genannten bürgerlichen Gesellschaft zu gehören, weggeworfen hatte. Dass ich all das nicht brauchte und mit meinem Dasein als Schnüffler zufrieden war.

Zumindest mit diesem Teil meines Daseins. Denn ich konnte es nicht lassen, es immer wieder zu versuchen. Die Frau zu finden, mit der alles anders sein würde. Eine fixe Idee, die mich vermutlich ins Grab begleiten würde.

Allerdings hatte ich es noch nie mit einer Kollegin versucht. Mit einer Frau, die ebenso wie ich im Schmutz wühlte. Und es war nicht zu übersehen, dass ich eine gewisse Wirkung auf sie hatte. Gerade groß genug, um mit mir ein Bier zu trinken oder sich an meiner Schulter auszuweinen. Zu mehr würde es wohl nicht reichen. Ich ahnte, dass wir verwandte Seelen waren, vereint in unserer Angst, ein Stück von uns selbst aufzugeben. Auch Bedauern gehört zum Glück, hatte mal jemand geschrieben. Mein Gott, was war ich heute Morgen philosophisch!

Ich trank den letzten Rest Espresso und bemühte mich, das Gefühl der Taubheit abzuschütteln, das in meinem Kopf und in meinen Gliedern steckte. Ich hatte unruhig geschlafen, weil ich in meinen Träumen immer wieder vor der Leiche in Wegeners Wohnung stand. Zweimal hatte ich mein vollkommen nasses T-Shirt gewechselt und überlegt, ob ich mich nicht anziehen und nach Angelmodde fahren sollte. Nur um mir hinterher nicht sagen zu müssen, dass ich im Bett gelegen hatte, als ich gebraucht wurde. Irgendwann, gegen drei Uhr morgens, nahm ich eine Schlaftablette, weil ich nicht länger darüber nachdenken wollte. Und jetzt kämpfte ich mit den chemischen Nachwirkungen.

Das Telefon in meinem Büro klingelte. Ich stand vom Küchentisch auf und ging hinüber.

Franka hatte von dem Mord in der Zeitung gelesen und konnte ihre Neugierde nicht zügeln, als ich zugab, die Leiche gefunden zu haben.

Ich stöhnte. »Du nervst.«

»Was ist los, Georg? Hat dich diese Pia Dingsbums versetzt?«

»Wenn du es genau wissen willst: Ja.«

»Du Ärmster!«

»Danke. Mitleid ist jetzt das, was ich am nötigsten brauche.«

»Was hältst du davon, wenn wir heute Abend essen gehen?«

»Wozu? Willst du mich seelsorgerisch betreuen?«

»Quatsch. Ich möchte Details hören. Bis zum Abend hast du deine Krise doch hoffentlich überwunden.«

Ich dachte kurz nach. »Okay. Unter der Bedingung, dass wir nicht über Pia Petry reden.«

Sie war einverstanden und versprach, beim angesagtesten Italiener in der Innenstadt einen Tisch zu bestellen.

Etwas Gutes hatte Frankas Anruf bewirkt, er hatte mich aus meiner Lethargie gerissen. Ich beschloss, dass die Zeit der Selbstprüfungen und -zweifel vorüber war und ich mich wieder dem widmen sollte, wofür ich bezahlt wurde. Ich hatte den Auftrag, den Menschen zu finden, der Renate Averbeck verletzt hatte, und wusste bislang zu wenig über die Figuren, die mir über den Weg gelaufen waren.

Also setzte ich mich mit der dritten oder vierten Tasse Espresso vor den Computer und recherchierte im Internet. Ich begann mit Jochen Averbeck. Auf der Homepage der Meyerink-Baumärkte fand ich ein kurzes Porträt über den Juniorchef, in dem ich las, dass er mal Profi-Tennisspieler gewesen war. Als Nächstes gab ich die Begriffe Jochen Averbeck und Tennis in eine Suchmaschine ein und bekam ungefähr 571 Treffer. Und eine Stunde später stieß ich tatsächlich auf etwas Interessantes. Vor knapp zwanzig Jahren hatte Averbeck in der Mannschaft eines Tennisbundesligavereins gespielt. Er stand auf Platz zwei der mannschaftsinternen Rangliste. Aber nicht das war sensationell, sondern der Name, der auf der Reserveliste auftauchte: Volker Wegener. Averbeck und Wegener kannten sich schon seit zwanzig Jahren.

Dann wiederholte ich das Spiel mit dem Namen Volker Wegener. Gegen Mittag wusste ich, dass Wegener vor vierzehn Jahren in die Firma Meyerink eingestiegen war, vermutlich gefördert von seinem Freund Jochen, der ein Jahr zuvor die einzige Tochter des Familienpatriarchen geehelicht hatte. Wegener arbeitete zuerst in Münster, dann in der argentinischen Niederlassung der Meyerinks in Buenos Aires. Vor etwa fünf Jahren ließ er seinen Job als Abteilungsleiter sausen und machte sich mit einer Marketingagentur in Buenos Aires selbstständig.

Aber das musste nicht bedeuten, dass sich Averbeck und Wegener aus den Augen verloren hatten. Zumal sich Wegener vor drei Jahren die noble Wohnung am münsterschen Aasee zugelegt hatte. Und mir Clara Heusken am Telefon erzählt hatte, dass Wegener auf Empfehlung von Averbeck zur Dungeon-and-Dragon-Party im *Club Marquis* gekommen war.

Die beiden, davon war ich überzeugt, pflegten nach wie vor ihre Freundschaft. Vielleicht hatte ich Jochen Averbeck zu früh von meiner Liste der Verdächtigen gestrichen. War es möglich, dass er Wegener gebeten hatte, Renate zu ermorden und es wie das Werk eines Psychopathen aussehen zu lassen? Wofür sich Wegener nicht verstellen musste, wenn er tatsächlich die Frau in seiner Wohnung ermordet hatte.

Ich griff zum Telefon und berichtete Hauptkommissar Stürzenbecher von meinem Verdacht.

»Wie stellst du dir das vor, Wilsberg?«, knurrte Stürzenbecher. »Soll ich gegen den Chef eines großen münsterschen Unternehmens ermitteln, nur weil du ein dummes Gefühl im Bauch hast?«

»Warum nicht? Vergiss nicht, dass er aus dem Tod seiner Frau finanzielle Vorteile gezogen hätte.«

»Averbeck wurde niedergeschlagen. Dafür gibt's Zeugen.«

»Natürlich. Das gehörte zur Verabredung der beiden. Damit hat Wegener ihm ein Alibi verschafft.«

»Hör zu!«, sagte Stürzenbecher. »Wir suchen Wegener.

Sobald wir ihn gefunden haben, quetschen wir ihn aus. Wenn er Averbeck belastet, nehme ich mir den Burschen zur Brust. Vorher nicht. Es sei denn, du lieferst mir einen vernünftigen Beweis.«

»Den ich möglichst auf legale Weise beschaffen soll?«

»Genau.«

»Ist das dein letztes Wort?«

»Du hast es erfasst, Wilsberg. Denkst du, ich will die letzten Jahre vor meiner Pensionierung als Streifenhörnchen verbringen?«

Ich legte auf und dachte nach. Ich musste mehr über Averbeck und Wegener erfahren, als das Internet hergab. Mit jemandem reden, der die beiden kannte. Aber wer kam dafür infrage? Der alte Meyerink, schoss es mir durch den Kopf. Averbeck war sein Schwiegersohn und Wegener hatte er eingestellt. Doch wie kam ich an ihn heran?

Ich benutzte mein Handy, damit meine münstersche Nummer auf keinem Telefondisplay auftauchte, und ließ mich von der Telefonzentrale der Meyerink-Verwaltung mit dem Vorzimmer des Firmengründers verbinden.

»Wilsberg«, stellte ich mich vor. »Ich bin Wirtschaftsjournalist und arbeite zurzeit an einer Porträtserie über große deutsche Unternehmer. Natürlich steht der Name von Alfons Meyerink ganz oben auf meiner Liste.«

»Tut mir leid«, sagte die Sekretärin. »Solange das Turnier der Sieger stattfindet, ist er für niemanden zu sprechen.«

»Das Turnier der Sieger?«

»Herr Meyerink ist ein renommierter Pferdezüchter.«

»Das kommt mir sehr gelegen«, sagte ich. »Bei den Porträts soll die persönliche Note im Vordergrund stehen.«

Die Sekretärin überlegte. »Ich werde die Marketingleiterin anrufen. Sie wird sich mit Ihnen in Verbindung setzen.«

»Sagen Sie ihr …«

»Das liegt ganz an Herrn Meyerink«, unterbrach sie mich.

»Kann sein, dass man Sie heute zurückruft. Oder in den nächsten Tagen. Oder gar nicht.«

Eine Viertelstunde später meldete sich die Marketingleiterin bei mir. Sie hatte einen leichten Akzent, den ich nicht zuordnen konnte. Ich erzählte ihr das Gleiche wie der Sekretärin.

»Sie haben Glück«, sagte sie. »Herr Meyerink ist heute in einer großzügigen Stimmung. Er ist bereit, zwischen zwei Prüfungen mit Ihnen zu sprechen.«

»Ich könnte in einer Stunde in Münster sein«, sagte ich.

»Nun, dann erwarte ich Sie am Eingang zum Dressurplatz auf der Westerholt'schen Wiese. Die befindet sich an der Adenauerallee, zwischen Aasee und Schloss.«

Ich versicherte, dass ich die Wiese finden würde.

Ich hätte es mir denken können. Der undefinierbare Akzent der Anruferin, die überraschende zweite Begegnung mit der Asiatin im Meyerink-Verwaltungsgebäude: Die Marketingleiterin war niemand anders als die Frau, der Dracu im *Club Marquis* in die Oberlippe gebissen hatte.

Als ich sie neben dem Eingang zum Dressurplatz entdeckte, war ich einen Moment lang versucht, wieder umzudrehen und zu verschwinden. Doch da hatte sie mich schon gesehen und winkte mir zu. Flucht wäre jetzt einfach würdelos gewesen.

Mit steifem Rücken und einer Freundlichkeitsgrimasse im Gesicht ging ich auf sie zu. Sie streckte ihre Hand aus und strahlte mich an: »Kyoko Kano von der *Meyerink & Co. KG*. Und Sie sind Herr Wilsberg? Der Wirtschaftsjournalist?«

»So ist es.«

Sie gab dem Burschen am Eingang eine Eintrittskarte und zog mich auf den vom nächtlichen Dauerregen durchweichten Lehmweg. »Lassen Sie mich raten: Zuletzt haben Sie über den wirtschaftlichen Boom von SM-Clubs geschrieben?«

»Touché«, sagte ich. »Aber wenn Sie mich vor dem alten Meyerink bloßstellen wollen, kann ich das Gleiche mit Ihnen machen. Ich glaube, er wird nicht erfreut sein, wenn er erfährt, was seine Marketingleiterin in ihrer Freizeit treibt.«

»Wer sagt denn, dass ich Sie bloßstellen will?« Mit ihren hochhackigen Lederstiefeln reichte sie mir gerade bis zur Schulter. »Ich kann mir schon denken, wer und was Sie sind.« Sie schaute zu mir hoch. »Sie waren so niedlich entsetzt, als Sie Dracu und mich im Club gesehen haben. Ein Normalo, der sich ins Reich des Bösen und Verruchten verirrt hat. Wir haben uns anschließend köstlich amüsiert.«

»Freut mich, dass ich zur Unterhaltung beigetragen habe. Inzwischen bin ich nicht mehr ganz so naiv und weiß, dass Dracu mit seinen Folterkünsten in Ihren Kreisen sehr beliebt ist.«

»Ja«, sagte sie ganz ohne Ironie, »er ist ein Meister. Es gibt nur wenige, die Frauen so befriedigen können wie er.«

»Ich kenne genug Frauen, die nicht gerne gebissen werden wollen«, widersprach ich.

»Ach, das.« Sie fuhr sich instinktiv mit dem Finger über die Oberlippe. »Das ist doch nichts. Ein kleiner Kratzer.«

Wir verließen den Lehmweg und näherten uns einer kleinen überdachten Holztribüne.

»Jochen wollte mir nicht verraten, worüber er mit Ihnen gesprochen hat«, fuhr sie fort. »Es geht um Renate, nicht wahr?«

»Ich bin Wirtschaftsjournalist. Schon vergessen?«

Sie blieb stehen. »Begreifen Sie nicht, dass ich Ihnen helfen will? Wie jede andere Frau, die den Club besucht, möchte ich, dass das Schwein gefunden wird. Schließlich könnte ich die Nächste sein.«

Ich nickte. »Gut. Dann spielen Sie einfach mit, wenn ich mit Meyerink rede. So können Sie mir am besten helfen.«

Alfons Meyerink saß allein auf einer der vorderen Holzbänke, ein gedrungener Mann um die siebzig mit gepflegtem weißem Vollbart. Er trug einen blauen Trenchcoat über einem dreiteiligen Nadelstreifenanzug und starrte gebannt auf das sandige Rechteck, in dem sich ein Pferd samt Reiterin zu den Klängen einer Art Fahrstuhlmusik im James-Last-Sound bewegte.

»Wir warten, bis die Reiterin ihre Aufgabe beendet hat«, flüsterte mir Kyoko Kano in Ohr.

Also schaute ich zu, wie das Pferd galoppierte, trabte, schritt und tänzelte, geradeaus, diagonal, rückwärts und auf der Stelle. Das Tier sabberte vor Anstrengung oder Aufregung, obwohl meine unwissenden Augen nicht erkennen konnten, wie die mit weißer Hose, blauem Rock und einem etwas lächerlichen Hut ausgestattete Reiterin es dazu brachte, seine Hufe auf so ulkige Weise zu schwingen.

Als Pferd und Reiterin das Rechteck verließen und der Ansager eine Punktzahl verkündete, die im Publikum ein unwilliges Raunen auslöste, brachte mich Kyoko zu Meyerink. Er stand auf, drückte mir mit einem festen Griff die Hand und schaute mich aus wachen, stahlgrauen Augen an. Altersmilde war darin nicht zu erkennen, eher gehörte der Blick einem Mann, der es gewohnt war, andere nach seiner Pfeife tanzen zu lassen.

»Interessieren Sie sich für Dressurreiten?«

»Nicht besonders«, gab ich zu.

»Schade.« Er deutete auf die Holzbank. »Dann setzen Sie sich und seien Sie still. Vielleicht lernen Sie ja etwas.«

Ich setzte mich und fragte mich, wie lange die Lernphase wohl dauern würde. Als hätte sie meine Gedanken erahnt, flüsterte mir Kyoko ins Ohr: »In etwa einer Viertelstunde gibt es eine Pause.«

»Cognac aus dem Gestüt Meyerink, geritten von Martina Werthoff«, kündigte der Ansager das nächste Duo an.

Eine nicht mehr ganz junge Reiterin lenkte einen bläulich schimmernden Rappen auf den Platz. Neben mir begann sein Besitzer, nervös die Finger zu kneten. Ab und zu zuckten seine Beine, wobei er anscheinend Dinge bemerkte, die mir auf ewig verborgen bleiben würden. Für mich sah die Darbietung exakt wie die vorherige aus.

Trotzdem lag die Punktzahl am Ende höher und über Meyerinks Gesicht huschte ein stolzes Lächeln.

»Sind Sie zufrieden?«, fragte ich.

»Wir liegen gut«, war seine ganze Antwort.

Und nach drei weiteren Pferden, die ebenfalls Cognacs Punktzahl nicht erreichten, war es endlich vorbei.

Alfons Meyerink stand auf. »Gehen wir ins Zelt. Ich könnte ein Wasser vertragen.«

Bei jedem anderen sportlichen Event hätte das Zelt *VIP-Zelt* geheißen, doch der Westfälische Reiterverein von 1835, der das Turnier der Sieger veranstaltete, hielt nichts von neumodischen Anglizismen. *Ehrengastzelt* stand auf dem Schild vor dem Eingang und kaum hatten wir das Innere betreten, wurden wir sofort von dienstbaren Geistern umschwirrt. Das warme Buffet, das an einer Seite aufgebaut war, sah verlockend aus, doch da der Firmenpatriarch nur ein stilles Wasser bestellte, nachdem wir uns auf die bei solchen Anlässen obligatorischen weißen Plastiksessel gesetzt hatten, wollte ich nicht aus der Rolle fallen.

Meyerink zog ein silbernes Zigarettenetui aus der Tasche. »Sie wollen also ein Porträt über mich schreiben?«

»Genauer gesagt, interessiert mich besonders, wie Sie den Absprung aus der aktiven Arbeit planen und Ihre Nachfolge regeln. Welche weiteren Ziele Sie haben. Ihre Lebensdaten und die Erfolgsstory Ihres Unternehmens kenne ich selbstverständlich.«

»Aus dem Tagesgeschäft habe ich mich längst zurückgezogen.« Er hielt mir das Zigarettenetui hin.

»Nein, danke«, lehnte ich ab. »Aber Sie haben weiterhin ein Büro in Ihrem Unternehmen und verfolgen aufmerksam die wirtschaftliche Entwicklung, nehme ich an. Und Sie treten als Sponsor und Förderer von Sport und Kultur auf.«

»Ja. Ich beabsichtige, einen großen Teil meines Privatvermögens der Meyerink-Stiftung zu übertragen.« Er zündete sich eine Zigarette an und nahm einen tiefen Zug.

»Ist Ihre Tochter damit einverstanden? Und was ist mit Ihrem Schwiegersohn? Er leitet das Unternehmen doch zurzeit mit großem Geschick.«

»Meine Tochter ist gut versorgt. Und was meinen Schwiegersohn angeht ...« Er schaute mich durch die Rauchschwaden an. »Wann wird Ihr Artikel erscheinen?«

»In etwa zwei Wochen.«

»Dann wird er vermutlich nicht mehr Leitender Geschäftsführer sein.«

»Wieso nicht?«, fragte ich überrascht.

»Es gibt Differenzen. Über die Unternehmenspolitik.«

Die Marketingleiterin räusperte sich. »Sollten wir nicht ...«

»Lassen Sie nur, Kyoko«, würgte Meyerink sie ab. »Was wir hier besprechen, bleibt vertraulich, nicht wahr, Herr Wilsberg? Falls Sie vor der offiziellen Bekanntgabe etwas über den Abgang meines Schwiegersohnes verbreiten, dürfen Sie sich weder auf mich berufen noch mich zitieren. Darauf kann ich mich doch verlassen?«

»Selbstverständlich«, sagte ich. Und begriff, warum er mich überhaupt empfangen hatte. Er wollte, dass ich die Nachricht vom bevorstehenden Rauswurf Jochen Averbecks gerüchteweise durchsickern ließ. »Gibt es denn schon einen Nachfolger?«

»Nein.« Er schaute kurz zu Kyoko. »Aber in meinem Unternehmen sind genug fähige Leute beschäftigt.«

»Verstehe. Haben Sie noch Kontakt zu Volker Wegener?«

»Was?« Er blinzelte. »Wer soll das sein?«

»Er hat viele Jahre für Sie gearbeitet. Zuletzt als Abteilungsleiter in Buenos Aires.«

»Ach so, *der* Volker Wegener. Er ist vor fünf Jahren ausgeschieden. Warum fragen Sie?«

»In Wegeners Wohnung in Münster wurde gestern die Leiche einer Frau gefunden.«

Der alte Mann war verblüfft. »Na und? Wollen Sie mir unterstellen, dass ich etwas damit zu tun habe?«

»Wegener ist ein Jugendfreund Ihres Schwiegersohns. Ich dachte, dass die Differenzen, die Sie erwähnten, mit Wegener zusammenhängen könnten.«

»Das ist doch Unsinn«, stieß er wütend hervor. »Es stimmt, dass Jochen diesen Wegener aus sentimentaler Verbundenheit protegiert hat. Ich selbst habe den Mann nie für besonders talentiert gehalten. Aber ob die beiden weiterhin Umgang miteinander pflegen, entzieht sich meiner Kenntnis.« Er guckte auf seine Uhr. »Das Gespräch gleitet ab, Herr Wilsberg, und gleich steht die Siegerehrung an. Falls Sie weitere Fragen haben, schlage ich vor, dass Sie sie schriftlich an mein Büro richten. Wir werden dann gegebenenfalls wieder auf Sie zukommen.«

Kyoko Kano brachte mich zum Ausgang.

»Was hat Averbeck denn verbrochen?«, fragte ich.

»Er hat Firmengelder veruntreut.«

»Und wie?«

»Wir sind noch dabei, die Vorgänge zu rekonstruieren«, wich sie aus.

»Spielt die Marketingagentur seines Freundes Wegener eine Rolle?«

Kyoko verzog das Gesicht. »Jochen versucht, Wegener die Schuld in die Schuhe zu schieben. Ich bin mir nicht sicher, ob ihm das gelingt. Aus Rücksicht auf Renate wird Meyerink gegen seinen Schwiegersohn juristisch nichts unternehmen. Das heißt aber nicht, dass der Alte auf sein Geld verzichtet.«

»Weiß man denn, wo es ist?«

»Vermutlich auf einer dieser karibischen Inseln, die mehr Briefkastenfirmen als Einwohner haben.«

»Komisch«, sagte ich. »Jochen ist doch gut versorgt. Wozu ist er das Risiko eingegangen? Hatte er vor, mit einer Freundin durchzubrennen?«

Sie lächelte süffisant. »Darüber weiß ich nichts.«

»Weil Sie sich nicht selbst belasten wollen?«

»Jochen?« Sie prustete. »Entschuldigen Sie, Jochen ist ein jämmerlicher Top. Jedenfalls nicht mein Typ.«

»Dafür erben Sie wohl bald seinen Sessel.«

»Wie kommen Sie denn darauf?«

»Nun, Sie streichen dem Alten um den Bart und er betrachtet Sie wie ein verliebter Gockel.«

»Sie irren sich«, sagte Kyoko. »Ich bin hier, weil mein Job es erfordert. Die *Meyerink & Co. KG* sponsert das Turnier.«

Mein Handy klingelte.

»Wir sehen uns.« Sie drehte sich um und ging zum Dressurplatz zurück, wo eine Fanfare gerade die Siegerehrung ankündigte.

17

Pia Petry tut nicht, was sie will

Ich habe miserabel geschlafen. Mal davon abgesehen, dass ich viel zu spät ins Bett gegangen bin, wurde ich nur wenig später aus dem ersten Tiefschlaf gerissen. Von einer Klingel. Entweder war es das Telefon oder es hat an der Haustür geschellt. Keine Ahnung. Auf jeden Fall habe ich danach ewig gebraucht, um wieder einzuschlafen. Und jetzt liege ich im Bett, starre die Wand an und fühle mich, als sei eine Herde Elefanten über mich hinweggetrampelt. Und das, obwohl ich allen Grund hätte, mich wohl zu fühlen. Renates Gästezimmer entspricht dem Standard eines Luxushotels: ein eigenes Bad, großer Balkon, Telefon, Fernseher und eine fast fünf Quadratmeter große Spielwiese, die man zum Schlafen, aber sicherlich auch zu anderen Aktivitäten nutzen kann. Das Einzige, das fehlt, ist eine Minibar.

Verkatert und völlig übernächtigt schleppe ich mich ins Bad. Es ist Viertel nach acht und der Blick in den Spiegel ausgesprochen deprimierend. Ich ziehe den flauschig weißen Bademantel an, der sorgfältig zusammengelegt in einem der Glasregale liegt, und mache mich auf den Weg ins Erdgeschoss. Vielleicht finde ich jemanden, den ich überreden kann, mir einen Kaffee zu kochen.

Als ich in die Küche komme, ist Renates Haushälterin, Frau Hoffschulte, dabei, einen Berg frischer Orangen zu zerteilen und auszupressen. Als sie mich sieht, strahlt sie mich an.

»Na, Piachen, gut geschlafen?«

Ich nicke und fühle mich in meine Jugend zurückversetzt, als ich so manche Sommerferien bei Renate und ihren Eltern verbracht habe. Damals war Frau Hoffschulte noch die

Haushälterin der Meyerinks. Und schon damals hat sie Piachen zu mir gesagt, mir Süßigkeiten zugesteckt und mir mein Lieblingsessen gekocht.

»Möchtest du einen Kaffee?«

»Gern«, antworte ich und setze mich an den Küchentisch. »Ist Jochen heute Nacht noch nach Hause gekommen?«

Sie sieht mich erstaunt an und schüttelt den Kopf. »Ich glaube nicht. Soviel ich weiß, kommt er erst heute Nachmittag zurück.«

Ich nicke und greife nach einer Zeitung, die auf einem Stapel neben mir auf einer Anrichte liegt.

Frau Hoffschulte runzelt die Stirn. »Kindchen«, sagt sie, »tu mir einen Gefallen und geh schon mal ins Wohnzimmer. Ich bringe dir deinen Kaffee dann rüber.«

Schuldbewusst stehe ich sofort auf. Mir fällt wieder ein, dass sie es schon früher nicht geschätzt hat, wenn man sich zu lange in ihrer Küche aufgehalten hat. Vor allem dann nicht, wenn sie mit den Essensvorbereitungen beschäftigt war. Ich bedanke mich, drücke ihr einen dicken Kuss auf die Wange und mache mich auf den Weg in den Salon.

Reich zu sein ist wirklich furchtbar. Man muss in so einem schrecklich schönen Haus wohnen, sich morgens an den gedeckten Tisch setzen, sich nie darum kümmern, ob der Kühlschrank gefüllt, der Weinkeller gut bestückt, das Auto gewaschen und aufgetankt ist. Auch das Aufräumen und Saubermachen muss einen nicht interessieren, denke ich, als ich mich im Wohnzimmer umsehe. Hier sieht es aus, als habe unsere kleine Party gestern Abend nie stattgefunden. Der Plattenspieler ist weggeräumt, die Schallplatten sind wieder im Schrank verstaut. Gläser, Flaschen, Aschenbecher – alles ist verschwunden. Und der Boden glänzt genauso makellos wie die Glasflächen der Beistelltische.

Mit tief in den Taschen versenkten Händen schlendere ich an den Regalen entlang und studiere die nach Farbe und

Größe sortierten Buchrücken. Da fällt mir ein silbern gerahmtes Familienfoto auf. Renate mit ihren Eltern. Im Alter von circa zehn Jahren steht sie, mürrisch in die Kamera blickend, zwischen ihrem Vater und ihrer Mutter, die, soviel ich weiß, vor zwei Jahren gestorben ist. Schon als Kind war Renate eine Schönheit, hatte sie diesen hellen Teint und die dunkel glänzenden Haare. Während ich das Foto betrachte, fällt mir eine alte Geschichte ein, die sie mir mal im Internat erzählt hat und die ich längst vergessen hatte. Bis jetzt.

»Gut geschlafen?«

Ich drehe mich um und fühle mich ertappt. Renate steht im Wohnzimmer und blinzelt mich an. Sie trägt den gleichen Bademantel wie ich, hat aber eindeutig mehr Make-up aufgelegt. Trotz der Schminke kommt sie mir extrem blass vor. Offensichtlich ist die letzte Nacht auch an ihr nicht spurlos vorübergegangen.

»Nicht so besonders«, antworte ich.

»Warum?«

»Zu viel Alkohol. Vermute ich.«

Sie lächelt. »Ja, so ist das. Man muss für alles bezahlen.«

»Sag mal …«, fange ich an.

»Ja?«

»Hast du nicht einen Halbbruder?«

»Wie kommst du denn jetzt darauf?«

»Weiß nicht. Ist mir gerade eingefallen«, sage ich und stelle das Foto zurück ins Regal. »Hast du ihn je getroffen?«

Sie schüttelt den Kopf. »Das hat mich nie besonders interessiert.«

»Also, wenn ich im Alter von dreizehn Jahren zufällig erfahren hätte, dass ich einen Halbbruder habe …«, setze ich an und werde von Frau Hoffschulte unterbrochen, die mit einem Tablett und zwei dampfenden Kaffeetassen hereinkommt.

»Du hast aber keinen«, sagt Renate und nimmt eine Tasse

entgegen. Sie wartet, bis Frau Hoffschulte das Tablett abgestellt, den Raum wieder verlassen und die Tür sorgfältig hinter sich geschlossen hat.

»Ich habe wirklich andere Sorgen«, sagt Renate und geht ans Fenster.

Das verstehe ich nicht. Gestern Abend hat sie doch noch so getan, als gebe es keine Probleme, als habe der Mord an der jungen Verkäuferin nichts mit ihr zu tun, als sei der Überfall auf sie nichts weiter als eine etwas ausgefallenere SM-Session gewesen.

»Was hast du denn für Sorgen?«, frage ich.

»Ich lass mich scheiden.«

Bestürzt sehe ich sie an. Und genauso bestürzt registriere ich die Träne, die über ihr Gesicht läuft und eine dunkle Spur auf ihrer Wange hinterlässt.

»Warum das denn?«

»Da gibt es viele Gründe«, sagt sie.

»Geht er fremd?«

Sie schnieft.

»Mit wem?«

»Das ist doch egal.«

»Aber du weißt, mit wem?«

Sie nickt.

»Und ist es das erste Mal, dass er ...«

»Nein, das ist schon häufiger passiert. Meistens waren das One-Night-Stands. Aber es hatte nie etwas mit SM zu tun. Doch mit der ...«

»Hab ich das richtig verstanden?«, unterbreche ich sie. »Normaler Sex mit anderen Frauen ist okay, aber SM mit anderen Frauen ist nicht okay?«

Sie nickt heftig. »Wenn er mit irgendeiner Frau schläft, interessiert mich das nicht. Aber wenn er mit einer anderen SM hat, dann geht das viel tiefer, ist viel intensiver – und letztendlich viel verletzender für mich. Wir haben eine Absprache: keine anderen SM-Partner. Und daran hat er sich nicht gehalten.«

Ihre letzten Worte gehen in hemmungslosem Schluchzen unter. Ihre Schultern beben, ihre Hand, die die Tasse hält, zittert so, dass der Kaffee überschwappt. Mit wenigen Schritten bin ich bei ihr, nehme ihr die Tasse ab, umarme sie und halte sie ganz fest.

»Bist du sicher? Oder ist das nur eine Vermutung?«, frage ich leise.

»Ich weiß es. Ich weiß es.«

»Woher?«

»Das ist doch egal. Ich weiß es eben.«

Nur langsam beruhigt sie sich wieder. Währenddessen schnappen in meinem Hirn die Synapsen wie Piranhas nach einem blutigen Stück Fleisch. Wer könnte diese ominöse Frau sein? Kenne ich sie? Habe ich sie vielleicht schon einmal im *Club Marquis* gesehen? Doch spontan fällt mir niemand ein, der attraktiv genug wäre, um Jochens Interesse wecken zu können.

Renate löst sich aus meiner Umarmung und kramt in den Taschen ihres Bademantels nach einem Tempo.

»Davon abgesehen«, sagt sie, »hat er auch in der Firma Scheiße gebaut. Ich weiß nicht genau, was los ist. Aber es sind wohl größere Geldsummen verschwunden.«

»Und das war Jochen?«, frage ich.

»Das ist noch nicht ganz klar. Aber es sieht so aus, als würde er mit drinhängen. Das sagt zumindest mein Vater.«

Armer Jochen, denke ich, über dem braut sich ja ein gewaltiges Unwetter zusammen.

»Weiß Jochen, dass du dich scheiden lassen willst?«, frage ich nach einer Weile.

Sie schüttelt den Kopf und putzt sich die Nase.

»Ahnt er es?«

»Worauf willst du hinaus?«

»Gibt es einen Ehevertrag?«

»Ja, sicher.«

»Und wie sieht der aus?«

Sie lächelt böse. »Für ihn nicht so gut.«

»Das heißt, finanziell wird er nach einer Scheidung keine großen Sprünge mehr machen können.«

»Nach der Scheidung ist Jochen ein armer Mann. Er bekommt gerade so viel, dass er nicht verhungert. Aber worauf genau willst du hinaus?«

Ich könnte ihr von Jochens Siegelring erzählen. Aus einem mir unerfindlichen Grund tue ich es immer noch nicht. Irgendetwas in mir sträubt sich dagegen und ich weiß aus Erfahrung, dass ich auf solche Bauchgefühle hören sollte.

»Es könnte doch sein«, sage ich, »dass Jochen es war, der dich beinahe umgebracht hat. Aus Angst, dass sein SM-Verhältnis herauskommt und du dich von ihm trennen könntest. Womöglich hat er sich ja die Verletzung am Kopf selbst beigebracht, um es wie einen Überfall aussehen zu lassen. Oder«, fällt mir da ein, »oder er hat jemanden beauftragt, dich zu töten. Und derjenige hat es dann aber nicht fertig gebracht. Weil ihm das Quälen und Streicheln«, ich hoffe, ich klinge bei dem Wort ›Streicheln‹ nicht zu sarkastisch, »mehr Spaß gemacht hat als erwartet. Vielleicht hat er sich ja auch ein bisschen in dich verknallt?«

Da huscht ein winziges Lächeln über ihr Gesicht. So schnell, dass ich hinterher nicht mehr sicher bin, ob ich es mir nicht nur eingebildet habe.

»Das kann ich mir nicht vorstellen«, sagt sie leise. »Ich traue Jochen ja viel zu. Aber das«, sie schüttelt den Kopf, »das nicht.«

»Bist du dir sicher?«, frage ich.

Sie wirft mir einen kurzen Blick zu. Und mir wird klar, dass ihr Verdrängungsprogramm mal wieder auf Hochtouren läuft.

Beim Mittagessen bin ich allein. Und auch wenn Frau Hoffschulte so lieb war, mir schon wieder Rahmschnitzel mit Brechbohnen und Kartoffelpüree zu kochen, so fühle ich mich doch ziemlich unwohl. Renate hat sich nach unserem morgendlichen Gespräch in ihr Zimmer zurückgezogen und ist seither nicht wieder aufgetaucht. Und jetzt sitze ich an einem viel zu großen Tisch, in einem viel zu großen Zimmer und starre in einen viel zu großen Park. So ist das, denke ich. Bei den Reichen ist alles viel zu groß. Auch das Unglück.

Nach dem opulenten Essen bin ich so müde, dass ich mich für eine Viertelstunde hinlege. Und was passiert? Drei Stunden später erwache ich aus dem Koma und fühle mich, als habe mir Frau Hoffschulte zwanzig Valium-Tabletten in das Kartoffelpüree gerührt.

Benommen setze ich mich auf. Mein Wecker zeigt sechzehn Uhr und mir wird ganz anders. Der Tag ist schon fast vorbei und ich habe noch nichts von dem getan, wofür ich bezahlt werde. Ich gehe ans Fenster, öffne es weit und atme tief durch. Irgendwie muss ich wieder wach werden.

Die frische Luft tut gut und bringt meine Gehirnzellen auf Trab. Wo kann ich ansetzen, womit soll ich weitermachen? Da fällt mir wieder das Blatt ein, das ich in Volker Wegeners Wohnung aus dem Kalender herausgerissen habe und das noch irgendwo in meiner Handtasche sein muss. Als ich es herausziehe, entdecke ich Wilsbergs Visitenkarte, die ich in ein Seitenfach meiner Tasche gesteckt hatte. Ist das ein Zeichen, ein Hinweis? Nein, bestimmt nicht. Wilsberg ist an einer Zusammenarbeit nicht interessiert. Das hat er deutlich zum Ausdruck gebracht. Ich sehe mir die Skizze auf dem Kalenderblatt an. Schwarze Striche, die wahrscheinlich Straßen markieren sollen, die beiden Namen Tilbeck und Natrup und ein kleines Kreuz. Leider sagt mir das gar nichts. Wilsberg würde es mit Sicherheit etwas sagen. Aber das hilft mir jetzt auch nicht weiter.

Da höre ich draußen Stimmen. Eine davon gehört eindeutig Jochen! Ich gehe hinaus auf die Galerie und beuge mich weit über das Geländer. In der Eingangshalle steht ein Koffer. Als ich die Treppe hinunterlaufe, betritt Jochen die Halle. Sein Gesicht ist so grau wie sein Anzug, die Ränder unter seinen Augen sind tief und dunkel, seine Wangen eingefallen. Er wirkt gestresst und nervös. Kein Wunder, nach einer so langen Reise.

Als er mich sieht, verfinstert sich sein Gesicht. »Was machst du denn hier?«

»Ich freue mich auch, dich zu sehen«, flöte ich. »Hast du einen schönen Flug gehabt?«

Der Versuch, ihn aufzumuntern, geht schief. »Ich möchte wissen, was du hier machst?«, bellt er mich an.

»Renate hat mich eingeladen, hier zu wohnen«, sage ich. »Hast du was dagegen?«

Er läuft an mir vorbei und geht die Treppe zu den oberen Räumen hoch. Mann, hat der schlechte Laune. Aber dadurch lasse ich mich nicht einschüchtern. Ich folge ihm in sein Schlafzimmer. Jochen und Renate schlafen getrennt. Eine Unsitte, die einreißt, wenn man zu viel Platz hat.

Als Jochen mich bemerkt, dreht er sich gereizt zu mir um. »Was ist, Pia? Ich bin sehr müde.«

Und wahnsinnig sauer, denke ich.

»Ich habe ein Problem«, sage ich. »Und zwar geht es um den Vorschuss. Er ist noch nicht auf meinem Konto eingegangen und ich …«

Er winkt ab. »Ich rufe gleich meine Sekretärin an. Sonst noch was?«

»Kennst du die blonde Verkäuferin aus Dracus Laden?«

Er verdreht die Augen. »Ja! Pia, tu mir den Gefallen und …«

»Sie ist tot«, sage ich.

»Was?«

»Sie ist tot«, wiederhole ich.

Auch wenn ich das nicht für möglich gehalten hätte, aber sein Gesicht wird noch grauer und ich habe das Gefühl, als würde er in sich zusammensacken. Als würde etwas in ihm lautlos einstürzen. Er stolpert zu seinem Bett und setzt sich auf die Kante, so knapp, dass er fast abrutscht.

»Wie ist das passiert?«, fragt er und seine Stimme klingt, als käme sie von weit her.

»Sie wurde ermordet.«

»Von wem?«

»Das weiß man noch nicht.«

Jochen stöhnt leise auf. Da sitzt kein strahlender Held, kein Frauenverführer und Hochleistungssportler. Da sitzt nicht der Mann, der mich vor so vielen Jahren verlassen und gedemütigt hat. Wegen dem ich nächtelang in mein Kissen geheult habe. Da sitzt jemand, der fertig ist, völlig fertig. Ein bisschen tut er mir leid. Aber nur ein bisschen. Denn eins ist nach dieser Reaktion klar: Die Verkäuferin ist ihm nicht gleichgültig gewesen. Irgendetwas ist zwischen den beiden gelaufen. Womöglich ist sie diejenige gewesen, mit der er angeblich ein SM-Verhältnis hatte. Die Frau, von der Renate heute Morgen erzählt hat.

»Wie ist sie gestorben?«, fragt Jochen leise.

»Sie wurde erdrosselt.«

Die Details erspare ich ihm. Er macht nicht den Eindruck, als würde er die jetzt verkraften. Allerdings weiß ich auch nicht, ob er eine Diskussion über seinen Siegelring verkraften wird. Aber das muss ich riskieren.

Ich atme einmal tief durch und dann erzähle ich ihm die Geschichte. Wie und wo ich die Leiche gefunden und wie ich im Bademantel seinen Ring entdeckt habe. Als ich fertig bin, habe ich den Eindruck, dass er mir überhaupt nicht zugehört hat. Körperhaltung und Gesichtsausdruck sind völlig unverändert.

Dann sieht er hoch und mich an. Mit einem Blick, mit

dem man eine ganze Stadt in Schutt und Asche legen könnte. »Wo ist der Ring?«

Ich zögere eine Hundertstelsekunde zu lang. »Bei der Polizei.«

Er lächelt. »Du hast ihn noch.«

Ich schüttele den Kopf.

»Bring ihn her!«

Ich schüttele den Kopf.

»Pia«, sagt er und wirkt auf einmal völlig gelöst und entspannt. »Du weißt doch, dass ich ein Sadist bin, nicht?«

Ich nicke.

»Möchtest du wissen, wie es sich anfühlt, eine Masochistin zu sein?«

Wieder schüttele ich den Kopf.

»Dann sei ein braves Mädchen und bring mir den Ring.«

Ich tobe. Ich bin kurz davor zu platzen, ich könnte ganz Münster zusammenbrüllen. Dieses verdammte Mobiliar in diesem Zimmer würde ich am liebsten zu Kleinholz verarbeiten. Es ist nicht zu glauben, Jochen hat mir tatsächlich den Ring abgenommen! Mit einem einzigen Blick hat er mich an die Kette gelegt. Und zum ersten Mal habe ich begriffen, was einen *guten* Sadisten ausmacht. Was Dominanz wirklich bedeutet. Wie ferngesteuert bin ich in mein Zimmer gegangen, habe den Ring geholt und ihn Jochen gebracht. Ich fasse es nicht!

Resigniert lasse ich mich auf mein Bett fallen und suche nach Erklärungen. Nach Erklärungen und nach Entschuldigungen. Was hätte ich tun können? Es auf eine Auseinandersetzung ankommen lassen? Da hätte ich auf jeden Fall den Kürzeren gezogen. Vielleicht wäre es besser gewesen, den Ring bei einem Anwalt zu hinterlegen? Aber auch das hätte nicht viel gebracht. In dem Moment, als ich den Ring eingesteckt und aus der Wohnung geschmuggelt habe, war er als Indiz wertlos. Ich hätte nachträglich nicht beweisen können, dass ich ihn tatsächlich dort gefunden habe. Instinktiv habe ich meinen Auftraggeber geschützt, habe ich etwas verschwinden lassen, was ihn belastet. Oder ging es in Wirklichkeit um etwas ganz anderes? Wollte ich mir nur einen Vorteil vor Wilsberg verschaffen? Konnte ich es nicht ertragen, ihm etwas zu zeigen, was ich gefunden hatte? Wenn ich ehrlich bin, hat auch das eine Rolle gespielt. Wieder so ein Bauchgefühl, das sich im Nachhinein allerdings als Eigentor erwiesen hat.

Ich bekomme Beklemmungen. Mir wird das Zimmer zu eng und langsam fällt mir die Decke auf den Kopf. Ich bin voll gepumpt mit Adrenalin und sehe keine Möglichkeit, mich irgendwie abzureagieren. Jochen und Renate haben sich in ihren Zimmern verschanzt. Die Atmosphäre in diesem Haus ist schlimmer als im Knast. Nervös laufe ich auf und ab. Da fällt mir erneut die Skizze aus Wegeners Wohnung ein. Ich könnte mit dem Taxi dorthin fahren, geht es mir durch den Kopf. Allerdings sind meine Geldreserven immer noch sehr übersichtlich und lassen einen solchen Ausflug nicht ratsam erscheinen. Wer weiß, wie lange es dauert, um nach Tilbeck und Natrup zu kommen.

Je länger ich darüber nachdenke, desto klarer wird mir, dass es nur eine Möglichkeit gibt. Ich suche die Karte von Wilsberg raus, schnappe mir mein Handy und rufe ihn an. Wenn er jetzt drangeht, dann soll es so sein, dann arbeite ich mit ihm zusammen. Wenn er sich nicht meldet, versuche ich es kein zweites Mal.

Nach dem dritten Klingeln höre ich seine Stimme. Und die kommt nicht vom Band.

Wilsberg ist sauer. Und zwar stocksauer. Mit verkniffenem Mund sitzt er neben mir, starrt stur auf die Straße und tut so, als sei ich gar nicht da.

Nur mit Mühe habe ich ihn zu dem kleinen Ausflug überreden können. Denn seitdem er begriffen hat, dass tatsächlich ich es gewesen bin, die die Skizze in Wegeners Wohnung aus dem Timer herausgerissen hat, herrscht Eiszeit zwischen uns. Es hat mich eine Menge Überredungskunst gekostet, ihn dazu zu bringen, mich trotzdem abzuholen. Und kaum saß ich in seinem Auto, stellte er eine Frage, die die Sache noch schlimmer machte: »Haben Sie noch mehr Sachen aus der Wohnung mitgehen lassen?«

Ich wollte einen reinen Tisch, ich wollte eine faire Zusammenarbeit, ich wollte meine Fehler wieder gutmachen. Also erzählte ich ihm von dem Ring. Die ganze peinliche Geschichte.

»Arbeiten Sie immer so professionell?«, fragte er kalt, als ich fertig war.

»Zu dem Zeitpunkt, als ich den Ring gefunden habe«, antwortete ich gereizt, »waren Sie tatverdächtig. Schon vergessen? Sollte ich einem Mörder ein Beweisstück aushändigen?«

Auf die Frage bekam ich keine Antwort.

Seither schweigen wir uns an. Ich schiele aus den Augenwinkeln zu ihm hinüber. Und frage mich, wie lange er noch den Beleidigten spielen will. Als er zu mir herschaut, sehe ich sofort nach vorn. Er muss nicht merken, dass ich ihn beobachte. Da fängt mein Handy an zu bimmeln. Die angezeigte Nummer ist die meines Assistenten Cornfeld. Ich lasse es klingeln.

»Wollen Sie nicht rangehen?«, fragt Wilsberg.

»Nö«, sage ich. »Ist nicht so wichtig. Nur ein Freund.«

»Ihr Freund?«

Aha, denke ich amüsiert, immerhin interessiert er sich noch für mein Privatleben.

»Ich bin zurzeit Single«, sage ich und stecke mein Handy zurück in die Tasche.

18

Wilsberg unternimmt einen Ausflug

»Dann sind wir ja schon zwei«, antwortete ich.

Pia grinste. »Hey, ich habe nur vorgeschlagen, dass wir zusammenarbeiten.«

»Ja. Und ich erinnere mich an das erste Mal, als Sie das gemacht haben. Da kam der Schwarm aller Masochistinnen und hat sich Ihren Koffer geschnappt.«

»Ich hatte Renate gebeten, mich abzuholen«, verteidigte sie sich. »Ich konnte doch nicht ahnen, dass sie Dracu schickt.«

»Renate und Dracu sind befreundet?«

»Sie kauft bei ihm ein.«

»Mehr nicht?«

Pia schaute aus dem Fenster. »Vielleicht hat er auch noch aus anderen Gründen den Kofferträger gespielt.«

Na klar, dachte ich, eine Frau wie sie war es gewohnt, dass die Männer Schlange standen. Aber immerhin schien sie es diesmal mit der Zusammenarbeit ernst zu meinen. Ganz gleichgültig war ich ihr offenbar doch nicht.

Als ich sie vor der Villa der Averbecks abgeholt hatte, war sie sogar sichtlich froh gewesen. Die Erklärung dafür lag auf der Hand. Nach dem, was mir Kyoko Kano über Jochens Verfehlungen berichtet hatte, konnte ich mir vorstellen, dass zwischen den Eheleuten dicke Luft herrschte. Ganz abgesehen von der Ringgeschichte.

»Haben Sie Renate von dem Ring erzählt?«, fragte ich.

»Nein.«

»Ihnen ist doch klar, dass sie sich in Gefahr befindet?«

»Nein, das ist sie nicht. Jochen ist nicht der Mörder«, erwiderte Pia. »Er war völlig fertig, als er von dem Mord erfahren hat. Und warum sollte er so blöd sein, den Ring in der Wohnung zu vergessen?«

Das war der springende Punkt. Die Vorstellung, dass der Mörder nach der Tat eine Dusche genommen und vorher den Ring in die Bademanteltasche gesteckt hatte, war einfach absurd. Zusammen mit der Skizze, die Pia aus dem Kalender gerissen hatte, wirkte das Ganze wie eine Schnitzeljagd, auf die jemand die Polizei schicken wollte. Was ja auch gelungen wäre, wenn meine Kollegin nicht zielsicher sämtliche Beweismittel beiseite geschafft hätte.

Links und rechts der Landstraße von Roxel nach Nottuln erstreckten sich Mais- und Rapsfelder, am Horizont waren bereits die bewaldeten Hügel der Baumberge zu erkennen.

»Wo fahren wir eigentlich hin?«, fragte Pia.

»Zu dem Kreuz auf der Skizze.«

Der Zeichner hatte die Namen Tilbeck und Natrup auf das Blatt gekritzelt und mit einem Strich verbunden. Etwa in der Mitte zwischen Tilbeck und Natrup gab es einen weiteren Strich nach rechts und an seinem Ende ein Kreuz. Das war alles.

»Und wo ist das?«

»Stift Tilbeck ist ein Krankenhaus und Natrup ein kleiner Weiher. Und irgendwo dazwischen befindet sich das, was wir suchen. Ich nehme an, es handelt sich um ein Wochenendhaus oder einen umgebauten Kotten.«

»Kotten?«

»Ein kleines münsterländisches Bauernhaus.«

Vor dem Stift Tilbeck bremste ich ab, gerade rechtzeitig, um nicht in eine Radarfalle zu geraten, dann bog ich nach rechts in Richtung Havixbeck ab. Die schmale Straße schlängelte sich am Fuß der Baumberge entlang, die von der untergehenden Sonne goldglänzend angestrahlt wurden.

»Sieht ja richtig nett hier aus«, meinte Pia.

»Ja, wenn man auf Natur steht.«

»Tun Sie das nicht?«

»Ich bin allergisch gegen Pferde, Gräser, Getreide und einiges mehr, das in der freien Wildbahn wächst und herumläuft. Deshalb betrachte ich Landschaften am liebsten aus dem klimatisierten Auto.«

»Wie unromantisch.«

»Dafür mag ich Städte. New York, London, Rom, Zürich.«

»Und wie passt Münster in diese Reihe?«

»In Münster bin ich hängen geblieben. Das war mehr Zufall als Bestimmung.«

Ich schaute nach rechts, konnte aber nur ein paar Versorgungswege entdecken. Und dann waren wir auch schon in Natrup.

»Und jetzt?«, fragte sie.

Ich fuhr in eine Einfahrt und wendete das Auto. »Jetzt fahren wir zurück und probieren jeden verdammten Kuhweg aus.«

Der erste führte zu einem Bauernhof, vor dem der Bauer eine Ladung nach Kot stinkenden Strohs spazieren fuhr. Wir hielten an und stiegen aus. Der Bauer kletterte von seinem Traktor und kam auf uns zu. Er trug einen blauen Drillichanzug und ein Pepitahütchen.

»'n Abend. Haben Sie sich verfahren?«

»Ja«, erwiderte ich. »Wir suchen ein Haus, das hier in der Nähe stehen soll. Es gehört Leuten aus der Stadt.«

Er rieb seinen Dreitagebart. »Genaueres wissen Sie nicht?«

»Wahrscheinlich ist es nur ein Kotten, auf jeden Fall zwischen Tilbeck und Natrup.«

»Versuchen Sie es mal da drüben!« Er streckte seine Hand aus. »Da gibt es ein paar Holzhäuser. Aber soviel ich weiß, kommen die Leute nur am Wochenende.«

Wir fuhren zur Straße zurück. Pia war auf einmal sehr schweigsam.

»Was ist?«, fragte ich.

»Irgendwas war komisch mit dem Bauern.«

»Die Menschen hier in der Gegend sind nicht besonders freundlich zu Fremden. Man muss schon eine Flasche Korn mit ihnen leeren, bevor sie gesprächig werden.«

Der nächste Weg endete vor einem kleinen Teich. Dahinter standen drei kleine Holzhäuser, kaum mehr als bessere Lauben.

Ich schaltete den Motor ab. Pia öffnete die Tür.

»Warten Sie!«, sagte ich.

»Worauf?«

»Es könnte gefährlich werden.«

»Na und?«

»Besser, Sie bleiben im Auto. Um im Notfall die Polizei anzurufen.«

Sie stieg aus. »Bleiben Sie doch im Auto.« Und schon war sie weg.

Genervt holte ich sie ein. »Sind Sie immer so unvernünftig?«

Sie lachte. »Müssen Männer immer den Helden spielen?«

Unser Heldentum wurde jedoch gar nicht verlangt. Die Türen und Fenster der Holzhäuser waren fest verrammelt, nichts deutete darauf hin, dass sich hier jemand versteckte. Fehlanzeige auch bei frischen Fahrzeugspuren. Dabei war kaum anzunehmen, dass sich jemand, der diesen gottverlassenen Winkel als Unterschlupf nutzte, auf den regionalen Busverkehr verließ.

Pia schlang fröstelnd die Arme um ihren Körper und schaute zu dem dunkler werdenden Himmel.

»Lassen Sie uns verschwinden!«, schlug ich vor. »Hier ist niemand.«

Als wir wieder im Auto saßen, sagte sie: »Aber die Zeichnung muss doch eine Bedeutung haben.«

»Es wäre möglich, dass der Mörder ein Witzbold ist, der die Polizei in die Irre schicken wollte«, wiederholte ich laut meinen Gedanken von eben.

Statt einer Antwort versank sie erneut in tiefes Grübeln, das bis kurz vor Roxel anhielt. Dann sagte sie plötzlich: »Der Bauer kommt mir irgendwie bekannt vor. Er hat so merkwürdig gerochen …«

»Man könnte auch sagen: gestunken«, bemerkte ich.

Angestrengt starrte sie aus dem Fenster und machte den Eindruck, als müsse sie ein äußerst schwieriges Problem lösen.

»Ich habe das schon mal bei jemandem gerochen. An irgendjemanden erinnert mich das. Aber ich weiß nicht …«

»Kindheitserinnerungen«, schlug ich vor. »Haben Sie mal Urlaub auf dem Bauernhof gemacht?«

Sie schüttelte den Kopf. »Nein, das ist es nicht.«

Danach war sie wieder mit ihren Gedanken beschäftigt. Ich zog es vor, mich auf den Autoverkehr zu konzentrieren, und versuchte gerade, einen Lkw zu überholen, als sie plötzlich »Ich hab's!« brüllte und ich vor Schreck beinahe das Lenkrad verriss.

»Müssen Sie so schreien? Ich hätte fast den Lkw gerammt.«

»Ich hab's. Ich hab's«, rief sie unbeeindruckt.

»Was haben Sie?«

»Ich weiß jetzt, wer so gestunken hat.«

»Der Gärtner von Renate Averbeck?«

»Nein, der Getränkelieferant!«

Höchst zufrieden ließ sie sich in den Sitz zurücksinken und schenkte mir ein triumphierendes Lächeln.

»Welcher Getränkelieferant?«

»Bevor wir die Leiche gefunden haben, hat mir so ein Typ die Haustür aufgemacht. In blauer Latzhose mit einem leeren Bierkasten in der Hand.«

Langsam begriff ich. »Und der hat nach Kuhmist gestunken?«

»Und wie. Ich musste mich an ihm vorbeiquetschen, als er mir die Tür aufhielt …«

»Und jetzt glauben Sie, das war derselbe Mann, mit dem wir auf dem Bauernhof geredet haben?«

»Ich glaube es nicht, ich weiß es. Und das heißt, dass er mit ziemlicher Sicherheit etwas mit dem Mord an der jungen Verkäuferin zu tun hat. Fahren Sie zurück!«

»Der Typ ist doch jetzt gewarnt.«

»Vielleicht erwischen wir ihn noch.«

»Oder er erwischt uns. Bauern hängen sich gerne mal eine Schrotflinte über den Eingang.«

Sie verdrehte die Augen.

»Okay.« Ich trat auf die Bremse. »Wir fahren zurück.«

Nachdem ich gewendet hatte, sagte sie: »Vielleicht ist der Bauer oder Getränkemann ja ein Helfer von Wegener.«

»Sie meinen, er sollte die Leiche wegschaffen?«

»Ja. Und wir haben ihn gestört.«

»Möglich wäre es«, stimmte ich zu. »Auf einem Bauernhof gibt es gute Verstecke für eine Leiche.«

»Zum Beispiel?«

»Der Güllecontainer. Da schaut niemand hinein und nach einiger Zeit …«

»Bitte!«, sagte sie entsetzt. »Hören Sie auf!«

Der Bauernhof lag still und friedlich im letzten Licht des Tages. Wir schellten am Wohnhaus. Nach einiger Zeit öffnete eine mittelalte Frau die Tür.

»Entschuldigen Sie«, sagte Pia, »wir haben uns hier vor einer Stunde mit einem Mann unterhalten. Ist er noch da?«

Sie überlegte nicht lange. »Das war Karl Lanfers. Er hilft mir bei der Arbeit, solange mein Mann im Krankenhaus ist.«

»Wo finden wir ihn?«

»Er wohnt in Natrup.« Sie beschrieb uns den Weg.

»Danke«, sagte Pia. »Und wie ist Ihr Name?«

Sie lächelte. »Niehues. Marie Niehues.«

Ihre Wegbeschreibung war erstaunlich präzise. Fünf Minuten später standen wir vor einem zweckmäßig gebauten Einfamilienhaus.

Als hätte er uns bereits erwartet, riss nach dem ersten Klingeln ein etwa dreißigjähriger Mann die Tür auf. »Ja?«

»Sind Sie Karl Lanfers?«, fragte ich.

»Ja. Und wer sind Sie?«

Eindeutig nicht der Mann, mit dem wir vorhin geredet hatten.

»Und Sie arbeiten auf dem Hof der Niehues?«

»Ich helfe Marie, weil sie das alleine nicht schafft. Wieso? Gibt's ein Problem?«

Sein Tonfall und seine Körperhaltung wirkten aggressiv. Kein Zweifel, Marie hatte ihn vor uns gewarnt.

»Es gibt kein Problem«, sagte ich. »Nur eine Verwechslung.«

»Und jetzt?«, fragte Pia.

Ich startete den Motor. »Jetzt fahren wir nach Münster zurück.«

»Die haben uns doch verarscht.«

»Klar. Das haben sie. Diese Marie Niehues hat nicht mal gefragt, wer wir sind oder warum wir den Mann sprechen wollen. Die wusste genau, wen wir suchen. Und inzwischen hatte der Typ Zeit genug, seine Sachen zu packen und zu verschwinden.«

»Wir müssen doch was unternehmen«, beharrte Pia.

»Das werden wir auch. Ich habe einen guten Draht zu einem Hauptkommissar bei der Kripo. Ich werde ihm einen Tipp geben. Aber nicht jetzt. Ich muss mir genau überlegen, was ich sage, sonst habe ich eine Anzeige wegen Unterschlagung von Beweismitteln am Hals. Oder wie soll ich ihm erklären, dass ich vierundzwanzig Stunden auf der Skizze gesessen habe?« Ich schaute sie an.

Sie verdrehte die Augen. »Sie Held. Und Sie tun das alles nur mir zuliebe, stimmt's?«

»Sonst fällt mir gerade niemand ein.«

»Sie sind so wahnsinnig selbstlos«, sagte sie. »Ich liebe Männer, die sich aufopfern.«

Ich stöhnte. »Verdammt nochmal, Pia …«

»War nur ein Scherz. Ich weiß Ihre Hilfe wirklich zu schätzen.«

Mein Handy klingelte. Franka saß seit zehn Minuten an unserem vorbestellten Tisch im Restaurant und wartete auf mich.

»Tut mir wahnsinnig leid«, sagte ich. »Ich kann nicht kommen. Ich verfolge gerade eine Spur im Averbeck-Fall.« Was ja nicht mal gelogen war.

Frankas Stimme troff vor mieser Laune: »Und warum hast du mich nicht vor einer Stunde angerufen?«

»Sorry, mein Fehler. Ich mach's wieder gut.« Ich gab Gas. »Du, ich bin mitten in einer Verfolgung. Ich muss Schluss machen.«

»Heißt die Person, die du verfolgst, zufällig Pia Petry?«

»Ich rufe dich morgen an.« Ich beendete die Verbindung.

»Das wäre nicht nötig gewesen«, meinte Pia. Es hörte sich so an, als würde es ihr dennoch gefallen.

Ich lenkte den Wagen in eine Parkbucht. »Und wenn ich den Abend gerne mit Ihnen verbringen würde?«

Sie zog die Augenbrauen hoch. »Was ist mit der Frau, die auf Sie wartet?«

»Das ist meine frühere Partnerin. Ich kann sie jederzeit treffen.«

Pia sah mich lächelnd an. »Ich will Ihnen nicht im Wege stehen.«

Ich legte meine Hand auf ihre Schulter. »Möchten Sie wirklich in die Villa Averbeck zurück?«

»Gibt es denn Alternativen?«

Ich beugte mich zu ihr hinüber und hauchte ihr einen Kuss auf die Wange. »Ich denke schon.«

Sie drehte den Kopf zu mir. Unsere Münder berührten sich fast. »Und wie haben Sie sich den Abend vorgestellt?«

»Ich dachte, zuerst gehen wir essen.«

»Und anschließend füllen Sie mich mit Alkohol ab und zerren mich in Ihr Bett?«

»Ja«, sagte ich. »So ähnlich habe ich das geplant.«

19

Pia Petry ergreift die Flucht

Wilsberg küsst mich. Ganz sacht und langsam. Meine Angst vor unangenehmen Überraschungen verfliegt rasch. Er tut nichts, was mir nicht gefällt. Was ich unangenehm oder aufdringlich finde. Ganz im Gegenteil. Alles an ihm erscheint mir seltsam vertraut. So vertraut, dass sich unser vorsichtiger Annäherungsversuch schnell zum handfesten Clinch entwickelt. Wir fallen übereinander her wie zwei ausgehungerte Hormonjunkies, die schon seit Jahren keinen Sex mehr hatten und sich jetzt durch nichts und niemanden mehr aufhalten lassen. Wilsberg zerrt mir den Pulli über den Kopf, ich knöpfe sein Hemd auf und reiße mindestens drei Knöpfe dabei ab. Seine Hände wandern über meinen nackten Rücken und löschen alles, was noch an Verstand und Vernunft durch mein Hirn gegeistert ist.

Wilsberg lässt die Rückenlehne seines Autositzes nach hinten fahren, zieht mich auf sich und versucht, den Verschluss meines BHs zu öffnen. Das dauert. Er wäre der erste Mann, der diese Aufgabe auf Anhieb bewältigt. Ich möchte nicht wissen, wie vielen Frauen genau in dieser Situation die Leidenschaft abhanden gekommen ist. Denn es gibt kaum etwas Abtörnenderes als einen Kerl, der mit verbissenem Mund und stierem Blick an zwei Metallösen scheitert.

Und genau das passiert. Wilsberg fummelt ohne Ende. Die Abkühlung holt ein paar meiner Ganglien aus dem Koma zurück. Ein kleiner Rest von Verstand meldet sich und stellt mir verhängnisvolle Fragen: Bist du überhaupt auf Sex vorbereitet? Sind deine Haare gewaschen? Achseln und Beine rasiert? Fußnägel lackiert? Welche Unterwäsche trägst du? Hält dein Deo noch, was es heute Morgen versprochen hat? Sofort bin ich nüchtern, der Hormonschub verebbt so schnell, wie er gekommen ist. Schuld daran sind meine Beine. Ich habe sie nicht rasiert. In der Annahme, es sei nicht nötig. So kann man sich irren. Aber eins ist klar: Mit unrasierten Beinen werde ich mich einem Lover nicht in der ersten gemeinsamen Liebesnacht präsentieren.

Wilsberg gibt die Sache mit dem BH auf.

»Kannst du mir helfen?«, fragt er.

Ich rücke von ihm ab. »Ich habe Hunger.«

Mit hochgezogenen Augenbrauen sieht er mich an. Offensichtlich hat er Probleme mit dem Denken. Kein Wunder. Oberhalb seiner Gürtellinie dürfte eine ausreichende Blutversorgung im Moment nicht gewährleistet sein.

»Hunger?«, fragt Wilsberg, als habe er das Wort noch nie gehört.

»Können wir was essen gehen?«

Wilsbergs Gesicht ist eine einzige große Enttäuschung.

Er schluckt. »Klar«, sagt er. »Können wir. Hast du Lust auf einen Döner?«

»Nein«, sage ich. »Ich möchte zu einem Italiener. Und zwar zu einem richtig guten Italiener.«

»Okay. Aber danach gehen wir zu mir.«

Darauf gebe ich ihm erst einmal keine Antwort.

Drei Gläser Rotwein und eine Pizza Capricciosa später bin ich mir über die weitere Planung des Abends nicht mehr so sicher. Der Alkohol hat meine Bedenken hinweggefegt. Als Wilsberg mich fragt, ob ich noch einen Kaffee bei ihm trinken wolle, steht mein Entschluss fest. Ich komme mit, aber ich stelle drei Bedingungen.

»Erstens«, sage ich, »brauche ich eine Zahnbürste, und zwar eine fabrikneue, zweitens einen Nassrasierer und drittens fünf Minuten im Bad.«

Wilsberg grinst breit. »Du kriegst alles, was du willst.«

Und ich kriege alles, was ich will. Während es Wilsberg ins Schlafzimmer zieht, verschanze ich mich im Bad. Doch aus den geplanten fünf Minuten wird eine halbe Stunde. Außer Beine rasieren steht Zähne putzen, einmal duschen und einmal komplett neu schminken auf dem Programm.

Als ich endlich das Schlafzimmer betrete, ist Wilsberg eingeschlafen. Süß sieht er aus, mit seinem leicht geöffneten Mund und seinem Dreitagebart. Ich schlüpfe zu ihm unter die Bettdecke, lösche das Licht und bedanke mich beim lieben Gott, dass ich noch einmal mit einem blauen Auge davongekommen bin.

Doch dann spüre ich eine Hand auf meiner Hüfte, die sich zielstrebig ihren Weg sucht …

Am nächsten Morgen sitze ich gegen neun Uhr in einem Café in der Innenstadt. Vor mir steht ein Glas Latte macchiato. Die Sonne scheint, die Vögel zwitschern und der Kaffee schmeckt ganz hervorragend. Doch so richtig genießen kann ich ihn nicht.

Ich bin abgehauen. Das habe ich noch nie gemacht. Während Wilsberg Brötchen holte, bin ich aus dem Bett geschlüpft, habe mich rasch angezogen und mich dann aus dem Staub gemacht. Noch nicht einmal einen Zettel mit einer Nachricht habe ich hinterlassen. Dabei war die Nacht schön. Um nicht zu sagen: wunderschön.

Nur die morgendlichen Nachwirkungen waren es nicht. Denn beim Aufwachen überkam mich die Panik. Auf einmal war mir alles zu nah, zu intim, zu eng. Nur keine Verpflichtungen, dachte ich entsetzt. Nur kein Mann, der beim Frühstück womöglich Visionen einer gemeinsamen Zukunft entwickelt, der nach Hamburg ziehen und jede Menge Kinder mit mir zeugen will …

Mein Handy klingelt. Erschrocken zucke ich zusammen. Schuld daran ist mein schlechtes Gewissen. Ich hätte nicht einfach so verschwinden dürfen. Dafür, dass ich so viel Wert auf Stil lege, war das ziemlich stillos. Und die Vorstellung, dass Wilsberg jetzt von mir wissen will, was passiert ist, wieso ich mich einfach verdrückt habe, verursacht mir Magenschmerzen.

Doch es ist nicht Wilsbergs Nummer, die auf dem Handydisplay erscheint, es ist die meines Assistenten Cornfeld. Mit dem will ich genauso wenig reden. Ich lasse es klingeln, bis es von allein wieder aufhört. Es gibt Probleme, die erledigen sich von selbst, denke ich zufrieden, als sich das nächste Problem anbahnt.

Mein Handy klingelt erneut. Und diesmal habe ich nicht die Nerven, es einfach bimmeln zu lassen.

20

Wilsberg kauft Brötchen

Der Morgen war warm und angenehm. Er roch nach Süden, einem Frühstück unter Palmen, einem Spaziergang am Meer. Die Vögel machten Lärm, die Eichhörnchen liefen im Zickzack und selbst die Autos waren bunter als sonst. Auf dem Weg zur Bäckerei grüßte ich den Gemüsemann, der den Bürgersteig vor seinem Laden fegte, und den italienischen Eisdielenbesitzer, der die Sonnenschirme öffnete. Ich fühlte mich frisch und ausgeruht, obwohl ich nur vier Stunden geschlafen hatte.

In der Bäckerei kaufte ich von jeder Brötchensorte eins, so konnte ich nichts verkehrt machen. Außerdem Käse, Aufschnitt und Marmelade, weil ich mir nicht sicher war, ob die Schätze in meinem Kühlschrank noch vorzeigbar waren.

Eine Viertelstunde später betrachtete ich den gedeckten Frühstückstisch. Warum hatte ich nicht längst besseres Geschirr gekauft? Und ein paar Orangen für frisch gepressten Orangensaft wären auch nicht schlecht gewesen. Egal, dafür war es jetzt zu spät. Blieb nur noch die Grundsatzfrage jedes Frühstücks zu klären.

Ich ging durch den Flur zum Schlafzimmer. »Pia, trinkst du Kaffee oder Tee?« Keine Antwort.

So fest konnte sie doch gar nicht schlafen. Ich öffnete die Schlafzimmertür. Das Bett war leer. Ich horchte in Richtung Badezimmer. Unter der Dusche stand sie auch nicht.

Ich klopfte an die Badezimmertür. »Pia?«

Vorsichtig öffnete ich die Tür. Auf der Ablage unter dem Spiegel stand ein geöffneter Lippenstift und im Waschbecken klebten ein paar lange, braune Haare.

Das war alles, was sie mir hinterlassen hatte.

21

Pia Petry frühstückt mit einem Vampir

Ich habe ihm nicht widerstehen können. Nicht seiner Stimme, nicht seinen Argumenten, nicht seinem Drängen. Er wollte mit mir frühstücken und jetzt frühstückt er mit mir. So sind sie, die Herrn Sadisten. Gewohnt, sich durchzusetzen.

Und irgendwie finde ich dieses Kontrastprogramm zu Wilsberg ausgesprochen angenehm. Bei Dracu mache ich mir keine Gedanken über spießige Beziehungsmodelle. Er ist kein Typ für die Zukunft. Kein Typ für mittel- oder langfristige Pläne. Allenfalls ist er gut für ein Abenteuer. Nur, die Finger verbrennen sollte ich mir dabei nicht. Und die Gefahr besteht. So wie er heute aussieht. Er lässt sich neben mich auf den Stuhl fallen und amüsiert sich über meinen überraschten Gesichtsausdruck.

»Heute mal nicht in Leder?«, frage ich erstaunt.

Er trägt eine verwaschene Jeans und einen hellblauen kuschelweichen Wollpulli, der teuer und nach Kaschmir aussieht.

»Nein«, sagt er lachend. »Zum Frühstück wollte ich dir mal was Besonderes bieten. Gefällt's dir?«

»Ja!«, antworte ich und registriere erfreut, dass sich so gut wie jede Frau im Café nach Dracu umsieht. Ich komme mir vor wie Kim Cattrall als Samantha in *Sex and the City,* die die Nacht mit dem einen Mann verbringt und das Frühstück mit dem nächsten einnimmt. Und da soll mal einer behaupten, mit Anfang vierzig erlebe man nichts mehr.

Dracu winkt der Kellnerin und bestellt einen Milchkaffee.

»Was bist du eigentlich im richtigen Leben?«, frage ich.

Er grinst. »Bestattungsunternehmer? Serienkiller? Sexualverbrecher?«

Ich verdrehe die Augen. »Jetzt mal ehrlich. Hast du irgendeine Ausbildung?«

»Tierpräparator?«

»Dracu!«, rufe ich aus und werde langsam ärgerlich.

»Na gut.« Er beugt sich über den Tisch und greift nach meiner Hand. »Ich habe Literaturwissenschaften studiert.«

»Ha, ha!«, sage ich und ziehe meine Hand zurück.

»Wirklich!«

»Ehrlich?«

»Aber ja«, sagt er und greift wieder nach mir. Diesmal lasse ich es zu.

»Was ist dein Lieblingsbuch?«, frage ich misstrauisch.

»*Hundert Jahre Einsamkeit* von Gabriel García Márquez.«

»Wie viele Bücher hast du zu Hause?«

»So circa viertausend, schätze ich.«

»Was für Jobs hast du nach deinem Studium gemacht?«

»Ich war eine Zeit lang in Südamerika und habe in einem Literaturverlag gearbeitet. Hat mir auf Dauer aber keinen Spaß gemacht.«

Komisch, denke ich, alle Welt war schon mal in Südamerika. Nur ich nicht.

»Was liest du im Moment?«, nehme ich mein Verhör wieder auf.

»Die Geschichte der O?«

»Klar, was sonst.«

»Nein, war nur ein Witz. Ich lese *Justine oder Die Leiden der Tugend.*«

»Von Marquis de Sade.« Ich verdrehe die Augen. »Wer hätte das gedacht.«

Er lacht und sein Zungenpiercing, eine kleine silberne Kugel, blitzt kurz zwischen seinen Zähnen auf. Als er meinen Blick bemerkt, streckt er die Zunge heraus und dreht die Kugel ab. Darunter kommt eine winzige, messerscharfe Sichel zum Vorschein. Erschrocken zucke ich zurück.

»Mein Gott«, sage ich, »wer lässt sich denn so etwas einfallen.«

Dracu dreht die Kugel wieder fest. »Eine Spezialanfertigung«, sagt er und grinst breit.

»Hast du nicht Angst, dich selbst zu verletzen?«, frage ich, immer noch geschockt.

»Reine Übungssache.« Er zwinkert mir zu. »Du glaubst gar nicht, was man damit alles anstellen kann.«

Ich weiß, was man damit anstellen kann. Denn mir fällt die Asiatin wieder ein, die ich im *Club Marquis* zusammen mit Dracu gesehen hatte. Ihre schwarzen Haare, ihre schräg stehenden Augen, ihre helle Haut und das Blut in ihrem Gesicht. Jetzt ist mir klar, wie er sie an der Oberlippe verletzt hat.

»Heißt du deshalb Dracu?«, frage ich. »Kommt der Name von Dracula? Der Vampir, der die Frauen beißt?«

Er nickt. »Angesichts meines Piercings ist das nicht so wahnsinnig originell. Ich weiß. Aber es passt.« Er beugt sich über den Tisch. »Wo waren wir eigentlich stehen geblieben?«

»Keine Ahnung«, sage ich.

»Bei den Büchern!« Er schnippt mit den Fingern. »Ich sage dir ganz ehrlich, was ich gerade lese.« Er senkt seine Stimme. »Aber du darfst es nicht weitererzählen.«

»Warum?«, frage ich. »Passt es nicht zu einem richtigen Sadisten?«

»Wie man es nimmt.«

Wir werden von der Kellnerin unterbrochen, die Dracu den bestellten Milchkaffee bringt.

»Jetzt erzähl schon. Was liest du?«, frage ich.

»Born to Cook.«

»Wie bitte? Du kochst gerne?«

»Was hast du eigentlich für einen Eindruck von mir?«, fragt er kopfschüttelnd, reißt ein Tütchen Zucker auf und schüttet den Inhalt in seine Tasse. »Und was ist mit dir? Was machst du beruflich?«

»Ich arbeite als Texterin in einer Werbeagentur«, antworte ich. Da ich kürzlich undercover in einer Münchner Agentur recherchiert habe, ist mir die Werbebranche nicht ganz fremd. Trotzdem lege ich keinen Wert darauf, das Thema zu vertiefen, und komme lieber wieder auf Dracus beruflichen Werdegang zurück.

»Und wie kommt man von der Literatur zu einem SM-Laden?«, frage ich.

»Durch Zufall.«

»Durch Zufall?«

»Ich bin ja erst vor einem Jahr nach Münster gekommen. Und wusste nicht so recht, wie es beruflich weitergehen sollte. Zufällig habe ich im *Club Marquis* jemanden kennen gelernt, der seinen SM-Laden verkaufen wollte. Zu sehr anständigen Konditionen. Ein guter Freund hat mir das Geld geliehen und ich habe zugeschlagen.«

»Und dein Hobby zum Beruf gemacht.«

»Genau. Jetzt kann ich den ganzen Tag den schwarzen Mann markieren.«

Ich nicke. »Das passt zu dir. Die Nummer nimmt man dir echt ab.«

»Das ist auch gut so«, antwortet er, greift erneut nach meiner Hand und drückt für einen Sekundenbruchteil so fest zu, dass ich fast aufschreie. In seinen Augen liegt eine Härte und Kälte, die die Zimmertemperatur locker um zehn Grad senken könnte. Dann verschwindet dieses kalte Glitzern wieder und er lächelt mich unschuldig an.

»Bin ich nicht gut?«, grient er. »Als Top musst du ein hervorragender Schauspieler sein. Und ich bin ein hervorragender Schauspieler. Aber du, meine Liebe«, sagt er und lässt mich los, »du bist eine lausige Novizin. Da müssen wir dran arbeiten. Und zwar schnell.«

Ich brauche einen Moment, um mich von dem Schreck zu erholen. Vielleicht ist er ja wirklich nur ein Schauspieler, der die Performance abliefert, die die Masochistinnen von ihm erwarten.

»Ist Jochen eigentlich ein guter Top?«, frage ich und massiere meine schmerzende Hand.

Dracu spuckt fast seinen Kaffee wieder aus. »Der! Ganz bestimmt nicht. Diese Memme. Erst lässt er sich niederschlagen und dann läuft er jammernd mit seiner Beule durch den ganzen Club, während seine Frau fast verblutet.«

»Hast du irgendetwas gesehen an dem Abend? Kam dir irgendjemand verdächtig vor?«

»Warum interessiert dich das?«, fragt er.

»Renate ist meine beste Freundin und ich will wissen, wer dieses verdammte Schwein ist ...«

»Das wollen wir alle wissen«, sagt er, nippt an seinem Kaffee und sieht mich über den Tassenrand hinweg an. »Was glaubst du eigentlich? Was glaubst du, wie oft ich schon über diesen Abend nachgedacht habe? Mir ist definitiv nichts aufgefallen. Da war nichts, was im Nachhinein irgendeinen Hinweis ergeben würde.«

»Was hast du an dem Abend genau gemacht? Ich meine ...«

Dracu runzelt die Stirn. »Du fragst mich doch jetzt nicht allen Ernstes nach meinem Alibi?«

Ich versuche mich an einem Lächeln, das mir gehörig verrutscht.

Er verdreht die Augen. »Ich war den ganzen Abend mit einer Frau zusammen. Die das auch bezeugen kann.«

»Und bei deiner Verkäuferin«, frage ich vorsichtig, »hast du da auch keinen Verdacht?«

»Nein«, sagt er und stellt seine Tasse hart auf den Tisch. »Hast du einen?«

Ich schüttele den Kopf. »Ich finde diesen ganzen SM-Kram entsetzlich. Wenn ich mir vorstelle, was man mit dieser jungen Frau gemacht hat ...«

Er legt mir den Zeigefinger auf den Mund. »Du hast ja

keine Ahnung. Gar keine Ahnung. SM ist eine grandiose Art, Sexualität auszuleben.«

»Mir tun meine Finger immer noch weh«, sage ich leise, »und da stehe ich gar nicht drauf.«

»Das war doch nur ein Witz. Entschuldige.« Er nimmt meine Hand, führt sie zu seinen Lippen und haucht einen zarten Kuss auf die Innenseite. Ich traue ihm nicht und befürchte, er könne wieder zudrücken. »SM«, sagt er leise, »geht auch ohne Schmerzen. Es ist ein Spiel zwischen Dominanz und Unterwerfung. Ich fessle dich, verbinde dir die Augen und garniere deinen Bauch mit ...«

»9 ½ Wochen«, sage ich. »Habe ich im Kino gesehen. Fand ich da schon nicht so prickelnd.«

Er lacht schallend. »Jetzt sei doch nicht so widerspenstig. Lass dich mal auf etwas ein. Heute Abend ist wieder eine Dungeon-and-Dragon-Party im Club. Wir könnten zusammen hingehen«, drängt er. »Und dann zeige ich dir, was SM wirklich ist. Ohne Schmerzen.«

Als er das sagt, beißt er mir ganz leicht in den Oberarm. Ich trage ein ärmelloses Top und starre verwundert auf die Rötung, die seine Attacke auf meiner Haut hinterlassen hat. Es hat nicht wehgetan. Nur ein bisschen gezwickt. Doch es hat etwas ausgelöst. Unterhalb meines Bauchnabels. Was ich als ganz erstaunlich und alles andere als unangenehm empfinde.

»Lass uns bezahlen und einen kleinen Stadtbummel machen«, schlägt Dracu vor und winkt der Kellnerin.

Ich sitze reglos da, horche in mich hinein und bin viel zu sehr mit mir und diesen seltsamen Gefühlen beschäftigt, um auf seinen Vorschlag zu reagieren.

22

Wilsberg geht auf eine Dungeon-and-Dragon-Party

Stürzenbecher glaubte mir kein Wort. Ich hatte ihn angerufen und von einem anonymen Tipp berichtet, den ich bekommen hätte. Dass ich mich mal bei einem Bauernhof zwischen Tilbeck und Natrup umsehen sollte.

Stürzenbecher grunzte. »Was erzählst du mir da für einen Blödsinn, Wilsberg?«

»Ich gebe nur weiter, was ich gehört habe. Ob da was dran ist, kann ich selbstverständlich nicht beurteilen.«

»Genau das meine ich, Wilsberg. Diesen Quatsch von dem anonymen Anrufer.«

»Wahrscheinlich jemand aus dem *Club Marquis,* der in die Geschichte verwickelt ist«, schob ich schnell hinterher.

»Soll ich dir sagen, was ich glaube? Du hast dieses Kalenderblatt aus Wegeners Wohnung mitgehen lassen und auf eigene Faust recherchiert. Jetzt wird dir die Sache zu heiß und du wirfst mir den Knochen vor die Füße.«

»Ich habe nichts mitgehen lassen«, sagte ich. »Ich schwöre.« Und das war ausnahmsweise die Wahrheit.

Stürzenbecher schwieg.

»Du solltest dem nachgehen«, wiederholte ich. »Und nicht nur eine Streife aus Nottuln hinschicken.«

»Okay«, sagte er schließlich. »Aber wenn ich rauskriege, dass du Mist gebaut hast, bist du dran.«

Der nächste Anruf war kaum angenehmer. Frankas Laune hatte sich über Nacht nicht gebessert und nach dem fünften fehlgeschlagenen Entschuldigungsversuch griff ich zum letzten Mittel, das ich besaß: »Bist du wieder lieb zu mir, wenn ich dir die ganze Geschichte erzähle?«

»Einschließlich Pia Petry?«

»Mit allen peinlichen Details.«

»Na schön. Falls die Geschichte es wert ist, dass du mich versetzt hast, bin ich bereit, dir zu verzeihen.«

Gegen Mittag trafen wir uns in einem Café am Domplatz. Die Tische in der warmen Mittagssonne waren besonders begehrt, aber wir hatten Glück und fanden zwei freie Stühle. Bei Elsässischem Flammkuchen und Salat tischte ich Franka die ungeschminkte Wahrheit auf. Nur das, was in der Nacht passiert war, ließ ich aus. In meiner Version der Geschichte hatte ich Pia Petry zur Villa der Averbecks zurückgebracht.

Und tatsächlich besserte sich Frankas Stimmung von Minute zu Minute. Fasziniert verfolgte sie sämtliche Volten, die meine Ermittlungen geschlagen hatten, und als ich auf Pia Petry zu sprechen kam, konnte sie ihre naturgegebene weibliche Konkurrenz nicht unterdrücken.

»Die Frau ist ja wirklich unmöglich«, fasste sie süffisant zusammen. »Ich würde sie gerne mal kennen lernen.«

»Vergiss es! Mir ist nicht nach einem Dreier.«

»Hast du nicht gesagt, dass heute diese Dungeon-and-Dragon-Party stattfindet. Da kommt sie bestimmt.«

»Vielleicht. Aber du nicht.«

»Georg!« Sie setzte ihren Klein-Mädchen-Blick auf.

»Das zieht bei mir nicht, Franka. Du kommst nicht mit. Aus. Finito.«

Sie grinste in sich hinein. »Ich habe dir doch von meiner Freundin erzählt, die eine SM-Beziehung hatte.«

Ich gabelte eine Tomate auf. »Und?«

»Na ja, ich habe alles hautnah mitbekommen. Es war nämlich ihre erste und einzige SM-Geschichte. Und sie hat auch nicht lange gedauert.«

»Wie kommst du jetzt darauf?«

»Am Anfang fand sie es richtig spannend«, ignorierte Franka meine Frage. »Bondage ist eigentlich eine interessante Erfahrung. Du fühlst dich vollkommen wehrlos und ausgeliefert. Allerdings muss der Partner mitspielen. Er muss seine Macht ausüben wollen. Und Nick, so hieß der Typ, konnte das. Das dauerte manchmal stundenlang. Er hat ihr nie richtig wehgetan. Er hat sie beschimpft und geschlagen, geküsst und gestreichelt.«

»Abwechselnd?«

»Ja. Das ist das Irre daran. Du darfst nie wissen, was als Nächstes passiert. Irgendwann zirkuliert nur noch Adrenalin in deinen Adern. Du kriegst schon eine Gänsehaut, wenn er nur in deine Nähe kommt.«

»Wahnsinn«, sagte ich.

»Hast du noch nie solche Fantasien gehabt?«

»Erst seitdem ich mit diesem Fall beschäftigt bin.«

»Nick hat noch andere Sachen mit ihr gemacht«, redete sie weiter. »Einmal hat er ihr eine Augenbinde angelegt und sie durch die Stadt geführt. Sie hat plötzlich Geräusche gehört und Gerüche wahrgenommen, die sie bis dahin noch nie bemerkt hatte.«

»Das Spiel kenne ich«, sagte ich. »Als Kinder nannten wir das Blindekuh.«

»Aber unter verschärften Bedingungen.« Franka kicherte. »Sie hatte bloß einen Trenchcoat an und darunter nichts.«

»Und das hat ihr gefallen?«

»Anfangs schon. Solange du deinem Partner vertraust und er sich an die Bedingungen hält.«

»SSC«, warf ich ein. »Ich habe ein bisschen im Internet recherchiert: safe, sane und consensual. Sicher, mit gesundem Menschenverstand und einvernehmlich. Das ist die hehre Theorie. Doch verrat mir mal, wie jemand ein Safeword sagen soll, wenn er einen Knebel im Mund hat?«

»Dann vereinbart man ein anderes Zeichen«, beharrte Franka.

»Und manchmal geht das schief«, widersprach ich.

»Das ist die absolute Ausnahme. Das hat nichts mit SM zu tun.«

»Darf ich abräumen?«, fragte die Kellnerin und griff nach dem Brett mit meinem kalt gewordenen Flammkuchen.

»Nein«, wehrte ich ab. »Das esse ich noch.«

Als sie gegangen war, sagte ich zu Franka: »Wenn die Erfahrung mit diesem Nick so toll war, warum ist die Beziehung dann so schnell zu Ende gegangen?«

»Bei Nick drehte sich alles um SM. Sein ganzes Leben wurde davon bestimmt. Die Zeit dazwischen, sein Studium, Kinobesuche, normale Gespräche mit normalen Menschen – das waren für ihn nur lästige Unterbrechungen. Vanilla-Kultur nannte er das abfällig. Meine Freundin empfand das zunehmend als Manie, die sie einschnürte. Und dann war da noch was.« Franka betastete ihr Wasserglas. »Nick wollte härtere Sachen ausprobieren. Da hat sie Schluss gemacht.«

Ich schaute sie skeptisch an. »Und du bist sicher, dass wir von deiner Freundin reden?«

»Von wem sonst?«

Franka grinste, aber auf ihren Wangen bildeten sich verräterische rote Flecken.

Ein Paar, in angeregte Unterhaltung vertieft, schlenderte vom Landesmuseum auf unser Café zu. Pia Petry und Dracu. Ich erstarrte.

Franka schaute in die gleiche Richtung. »Ist sie das?«

»Ja.«

»Und der gut aussehende Dunkelhaarige ist Dracu?«

»Leider.«

Pia und Dracu hatten mich inzwischen auch bemerkt. Pia schaute verlegen zur Seite, Dracu haute mir ein kleines, arrogantes Siegerlächeln ins Gesicht.

»Nimm's nicht so tragisch!«, sagte Franka mitfühlend, als die beiden wieder verschwunden waren. »Wenn die Frau deine Qualitäten nicht erkennt, ist sie selbst schuld.«

»Das Thema ist durch«, antwortete ich gepresst.

»Heißt das, du willst Stürzenbecher ihren Namen geben?«

»Nein, das nun auch nicht.«

Franka goss Wasser nach. »Du denkst, es könnte sich doch noch was ergeben?«

»Ich stehe nur zu meinem Wort, das ist alles. Aber ich mache mir keine Gedanken mehr darüber, ob sie Dracu oder Jochen Averbeck in die Hände fällt.«

Wütend warf ich die Serviette auf den Flammkuchen. Der Appetit war mir vergangen.

Dass Vorsatz und Realität zwei grundsätzlich verschiedene Dinge sind, musste ich an diesem Nachmittag wieder bitter erfahren. Tatsächlich kreisten meine Gedanken ausschließlich um Pia. Hatten meine Hormone eine komplette Sinnestäuschung bewirkt – oder warum bildete ich mir ein, dass der vergangene Abend und die darauf folgende Nacht nahezu perfekt gewesen waren? Wo war der Fehler in meiner Wahrnehmung? Was hatte ich nicht begriffen? Gab es irgendetwas, das ich verkehrt gemacht hatte? Oder war diese Frau einfach nur unberechenbar, ein Alien, das sich auf die Erde verirrt hatte, um das seltsame Verhalten der menschlichen Wesen zu studieren? War ich ein aufgespießter Schmetterling in ihrer Sammlung, eine neue Kerbe in ihrem Bettgestell, ein Schnappschuss für ihr Fotoalbum gebrochener Herzen?

In meinem Kopfkino spulte ich unsere sämtlichen Begegnungen ab und fand Belege für beides, für logisches Verhalten und das exakte Gegenteil. Sicher war nur, dass Dracu eine unheimliche Wirkung auf sie ausübte. In seiner Gegenwart schien sie wie hypnotisiert. Vielleicht besaß er ja wie sein Vorbild Graf Dracula die seltene Fähigkeit, Menschen in willenlose Kreaturen zu verwandeln.

Gnädigerweise ging der Nachmittag irgendwann zu Ende.

Ich war froh, nicht auch noch den Abend mit meinen Gedanken verbringen, sondern einen Job erledigen zu müssen. Ich sollte bei der Dungeon-and-Dragon-Party im *Club Marquis* den Aufpasser spielen. Bestimmt würde es mich ablenken, andere Menschen leiden zu sehen.

Die Kostüme waren bunter als sonst: blaue Latexkörperkondome mit Reißverschlüssen auf beiden Seiten, Katzenfrauen, die nichts trugen außer einer schillernden Körperbemalung und überlangen Fingernägeln, in Ehren ergraute Zorros, Frauen mit ledernen Schirmmützen und dem Charme von KZ-Aufseherinnen. In das übliche Schwarz der Szene mischten sich blutrote Umhänge und allerlei Masken. Anscheinend wollten viele nicht erkannt werden. Neben den Stammgästen des Clubs, die offen mit ihrer Neigung umgingen, traf sich an diesem Abend auch die Szene der Gelegenheitssadomasochisten, die für eine SM-Party weite Wege in Kauf nahmen.

Auf der Tanzfläche im Erdgeschoss ging es beinahe so hart zu wie bei den legendären Punk-Konzerten der Achtzigerjahre. Da wurde gerempelt, gegrabscht, gekratzt und auf menschlichen Tieren geritten. Nur nicht so schnell, fetzig und sprunghaft wie in früheren Zeiten, weil die um die Körpermitte schwabbelnden Pfunde und die gefährdeten Gelenke da nicht mitmachten.

Ich drehte eine Runde durch die Spielzimmer im Keller. Um die Streckbänke, Stangen und Andreaskreuze hatten sich kleine Gruppen gebildet. Peitschen und brennende Kerzen gingen von Hand zu Hand, jeder durfte mal schlagen oder heißes Wachs auf nackte Körper träufeln. Doch, soweit ich das beurteilen konnte, schien niemand mehr Schaden zu nehmen, als er wollte.

Ich ging zur Bar zurück und bestellte ein Wasser. Der Realsadist, falls er denn anwesend war, hatte inmitten von so vielen Menschen keine Chance. Er musste mit seinem Opfer einen weniger belebten Ort finden. Was wohl kaum gelingen konnte, denn die separaten Studios im Obergeschoss blieben, wie mir Clara Heusken versichert hatte, diesmal geschlossen.

Ein paar Fingernägel bohrten sich in meinen Nacken und eine Hand drehte meinen Kopf nach hinten. Bevor ich protestieren konnte, presste Clara ihren lilafarbenen Schmollmund auf meine Lippen. Ich spürte ihre Zunge.

Ich schob sie zurück. »Lassen Sie das!«

»Hey, ich habe Ihnen verziehen. Es gibt keinen Grund, zickig zu sein.«

»Ich bin hier, um meinen Job zu machen.«

»Nicht die ganze Zeit.« Ihre Hand glitt über meinen Oberschenkel, bis sie zwischen meinen Beinen das gefunden hatte, was sie suchte.

Ich entfernte die Hand. »Sie sind meine Auftraggeberin und ich arbeite für Sie. Aber ich bin nicht Ihr Sklave.«

»Doch Sie möchten es gerne sein.«

»Ganz und gar nicht.«

»Ich habe eine Idee«, flüsterte Clara. »Wir gehen in den Monitorraum. Da können wir alles im Auge behalten.«

»Und welchen Hintergedanken haben Sie dabei?«

»Keinen.« Sie biss mir ins Ohrläppchen. »Versprochen.«

Ich dachte einen Moment nach. »Okay.« Was hatte ich schon zu verlieren, außer meiner Unschuld?

In ihrem privaten Reich öffnete sie eine Flasche Sekt und nötigte mir ein Glas auf, verhielt sich ansonsten jedoch ausgesprochen brav, während wir auf die Monitorwand schauten. Ein Voyeur musste sich in diesem Raum wie im Paradies fühlen – auf zwölf Kanälen live SM geboten zu bekommen, dafür würde wohl mancher eine Menge Geld zahlen.

»Klar«, lachte Clara. »Wir haben auch schon daran gedacht, das im Internet anzubieten, aber die rechtlichen Probleme sind zu groß. Wir müssten uns von jedem Gast, der zu sehen ist, eine Einverständniserklärung geben lassen und das ist so gut wie unmöglich.«

Ich entdeckte einen gefesselten Mann mit Blondhaarperücke, an dessen Brustwarzen und Genitalien Gewichte baumelten. »Ist das nicht ...«

»Männe«, sagte Clara. »Er ist ein Switcher. Das ist ...«

»Er wechselt zwischen Bottom und Top«, sagte ich. »Jochen Averbeck hat mir erzählt, dass der Mann, der ihn niedergeschlagen hat, eine Blondhaarperücke trug.«

»Na und? Sie denken doch nicht, dass es Männe war?«

»Warum nicht? Ihr Mann ist vorbestraft. Weil er eine Frau schwer verletzt hat.«

»Ach das!« Sie winkte ab. »Das ist Schnee von gestern. Die Frau hatte einen Schaden.«

»Vor oder nach der Session?«

»Quatsch. Die hatte sich in Männe verliebt. Die Anzeige war nichts anderes als Rache, weil er sie hat abblitzen lassen.« Clara stand auf und kam langsam in Fahrt. »Juristisch gesehen ist SM immer Körperverletzung, ob der Bottom damit einverstanden ist oder nicht. Unsere Gäste können einen Steckbrief hinterlegen, in dem sie aufschreiben, was sie zulassen wollen und was nicht. Männe hat sich daran gehalten, das konnten wir beweisen. Er ist nur verurteilt worden, weil sich die Richter vor lauter Verklemmtheit in die Hosen gemacht haben.«

Das Letzte hörte ich nur noch halb, weil ein anderer Monitor meine Aufmerksamkeit absorbierte. Eine Frau, die ein enges schwarzes Korsett trug, hing gefesselt an einem Andreaskreuz. Ich spürte, wie mir das Blut in den Kopf schoss.

Clara stand jetzt hinter mir. Ihr metallischer Brustschmuck berührte meinen Hinterkopf. »Sieh an: Ihre Freundin! Mit Dracu.«

Mir fiel auf, dass die beiden allein waren.

»Er wird die Türkarte auf Rot gedreht haben«, sagte Clara.

Dracu legte Pia eine Augenbinde um. Claras Hand glitt meinen Arm hinunter. Dracu ging ein paar Schritte zurück und nahm etwas aus einem Sack, der auf dem Boden lag. Ich konnte den Gegenstand nicht genau erkennen. Er sah lang, spitz und metallisch aus. Wie ein Messer. Gleichzeitig schloss sich mit einem Klicken etwas Kaltes um mein Handgelenk.

Ich sprang auf – und hing an dem schweren Drehstuhl fest, auf dem ich gesessen hatte. Clara lachte.

»Machen Sie die verdammten Handschellen ab!«, schrie ich sie an.

»Nein.«

Ich zeigte mit der freien Hand zum Monitor. »Er wird sie verletzen.«

»Vielleicht ein bisschen. Es wird ihr gefallen, glauben Sie mir. Dracu kennt sich damit aus.«

»Bitte!«, sagte ich. »Nehmen Sie mir die Handschellen ab!«

Clara blieb außerhalb meiner Reichweite, ihre Augen glitzerten boshaft. »Ich möchte es genießen, wie Sie leiden. Also seien Sie ein braver Junge und setzen Sie sich wieder!«

Mein Mund war vollkommen ausgedörrt. »Sie können mit mir machen, was Sie wollen.«

»Wirklich?«

»Ja. Aber zuerst müssen Sie mir die Handschellen abnehmen.«

23

Pia Petry lässt sich fesseln

Zu sagen, Dracu sähe heute Abend gut aus, hieße maßlos zu untertreiben. Sein muskulöser Oberkörper ist nackt, seine braune Haut glatt rasiert. Seine langen Beine stecken in schwarzen Lederhosen, die seitlich mit silbernen Nieten verziert sind. Die dunklen Haare hat er zu einem Pferdeschwanz zurückgebunden. Er sitzt neben mir an der Bar und schenkt mir zum Verdruss aller anwesenden Masochistinnen seine volle und uneingeschränkte Aufmerksamkeit. Und ich kann nicht behaupten, dass mir das unangenehm sei.

Er berührt mich am Arm. »Können wir?«

»Ich glaube, ich hätte gerne noch einen Sekt«, sage ich und sehe mich neugierig um. Die Dungeon-and-Dragon-Party im *Club Marquis* ist in vollem Gang. Noch nie habe ich hier so viele Leute in so vielen bunten Klamotten gesehen. Dabei dachte ich immer, Schwarz sei absolut verbindlich für die Szene.

Dracu winkt der Barfrau und bestellt ein Glas Mumm.

»Du solltest nicht zu viel trinken«, flüstert er mir ins Ohr. »Betrunkene Frauen haben nicht so viel vom Sex.«

Ich sehe ihn mit hochgezogenen Augenbrauen an. »Wir haben gesagt, du wolltest mir ein bisschen was zeigen – ohne dass ich wirklich involviert werde.«

»Man weiß doch nie, wie sich die Dinge entwickeln.«

»Dracu, wenn du dich nicht an unsere Absprache hältst, komme ich nicht mit. Definitiv.«

Er hebt beschwichtigend beide Hände. »Okay, okay, okay. Ich mache nichts, ich zeige dir nur alles. Wenn es das ist, was du wirklich willst.«

Ich nicke. »Genau das will ich. Mir geht es einzig und allein darum, zu kapieren, wie Sadisten funktionieren. Wie sie denken, was ihre Motivation ist.«

Dracu zuckt die Schultern. »Das ist doch ganz einfach, es macht ihnen Spaß, anderen wehzutun.«

»Das ist alles? Gibt es keinen psychologischen Überbau? Keine tief schürfenden Hintergründe?«

Spöttisch verzieht er den Mund. »Ich, zum Beispiel, würde sehr gerne mal diese Nippelzwinge bei dir ausprobieren, die ich dir geschenkt habe.«

»Dracu, wenn du nicht aufhörst ...«, sage ich, als die Bardame ein Glas Sekt vor mir abstellt. Ich greife danach und genau in dem Moment sehe ich Wilsberg. Sehe mit wachsendem Erstaunen, wie die Clubbesitzerin, Clara Heusken, ihn quer durch den Raum hinter sich herzieht und die beiden durch eine Tür, auf der *Privat* steht, verschwinden. Was nicht weiter ärgerlich wäre, würde Wilsberg nicht den Eindruck machen, als gefiele es ihm, abgeschleppt zu werden. Da war etwas Erwartungsvolles in seinem Gesicht. Etwas interessiert Neugieriges. Eine freudige Erregung, die mich sauer macht. So schnell hat er mich vergessen. So schnell lässt er sich auf eine andere Frau ein. Na warte, denke ich, das kriegst du zurück.

Dracu rutscht vom Barhocker. »Wir gehen.«

»Ich muss mein Glas noch austrinken«, erwidere ich.

Er nimmt es mir aus der Hand und leert es auf einen Zug. »Wir gehen«, wiederholt er jetzt mit einer Schärfe und Autorität, die ich beeindruckend finde.

Er ist wirklich ein grandioser Schauspieler. Und ich spiele mit. Klettere vom Hocker und laufe brav hinter ihm her zu einem der Spielzimmer. Als die Tür hinter uns ins Schloss fällt, erreicht mein Adrenalinausstoß seinen eruptiven Höhepunkt.

»Die Tür ...«, sage ich.

»Können wir natürlich auflassen, wenn du Angst hast.«

»Nein, nein. Ist schon okay.« Ganz so hasenfüßig will ich nun auch wieder nicht erscheinen.

»Welches Safeword benutzt du eigentlich meistens«, frage ich und schlendere an einem Regal entlang, auf dem Handschellen in unterschiedlichen Größen und Ausführungen aufgereiht liegen. Daneben steht ein grauer Jutesack am Boden.

»Apfelbäckchen«, sagt Dracu. »Wir können aber auch *Gnade* nehmen oder *Bruttosozialprodukt.*«

»Wir nehmen gar nichts«, antworte ich und bleibe vor einem schwarz lackierten, mannshohen Andreaskreuz stehen.

»Die Verkäuferin aus deinem Laden«, sage ich und versuche dabei, möglichst beiläufig zu klingen, »war die SMlerin?«

»Ja.«

»Hatte sie einen festen Freund oder einen festen SM-Partner?«

»Keine Ahnung«, sagt Dracu. »Sie hat noch nicht lange für mich gearbeitet.«

»Hast du sie gemocht?«

»Willst du wissen, ob ich etwas mit ihr hatte?«, fragt er.

»Genau das.«

»Es gab eine Session. Bei mir zu Hause. Aber das hat mir nicht so besonders gefallen.«

»Warum?«, frage ich und inspiziere eine der ledernen Handfesseln, die an langen Ketten an den Balken des Andreaskreuzes hängen.

Dracu steht ganz dicht hinter mir. »Sie war mir zu zimperlich. Hat nichts ausgehalten.«

»Und Renate?« Probehalber lege ich die Fessel über mein Handgelenk.

»Mach mal zu«, drängt Dracu. »Dann merkst du, wie weich das Leder ist.«

»Hast du was mit ihr?«, frage ich, während ich die Fessel schließe.

»Mit Renate hat außer Jochen niemand was. Die haben einen Vertrag.«

»Einen Vertrag?«

»Ja, einen Sklavenvertrag. Danach darf Renate keine anderen SM-Partner haben als ihren Mann. Allerdings darf auch Jochen keine anderen Partnerinnen haben. Was relativ ungewöhnlich ist.«

Dracu zieht die zweite Handfessel vom linken Balken zu sich und legt sie mir um.

»Woher weißt du das?«

»Von Renate. Sie ist die mit Abstand attraktivste Masochistin im Club. Natürlich habe ich versucht, bei ihr zu landen.«

»Und da hat sie dir von diesem Vertrag erzählt?«

Dracu nickt und schließt die zweite Fessel. »Danach habe ich sie natürlich in Ruhe gelassen. So ein Vertrag ist absolut verbindlich. Zumindest in unseren Kreisen.«

Während ich noch über diese seltsame Geschichte nachdenke, fällt mir auf, dass ich jetzt an beiden Händen eine Fessel trage. Da die Ledermanschetten an relativ langen Ketten befestigt sind, fühle ich mich in meiner Bewegungsfreiheit nicht wirklich eingeschränkt. Doch das ändert sich. Dracu verschwindet hinter dem Kreuz. Und bevor ich merke, was da gerade passiert, werden die Ketten angezogen. So schnell und unerwartet, dass ich jäh nach hinten gerissen werde, zurückstolpere und plötzlich wie ein aufgespießter Maikäfer festhänge. Die Arme rechts und links an den überkreuzten Balken gefesselt, kann ich gerade noch auf den Zehenspitzen stehen.

Mir bricht der Schweiß aus. Verdammt, das ist nicht komisch und war so nicht ausgemacht.

»Dracu, was soll das?«

»Jetzt lass mir halt meinen Spaß. Wie willst du SM begreifen, wenn du dich nicht ein kleines bisschen darauf einlässt.«

»Ich will das nicht«, schimpfe ich, während Dracu mir ein Seil um die Taille schlingt und es professionell verknotet.

Panik überrollt mich. Ich habe Angst. Und Dracu weiß das. Wahrscheinlich kann er es sogar riechen. Angst ist sein Metier, sein Aphrodisiakum, sein Lebenselixier. Umso mehr ich mich bemühe, einen coolen Eindruck zu machen, meine Stimme nicht völlig hysterisch klingen zu lassen, desto klarer wird mir die Sinnlosigkeit dieses Versuchs.

»Apfelbäckchen«, rufe ich laut. *»Gnade, Bruttosozialprodukt.«*

»Falsch«, antwortet Dracu. »Probier ruhig noch ein paar andere Wörter aus, bevor du den Knebel kriegst.«

KNEBEL!!!! »Dracu, hör sofort auf!«

Er legt mir von hinten eine Augenbinde um. »Wir machen jetzt eine kleine Session. Eine für Anfängerinnen. Nichts Schlimmes«, flüstert er mir ins Ohr. »Sonst kapierst du nie, worum es eigentlich geht. Und ich verspreche dir, es wird dir gefallen.«

Das kann ich mir nicht vorstellen. Mein Herz pumpt wie verrückt und ich verfluche meine unglaubliche Blödheit. Wie hatte ich nur auf so einen primitiven Trick reinfallen können!

Dracu bewegt sich von mir weg, dann raschelt Stoff. Was macht er?

»Dracu«, rufe ich, »keine Peitsche, bitte, und keine Rasierklingen, kein heißes Wachs, keine Klammern und nichts Ekliges ...«

»Da bleibt ja nicht mehr viel übrig«, antwortet er trocken. Noch immer raschelt Stoff und ich versuche mir vorzustellen, was zum Teufel er da treibt. Seine Schritte kommen auf mich zu und mein Körper spannt sich wie eine Spiralfeder. Mit zusammengebissenen Zähnen warte ich. Auf das Schlimmste gefasst. Aber es passiert nichts. Zumindest nichts, was ich erwartet hätte. Dafür fliegt plötzlich die Tür auf und schlägt krachend gegen die Wand.

Jemand brüllt: »WIRF SOFORT DAS MESSER WEG!«

Dieser Jemand ist nicht schwer zu identifizieren. Es ist Wilsberg.

Noch nie war ich so glücklich, seine Stimme zu hören. Auch wenn mir die Peinlichkeit meiner Situation durchaus bewusst ist. Ich höre weitere Stimmen, die ich nicht kenne, Geräusche, die ich nicht zuordnen kann, und fühle mich so hilflos wie noch nie in meinem Leben.

»Kann mir endlich mal jemand helfen und mich hier losmachen«, schreie ich völlig entnervt. Und tatsächlich: Für den Bruchteil einer Sekunde herrscht Stille, so als habe man erst jetzt meine Anwesenheit bemerkt, als sei ich vorher unsichtbar gewesen. Mir wird die Augenbinde abgenommen. Und ich brauche ein paar Sekunden, bis ich begreife, was ich sehe.

Es ist schlimmer, als ich erwartet habe. Das Zimmer ist voller Leute. Da sind die Heuskens, die junge Asiatin, die von Dracu an der Oberlippe verletzt worden ist, Wilsberg, der die Fesseln an meinen Händen löst, Götz, der muskelbepackte Türsteher, und viele andere, die ich nicht kenne und denen die Neugier deutlich ins Gesicht geschrieben steht. Dracu hockt zusammengekrümmt am Boden, hält sich mit beiden Händen den Kopf und stöhnt. Es gehört nicht viel Fantasie dazu, sich vorzustellen, was passiert ist. Offensichtlich hat Wilsberg ihn niedergeschlagen. Aber woher wusste er, dass wir hier sind? Und was gerade vor sich ging? Während ich darüber nachdenke, hilft Götz Dracu auf die Beine. Immer noch stöhnend, hält Dracu sich den Kopf und sieht sich suchend um. In seinen Augen funkelt die kalte Wut.

Kaum hat er Wilsberg entdeckt, schreit er: »Du Vollidiot!«, und macht mit erhobenen Fäusten einen Schritt auf ihn zu.

Der Clubbesitzer geht dazwischen und fällt Dracu in den Arm. Was den nicht daran hindert, weiterhin Wilsberg anzubrüllen: »Hast du sie noch alle? Du durchgeknallter Idiot. Was soll diese Scheiße …«

Mit einem herrischen: »Reg dich ab und halt mal einen Moment den Mund!«, unterbricht Heusken Dracus Schimpftirade. Dann wendet er sich an die umstehenden Leute. »Die Vorstellung ist zu Ende. Ihr könnt jetzt wieder gehen.«

Sein Vorschlag stößt auf wenig Gegenliebe. Ein Murren geht durch die Menge und keiner macht Anstalten, den Raum zu verlassen.

»Das hier ist eine rein private Angelegenheit. Nichts von allgemeinem Interesse. Also seid so lieb und verschwindet!«

Zusammen mit Götz beginnt er, die Gaffer nach draußen zu scheuchen. Schon aus geschäftlichen Gründen kann ihm nicht an einer Fortsetzung der Diskussion coram publico gelegen sein.

Nur sehr langsam leert sich der Raum. Zum Schluss bleiben die Heuskens, Götz, Wilsberg, Dracu und die Asiatin, auf die Dracu sich theatralisch stöhnend stützt, und ich übrig. Nachdem der Clubbesitzer die Tür hinter dem letzten Gast geschlossen hat, wendet er sich sofort an Wilsberg.

»So, und jetzt erzählen Sie mal, was das hier sollte.«

Wilsberg wird ein bisschen blass um die Nase. Und einen Moment sieht es so aus, als käme er in Erklärungsnot. Was soll er auch sagen? *Ich war eifersüchtig* oder *Ich wollte mal wieder Pia Petry retten.* Das sind keine Argumente, die er anführen kann.

»Dracu gehört für mich zu den Verdächtigen«, sagt er. »Ich hatte Angst, er könne der Frau hier das Gleiche antun wie Renate Averbeck.«

»Der Typ spinnt doch!«, brüllt Dracu. »Männe, ich will, dass der Arsch Hausverbot kriegt, dieser Volltrottel kommt hier nie wieder rein.«

Jetzt wird auch Wilsberg laut. »Sie sind mit einem Messer auf sie losgegangen. Wollen Sie das etwa bestreiten?«

Dracu runzelt die Stirn. Dann macht sich ein Grinsen auf seinem Gesicht breit. Er bückt sich, hebt etwas auf und hält es Wilsberg vors Gesicht. Es handelt sich um eine hellblaue Vogelfeder, die in einem silbernen Metallgriff steckt.

»Das soll ein Messer sein?«, fragt er ironisch. »Vielleicht sollten Sie sich mal eine Brille zulegen, Sie Blindschleiche.«

»Wie kommen Sie auf die Idee, dass Dracu Renate angegriffen hat?«, fragt Clara Heusken dazwischen.

»Das kann er gar nicht«, meldet sich da die Asiatin. »An dem Abend, als das mit Renate passiert ist, war ich die ganze Zeit mit Dracu zusammen. Er hat nichts damit zu tun. Das kann ich beschwören.«

Heusken bedenkt Wilsberg mit einem vernichtenden Blick. »Wir haben zu reden. In meinem Büro.«

Und dann rauscht er mit seiner Gemahlin im Schlepptau aus dem Zimmer. Götz, Dracu und die Japanerin folgen ihnen. Doch gleich darauf kommt Dracu zurück. Er hält mir die Hand hin. »Komm!«, sagt er.

Einen Moment bin ich versucht, mitzugehen. Doch dann sehe ich Wilsbergs entsetztes Gesicht. Das kann ich ihm nicht antun, denke ich und signalisiere Dracu, dass ich hier bleiben werde.

Abrupt zieht er die Hand zurück und verlässt den Raum. An der Tür dreht er sich noch einmal um: »Wir sehen uns«, sagt er.

»Wen hat er denn jetzt gemeint?«, fragt Wilsberg. »Mich oder dich?«

»Das war ein toller Auftritt«, schnauze ich ihn an.

»Ich habe dich gerettet«, kommt es beleidigt zurück.

»Das ist eine Manie von dir«, zische ich. »Du musst mich nicht retten. Es gibt nichts zu retten. Hör auf, den Retter zu spielen. Die Rolle steht dir nicht.«

»Ach, dann hast du dich also freiwillig ans Kreuz binden lassen.«

»Das gehört nun mal zum Job.«

»SM gehört zum Job?«

»Du hast mich beim Recherchieren gestört. Du hast mich in eine unglaublich peinliche Situation gebracht. Kapierst du das nicht?«

»Was recherchiert man denn so, in Latexhöschen und Lederkorsett, an ein Kreuz gefesselt und mit einer Augenbinde vorm Gesicht? Eine Minute später hättest du einen Knebel im Mund gehabt. Ist dir das klar? Und dann? Was glaubst du, was dann passiert wäre? Wahrscheinlich hätte Dracu mit Wattebäuschen geschmissen. Oder?«

»Nein«, sage ich. »Mit Vogelfedern.«

Das ist nicht fair. Das weiß ich. Aber irgendwie muss ich mich ja zur Wehr setzen.

»Ich hatte alles unter Kontrolle«, behaupte ich. »Das war alles vorher mit Dracu abgesprochen. Es ist nichts passiert, was nicht vereinbart war.«

Wilsberg schnaubt. »Das glaubst du doch selbst nicht.«

»Woher hast du gewusst, wo ich war?«, frage ich.

Jetzt grinst er. »Ich war mit Clara Heusken im Überwachungsraum. Da haben sie so nette kleine Monitore. Für jedes Spielzimmer einen.«

Scheiße, denke ich. Er hat alles gesehen, auch Dracus Überrumpelungsnummer.

Götz erscheint in der Tür. »Herr Wilsberg«, sagt er, »der Chef will Sie sprechen.«

»Wartest du?«, fragt mich Wilsberg.

Ich schüttele den Kopf. »Mir reicht's. Ich fahr jetzt.«

»Wenn du wartest, bringe ich dich zurück.«

»Nein danke. Ich rufe mir ein Taxi.«

Götz wird unruhig. »Herr Wilsberg«, sagt er, »vielleicht klären Sie das mit dem Heimbringen später.«

»Gute Idee«, sage ich, dränge mich an Wilsberg vorbei und verlasse den Raum.

Als ich vor der Tür zu den Umkleidekabinen stehe, merke ich, dass Götz mir gefolgt ist.

»Entschuldige«, sagt er.

»Ja?«

Ich drehe mich zu ihm um und mache automatisch einen Schritt zurück. Mit seinen fast zwei Metern Körpergröße, seiner dunklen Haut und den aus der Stirn gegelten kurzen, schwarzen Haaren ragt er wie die Eigernordwand vor mir auf.

»Bist du wirklich okay? Ist alles in Ordnung?« Er sieht mich mit einem so besorgten und irgendwie auch kindlich naiven Gesichtsausdruck an, dass ich lächeln muss.

»Ja, ja«, sage ich. »Es ist alles okay.«

»Wenn was ist, dann komm zu mir.«

Ich bedanke mich für das nette Angebot und sehe ihm irritiert nach, als er sich auf den Weg zum Haupteingang macht. Was ist zurzeit eigentlich los, denke ich. Warum meinen auf einmal alle, mich beschützen zu müssen?

24

Wilsberg wird gefeuert

Beim Gang durch den Club wurde ich von bösen Blicken verfolgt. Mein Auftritt hatte sich wie ein Lauffeuer herumgesprochen, nun war ich der Spaßverderber und Partykiller, derjenige, der die Spielregeln verletzt und den uneingeschränkten Champ mit einem schmutzigen Haken auf die Matte geschickt hatte. Und das alles, weil ich eine putzige Feder nicht von einem Messer unterscheiden konnte. Freunde hatte ich hier keine gewonnen.

Aber das war mir letztlich ziemlich egal. Weitaus mehr ärgerte mich, dass ich mich vor Pia blamiert hatte. Sie hatte ja Recht: Meine Manie, sie retten zu wollen, wurde langsam zur schlechten Angewohnheit. Es ging mich nichts an, von wem sie sich quälen ließ. Ich war kein Sadist und würde wohl auch keiner mehr werden. Und wenn sie Gefallen an Dracu und seinem Hobby gefunden hatte, dann musste sie das Risiko selbst tragen. Von jetzt an würden sich unsere Wege trennen. Endgültig.

Ich klopfte an die Tür des Monitorraums. Manfred Heusken öffnete und bedeutete mir wortlos einzutreten. Ich sah, dass er die Blondhaarperücke auf den Schreibtisch geworfen hatte, an dem Clara lehnte. Ein paar Sekunden lang herrschte Schweigen, eisiges Schweigen.

Schließlich platzte es aus Heusken heraus: »Was haben Sie sich bloß dabei gedacht?«

»Ich habe meinen Job gemacht«, antwortete ich kühl. »Sie haben mich engagiert, damit ich aufpasse.«

»Wir haben Sie engagiert, damit Sie den Realsadisten finden, der sich in unserem Club herumtreibt. Davon, dass Sie unsere Gäste zusammenschlagen, war nicht die Rede.«

»Ich habe die Situation falsch eingeschätzt«, gab ich zu. »Auf dem Monitor sah es so aus, als würde er mit einem Messer auf die Frau losgehen. Hätte ich warten sollen, bis er sie aufgeschlitzt hat?«

»Sie sind scharf auf die kleine Schlampe«, mischte sich Clara ein. »Vor lauter beschissener Eifersucht haben Sie sich aufgeführt wie der letzte Idiot.«

Das war nicht ganz von der Hand zu weisen.

»Dracu zu verdächtigen ist einfach Schwachsinn«, assistierte Heusken.

»Sind Sie sich da so sicher?«

»Dracu ist Stammgast bei uns. Die Frauen sind verrückt nach ihm und bis jetzt hat sich noch keine beschwert.«

Ich grinste. »Na klar. Weil er geschickt ist. Wie lange kennen Sie ihn?«

»Seit etwa einem Jahr kommt er regelmäßig.«

»Und was hat er vorher gemacht?«

»Keine Ahnung«, sagte Heusken. »Wir legen keine Biografien unserer Gäste an.«

»Also wäre es doch möglich, dass er an anderen Orten dasselbe Spiel gespielt hat.«

»Welches Spiel?«

»Dracu gibt den netten, verführerischen Sadisten mit Top-Qualitäten. Alle vertrauen ihm. Und wenn er sich sicher fühlt, beginnt er das zu tun, was er wirklich will. Wer würde ihn denn beschuldigen? Zumal wenn die Sache unter den Teppich gekehrt wird, wie hier bei Ihnen. Und Dracu zieht weiter und fängt irgendwo anders von vorne an.«

»Bullshit«, sagte Clara. »Sie haben doch gehört, dass Kyoko ihm ein Alibi gegeben hat.«

»Vermutlich könnte er einige andere Frauen dazu bringen, genau das Gleiche zu tun.«

»Quatsch«, polterte Heusken. »Das ist alles an den Haaren herbeigezogen.«

»Und was ist mit der ermordeten Frau?«

»Was soll mit ihr sein?«, fragte Clara.

»Sie hat für Dracu gearbeitet.«

»Na und?«

»Dracu kannte beide Opfer, Renate Averbeck und die Verkäuferin.«

Clara stöhnte. »Die Hälfte unserer Gäste kauft in Dracus Laden ein. Das beweist doch gar nichts.«

»Sie verschwenden unsere Zeit und unser Geld«, fasste ihr Ehemann zusammen. »Ihr Job ist beendet, Herr Wilsberg.«

»Na schön.« Ich griff zu der Perücke. »Vielleicht wissen Sie ja auch schon längst, wer der Täter ist.«

»Was soll das heißen?«, fragte Heusken drohend.

Ich hielt die Perücke hoch. »Jochen Averbeck hat mir erzählt, dass der Mann, der ihn niedergeschlagen hat, eine Blondhaarperücke getragen hat.«

Heusken lachte verächtlich. »Jetzt werden Sie unverschämt.«

»Und Sie sind vorbestraft, Herr Heusken.«

Er baute sich vor mir auf. »Raus hier! Verschwinden Sie!«

»Okay.« Ich warf die Perücke auf den Tisch zurück. »Ich schicke Ihnen die Rechnung.«

»Ihre Rechnung können Sie sich sonst wo hinstecken.«

Ich seufzte. »Dann kriegen Sie Post von meinem Anwalt.«

Niemand beachtete mich, als ich zur Tür ging. Auch Götz, der wieder den Eingang bewachte, fixierte mit finsterem Blick einen Punkt an der Wand, als er mich grußlos in die Nacht entließ.

Draußen holte ich tief Luft und genoss die Freiheit. Ich hatte mich alles andere als professionell verhalten. Ich hatte meinen Job versiebt, meine Auftraggeber verärgert und mir obendrein eine kleinkarierte Auseinandersetzung um mein Honorar eingehandelt. In meinem Leben als Privatdetektiv hatte ich schon weitaus glorreichere Zeiten erlebt. Aber ich war froh, den *Club Marquis* hinter mir gelassen zu haben. Wenn sich reiche und verkorkste Menschen gegenseitig misshandelten, sollten sie das meinetwegen tun. Zum Glück ging mich das nichts mehr an.

Ich steckte mir einen Zigarillo an und schaute zum Himmel. Es wurde langsam Herbst und die Nächte kühler. Pia Petry würde noch ein paar Tage durch meine Gedanken geistern. Aber auch das würde vorübergehen. Die Polizei würde den Fall aufklären, so oder so. Und ich würde mich wieder mit Versicherungsbetrügern und Betriebsspionen herumschlagen. Das alltägliche Brot, bei dem ich mich auskannte. Nicht besonders aufregend, nicht besonders spannend, aber einträglich. Was wollte ich mehr?

Hinter mir hörte ich Schritte auf dem Kies. Sie klangen wie die Schritte einer Frau. Ich drehte mich nicht um.

»Das war wohl nicht Ihr Tag heute?«

»Nein«, sagte ich. »Das war in jeder Hinsicht nicht mein Tag.«

Sie blieb neben mir stehen. »Haben Sie mal Feuer?«

Ich zündete ihre Zigarette an. Die Flamme des Feuerzeugs beleuchtete ihr fernöstliches Gesicht.

»Sind Sie gekommen, um sich an meiner Niederlage zu weiden?«

Kyoko lächelte. »Ich habe doch schon mal gesagt, dass ich Ihnen helfen will, den Täter zu finden.«

»Wenn Sie etwas wissen, gehen Sie zur Polizei! Ich bin raus aus dem Fall, die Heuskens haben mich gefeuert.«

»Zur Polizei kann ich nicht gehen.«

»Warum nicht?«

»Weil ich meinen Job bei Meyerink nicht verlieren will.«

Ich schaute sie an. »Verstehe ich das richtig, dass Sie jemanden aus der Familie Meyerink verdächtigen?«

»Das könnte sein.«

»Tut mir leid, Frau Kano ...«

»Sagen Sie ruhig Kyoko zu mir!«

»Von mir aus. Blumige Verdächtigungen, Kyoko, bringen gar nichts. Und sie interessieren mich auch nicht. Entweder Sie haben etwas Handfestes, dann ist es sogar Ihre Pflicht, zur Polizei zu gehen, weil Sie sich sonst strafbar machen. Oder Sie möchten, dass ich jemanden für Sie aus dem Weg räume. Dann sollten Sie besser wieder reingehen und sich von Ihrem Freund Dracu beißen lassen.«

Sie seufzte. »Sie machen es einem wirklich schwer. Ich dachte, ich hätte Ihnen auf dem Turnierplatz einen Tipp gegeben. Stattdessen stoßen Sie unsinnige Beschuldigungen gegen Dracu aus. Warum benutzen Sie nicht mal Ihren Kopf und vergessen für eine Weile Ihren Schwanz?«

Ich lachte. »Danke. Sie sind nicht die Erste, die mir das heute sagt. Aber ich kann Sie beruhigen: Selbstverständlich habe ich in Betracht gezogen, dass Jochen Averbeck seine Frau selbst verletzt hat, sie möglicherweise sogar umbringen wollte. Immerhin ist er finanziell von Renate abhängig. Die Geldschiebereien, von denen Sie mir erzählt haben, haben ihm vielleicht nicht gereicht. Als Witwer könnte er ein sorgenfreies Leben führen und der Knute des alten Meyerink entgehen. Doch welchen Grund sollte er gehabt haben, die Verkäuferin umzubringen?«

»Weil sie seine Freundin war?«, sagte Kyoko. »Weil sie mehr über ihn wusste, als ihm lieb war? Und weil sie vielleicht damit drohte, es Renate oder Meyerink senior zu erzählen?«

»Wissen Sie das oder ist das nur eine Vermutung?«

»Ich habe die beiden zusammen gesehen«, sagte Kyoko. »Es war eindeutig, dass sie etwas miteinander hatten. Und mir ist bekannt, dass Jochen irgendwo in Münster eine Wohnung benutzt, wo er sich mit seinen Freundinnen trifft.«

»Wissen Sie, was mich an der Geschichte stört?«, sagte ich. »Dass Sie damit Ihren Freund Dracu entlasten.«

Kyoko trat die Zigarette aus. »Vergessen Sie Dracu! Ich spiele gern mit ihm, aber mein Freund ist er nicht.«

Das hatte ich auch schon mal gehört. »Okay. Ich werde der Polizei Ihre Beobachtung mitteilen. Ohne Ihren Namen zu erwähnen, natürlich.«

Sie lächelte tapfer, obwohl sie in ihrem dünnen Latex-Outfit fror. »Können Sie nicht mehr tun?«

»Nein. Für mehr werde ich nicht bezahlt.«

»Schade.« Sie ließ mich stehen und ging mit kleinen Schritten zum Club zurück.

Ich beobachtete sie, bis sie im Eingang verschwunden war. Dann warf ich den Zigarillo weg und setzte mich in meinen Wagen. Eines hatte Kyoko immerhin geschafft: Ich dachte schon wieder über den Fall nach.

25

Pia Petry findet einen Sklavenvertrag

Leise schleiche ich die Treppe hinauf, setze ganz vorsichtig einen Fuß vor den anderen. Bemüht, nur ja keinen Krach zu machen, niemanden aufzuwecken. Doch meine Anstrengungen sind vergebens.

»Wie siehst du denn aus!«, ertönt es plötzlich hinter mir.

Erschrocken fahre ich herum. Frau Hoffschulte steht im Bademantel, mit in die Hüften gestemmten Fäusten in der Küchentür und schüttelt missbilligend den Kopf. Dass ihr mein SM-Outfit nicht gefällt, kann ich ihr nicht verdenken. Von meinem viel zu stark geschminkten Gesicht einmal ganz abgesehen.

»Wieso sind Sie denn noch auf?«, frage ich. »Es ist doch schon halb zwölf.«

»Ich kann nicht schlafen, solange nicht alle in ihren Betten liegen«, sagt sie, dreht sich um und geht in die Küche zurück. »Willst du einen Cognac?«

»Rotwein wäre mir lieber«, antworte ich und folge ihr.

Auf dem Küchentisch stehen eine Flasche Remy Martin und ein halb volles Glas. Daneben liegt eine aufgeschlagene Zeitung. Sie hat tatsächlich auf mich gewartet. Wie eine Mutter auf ihre halbwüchsige Tochter.

»Wegen mir hätten Sie doch nicht ...«, fange ich an.

»Denk dir mal nix«, sagt sie. »Jochen ist auch noch nicht da. Zurzeit arbeitet er abends immer sehr lange.«

Während sie mir ein Glas und eine Karaffe mit Rotwein bringt, lasse ich mich auf einen der Stühle fallen und streife die viel zu hohen Stilettos von den Füßen. »O Gott, tut das gut«, stöhne ich erleichtert.

Frau Hoffschulte wirkt immer noch nicht besänftigt. »Piachen, Piachen. So kriegst du nie einen Mann. Zumindest keinen vernünftigen.« Nachdenklich mustert sie mich. »Warum bist du eigentlich immer noch nicht verheiratet?«

Mir schießt die Röte ins Gesicht. Verdattert suche ich nach Worten: »Ich hab, ähh ... den Richtigen, ähh ... eben noch nicht gefunden ... ähh.«

»Du bist nicht ewig jung und hübsch. Du kannst nicht ewig Kinder kriegen. Du musst dich langsam ein bisschen beeilen.«

Wenn ich gewusst hätte, welche Gesprächsthemen hier unten auf mich lauern, wäre ich gleich auf mein Zimmer gegangen.

»Das tue ich ja«, verteidige ich mich. »Aber das ist nicht so einfach.«

»Mein Egon, Gott hab ihn selig, und ich«, sagt sie und hebt den Blick zur Decke, »wir haben uns ja schon mit siebzehn Jahren kennen gelernt. In der Tanzstunde. Hab ich dir das schon mal erzählt?«

O ja, hat sie. Ich kenne die Geschichte. Ich kenne sie in- und auswendig. Sogar nach all den Jahren, die seit meinem letzten Besuch vergangen sind, kann ich mich noch an jedes Detail erinnern. Um diese nachtschlafene Zeit verkrafte ich das nicht. Ich verabschiede mich gedanklich in meine eigene Welt, installiere ein freundlich interessiertes Lächeln auf meinem Gesicht und beschäftige mich mit der SM-Fete. Mit Wilsberg, meinem Retter, und der Frage, was er, bitte schön, mit dieser unerträglichen Clara Heusken in diesem Monitorzimmer getrieben hat – bevor er mich in Lebensgefahr wähnte.

Frau Hoffschulte legt mir die Hand auf den Arm. Erschrocken sehe ich sie an. Was hat sie gesagt?

»Verstehst du?«, fragt sie.

Ich nicke. Das erscheint mir am unverfänglichsten.

»Renate und Jochen müssten einfach mehr Zeit miteinander verbringen. Dann wäre ihre Ehe besser und dann hätten sie vielleicht auch Kinder.«

Aha, denke ich, wir haben also die Egon-und-ich-Ebene verlassen und sind bei Jochen-und-Renate angekommen. Entspannt lehne ich mich wieder zurück und nippe an meinem Wein.

»Renate täten Kinder wirklich gut«, fährt Frau Hoffschulte fort, »wo sie doch als Einzelkind groß geworden ist. Egon und ich, wir hätten ja auch gerne Kinder gehabt …«

Okay, wir sind wieder im alten Fahrwasser. Bei Egon-und-ich lege ich einfach den Schalter um. Aber dann bleibt etwas in meinem Kopf hängen und setzt sich fest: *Wo sie doch als Einzelkind groß geworden ist.* EINZELKIND! Da war doch was?

»Hat Renate nicht einen Halbbruder?«, platze ich in Frau Hoffschultes Erzählungen.

»Halbbruder?«, fragt sie und ist jetzt genauso verdattert, wie ich es vor wenigen Minuten bei der Frage nach meinem fehlenden Ehemann gewesen bin.

»Halbbruder!«, wiederhole ich und sehe sie scharf an. »Renate hat mir mal von ihm erzählt.«

In Frau Hoffschultes Gesicht spiegelt sich ein solcher Gefühlsaufruhr, dass völlig klar ist, dass ich in ein Wespennest gestochen habe.

»Von einem Halbbruder habe ich nie gehört«, sagt sie tonlos, vermeidet dabei aber, mich anzusehen.

»Frau Hoffschulte«, sage ich leise. »Sie müssen mir das natürlich nicht erzählen, wenn Sie nicht wollen. Vielleicht ist es den Meyerinks ja peinlich, dass es …«

Da geht ein Ruck durch ihren Körper und ihre Augen sprühen vor Wut und Ärger. »Und wie peinlich ihnen das ist. So peinlich, dass sie schon seit Jahren so tun, als gäbe es ihn nicht. Nur wegen dieser blöden Geschichte.«

Sie verstummt und beißt sich auf die Lippe.

»Was für eine Geschichte?«

»Ach nichts«, sagt sie und winkt ab. »Ich muss jetzt langsam mal ins Bett, Piachen.«

»Frau Hoffschulte«, sage ich eindringlich, »jetzt kennen wir uns schon so lange – habe ich Sie je enttäuscht? Habe ich je Geheimnisse ausgeplaudert, mich an Absprachen nicht gehalten?«

Sie lächelt. »Du warst immer schon sehr hartnäckig«, sagt sie und tätschelt meine Hand.

»Und ehrlich und vertrauensvoll und verschwiegen ...«

»Die Polizei«, unterbricht sie mich, »hat den Jungen mit zwei Kilo Kokain in Frankfurt am Flughafen erwischt.«

»Zwei Kilo?«

Sie seufzt. »Piachen, wenn irgendjemand erfährt, dass ich dir das erzählt habe, bin ich meinen Job los. Und das kann ich mir nicht leisten.«

»Kein Laut wird über meine Lippen kommen«, sage ich und erhebe theatralisch die Hand zum Schwur.

Sie mustert mich kurz, wirft einen verstohlenen Blick zur Tür und senkt dann ihre Stimme. »Der alte Meyerink hatte jahrelang ein Verhältnis mit seiner argentinischen Sekretärin. Die bekam Anfang der Sechzigerjahre ein Kind von ihm. Einen Jungen. Raoul. Keiner wusste davon, bis Renates Mutter eines Tages ihrem Mann nach Buenos Aires nachreiste. Heimlich. Sie hatte wohl gespürt, dass da was im Busch war. Und als sie gerade im Büro ihres Mannes war, kam Raoul, der damals so etwa elf Jahre alt gewesen sein muss, herein und fragte nach seinem Papa. Sie wollte wissen, wer denn sein Papa sei. Nun ja, da hat er es ihr gesagt. Und damit war die Bombe geplatzt.«

Ich nicke. »So hat mir das damals auch Renate erzählt.«

»Womit aber niemand gerechnet hatte, war, dass Frau Meyerink Raoul nach Deutschland einlud. Und zwar mehr als einmal. Bis heute weiß ich nicht, warum. Vielleicht wollte sie seine Mutter ärgern, ihr das Kind entfremden, um den Jungen als zukünftigen Erben und Nachfolger ihres Mannes aufzubauen und gleichzeitig den Daumen drauf zu haben. Ich habe keine Ahnung.«

»Vielleicht hat sie ihn einfach nur gemocht«, schlage ich vor.

Frau Hoffschulte verzieht das Gesicht. »Das glaube ich eher nicht. Aber was soll's. Frau Meyerink ist ja nun auch schon seit zwei Jahren tot. Und über Tote soll man nicht schlecht reden.«

»Und wegen der Rauschgiftgeschichte fiel Raoul in Ungnade?«, hake ich nach.

Sie nickt. »Nach dem Tod seiner leiblichen Mutter hat Herr Meyerink sich um ihn gekümmert. Er finanzierte sein Studium und stellte ihn in der Niederlassung in Buenos Aires ein. Fünf oder sechs Jahre hat Raoul dort gearbeitet. Und war so erfolgreich, dass sein Vater ihm einen Job in Münster angeboten hat. Tja, und bei seiner Einreise nach Deutschland haben sie ihn dann mit dem Kokain erwischt. Ab da war der Ofen aus. Raoul kam ins Gefängnis. Ich glaube, er kriegte fünf Jahre oder so. Auf jeden Fall hat sich niemand mehr von den Meyerinks um ihn gekümmert. Keine Besuche, keine Briefe, nichts. So, als sei er gestorben. Bis ...«

»Bis?«

»Ach nichts«, sagt sie und greift nach ihrem Cognacglas.

»Ist das nicht ein bisschen sehr hart?«, frage ich.

»Herr Meyerink versteht mit so etwas überhaupt keinen Spaß«, antwortet Frau Hoffschulte. »Da ist er gnadenlos. Und der Rest der Familie hat sich ihm nicht widersetzt ... Aber Piachen, du musst mir wirklich versprechen, dass du das niemandem erzählst. Vor allem nicht, dass ich dir das gesagt habe. Dass würde Herr Meyerink mir nie verzeihen.«

Ich lege meinen Arm um sie. »Versprochen ist versprochen und wird nicht gebrochen«, sage ich und drücke ihr einen Kuss auf die Wange.

Als ich die Treppe zur Galerie hochlaufe, in Gedanken noch mit Renates Halbbruder beschäftigt, registriere ich aus den Augenwinkeln, dass die Tür zu Jochens Schlafzimmer offen steht. Vorsichtig spähe ich hinein. Sicherheitshalber rufe ich seinen Namen. Nicht dass er plötzlich nackt vor mir steht. Obwohl das wahrscheinlich gar kein so übler Anblick wäre. Doch in die Verlegenheit komme ich nicht. Jochen scheint tatsächlich noch in der Firma zu sein.

Das bringt mich auf eine Idee. Ich könnte sein Zimmer einer genauen Inspektion unterziehen. Dabei möchte ich aber ungern überrascht werden. Ich gehe zurück zur Tür und lausche. Nichts rührt sich. Also nutze ich die Gunst der Stunde und lege mich so richtig ins Zeug. Es gibt keine Schublade, kein Schrankfach, das ich nicht durchforste, keine Socke, keine Unterhose, kein Unterhemd, das ich nicht filze, keine Jacke und Hose, die ich nicht gründlich durchwühle. Selbst die Angelausrüstung, die in einer Ecke steht, sehe ich mir genau an. Aber ich finde nichts von Belang. Keine Waffe, keine Fotos, keine Tagebuchaufzeichnungen, keine Briefe, nichts, was mir weiterhelfen könnte. Nun gut, denke ich, ich habe es versucht, es hat nicht funktioniert. Dann gehe ich eben wieder.

An der Tür drehe ich mich noch einmal um und lasse den Blick durch den Raum schweifen. An dem glatt gestrichenen Kopfkissen und der sorgfältig zurückgeschlagenen Decke auf Jochens Bett bleibt er hängen. Frau Hoffschulte hat das Bett für die Nacht hergerichtet, wie es das Zimmermädchen in einem Luxushotel nicht besser hätte machen können. Mir fällt etwas ein. Als ich das letzte Mal hier gewesen bin, lagen eine sehr dekorative Tagesdecke und jede Menge farblich passender Kissen auf dem Bett. Ich sehe mich suchend um. Wo lässt Frau Hoffschulte Daunenkissen und Federbett tagsüber verschwinden? Es gibt nur eine Möglichkeit: ein Bettkasten.

Ich gehe zurück, taste die Bettkante ab, finde eine Schlaufe und ziehe daran. Das Gestell mit der Matratze schwingt nach oben und gibt den Blick auf das Innenleben des Kastens frei. Dort liegt neben einer Wolldecke, einer Wärmflasche, der Tagesdecke und den Kissen ein kleiner, brauner Lederkoffer mit einem Zahlenschloss. Ich probiere ein paar nahe liegende Zahlenkombinationen aus. Zum Beispiel: eins, zwei, drei, vier oder viermal die Null, viermal die Eins, viermal die Zwei etc. Meine Versuche sind nicht von Erfolg gekrönt. Bis ich auf die Idee komme, es mit Jochens Geburtsdatum zu probieren. Doch auch das klappt nicht auf Anhieb. Erst nach etlichen Durchgängen merke ich, dass Jochen bei der Zusammenstellung des Zahlencodes zwar seinen Geburtstag, aber nicht seinen Geburtsmonat, sondern den von Renate, eingegeben hat. Nach schweißtreibenden zehn Minuten bin ich endlich am Ziel. Der Koffer liegt offen vor mir. Und ich bin enttäuscht. Was ich finde, sind Bücher. Die allerdings sind vom Feinsten. Literatur für den anspruchsvollen Sadomasochisten. Ich nehme ein paar in die Hand und sehe mir die Titel an. *Der Liebe ganze Härte, Die Wahl der Qual, Devotes Blut, Schwarze Anblicke, Die Lust an der Unterwerfung, Brennende Fesseln* und so weiter und so weiter.

Als ich den Stoß wieder zurücklegen will, bemerke ich den Hefter. Er muss unter den Büchern gelegen haben. Innerlich aufs Schlimmste gefasst, wie zum Beispiel auf unappetitliche Fotos, nehme ich ihn heraus und bin erleichtert, nur ein paar Papiere zu finden. Als ich jedoch die Überschrift auf der ersten Seite lese, muss ich mich hinsetzen. Da steht tatsächlich: SKLAVENVERTRAG!

Also stimmte Dracus Geschichte von diesem ominösen Vertrag. Ich atme einmal tief durch und beginne mit der Lektüre:

Gegenstand dieses Vertrags ist es, die Sklavin Renate Averbeck zum willigen und stets verfügbaren Sexspielzeug ihres Ehemanns Jochen Averbeck zu machen. Es wird ausdrücklich darauf hingewiesen, dass die Sklavin diesen Vertrag freiwillig und ohne jeden Zwang oder Druck eingeht.

Die Sklavin geht in das Eigentum ihres Ehemanns über, den sie künftig nur noch mit »Meister« anzureden hat.

Die Sklavin:

- Die Sklavin wird ihren Meister ehren, ihm gehorchen und dienen. Sie übergibt ihm alle Rechte an ihrem Körper, ihrem Geist und ihrer Zeit, solange dieser Vertrag gilt. Sie ist sich bewusst, dass alles, was sie tut, in seinem Sinne getan werden muss.
- Die Sklavin ist zur unbedingten Offenheit und Ehrlichkeit gegenüber ihrem Meister verpflichtet.
- Die Sklavin wird sich mit allen Kräften bemühen, ihrem Meister zu dienen, gehorsam zu sein, egal was auch immer dies an Schmerz und Demütigung für sie mit sich bringt.

Der Meister:

- Der Meister kann jederzeit uneingeschränkt nach seinem Willen über den Körper und die Seele der Sklavin verfügen.
- Der Meister kann die Sklavin für Verfehlungen nach seinem Ermessen bestrafen oder zu seinem Lustgewinn züchtigen. Die Sklavin hat nicht das Recht, Kritik an der Strafe oder dem Strafmaß zu üben.
- Der Meister hat das Recht, jederzeit Auskunft über den körperlichen und seelischen Zustand der Sklavin zu erhalten.
- Der Meister garantiert der Sklavin, keinerlei Handlungen vorzunehmen, die bleibende Schäden an Körper und Geist der Sklavin nach sich ziehen.

Voraussetzung:
Der Meister darf keine anderen Sklavinnen neben seiner Ehefrau haben, die Sklavin darf keinem anderen Meister neben ihrem Ehemann dienen. Bei Zuwiderhandlung hat der Vertragsbrüchige sein Heil verwirkt.

Gültigkeit:
Vom Zeitpunkt des Vertragsbeginns bis zum Ableben einer der beiden Vertragsparteien.

Stadt/Datum
Münster, den 23. Juli 1990

Meister | Sklavin
Jochen Averbeck | Renate Averbeck

Als ich das Datum sehe, bekomme ich eine Gänsehaut. An dem Tag haben die beiden geheiratet. Renate hat sich quasi selbst ihrem Ehemann zum Hochzeitsgeschenk gemacht. Per Sklavenvertrag. Ein Vertrag, fällt mir da auf, der einen Widerspruch in sich selbst darstellt. Denn Sklaverei findet bekanntlich gegen den Willen des Betroffenen statt. Wer versklavt wird, wird nicht gefragt. Doch offensichtlich hat Jochen Renate gefragt. Ungeachtet der Tatsache, dass dieses Abkommen sittenwidrig und damit rechtsungültig ist. Doch solche Spitzfindigkeiten scheinen in der Szene ohnehin niemanden zu interessieren. Wie hatte Dracu so schön gesagt: *Ein solcher Vertrag ist absolut verbindlich. Zumindest in unseren Kreisen.*

Hinter dem Dokument hängt ein weiteres Formular. Ein Sklavinnen-Steckbrief, in dem genau spezifiziert wird, zu welchen Praktiken und Spielvarianten sich die Sklavin Renate Averbeck *gerne* bereit erklärt, welche sie *nur unter Zwang* und welche sie *auf gar keinen Fall* machen möchte. Renate hat sich selbst als *Sklavin* und *devotes Lustobjekt* klassifiziert und als *hart belastbar* und *schmerzgeil* beschrieben. Die in diesem Steckbrief aufgeführten Praktiken wie Bondage (Fesselspiele), Fußerotik, Käfighaltung, Elektro/Reizstrom, Kerzenwachs, Facesitting, verbale Demütigung, Vorführung etc. hat sie alle angekreuzt. Ausnahmslos. Auch die unappetitlichen. Sie hat nichts ausgelassen.

Ich bin entsetzt. Meine beste und älteste Freundin ist eine Hardcoremasochistin. Kein Wunder, dass der Überfall und die dabei erlittenen Schnittverletzungen so wenig Eindruck auf sie gemacht haben. Sie ist tatsächlich pervers, denke ich. Sie muss pervers sein. Wie kann ich mich einem anderen Menschen so bedingungslos ausliefern, mir freiwillig solche Dinge antun lassen? Und dabei auch noch Lust empfinden.

Ich lege den Hefter und die Bücher zurück und schließe den Bettkasten. Früher hat mich diese SM-Welt so ein kleines bisschen fasziniert. Das gebe ich ehrlich zu. So ein bisschen Haue, eine bisschen Kratzen, ein bisschen Beißen, ein bisschen Fesseln – fand ich eigentlich ganz spannend. Als Ausdruck von Leidenschaft und Wildheit. Als archaisches Gefühl, das einen zurückversetzt in die Zeiten, als die Jungs ihre Mädels an den Haaren in ihre Höhlen schleppten. Aber nichts davon finde ich hier wieder. Es geht nicht um ein bisschen Unterdrückung, um ein bisschen Unterwerfung, um ein bisschen Schmerz. Es geht um viel mehr, ist viel umfassender und in seinen Ausmaßen so gewaltig, dass es mich nur noch entsetzt.

26

Wilsberg wartet mit Kardinal von Galen auf dem Domplatz

Ich saß am Küchentisch und konzentrierte mich auf den sanften Druck unter der Schädeldecke, der zu einem veritablen Kater gepasst hätte. Nur dass ich am Abend zuvor nichts getrunken hatte, abgesehen von dem halben Glas Sekt im *Club Marquis* und einer läppischen Flasche Bier später bei mir zu Hause. Also würde ich wohl eine Erkältung bekommen oder einen Gehirntumor oder einen Schlaganfall, irgendetwas, was einem Mann von Ende vierzig mit einer blühenden Sinn- und Lebenskrise am Frühstückstisch zustoßen konnte.

Ich nippte an meinem Kaffee und überlegte, ob ich wieder ins Bett gehen sollte. Einfach mal einen Tag nichts tun, mich selbst bemitleiden und die Welt verfluchen. Am Abend mit einem Freund ausgehen und mich über die Frauen im Allgemeinen und einige spezielle Exemplare im Besonderen beklagen. Ja, das klang nach einem vernünftigen Programm. Aber zuvor musste ich noch zwei Dinge erledigen, nämlich Hauptkommissar Stürzenbecher über Kyokos Anschuldigungen informieren und die Rechnung für die Heuskens schreiben. Das Honorar notfalls einzuklagen war keine leere Drohung gewesen. Zu viel Zeit hatte ich mit diesem blöden Fall verbracht und zu viele Nerven zerschlissen, um auf ein angemessenes Schmerzensgeld zu verzichten. Und wozu kannte ich mit Franka eine gute Rechtsanwältin, die mich auch ohne Vorschuss vertreten würde?

Ich stemmte mich aus dem Stuhl hoch und bereitete mich seelisch darauf vor, in mein Büro zu gehen und den Computer anzuwerfen, als es an der Tür klingelte. Ich hasse Besuche am frühen Morgen. Vor elf Uhr vormittags bin ich weder mitteilsam noch freundlich noch gesellschaftsfähig.

Und der Besuch war nicht dazu angetan, meine Stimmung zu heben. Stürzenbecher und seine Assistentin Brünstrup stürmten herein wie ein mobiles Einsatzkommando. Wenigstens ersparten sie mir damit einen Anruf.

»Du bist noch beim Frühstück?«, sagte Stürzenbecher, nachdem er einen Blick in meine Küche geworfen hatte. »Ihr habt's doch gut, ihr Selbstständigen. Liegt bis in die Puppen im Bett und frühstückt, wenn unsereins schon an den Feierabend denkt.«

»Du mich auch«, sagte ich. »Wollt ihr einen Kaffee?«

»Danke. Wir hatten schon reichlich.«

»Aber setzen könnt ihr euch wenigstens.« Ich schlurfte in die Küche zurück, ließ mich auf meinen Stuhl nieder und goss mir demonstrativ noch eine Tasse Kaffee ein. Wenn sie schon keinen wollten, sollten sie mir wenigstens beim Trinken zugucken.

Stürzenbecher setzte sich mir gegenüber, Brünstrup bewegte sich auf mein Büro zu.

»Hat sie einen Durchsuchungsbeschluss?«, fragte ich.

»Brünstrup!«, rief der Hauptkommissar. »Kommen Sie her! Herr Wilsberg möchte nicht, dass Sie sich in seinem Büro umschauen.«

»Danke«, sagte ich, als die Frau mit dem Pferdeschwanz in der Küche erschien. »Setzen Sie sich doch!«

»Ich bleibe lieber stehen«, erwiderte die Kommissarin reserviert.

Ich schaute Stürzenbecher über meine Kaffeetasse hinweg an. »Kommt mir so vor, als sei das hier ein offizieller Besuch.«

»Da liegst du nicht ganz verkehrt«, sagte er. »Ich habe deinen Rat befolgt und bin zu diesem Bauernhof bei Natrup gefahren.«

»Und was ist dabei herausgekommen?«

»Etwas sehr Interessantes.« Er platzierte seine breiten Hände auf dem Küchentisch. »Marie Niehues, die vor einem halben Jahr den Bauern Niehues geheiratet hat, ist die Schwester von Volker Wegener.«

»Tatsächlich?« Deshalb hatte Wegener die Wegbeschreibung in seinen Kalender gezeichnet.

»Ja. Und sie hat mir erzählt, dass ein Paar bei ihr aufgetaucht sei, das sich nach dem Mann erkundigt habe, der bei ihr arbeitet.«

»Ach.«

»Nicht ›Ach‹, Wilsberg. ›Ach‹ ist das falsche Wort. Der Mann warst du. Und widersprich nicht, sonst werde ich sauer.«

»Okay, ich war's«, sagte ich. »Ich hatte diesen anonymen Tipp bekommen, von dem ich dir erzählt habe. Also bin ich hingefahren und habe mich in der Gegend umgesehen. Schließlich wollte ich nicht jeden Quatsch ungefiltert an dich weitergeben. Unter anderem habe ich mit einem Mann auf Marie Niehues' Bauernhof gesprochen. Erst später ist mir eingefallen, dass ich den Mann schon einmal gesehen hatte, nämlich als Getränkelieferant in der Nähe von Wegeners Wohnung.«

Stürzenbecher ließ sich das durch den Kopf gehen. »Und dann bist du nochmal hingefahren?«

»Ja. Aber der Mann war weg. Und Marie Niehues hat mich zu einem Karl Lanfers geschickt, der bei ihr arbeiten würde. Aber Lanfers ist definitiv nicht der Mann, den ich bei meinem ersten Besuch auf dem Bauernhof getroffen habe.«

Brünstrup legte die Kopie eines Porträtfotos auf den Tisch. »Ist das der Mann?«

»Ja.«

Stürzenbecher rieb sein massiges Kinn. »Du hast mit Wegener persönlich gesprochen, du Idiot. Und gibst ihm einen Tag Zeit zu verschwinden, bis du mich anrufst.«

»Woher sollte ich denn wissen, dass es Wegener war?«

»Sie haben Informationen zurückgehalten und vermutlich Beweismittel unterschlagen«, meinte Brünstrup. »Ich denke, wir sollten das Gespräch im Präsidium fortsetzen.«

Ich ignorierte die Kommissarin. »Entschuldige«, wandte ich mich an Stürzenbecher, »würdest du damit rechnen, dass jemand, der ein Fünfhunderttausend-Euro-Apartment am Aasee besitzt, den Kuhstall seiner Schwester ausmistet?«

»Ich denke nicht bei der Arbeit«, sagte er. »Ich gehe Spuren nach.«

»Chef!«, bettelte Brünstrup. »Es reicht für eine Festnahme.«

»Das entscheide immer noch ich«, knurrte der Hauptkommissar. Und zu mir: »Ich habe dich gewarnt, Wilsberg.«

»Ich bin ja bereit zu kooperieren«, erwiderte ich. »Und im Übrigen ist das nicht mehr mein Fall. Meine Auftraggeber haben mir gekündigt.«

»Dann sagen Sie uns doch, wer die Frau war, die Sie begleitet hat!«, schaltete sich Brünstrup ein.

»Welche Frau?«

»Hör auf, dich dumm zu stellen!«, schnauzte Stürzenbecher.

»Ach so, *die* Frau meinst du. Das war Franka.«

»Nein. Marie Niehues hat die Frau beschrieben: Ende dreißig, ungefähr so groß wie du. Franka ist zehn Jahre jünger und einen Kopf kleiner.«

»Handelt es sich um dieselbe Frau, die auch ihre Fingerabdrücke am Türpfosten von Wegeners Wohnung hinterlassen hat?«, fragte Brünstrup.

Ich schwieg.

»Chef!«, forderte Brünstrup.

»Verdammt nochmal, Brünstrup, hören Sie auf!«, fuhr Stürzenbecher sie an.

»Ich mache euch ein Angebot«, schlug ich vor. »Vergessen wir die Frau und ich liefere euch eine brandneue Spur.«

»Sie sind nicht in der Position, mit uns zu handeln«, sagte Brünstrup.

»Rede!«, sagte Stürzenbecher.

»Jochen Averbeck hatte was mit der ermordeten Verkäuferin aus dem SM-Laden.«

»Woher wissen Sie das?«, fragte Brünstrup. »Ist das wieder so ein anonymer Hinweis?«

»Ja. Und Sie können mich im Präsidium grillen und schmoren, so lange Sie wollen. Meine Quellen gebe ich nicht preis. Ich besitze nämlich so etwas wie Berufsehre, verstehen Sie?«

»Weiter!«, drängte Stürzenbecher.

»Meine Augenzeugin hat Averbeck und die Verkäuferin zusammen gesehen. Sie weiß außerdem, dass Averbeck irgendwo in Münster eine Wohnung nutzt, in der er sich mit ihr getroffen hat. Und jetzt kommt Volker Wegener ins Spiel. Wie ich dir bereits erzählt habe, kennen sich die beiden seit fast zwanzig Jahren.«

»Du vermutest also, dass Averbeck seine Freundin in Wegeners Wohnung gebracht hat?«, folgerte Stürzenbecher.

»Ja. Zumal sich Wegener in den letzten Jahren überwiegend in Südamerika aufgehalten hat. Die Wohnung war ein ideales Liebesnest.«

Stürzenbecher dachte nach. »Selbst wenn Averbeck die Wohnung genutzt hat und selbst wenn er mit der Verkäuferin befreundet war, heißt das noch lange nicht, dass er sie auch umgebracht hat. Als du die Leiche gefunden hast, war er nämlich in Argentinien.«

Ich versteckte meine Überraschung hinter einem unbeteiligten Gesichtsausdruck. »Wann ist er geflogen?«

»Am Abend vorher.«

»Und wie lange war die Verkäuferin tot, als ich euch angerufen habe?«

»Sechzehn bis achtzehn Stunden, da legen sich die Rechtsmediziner nicht so genau fest.«

»Heißt das, er hätte es schaffen können?«

»Knapp.«

»›Knapp‹ klingt für mich anders als ›unmöglich‹.«

Stürzenbecher stöhnte. »Um gegen jemanden wie Averbeck zu ermitteln, brauche ich die Rückendeckung des Staatsanwalts. Und der kriegt Magenschmerzen, wenn ich ihm von unbekannten Augenzeuginnen erzähle.«

»Könnt ihr nicht wenigstens Averbecks Fingerabdrücke mit denen vergleichen, die ihr in der Wohnung gefunden habt?«

»Und wie soll ich an seine Fingerabdrücke kommen? Soll ich seine Kaffeetasse aus der Firma klauen?« Der Hauptkommissar stand auf.

Brünstrup zeigte mit dem Finger auf mich. »Sie wollen ihn doch damit nicht durchkommen lassen?«

»Ich sehe keinen Grund für eine Festnahme«, sagte Stürzenbecher.

»Das können Sie nicht machen, Chef.«

»Ich würde es sehr begrüßen, wenn Sie mir nicht dauernd widersprechen würden, Brünstrup.«

An der Wohnungstür ließ Stürzenbecher die Kommissarin vorausgehen, bevor er sich umdrehte und leise sagte: »Mach keinen Fehler mehr, Wilsberg, nicht den kleinsten. Das Einzige, was zwischen dir und einem großen schwarzen Loch namens Ärger steht, bin ich. Und ich weiß nicht, wie lange ich dich mit meinem breiten Kreuz noch schützen kann.«

»Warum hast du sie überhaupt mitgebracht?«, fragte ich.

»Weil sie mich beim Kriminalrat angeschwärzt hat. Ich bewege mich selber auf dünnem Eis, Wilsberg.«

Ich schloss die Tür hinter ihm, rannte in die Küche und schluckte zwei Kopfschmerztabletten. Der sanfte Druck unter der Schädeldecke hatte sich zu einem heftigen Pochen gesteigert.

Kaum ließ der Schmerz etwas nach, klingelte das Telefon. »Sie irren sich«, sagte eine Männerstimme. »Ich habe das Mädchen nicht umgebracht.«

»Wer sind Sie?«, fragte ich.

»Wegener.«

»Sind Sie wieder beim Stallausmisten?«

Er lachte. »Sie haben Sinn für Humor, Herr Wilsberg.«

»Freut mich. Haben Sie angerufen, weil Sie ein bisschen mit mir plaudern wollen?«

»Ich möchte Ihnen etwas anbieten.«

»Und was?«

»Ich glaube, Leute wie Sie nennen das ›belastendes Material‹.«

»Warum gehen Sie damit nicht zur Polizei?«

»Ich ziehe es vor, im Hintergrund zu bleiben. Bis der Mörder verhaftet ist. Also, sind wir im Geschäft?«

»Okay«, sagte ich. »Was schlagen Sie vor?«

»Wir treffen uns in einer Stunde auf dem Domplatz, vor dem Kardinal-von-Galen-Denkmal.«

»Als was sind Sie denn diesmal verkleidet?«

»Lassen Sie sich überraschen. Und geben Sie mir Ihre Handynummer. Für den Fall, dass etwas dazwischenkommt.«

Ich gab ihm die Nummer, legte auf und trat ans Fenster. Einer meiner Nachbarn, ein pensionierter Zoodirektor, modellierte mit der Gartenschere eine Galerie lustiger Tierfiguren in seine Buchsbaumhecke. War ich dabei, schon wieder einen Fehler zu machen? Ich ging zum Schreibtisch zurück und griff zum Telefon.

Eine Stunde später stand ich vor der drei Meter hohen Bronzestatue von Kardinal von Galen, der seine rechte Hand mahnend in die Luft reckte. An Markttagen war der Domplatz voller Verkaufsstände, doch an diesem Mittag konnte ich ihn gut überblicken. Fahrradfahrer nahmen die Abkürzung über das Kopfsteinpflaster, zwei Nonnen gingen schweigend ihres Weges, eine Reisegruppe folgte dem erhobenen Regenschirm ihres Führers. Wer nicht kam, war Volker Wegener.

Fünf Minuten nach der vereinbarten Zeit klingelte mein Handy.

»Wegener.«

»Wo sind Sie?«, fragte ich.

»Gehen Sie nach rechts, bis Sie vor dem Dom stehen.«

Ich tat ihm den Gefallen.

»Und jetzt gehen Sie um den Dom herum, Richtung Horsteberg, bis Sie auf ein Eisengitter stoßen.«

Nach zehn Metern sah ich das Eisengitter, das eine kleine Nische im Bauwerk versperrte.

»Klettern Sie über das Gitter. Auf der linken Seite, hinter dem Pfeiler, liegt ein Umschlag.« Er beendete die Verbindung.

Ich steckte das Handy in die Tasche, stieg über das Gitter und hob den braunen DIN-A4-Umschlag auf. Er war leicht; abgesehen von mehreren flachen, rechteckigen Gegenständen, die sich wie Fotos anfühlten, schien er nichts zu enthalten. Ich öffnete den Umschlag und kippte den Inhalt auf meine Hand.

»Fassen Sie nichts an!«, befahl Brünstrup hinter mir.

Aber da hatte ich schon genug gesehen. Jochen Averbeck in schicker schwarzer Ledermontur, der eine nackte Frau fesselte. Die Frau war die Verkäuferin aus Dracus SM-Laden. Ziemlich lebendig und offenbar damit einverstanden, was Averbeck mit ihr machte. Im Hintergrund entdeckte ich das Bett, das ich in Wegeners Schlafzimmer gesehen hatte. Auf einem zweiten Foto hing die Frau über dem Bett, in einer ähnlichen Position wie der, in der ich sie vor einigen Tagen gefunden hatte. Allerdings wirkte sie auch auf diesem Foto noch lebendig und unverletzt.

Die Fotos waren grobkörnig und unterbelichtet, wie Standfotos eines Überwachungsvideos. Was dafür sprach, dass die Akteure nichts von ihren Filmrollen wussten. Wahrscheinlich hatte Wegener in seinem Schlafzimmer eine Videokamera versteckt, um Averbeck bei seinen SM-Spielen zu filmen.

Brünstrup streifte zwei Latexhandschuhe über und nahm mir die Fotos und den Umschlag ab.

»Da hast du deine Beweise«, sagte ich zu Stürzenbecher, der neben der Kommissarin stand.

»Was hat Wegener gesagt?«, fragte der Hauptkommissar.

»Er hat mir nur Anweisungen gegeben, wohin ich gehen soll. Ich nehme an, er ist hier irgendwo in der Nähe und beobachtet uns.«

Das hatten sie nun davon, dass ich ihnen brühwarm von Wegeners Anruf erzählt hatte. Wahrscheinlich hatte Wegener die rund um den Domplatz postierten Kripoleute bemerkt. Ohne Polizeipräsenz wäre es mir vielleicht gelungen, mit ihm ins Gespräch zu kommen. Aber Stürzenbecher hatte mir ja dauernd mit Konsequenzen drohen müssen. Mit dem Erfolg, dass Wegener jetzt gewarnt war.

Ich kletterte über das Gitter zurück und schaute zu, wie Brünstrup die Beweismittel eintütete. Immerhin hatte ich guten Willen gezeigt und mich korrekt verhalten. Alles andere ging mich nichts mehr an. Der Fall war für mich erledigt.

27

Pia Petry fliegt raus

Sie streiten. So lautstark, dass ich davon wach werde. Es ist elf Uhr morgens. Sonne sickert durch die halb geschlossenen Jalousien und zeichnet ein glitzerndes Streifenmuster auf den hellgrauen Teppichboden. Geschlaucht von der Nacht im *Club Marquis* und dem nächtlichen Beutezug durch Jochens Schlafzimmer, rolle ich mich noch einmal auf die Seite und versuche, wieder einzuschlafen. Doch daran ist nicht zu denken. Jochen und Renate brüllen sich weiter an. Hemmungslos und völlig entfesselt. Nicht nur die Art und Weise der Auseinandersetzung widerspricht allen Regeln disziplinierter Streitkultur, auch was sie sagen, kennt nur eine Zielrichtung: unter die Gürtellinie. Leider habe ich mein Diktafon nicht in greifbarer Nähe, ich hätte diese Flut unflätiger Beschimpfungen gerne für die Nachwelt festgehalten. Die beiden sind mit ihrer Beziehung am Ende. Da sind nur noch Hass und der Wunsch, den anderen maßlos zu verletzen.

»Du bist doch für alles zu dämlich«, schreit Renate, »zu dämlich, um Karriere zu machen, und dann auch noch zu dämlich, um meinen Vater so zu bescheißen, dass er es nicht merkt. Hast du in deinem Leben je irgendetwas auf die Reihe gekriegt?«

»Was hast du denn auf die Reihe gekriegt?«, giftet Jochen zurück. »Wer lebt denn seit über vierzig Jahren von dem Geld seines Vaters? Wer hat denn noch nie was geleistet? Alles, was du kannst, ist schmarotzen. Bei dir hat es ja noch nicht mal zu irgendeiner Charity gereicht. Geschweige denn zu Kindern.«

»Du bist doch das Letzte«, höre ich Renate. »DU bist unfruchtbar! Nicht ich. DU kannst keine Kinder zeugen. Schon vergessen? Das hat die Natur mit Absicht so eingerichtet. Abschaum vermehrt sich nicht.«

O Gott, kann Zweisamkeit grausam sein! Zum ersten Mal seit langer Zeit bin ich froh, Single zu sein, keinen Freund, keinen Ehemann zu haben. Niemanden, mit dem ich mir derartig blutige Schlachten liefern kann.

»Das Einzige, was du kannst, ist irgendwelche Weiber zu bespringen«, tobt Renate.

»Das musst gerade du sagen. Wenn hier einer im Glashaus sitzt, dann ja wohl du. Ich könnte deine Affäre an die große Glocke hängen. Ganz Münster würde sich das Maul über dich zerreißen.«

»Du bluffst doch nur.«

»Glaubst du? Da wäre ich mir nicht so sicher.«

»Du hast angefangen«, schimpft sie. »Du hast dich nicht an unsere Abmachung gehalten. Du hast mit Tanja gevögelt.«

»Na und!«

»Ihr hattet eine SM-Beziehung!«

»Hatten wir nicht!«

»Hattet ihr doch!«

»Hatten wir nicht!«, brüllt Jochen.

»Ich weiß es«, triumphiert Renate. »Ich habe es gesehen.«

»Was? Was hast du gesehen?«, fragt Jochen und klingt, als sei er auf einmal auf der Hut.

»Beweise.«

»Was für Beweise?«

»Beweise eben.«

»Wie kommst du an Beweise?«

»Von einem Top, der es draufhat, mein Lieber. Der nicht so ein Penner ist wie du, so eine peinliche …«

Es scheppert. Erschrocken fahre ich zusammen. Hat er sie geschlagen? Jetzt reicht es!

Ich springe aus dem Bett, laufe in den Flur und renne fast

in Jochen hinein, der gerade aus Renates Zimmer stürmt. Mit einer wütenden Bewegung stößt er mich zur Seite und hastet an mir vorbei. Renate sitzt auf dem Boden neben ihrem Bett und hat die Hände vors Gesicht geschlagen.

»Kann ich dir helfen? Brauchst du einen Arzt?«

Sie schüttelt den Kopf und lässt die Hände sinken. Aus ihrer Nase läuft Blut, ihre Oberlippe ist aufgeplatzt. Ich gehe ins Bad und hole ihr ein paar Tempos.

»Du musst ihn anzeigen«, sage ich. »Es gibt ein neues Gesetz gegen gewalttätige Ehemänner. Die Polizei kann ihn aus dem Haus schmeißen.«

Renate winkt müde ab.

Ich setze mich neben sie und lege ihr den Arm um die Schultern. »Was ist denn passiert?«, frage ich leise. »Ihr wart doch mal so verliebt. Warum geht ihr so miteinander um?«

»Das verstehst du nicht.«

»Du kannst nicht immer alles mit ›Das verstehst du nicht‹ kommentieren. Erkläre es mir halt.«

»Könntest du mich zu einer Freundin bringen?«, fragt sie.

»Ja, natürlich.«

Unvermittelt fängt sie an zu weinen. Sie schluchzt wie ein kleines Kind, das sich im Wald verirrt hat und nicht mehr nach Hause zurückfindet. Ich bleibe einfach neben ihr sitzen, halte sie fest und warte. Es dauert Minuten, bis sie sich wieder beruhigt hat.

Wir kommen unbehelligt aus dem Haus. Von Jochen ist nichts hören und zu sehen. Doch das mulmige Gefühl, das ich die ganze Zeit habe, dieses Gefühl, etwas Verbotenes zu tun, etwas, wobei man erwischt werden und wofür man zur Rede gestellt werden kann, verblasst erst, als wir im Auto sitzen.

»Müssen wir deiner Freundin nicht Bescheid geben, dass du kommst?«, frage ich, als wir in Renates Mercedes das große Eingangstor passieren und auf die Straße einbiegen.

»Das habe ich schon gemacht«, antwortet sie und starrt zum Fenster hinaus. Besonders gesprächig ist sie nicht. Aber das ist nach einer solchen Auseinandersetzung auch nicht zu erwarten.

Ich konzentriere mich aufs Autofahren und genieße es, mal wieder in einem Wagen zu sitzen, der Feuer unterm Hintern hat. Er ist zwar nicht mit ›meinem‹ Porsche vergleichbar, aber … Oje, der Porsche. Mein Assistent, Martin Cornfeld, müsste mittlerweile die Rechnung von der Autoverleihfirma bekommen haben. Bei der Vorstellung, was für einen Aufstand er machen wird, wenn er erfährt, dass ich mir ohne Not einen 911er ausgeliehen habe, bekomme ich einen ganz trockenen Hals.

Da klingelt mein Handy.

Renate nimmt es aus meiner Handtasche und reicht es mir. Auf dem Display erscheint Cornfelds Nummer. Das nennt man Gedankenübertragung, denke ich und gebe Renate das Telefon zurück.

»Willst du nicht drangehen?«, fragt sie irritiert.

»Nein.«

»Warum nicht?«

»Das verstehst du nicht«, sage ich und ziehe eine Grimasse. Rache muss sein.

»Nimm doch nicht immer alles so persönlich«, antwortet sie und steckt das Telefon zurück in meine Tasche.

»Weißt du«, sage ich, »ich würde dir gerne helfen. Ich würde dich gerne verstehen. Aber ich begreife dich nicht. Ich begreife nicht, wie man …«

Renate drückt ein Taschentuch gegen ihre Nase und stöhnt kurz auf.

»Du musst zum Arzt«, sage ich. »Vielleicht hat er dir die Nase gebrochen.«

»Für dich bin ich doch nur pervers«, erwidert sie leise. »Eine Masochistin, die es nicht besser verdient hat.«

Hätte ich gestern Nacht diesen Sklavenvertrag nicht gelesen, würde ich ihr jetzt widersprechen.

»Nun«, sage ich, »es muss doch für alles einen Grund geben, eine Motivation, einen kausalen Zusammenhang. Und irgendwie hat ja immer alles mit Mama und Papa zu tun. Aber was müssen Eltern anstellen, damit ihre Tochter Masochistin wird?«

»Mein Psychotherapeut«, antwortet Renate und betrachtet ihr blutverschmiertes Taschentuch, »hat mir mal erklärt, dass Sadomasochismus angeblich auf eine fehlgegangene narzisstische Entwicklung in der Kindheit zurückgeht.«

»Aha«, sage ich, »das erklärt natürlich alles.«

Ohne auf meinen sarkastischen Ton einzugehen, redet sie weiter. »Mein Vater hatte nie Zeit für mich. Kindererziehung war in seinen Augen Frauensache. Und wenn er sich mal an mich gewandt hat, dann nur, um mir zu sagen, dass ich nicht sportlich genug, nicht hübsch genug und nicht schlau genug sei. Irgendwann hatte ich raus, dass ich seine Aufmerksamkeit nur dann erringen konnte, wenn ich etwas anstellte. Denn das Bestrafen, das war Männersache.«

»Das heißt, du hast ihn nur dann dazu gebracht, sich mit dir zu beschäftigen, wenn du eine Bestrafung provoziert hast?«

»Genau. Und irgendwie hat sich dieses Bestrafen verselbstständigt, bekam eine seltsame Faszination. Mein Therapeut meint, das sei wie eine Zahnplombe. Mein Selbst ergibt kein geschlossenes Bild. Und das, was fehlt, das ergänze ich durch diese Plombe.«

»Und diese Plombe ist der Sadomasochismus?«

Sie nickt.

»Kann denn dein Therapeut diese Plombe nicht durch etwas anderes ersetzen?«

Sie schüttelt den Kopf. »Das Problem ist, ich liebe SM. Es ist wie eine Sucht …«

»Und Jochen«, unterbreche ich sie. »Jochen hat dir da nie helfen können?«

»Jochen«, fährt sie auf, »Jochen ist das Letzte, das Allerletzte!«

Und in ihrem Gesicht ist so viel Wut und Hass, dass ich erschrocken von ihr abrücke.

Renate dirigiert mich in eine Gegend mit vielen ähnlich aussehenden Reihenhäuschen, wo die Rasenkanten mit der Nagelschere geschnitten und die Tulpenzwiebeln mit dem Lineal ausgerichtet und eingepflanzt werden. Als wir aussteigen und auf ein spießiges, eher unauffälliges Häuschen zugehen, bin ich irritiert. Irgendwie hatte ich mir Renates Freundin in einer etwas nobleren Gegend, in einer repräsentativen Villa vorgestellt. Die Frau, die uns öffnet, passt in dieses Stadtviertel, passt in dieses Haus, aber sie passt nicht zu Renate.

»Hallo, Sylvie«, sagt Renate und betritt kommentarlos die Wohnung.

Für Sylvie scheint die Situation nicht neu zu sein. Sie benimmt sich, als sei dieses Treffen schon seit Wochen ausgemacht. Mir kommt der Verdacht, dass das nicht der erste Besuch dieser Art ist.

Sylvie bittet mich herein und bietet mir eine Tasse Kaffee an. Ich lehne dankend ab. Etwas an dem Haus, an der Atmosphäre oder vielleicht auch nur am Verhalten der beiden Frauen signalisiert mir, dass ich besser gehen sollte. Ich störe und ich fühle mich unwohl zwischen altdeutschen Eichenmöbeln, künstlichen Blumen und tonnenweise Nippes. Nach fünf Minuten belanglosem Smalltalk verabschiede ich mich, umarme Renate und verspreche anzurufen. Dann gehe ich.

Ein bisschen kommt es mir vor, als spucke mich das Haus wieder aus.

Der Rückweg gestaltet sich schwierig. Erstens hat der Mercedes kein Navigationssystem. Zweitens habe ich auf der Hinfahrt nicht wirklich aufgepasst und drittens passe ich auch auf der Rückfahrt nicht wirklich auf. Nach einer Viertelstunde verdichtet sich meine Vermutung zu einer Tatsache: Ich habe mich verfahren.

Mir bleibt nichts anderes übrig, als anzuhalten und den Stadtplan zu Rate zu ziehen. Noch während ich mit dem Finger die aufgelisteten Straßennamen durchgehe, merke ich, dass ein Teil meines Hirns mit etwas anderem beschäftigt ist. Mit dieser Sylvie, Renates Freundin. Selten habe ich zwei so unterschiedliche Frauen in so inniger Verbundenheit gesehen. Als gäbe es etwas, was sie gemeinsam haben, worüber nicht geredet oder diskutiert werden muss. Eins wird mir da klar: Ich bin weit davon entfernt, Renates beste Freundin zu sein. Es gibt so einiges, was sie mir nicht erzählt hat. Was Sylvie aber wahrscheinlich weiß. Zum Beispiel, dass Renate ihren Mann wegen seiner SM-Beziehung mit einem anderen Sadisten betrogen hat. Wer dieser Sadist ist und ob sie von ihm die ominösen Beweise bekommen hat, von denen heute Morgen die Rede war.

Sylvie könnte mir bestimmt auch erklären, was in dem Sklavenvertrag mit dem Passus gemeint ist, dass derjenige, der sich nicht an die Vereinbarung hält, *sein Heil verwirkt* habe. Diese geschwollene Formulierung hat mich die halbe Nacht beschäftigt. Was ich auch nicht kapiere, ist, was Jochen heute Morgen damit meinte, als er sagte, Renate säße in einem Glashaus und er könne ihre Affäre an die große Glocke hängen.

Ich komme leider nicht dazu, länger darüber nachzudenken. Hinter mir hupt es. Ich stehe einem Achtzehntonner im Weg. Und mit dem werde ich mich ganz bestimmt nicht auf einen Machtkampf einlassen.

Eine halbe Stunde später fahre ich die gekieste Auffahrt zum Averbeck'schen Anwesen hoch. Froh, es endlich gefunden zu haben. Wie lernt man eine Stadt am besten kennen? Genau. Indem man sich verfährt. So gesehen, habe ich Münster heute ein gutes Stück besser kennen gelernt. Und immerhin hatte ich dadurch genug Zeit, mir Gedanken über mein weiteres Vorgehen zu machen. Ich werde meine Sachen packen und wieder in ein Hotel ziehen. Jetzt, wo Renate nicht mehr da ist, möchte ich auch nicht mehr hier wohnen.

Doch kaum habe ich das Haus betreten, meine Handtasche abgestellt, kommt Jochen die Treppe heruntergestürmt.
»Wo ist Renate?«

Der Auftritt, den ich vor unserer Abfahrt befürchtet habe, findet jetzt statt. Leider.

»Bei einer Freundin.«

»Bei welcher?«

»Lass sie in Ruhe, Jochen. Du kannst froh sein, dass sie dich nicht anzeigt.«

Jochen packt mich an den Schultern und schüttelt mich so heftig, dass meine Zähne aufeinander schlagen.

»Wo ist Renate?«, schreit er.

»Das weiß ich nicht!«, schreie ich zurück. »Ich habe sie zum Bahnhof gebracht. Ich weiß nicht, wo sie hin ist. Sie hat nur gesagt, sie fährt zu einer Freundin.«

»Und wieso hast du dann so lange gebraucht, um wieder herzukommen?«

»Ich war Kaffee trinken.«

Er lässt mich los. Von einer Sekunde auf die andere verfliegt seine Aggressivität. Wie ein großer hilfloser Junge steht er mit gesenktem Kopf und hängenden Armen vor mir und fast sieht es so aus, als würde er gleich in Tränen ausbrechen.

»Was ist los, Jochen? Was ist passiert?«, frage ich.

»Sie haben mich rausgeschmissen. Der alte Meyerink, dieser senile Volltrottel.«

»Weshalb?«

»Wegen angeblicher Unterschlagungen.«

»Und das stimmt nicht?«, frage ich vorsichtig.

»Natürlich nicht«, fährt er mich an. »Wenn ich den Alten hintergehen wollte, dann würde er das nicht merken. Das kannst du mir glauben.«

»Aber wieso ...«

»Das ist eine Intrige«, sagt er und in seinen Augen leuchtet ein seltsames Flackern auf. »Sie sind alle gegen mich«, flüstert er. »Das ist ein Komplott. Da greift eins ins andere. Ein Masterplan. Verstehst du?«

Du lieber Himmel! Jochen flüchtet sich in Verschwörungstheorien.

»Er versucht, mich geschäftlich zu diskreditieren, er will mir meine Frau wegnehmen. Er will alles, alles, was ich habe!«

»Wer?«, frage ich und räuspere mich. »Wer, vermutest du, steckt dahinter?«

»Renates Bruder!«

»Renates Bruder?« Jetzt verstehe ich gar nichts mehr.

»Du glaubst mir nicht?«, sagt er und dieses Flackern ist wieder da.

Mein Gott, denke ich, er dreht durch. Ich gehe auf Distanz. Ich möchte nicht die Nächste sein, die eine blutende Nase oder einen gebrochenen Unterkiefer zu beklagen hat.

»Natürlich glaube ich dir«, sage ich und hoffe, mir sind meine Zweifel nicht allzu deutlich ins Gesicht geschrieben. Doch Jochens Reaktion zeigt, dass ich alles andere als eine gute Schauspielerin bin.

»Du bist unfähig«, sagt er. »Bis zum heutigen Tag hast du nichts herausgefunden. Rein gar nichts.«

»Das ist nicht wahr. Wilsberg und ich . .«

»Wilsberg«, stöhnt er auf, »dass ich nicht lache. Dieser Depp. Dem hab ich erzählt, der Täter habe eine Blondhaarperücke getragen. Jede Wette, dass der immer noch in Münster rumrennt und nach einem Kerl mit Perücke sucht.«

»Wieso erzählst du ihm denn so einen Mist?«, frage ich.

»Weil ich dachte, du seiest die bessere Privatschnüfflerin. Weil ich dachte, du würdest mir helfen. Du würdest mich da raushauen.«

»Jetzt hör aber auf! Was glaubst du denn, weshalb ich am Tatort deinen Ring ...«

»Und weißt du, was ich am beschissensten finde?«, schreit er auf einmal. »Dass du gegen mich bist.«

»Das bin ich nicht.«

»Du machst doch mit denen gemeinsame Sache.«

»Wie kommst du denn auf den Quatsch?«, brülle ich nun auch.

»Bezahlen sie dich? Was kriegst du? Für wie viel hast du mich verkauft?«

»Du bist ja völlig durchgeknallt!«

»HAU AB!«

»Jochen, sei bitte nicht kindisch.«

»MACH, DASS DU RAUSKOMMST!«

Der Typ ist nicht mehr zurechnungsfähig. Wie Godzilla kommt er auf mich zu. »VERLASS SOFORT MEIN HAUS! AUF DER STELLE!«

Mir bleibt nichts anderes übrig, als seiner Aufforderung nachzukommen. Ich stolpere rückwärts zur Tür hinaus und rückwärts die Treppe hinunter. Als ich unten stehe, fällt oben die Haustür krachend ins Schloss.

Erst jetzt fällt mir ein, dass meine Handtasche mit meinem Geld, meinem Schlüssel und meinem Handy oben in der Eingangshalle steht.

28

Wilsberg bekommt Besuch von einem Mann in Cowboystiefeln

Am selben Tag, nur wenige Stunden nachdem ich auf dem Domplatz die Fotos gefunden hatte, stand ein Besucher vor meiner Tür. Der Mann war um die dreißig und trug Cowboystiefel. Mit seinen rötlich-blonden, etwas zu langen und unter Zuhilfenahme von Gel zurückgekämmten Haaren sowie der futuristisch anmutenden Designerbrille sah er aus wie die personifizierte Kreativabteilung einer Werbeagentur oder die letzte Hoffnung eines Dotcoms.

»Sind Sie Georg Wilsberg, der Privatdetektiv?«

»Ja.«

»Mein Name ist Cornfeld, Martin Cornfeld.«

»Kommen Sie in mein Büro!« Ich machte eine einladende Armbewegung. Meine persönliche Arbeitsplanung hatte zwar ein paar freie Tage vorgesehen, aber schließlich musste ich die Klienten nehmen, wie sie kamen.

»Möchten Sie einen Kaffee oder etwas anderes?«

»Nein, danke.«

Ich ließ mich auf den Sessel hinter meinem Schreibtisch fallen und schaute zu, wie der Mann in dem übersichtlichen Raum herumschlenderte. Nach einem Brandanschlag vor zwei Jahren hatte ich das Büro komplett renoviert und mir einige neue Möbelstücke gegönnt. Trotzdem machten die Regale und die Hängeregistraturschränke nicht allzu viel her. Am nettesten war noch der Ausblick auf die Hintergärten meiner Nachbarn. Wenn es nicht gerade regnete, so wie im Moment.

Cornfeld studierte die juristische und detektivische Fachliteratur. Seine Sprechweise und seine Bewegungen waren merkwürdig bedächtig, hatten so rein gar nichts von der hypernervösen Virilität der manisch Kreativen. Womöglich lag ich mit meiner Berufseinschätzung ja falsch.

»Setzen Sie sich doch!«, schlug ich vor.

Er kam langsam zum Schreibtisch, blieb allerdings stehen. »Ist das hier Ihre ganze Agentur?«

Mir schien, als hörte ich einen leichten hanseatischen Singsang in seiner Stimme.

»Ja.«

»Ihre Geschäfte laufen wohl nicht besonders?«

»Sind Sie Vertreter eines Möbelhauses oder wollen Sie mich als Privatdetektiv engagieren?«

»Ich suche Pia Petry.«

Ich brauchte eine Sekunde, um die Antwort zu verdauen. »Warum?«

»Weil sie verschwunden ist.«

»Gestern Abend habe ich sie noch gesehen. Da machte sie keinen verschwundenen Eindruck.«

»Wo haben Sie sie gesehen?«

Ich lächelte ihn an. »Entschuldigen Sie, Auskünfte gibt's bei mir nicht gratis.«

»Hören Sie, Herr Wilsberg«, er strich sich über die faltenlose Stirn, »ich versuche seit zwei Tagen, Frau Petry zu erreichen. Aber sie geht nicht an ihr Handy.«

»Solche Kommunikationsprobleme sollen vorkommen«, sagte ich. »Vor allem seitdem man auf dem Display erkennen kann, wer anruft.«

Er stützte sich mit beiden Händen auf dem Schreibtisch ab und schaute mich von oben herab an. »Ich mache mir Sorgen.«

Ich lehnte mich zurück. »Vielleicht sollten Sie nochmal von vorne anfangen und mir erzählen, wer Sie sind.«

»Ich arbeite für die Agentur *P-Quadrat* in Hamburg.«

»*P-Quadrat?*«

»Die Abkürzung von Pia Petry. Originell, nicht?«

Langsam dämmerte es mir. »Sie sind bei ihr angestellt?«

»Sozusagen. Pia, ich meine, Frau Petry hält mich für gewöhnlich über ihre Arbeit auf dem Laufenden. Dass sie zwei Tage lang nicht auf meine Anrufe reagiert, kann nur bedeuten, dass etwas passiert sein muss. Im Hotel ist sie jedenfalls nicht mehr und eine Nachricht hat sie auch nicht hinterlassen. Und da Sie mit ihr Kontakt hatten ...«

Ich stand auf, weil es mich nervte, dass ich zu ihm aufschauen musste. »Was hat sie Ihnen sonst noch erzählt?«

»Dass Sie beide an demselben Fall arbeiten. Und dass Sie diese fürchterlich zugerichtete Frauenleiche gefunden haben.« Er musterte mich vorwurfsvoll. »Ich habe ihr geraten, zur Polizei zu gehen, aber sie wollte davon nichts wissen. Anscheinend hat sie Ihnen vertraut.«

»Und jetzt denken Sie, ich habe Ihre Chefin ebenfalls ermordet? Möchten Sie nachsehen, ob ich sie irgendwo in der Wohnung versteckt habe?«

»Das ist nicht witzig, Herr Wilsberg.« Seine Stimme schwoll an. »Entweder Sie sagen mir jetzt, was Sie wissen, oder ich gehe zur Polizei.«

»Die Polizei wird Ihnen nicht helfen können. Ich habe Frau Petry aus den offiziellen Ermittlungen herausgehalten, in ihrem eigenen Interesse übrigens.«

»Dann verraten Sie mir endlich, wo Sie Pia gestern Abend gesehen haben!«

»Im *Club Marquis.*«

»Diesem Sadomaso-Club?«

»Genau. Sie war an ein Andreaskreuz gefesselt und schien viel Spaß mit einem überaus begabten Sadisten zu haben.«

Jetzt musste Cornfeld schlucken. Sein Gesicht wurde abwechselnd weiß und rot. »Das glaube ich nicht.«

»Ihre Chefin hat ganz neue Seiten an sich entdeckt. Das muss wohl an dem toleranten münsterschen Klima liegen.«

»Wenn sie sich überhaupt auf so etwas eingelassen hat, dann nur aus Recherchegründen.«

Ich nickte. »Ja, ich glaube, sie erwähnte etwas Ähnliches. Und dann meinte sie noch, ich sollte aufhören, sie retten zu wollen. Das nehme ich mir sehr zu Herzen, Herr Cornfeld. Deshalb interessiert es mich, mit Verlaub, einen Scheißdreck, wo sich Ihre Chefin aufhält.« Ich ging zur Tür. »Das war die kostenlose Kollegenhilfe. Für alles Weitere berechne ich Ihnen fünfzig Euro pro Stunde.«

»Bei so einem niedrigen Tarif kommen Sie nie auf einen grünen Zweig.«

»Für Sie mache ich es auch teurer.« Ich öffnete auffordernd die Tür, doch er blieb wie angewurzelt neben dem Schreibtisch stehen und starrte mich trotzig an.

»Sie müssen doch eine Ahnung haben, wo sie sein könnte.«

Der Mann ging mir auf den Keks. Was meine Kopfschmerzen vom Vormittag dazu ermunterte, den Kampf gegen die chemische Keule wieder aufzunehmen. Ich hatte große Lust, Cornfeld einfach hinauszuwerfen. Andererseits schien seine Besorgnis um seine geliebte Chefin echt zu sein. Bevor er sich an meinem Schreibtisch festklammerte, war es wahrscheinlich klüger, ihm die Information zu geben.

»Sie ist bei Renate Averbeck eingezogen.«

»Der Frau, die verletzt worden ist?«

»Ja, außerdem die Ehefrau von Pias Auftraggeber, der gleichzeitig der Hauptverdächtige ist. Wenn Sie meine unmaßgebliche Meinung hören wollen, Herr Cornfeld, sollte man als Privatdetektivin Berufliches und Privates nicht zu sehr vermischen.«

»Ihre Meinung interessiert mich aber nicht«, gab er zurück. »Frau Petry wird ihre Gründe gehabt haben.«

»Sicher. Noch was?«

»Ja. Können Sie mir die Telefonnummer der Averbecks geben?«

Nettes Kerlchen. Nach nur fünf Minuten machte er mich schon zu seinem Sekretär. »Wenn Sie versprechen, danach zu verschwinden.«

Er signalisierte Zustimmung und ich gab ihm die Nummer. Doch der Versuch, die Zahlen in sein Handy einzugeben, scheiterte kläglich. »Ich glaube, der Akku ist leer. Dürfte ich kurz Ihr Telefon benutzen?«

Ergeben deutete ich zu meinem Tischapparat.

Er ließ es dreißig Sekunden lang klingeln. »Es nimmt niemand ab.«

»Nun, die Herrschaften werden im Garten sein oder auf dem Golfplatz, falls sie nicht gerade einen kleinen Ausritt machen.«

»Ihre sarkastische Attitüde können Sie sich sparen«, konterte er. »Die zieht bei mir nicht. Wissen Sie, Herr Wilsberg, ich finde es erbärmlich, dass Sie hier herumsitzen und flotte Sprüche klopfen. Ist es Ihnen wirklich so egal, ob sich Frau Petry in Gefahr befindet?«

Der Typ war wirklich brüllend komisch. Kam aus Hamburg hereingeschneit und machte mir Vorwürfe, obwohl er nicht die geringste Ahnung hatte, wie viel vergebliche Mühe ich in den letzten Tagen für Pia Petry auf mich genommen hatte. Trotzdem musste ich zugeben, dass er nicht ganz Unrecht hatte. Dass bei den Averbecks niemand ans Telefon ging, war kein gutes Zeichen. Jochen Averbeck konnte jederzeit durchdrehen. Vielleicht ahnte er, dass er in der Falle saß. Und wozu er fähig war, hatte ich in Wegeners Wohnung mit eigenen Augen gesehen.

»Wie finde ich das Haus?«, fragte Cornfeld.

»Kaufen Sie sich einen Stadtplan oder nehmen Sie ein Taxi!«

»Besten Dank!«, antwortete er frostig und stapfte zur Tür.

Sein Urteil über mich wäre wahrscheinlich noch härter

ausgefallen, wenn ich ihm erzählt hätte, dass ich vor zwei Stunden, als ich unter der Dusche stand, drei Anrufe von einer unbekannten Nummer bekommen hatte. Denkbar, dass Pia versucht hatte, mich zu erreichen, und dazu ein fremdes Handy benutzen musste, weil sie an ihr eigenes nicht herankam.

»Warten Sie!« Ich folgte Cornfeld. »Ich komme mit.«

»Nicht nötig, Herr Wilsberg. Ich komme schon zurecht.«

»Ich tue es nicht für Sie, Herr Cornfeld, sondern für Pia.«

Während der Fahrt nach Angelmodde schlossen wir eine Art Waffenstillstand. Ich berichtete von den bisherigen Ermittlungen, ohne auf das komplizierte zwischenmenschliche Verhältnis einzugehen, das mich mit seiner Chefin verband. Und Cornfeld stellte relativ kluge Fragen. Anscheinend war er der analytische Part der Detektivagentur *P-Quadrat.*

»Das kann man so sehen«, antwortete er auf meine Frage. »Ich arbeite überwiegend im Büro, kümmere mich um Hintergrundrecherchen, Analysen und die Buchhaltung. Feldarbeit ist die Domäne von Frau Petry. Gelegentlich muss ich sie auch bremsen. Frau Petry reagiert manchmal etwas impulsiv. Und sie verhält sich nicht immer ...«, er suchte nach den richtigen Wörtern, »... sehr vernünftig.«

»Kann ich mir vorstellen«, sagte ich.

Das gefiel ihm auch nicht. Kritik an seiner Chefin durfte nur er üben. »Woher wollen Sie das wissen? So gut kennen Sie Pia doch gar nicht, oder?«

»Gut genug.«

»Wollen Sie mir erzählen ...«

»Nein, ich will Ihnen nichts erzählen.«

Womit das Gespräch erst einmal beendet war. Um es wieder in Gang zu bringen, erkundigte ich mich, wie *P-Quadrat* denn so laufe. Cornfeld hielt sich zwar bedeckt, aber zwischen den Zeilen hörte ich heraus, dass die Agentur keine

Cashcow war und die Chefin gern über ihre Verhältnisse lebte. Außer Cornfeld gab es keine weiteren Angestellten und er hielt sich ein Hintertürchen offen. Nebenbei würde er an seiner Promotion in Betriebswirtschaft arbeiten, erzählte er stolz, die Detektivarbeit sei für ihn nur eine Übergangslösung.

Als wir bei der Villa der Averbecks ankamen, stand das Tor zur Einfahrt weit offen. Etwas stimmte hier ganz und gar nicht. Zumal Cornfelds energisches Drücken der Türklingel keinerlei Reaktion hervorrief.

»Finden Sie das nicht komisch?«, fragte Cornfeld.

»Vielleicht ist uns die Polizei zuvorgekommen«, sagte ich ohne Überzeugung. Nach meinen Erfahrungen würde es etliche Stunden dauern, bis Stürzenbecher den Papierkram erledigt hatte. Und selbst wenn er den Durchsuchungsbeschluss unbürokratisch schnell bekommen haben sollte, müsste es hier noch von Bullen wimmeln.

Wir betraten das Grundstück. In großem Abstand von der Hausfront und so gut wie möglich hinter Büschen und Bäumen versteckt, umrundeten wir die Villa. Zum Glück hatte der Regen inzwischen nachgelassen. Auf der Terrasse an der Rückseite standen einige verwaiste Rattansessel.

»Bleiben Sie meinetwegen hier«, flüsterte Cornfeld. »Ich schaue mir das jetzt aus der Nähe an.«

Bevor ich etwas erwidern konnte, eilte er mit schnellen Schritten zur Terrasse. Und mir blieb nichts anderes übrig, als ihm zu folgen. Von einem Schnösel aus Hamburg wollte ich mich nicht zum Feigling stempeln lassen.

In der grünlich schimmernden, vermutlich schuss- und schlagfesten Glasfront spiegelte sich die hinter den Wolken auftauchende Sonne. Cornfeld stand ganz dicht vor der Scheibe und hatte seine Augen mit der Handfläche abgeschirmt.

»Kommen Sie her!«, rief er aufgeregt, als er mich hörte.

Ich tat es ihm gleich und spähte ins Innere. Unter dem Kronleuchter im Wohnzimmer lag ein umgestürzter Stuhl. Und an dem Kronleuchter hing ein Mann.

»Wer ist das?«, fragte Cornfeld.

»Jochen Averbeck.«

»Mein Gott! Hoffentlich ist Pia nichts passiert!«

Er trat einige Schritte zurück und schaute nach oben. In der ersten Etage war ein Fenster gekippt. Über dem Fenster befand sich ein Oberlicht.

»Denken Sie, Sie schaffen das?«, fragte ich.

»Klar. Wenn Sie mir helfen.«

Ich stellte eine Räuberleiter und er kletterte auf meine Schultern. Eine Glyzinie, deren verschlungene Äste an der Hausfront emporrankten, als Halt nutzend, gelangte er auf den schmalen Fenstersims. Jetzt musste er nur noch durch den Fensterspalt greifen, das Oberlicht öffnen und sich über die Fensterkante ins Innere schlängeln. Und Cornfeld stellte sich ziemlich geschickt an. In der Hinsicht war Pia wirklich zu beneiden. So einen jungen, gelenkigen Assistenten zu haben, war schon praktisch. Ob er ihr auch noch für andere Dinge zur Verfügung stand?

Eine Minute später öffnete Cornfeld die Terrassentür.

»Haben Sie etwas entdeckt?«, fragte ich.

»Das Haus scheint leer zu sein.«

Er schaute zu der Leiche. »Sollen wir ihn nicht abschneiden?«

»Nein. Averbeck ist tot. Wenn wir ihn runterholen, vernichten wir Spuren.«

Er runzelte die Stirn. »Bezweifeln Sie, dass es Selbstmord war?«

»Es sieht danach aus, ja. Aber genau wissen wir das nicht.«

Allerdings deutete nichts auf einen Kampf hin, alles war so aufgeräumt und ordentlich, wie man es bei Leuten erwarten konnte, die über das nötige Personal verfügten. Abgesehen von dem Blatt Büttenpapier, das auf dem Wohnzimmertisch lag. Dabei handelte es sich vermutlich um den Abschiedsbrief.

»Schauen Sie sich mal im Haus um!«, sagte ich zu Cornfeld. »Vielleicht finden Sie ja einen Hinweis, wo Pia sein könnte. Aber nehmen Sie ein Taschentuch, wenn Sie etwas anfassen.«

Er zögerte. »Wollen wir nicht die Polizei anrufen?«

»Ja, das mache ich gleich.«

Er traute mir immer noch nicht, aber das war mir egal. Nachdem Cornfeld den Raum verlassen hatte, ging ich zum Wohnzimmertisch. Die Handschrift auf dem Papier war krakelig:

Geliebte Renate,
ich hoffe, du verzeihst mir. Ich selbst war es, der dich verletzt hat, und ich trage auch die Schuld am Tod von Tanja Brockhoff, weil ich verhindern wollte, dass sie dir alles erzählt. Ich kann dir nicht sagen, wie sehr ich bedauere, was ich getan habe. Ich allein trage die Verantwortung dafür, dass anderen Menschen Leid zugefügt wurde. Es wäre nur eine Frage der Zeit gewesen, bis die Polizei mich verhaftet hätte. Ich sehe keinen Ausweg mehr. Deshalb habe ich mich entschlossen, meinem Leben ein Ende zu setzen.
Jochen Averbeck

Ich holte mein Handy aus der Tasche und wählte die Nummer von Stürzenbecher.

»Rufst du wegen Averbeck an?«, fragte der Hauptkommissar.

»Ja.«

»Du nervst, Wilsberg. Was denkst du, wie lange es dauert, bis ein Richter einen Durchsuchungsbeschluss unterschreibt?

Aber jetzt liegt er hier vor mir. In einer Stunde bin ich mit zehn Leuten bei Averbeck.«

»Den Durchsuchungsbeschluss brauchst du nicht mehr«, sagte ich.

»Wieso?«

»Weil Averbeck tot ist.«

29

Pia Petry allein in einem fremden Haus

Ich stehe auf der Straße. Ohne Handtasche. Und damit ohne Geld, ohne Handy, ohne Schlüssel. So hilf- und schutzlos wie ein frisch geschlüpftes Küken. Mir bleibt nichts anderes übrig, als ein junges Mädchen, das mir auf dem Gehweg entgegenkommt, um sein Handy zu bitten. Ich versuche, Wilsberg zu erreichen. Er meldet sich nicht. Dreimal lasse ich es so lange klingeln, bis sich seine Mailbox einschaltet. Dann gebe ich es auf. Bei Renate versuche ich es erst gar nicht. Ich habe keine Lust, von ihrer Freundin Sylvie aufgesammelt zu werden und womöglich die Nacht in deren adrettem Reihenhäuschen zu verbringen. Bleibt Dracu.

Diesmal habe ich Glück. Auf die Schilderung meines Rauswurfs reagiert er mit zwei Wörtern: »Ich komme.«

Keine zehn Minuten später hält ein schwarzer Ford Thunderbird mit quietschenden Reifen neben mir. Die dunkel getönte Scheibe gleitet nach unten und Dracus Gesicht taucht auf.

»Junge Frau«, sagt er, »was kostet's denn?«

Ich lasse mich neben ihn auf den Beifahrersitz fallen. »Junger Mann«, antworte ich, »ich bin nicht käuflich.«

Dracu setzt den Blinker und das Auto schießt zurück auf die Straße. »Aber bestechlich!«

»Auch das nicht«, antworte ich und sehe mich in seinem US-Oldtimer um. »Was ist denn aus deinem Opel Astra geworden?«

»Das war ein Leihwagen. Mein Thunderbird ist zwar wunderschön, aber leider nicht immer zuverlässig. Manchmal lässt er mich im Stich.«

»Das ist ja eine unglaubliche Machokiste«, sage ich und

fahre mit den Fingerspitzen über das schwarze Armaturenbrett.

Er schnalzt mit der Zunge. »Das richtige Auto für einen richtigen Sadisten.«

Auch sein Fahrstil ist der eines richtigen Sadisten und ausgesprochen gewöhnungsbedürftig. Er überholt so ziemlich jeden Wagen, der ihm auch nur die allerkleinste Chance dazu lässt. Den Fuß nimmt er selten vom Gaspedal, und wenn, dann nur, um hart und abrupt zu bremsen. Dabei beweist er immerhin so viel fahrerisches Können, dass ich zwar um meine Wirbelsäule, nicht aber um mein Leben fürchte.

»Kannst du mich zurück ins Hotel bringen?«, frage ich, nachdem ich mich vom ersten Schreck erholt habe.

»Hast du nicht gesagt, deine Sachen sind alle bei Jochen im Haus und er lässt dich nicht mehr rein?«

»Ja sicher. Aber irgendwo muss ich ja übernachten.«

»Wie willst du das Zimmer denn bezahlen?«

»Mir fällt schon was ein.«

»Was ist überhaupt mit Renate?«, fragt er. »Kann die dir nicht helfen?«

»Die ist bei einer Freundin untergekrochen.«

»Bei einer Freundin?«

»Nun ja«, sage ich. »Es hat eine kleine eheliche Auseinandersetzung gegeben. Ziemlich unschön.«

»Was heißt ›unschön‹?«, fragt er scharf.

»Also, Jochen hat Renate eine gelangt. Ich hoffe, ihre Nase ist nicht gebrochen …«

Dracu bremst so scharf, dass ich fast durch die Windschutzscheibe fliege.

»Dieses gottverdammte Arschloch!«

»Es geht ihr schon wieder ganz gut«, versuche ich, ihn zu beruhigen.

Hinter uns fangen die ersten Autos an zu hupen.

»Ich glaube, wir sollten weiterfahren.«

Dracu wirft einen Blick in den Rückspiegel und gibt Gas. Er schüttelt den Kopf. »Dieser Kerl ist hochgradig gefährlich. Völlig unberechenbar. Ein Irrer.«

»Das denke ich langsam auch«, sage ich. »Er behauptet tatsächlich, dass ihn jemand aus der Firma rausmobben und ihm Renate wegnehmen will. Er verrennt sich in völlig verblödete Verschwörungstheorien. Keiner hat ihn lieb und alle sind gegen ihn.«

»Verdächtigt er jemanden?«, fragt Dracu. »Hat er Namen genannt?«

Ich bin kurz davor, Dracu von diesem ominösen Halbbruder zu erzählen. Vielleicht weiß er ja etwas über ihn. Doch dann lasse ich es lieber. In meinem Job sollte man besser zuhören und das Reden den anderen überlassen.

»Nein«, sage ich. »Nein, nein. Hat er nicht.«

Dracu sieht mich kurz von der Seite an, dann starrt er mit finsterer Miene auf die Straße. Er fährt noch aggressiver als zuvor. Soweit das überhaupt möglich ist.

»Ich habe eine Idee«, sagt er nach einer Weile. »Was hältst du von einem leckeren Abendessen. Bei mir zu Hause. Ich habe sturmfreie Bude. Wir wären ganz unter uns ...«

»Sturmfreie Bude?«, frage ich. »Hast du eine Freundin?«

Er lacht. »Nein. Zurzeit wohnt ein Freund bei mir. Vorübergehend. Aber heute Abend ist er nicht da. Er arbeitet.«

»Ich weiß nicht ...«

»Und ich verspreche dir, ich mache dir das beste Steak, das du je gegessen hast.«

»Und wo soll ich schlafen?«, frage ich misstrauisch.

»Im Hotel. Da bringe ich dich nachher hin.«

Der Vorschlag ist nicht schlecht. Da ich weder gefrühstückt noch zu Mittag gegessen habe, hängt mein Magen jetzt schon auf halbmast. Trotzdem beschleicht mich ein ungutes Gefühl. Schließlich ist der Mann an meiner Seite bekennender Sadist.

»Du hast mich nicht zufällig als Hauptgang eingeplant?«, frage ich unsicher.

Dracu lacht laut auf. »Als blutige Jungfrau.«

»Mit Jungfräulichkeit kann ich leider nicht mehr dienen.«

»Na, dann hast du auch nichts zu befürchten«, antwortet er und zwinkert mir zu.

»Ich glaube, ich möchte doch lieber ins Hotel.«

»Kein Problem.«

Er ist nicht sauer. Das beruhigt mich.

»Ich finde es nur schade«, sagt er, »dass du mir so wenig vertraust. Dass es mir nicht gelungen ist, dir ein anderes Bild von mir zu vermitteln.«

An der nächsten roten Ampel bremst er den Wagen gewohnt abrupt ab und setzt den Blinker.

»Wie würde es von hier aus zu dir nach Hause gehen?«, frage ich.

»Geradeaus.«

»Dann fahr geradeaus!«

»Tapferes Mädchen.« Er strahlt mich an. »Ich setze dich bei mir ab und dann hole ich deine Sachen.«

»Das kannst du dir sparen. Jochen lässt dich garantiert nicht rein.«

»Wir werden sehen«, sagt er und klingt ausgesprochen zuversichtlich.

Meine Angst, Dracu könne mir eine zweite Einführungslektion in Sachen Masochismus erteilen wollen, verfliegt in dem Moment, in dem ich seine Wohnung betrete. Sie ist schöner, als ich es erwartet habe. Achtzig Quadratmeter groß, in einem kleinen Hinterhaus gelegen, mit lichtdurchfluteten, hohen Räumen. Nirgends hängen Ketten oder sind Metallringe an den Wänden befestigt, es gibt kein Andreaskreuz und es liegen auch keine Peitschen oder Handschellen herum. Die einzigen Indizien für Dracus Hang zu bizarren

Sexspielen sind drei alte, dezent gerahmte Kinoplakate im Wohnzimmer von Filmen, die sich in SM-Kreisen großer Beliebtheit erfreuen: *9 ½ Wochen* mit Kim Basinger und Mickey Rourke und *Der letzte Tango in Paris* mit Marlon Brando und Maria Schneider. Nicht ganz passend finde ich das dritte Plakat, das Diana Rigg und Patrick Macnee als Emma Peel und John Steed in der Agentenserie *Mit Schirm, Charme und Melone* zeigt. Was haben denn die beiden mit Sadomasochismus zu tun?

»Ich fahre jetzt«, ruft Dracu aus dem Flur. »In einer halben Stunde bin ich zurück.«

»Soll ich nicht mitkommen?«

»Lass mal. Es regnet. Und ich denke, es ist besser, wenn ich das allein mit Jochen regele.«

Die Tür fällt ins Schloss. Und ich bin froh, dass ich hier bleiben kann. Ich hätte keine Lust, mich schon wieder mit Jochen herumzustreiten. Während das Wasser kübelweise vom Himmel fällt und gegen die Fensterscheiben prasselt, schlendere ich durch die Räume, ein Glas Portwein in der Hand. Ich sehe kurz ins Badezimmer, das sehr sauber und aufgeräumt aussieht. Was ich erstaunlich finde, angesichts der Tatsache, dass es von zwei Männern benutzt wird. Danach werfe ich einen Blick in die Küche, die ganz in Mintgrün gehalten, klein und für einen passionierten Hobbykoch relativ unspektakulär ist. Dracus Arbeitszimmer ist da schon interessanter. Der Schreibtisch steht direkt vor dem Bücherregal, davor befindet sich eine Matratze, auf der sich Bettdecke, Kopfkissen und ein Haufen Klamotten zu einem gigantischen Berg türmen. Schuhe, Socken, Bücher und Zeitschriften liegen im wilden Durcheinander über den ganzen Boden verstreut. Rechts neben dem Fenster steht ein Koffer, auf dem sich Pullover und T-Shirts stapeln. Ich brauche eine Viertelstunde, um alles gründlich zu durchsuchen. Doch ich kann nichts entdecken, was Auskunft über den Bewohner geben könnte. Das Einzige, was ich herausfinde, ist, dass er eine Vorliebe für schwarze Kleidung, speziell für schwarze Lederhosen hat und die Größe XXL trägt. Und eins ist klar, so ordentlich wie Dracu ist er nicht.

Mit dem Schlafzimmer im ersten Stock, einem Traum in Weiß, mit riesigem Bett, weißem Überwurf, weißen Kissen, weißer Kommode und weißem Teppichboden, beende ich meinen Rundgang. Anschließend beschäftige ich mich mit Dracus Büchern. Er hat tatsächlich jede Menge davon und bei der Zusammenstellung seiner umfangreichen Bibliothek einen exzellenten Geschmack bewiesen.

Ich nehme mir *Schiffsmeldungen* von E. Annie Proulx aus dem Regal und mache es mir auf dem Sofa bequem. Das Buch ist so hinreißend geschrieben, dass ich völlig die Zeit vergesse.

Als ich das erste Mal von meiner Lektüre hoch- und auf die Uhr sehe, ist eine Stunde vergangen. Beim zweiten Mal sind es schon eineinhalb. Irritiert stehe ich auf. Dracu müsste längst wieder zurück sein. Hat es Ärger mit Jochen gegeben? Auf dem Weg zur Haustür komme ich im Flur an einer weiß lackierten Stahltür vorbei, die mir zuvor nicht aufgefallen ist. Neugierig bleibe ich stehen, ziehe an dem runden Metallknauf, versuche, ihn zu drehen. Doch die Tür rührt sich nicht. Sie wird in den Keller führen, denke ich. Und was wird es da schon geben? Altes Gerümpel, Wasserkästen, Werkzeug. Das Übliche eben. Vielleicht aber auch Blaubarts geheime Kammer? So genau möchte ich das gar nicht wissen.

Ich verdränge den Gedanken und gehe in den kleinen Garten, der zwischen Dracus Haus und dem Vorderhaus, einer Mietskaserne aus der Jahrhundertwende, liegt. Es hat aufgehört zu regnen, von den Bäumen tropft Wasser, auf der nassen Wiese glänzen tausende von winzigen Regentropfen. Was für eine Idylle! Die Luft ist klar und kühl. Von der Straße ist so gut wie nichts zu hören. Man ist mitten in der

Stadt und fühlt sich doch, als sei man auf dem Land. Ich laufe über den gepflasterten Weg zur Toreinfahrt, die durch das Haupthaus zur Straße führt. Doch nirgends kann ich Dracus Thunderbird entdecken.

Enttäuscht gehe ich zurück. Als ich mich Dracus Haustür nähere, fällt mir etwas auf. Bis zum heutigen Tag weiß ich nicht, wie Dracu mit bürgerlichem Namen heißt. Seltsamerweise habe ich mich auch nie dafür interessiert. Jetzt habe ich zwei Namen zur Auswahl. Auf dem Klingelschild steht: *R. Meyer/José Manzini.*

Während ich noch überlege, welcher der beiden Dracu gehört, fällt mein Blick auf einen Brief, der im Flur am Boden liegt. Ich hebe ihn hoch. Auf dem Umschlag steht *Raoul Meyer*. Und sofort weiß ich, wo ich den Namen schon einmal gehört habe.

30

Wilsberg hat einen Verdacht

»Dann wäre ja alles geklärt«, sagte Stürzenbecher, nachdem er den Abschiedsbrief gelesen hatte.

»Das denke ich nicht«, widersprach ich. »Schau dir doch mal die Schrift an! Für mich sieht das so aus, als habe Averbeck unter großem Druck gestanden.«

»Wenn ich mir überlegen würde, mich umzubringen, wäre ich auch etwas nervös.«

»Vergleich den Brief hiermit!« Ich legte eine handschriftliche Notiz, die ich in Averbecks Arbeitszimmer gefunden hatte, neben den Abschiedsbrief.

Der Hauptkommissar musterte mich vorwurfsvoll. »Hast du etwa das Haus durchsucht?«

»Nein, ich habe mich nur nach einer Schriftprobe umgesehen.«

Ich deutete auf den Brief, um ihn von meiner Antwort abzulenken. »Die Bögen sind fast alle zittrig, die Abstände zwischen den Wörtern unterschiedlich groß und die einzelnen Textzeilen schwanken nach oben und unten. Gerade wenn es der letzte Brief wäre, den ich in meinem Leben schreiben würde, würde ich mir etwas mehr Mühe geben.«

»Wo hast du dich überall nach einer Schriftprobe umgesehen?«, fragte Stürzenbecher.

»Und dann diese kitschigen Formulierungen«, fuhr ich fort. *»Ich kann dir nicht sagen, wie sehr ich bedauere ... Ich allein trage die Verantwortung dafür, dass anderen Menschen Leid zugefügt wurde.* Entschuldige, der Mann schreibt den Brief an seine Frau, mit der er fünfzehn Jahre verheiratet ist. Aber das Geschwafel klingt wie aus einem Roman von Rosamunde Pilcher.«

Stürzenbecher grunzte. »Ich bitte dich, Wilsberg! Seit wann müssen Abschiedsbriefe literarisch sein?«

»Und warum unterschreibt er mit seinem vollen Namen?«, brachte ich mein letztes Argument vor. »Er beginnt mit *Geliebte Renate,* logischerweise hätte er mit *Jochen* enden müssen.«

»Ihm war klar, dass der Brief ein Dokument ist. Nicht nur für seine Frau bestimmt, sondern auch für uns.«

»Eben«, konterte ich. »Der Brief ist gar nicht an seine Frau gerichtet. Er dient einzig und allein dazu, der Polizei einen Mörder zu präsentieren.«

»Du willst also darauf hinaus ...«

»... dass er dazu gezwungen wurde, diesen Brief zu schreiben«, brachte ich den Satz zu Ende.

»Sie müssen Pia Petry suchen«, mischte sich Cornfeld ein, der die ganze Zeit neben uns gestanden und mit wachsender Unruhe zugehört hatte. »Falls das stimmt, was Herr Wilsberg sagt, hat Frau Petry vielleicht alles mitbekommen. Sie würde für den Täter eine Gefahr darstellen und er könnte versuchen, sie ...«, er erschrak über die Konsequenz seines Gedankens, »... zu beseitigen.«

Stürzenbecher drehte sich langsam zu Cornfeld um. Ich kannte den Hauptkommissar lange genug, um zu wissen, dass er es nicht schätzte, wenn ihm jemand in seine Arbeit hineinredete. Vor allem wenn dieser Jemand mit Informationen um sich warf, auf die er sich keinen Reim machen konnte.

»Verraten Sie mir, wer diese Pia Petry ist und was sie mit Averbeck zu tun hat?«

»Averbeck hat sie engagiert. Um denjenigen zu finden, der seine Frau beinahe umgebracht hat.« Cornfeld zückte eine Visitenkarte. »Agentur *P-Quadrat.* Ermittlungen aller Art. Frau Petry ist meine Chefin.«

Stürzenbecher betrachtete die Visitenkarte. »Wie lange hält sie sich schon in Münster auf?«

»Seit einer Woche. Sie hat zuerst im Hotel gewohnt und

dann hier in der Villa.« Cornfeld zeigte nach oben. »In einem der Gästezimmer befinden sich ihre Sachen.«

Ich schaute zu dem Notarzt, der die inzwischen auf dem Boden liegende Leiche von Jochen Averbeck untersuchte. Außer dem Arzt und uns drei hielten sich noch einige Beamte der Spurensicherung im Wohnzimmer auf, die Fotos machten und die Schränke durchwühlten.

»Aha«, sagte Stürzenbecher. »Dann war es sicher Ihre Chefin, die zusammen mit Wilsberg die Leiche der jungen Frau entdeckt hat?«

»Wozu ist das wichtig?«, regte sich Cornfeld auf. »Sie müssen etwas unternehmen.«

»Ja«, sagte ich mit einem unfreundlichen Blick zu Cornfeld, »sie war mit mir in Wegeners Wohnung und auch bei Marie Niehues. Pia Petry ist die Frau, nach der ihr die ganze Zeit gefragt habt.«

»Könnten wir jetzt endlich mal zu den wesentlichen Dingen kommen?«, verlangte Cornfeld.

»Erzählen Sie mir nicht, was ich zu tun habe, junger Mann!«, gab Stürzenbecher barsch zurück. »Noch ist nicht klar, ob es sich um ein Verbrechen handelt. Vielleicht sitzt Ihre Chefin ja irgendwo in Münster in einer Eisdiele und macht sich einen schönen Nachmittag.«

Der Notarzt, der seine Untersuchung abgeschlossen und die Leiche mit einer weißen Plane bedeckt hatte, brachte sich durch ein Räuspern in Erinnerung.

»Ja?«, schnappte Stürzenbecher. »Was gibt es?«

»An den Handgelenken des Toten finden sich Verletzungen, die von einer Fesselung herrühren könnten.«

»Er wurde gefesselt?«

»Offenbar. Allerdings kann ich nicht sagen, wie lange vor seinem Tod. Und das ist noch nicht alles. Drei seiner Finger sind gebrochen, zwei an der rechten Hand und einer an der linken.«

»Eine Folge des Todeskampfes? Weil er es sich im letzten Moment anders überlegt hat?«

»Nein, das halte ich für sehr unwahrscheinlich. Auf jeden Fall empfehle ich eine Sektion in der Rechtsmedizin.«

»Ja, ja«, knurrte Stürzenbecher. »Das hatten wir ohnehin vor.«

»Brauchen Sie noch mehr Beweise?«, höhnte Cornfeld.

Stürzenbecher wandte sich mit erhobener Stimme an die Leute von der Spurensicherung: »Was ist mit dem Klebetest?«

»Noch nicht«, gab einer zurück.

»Und worauf wartet ihr?«

»Was meint er mit Klebetest?«, fragte mich Cornfeld leise.

Ich erklärte es ihm: »Wenn sich jemand selbst am Kronleuchter aufknüpft, fasst er das Seil logischerweise an. Das hinterlässt Faserspuren an den Händen, besonders bei so einem altmodischen Hanfseil wie dem, an dem Averbeck hing. Gibt es keine Spuren, war er schon tot oder bewusstlos, bevor er aufgehängt wurde.«

Wir schauten zu, wie ein Spurensicherer Klebestreifen auf Averbecks Handinnenflächen pappte und langsam wieder abzog.

Nach eingehender Betrachtung meldete er: »Keine Spuren.«

»Na schön«, sagte Stürzenbecher. »Er ist also ermordet worden. Dann habe ich eine blöde Frage: Hat Frau Petry kein Handy?«

Ich hatte es, während ich mich in Averbecks Arbeitszimmer umgesehen hatte, schon zweimal versucht und beide Male war ihre Mailbox angesprungen, auf die ich mit Engelszungen dringende Bitten um einen Rückruf gequatscht hatte. Aber ein dritter Versuch konnte ja nicht schaden. Ich zog mein Mobiltelefon aus der Tasche und aktivierte ihre Nummer. Das Freizeichen ertönte. Irgendwo in der Nähe klingelte leise ein Handy. Ich beendete die Verbindung. Das Klingeln hörte auf.

Wir schauten uns an.

»Es ist hier«, sagte Cornfeld.

Ich drückte auf die Wiederholungstaste. Das Klingeln setzte erneut ein.

»Das kommt aus der Eingangshalle.« Cornfeld stürmte los.

Wenig später hatten wir das Handy gefunden. Es steckte in einer Handtasche, zusammen mit Pias Ausweisen und Schlüsseln.

»Ihre Handtasche würde sie niemals irgendwo stehen lassen«, erklärte Cornfeld. »Es muss etwas passiert sein. Ich verlange …«

»Hören Sie damit auf!«, drohte Stürzenbecher. »Oder ich lasse Sie in Handschellen abführen.«

Vor der Villa hatte ein Zivilwagen gestoppt. Durch die geöffnete Eingangstür konnten wir verfolgen, wie Kommissarin Brünstrup eine auf unsicheren Beinen tapsende Renate Averbeck in unsere Richtung manövrierte. Abgesehen von dem Schock, den die Nachricht vom Tod ihres Mannes ausgelöst haben musste, tippte ich auf Alkohol oder starke Beruhigungsmittel oder eine Kombination von beidem.

Als die Witwe die Eingangshalle betrat, konnte man an ihrem Atem riechen, dass Alkohol auf jeden Fall im Spiel war. Und trotz der massiv aufgetragenen Schminke war auch die Schwellung an ihrer Oberlippe nicht zu übersehen.

Stürzenbecher holte Luft. »Mein Beileid, Frau Averbeck.«

»Danke«, erwiderte Renate mit tonloser Valium-Stimme.

»Möchten Sie zu Ihrem Mann?«, erkundigte sich Brünstrup.

Statt einer Antwort ließ sich Renate in einen der dekorativen, aber unbequem aussehenden Polstersessel fallen, die in der Eingangshalle standen.

»Wir hatten Streit«, begann sie unvermittelt. »Aber ich konnte ja nicht ahnen, dass …«

»Er hat sich nicht selbst getötet«, sagte Stürzenbecher. »Er ist ermordet worden.«

»Was?«

»Haben Sie eine Ahnung, wer das getan haben könnte?«

Renate schaute mit glasigem Blick auf den Boden. Ob sie nachdachte oder ihr Gehirn auf Stand-by geschaltet hatte, war nicht auszumachen.

»War Pia bei Ihnen?«, fragte Cornfeld.

»Halten Sie den Mund!«, zischte Stürzenbecher.

Cornfeld blieb unbeirrt: »Wo ist Pia, Frau Averbeck?«

Renate hob den Kopf. Ein abwesendes Lächeln huschte über ihr Gesicht. »Sie müssen Cornfeld sein. Pia hat Sie beschrieben. Ihre komische Brille ...«

»Ja. Beantworten Sie bitte meine Frage!«

»Pia hat mich weggebracht.«

»Und dann?«

»Dann ...« Sie versuchte, sich zu konzentrieren.

»Hatte sie ihre Handtasche dabei?«

Renate Averbeck griff sich in die schwarz glänzenden Haare. »Ich glaube schon.«

»Denken Sie nach!«

»Warten Sie! Ja, ja. Ihr Handy hat geklingelt. Ich habe es aus ihrer Tasche genommen.«

»Sie ist zurückgekommen«, wandte sich Cornfeld an Stürzenbecher. »Und dabei muss sie dem Mörder begegnet sein ...«

»Schluss jetzt!«, entschied Stürzenbecher. »Brünstrup, nehmen Sie die vorläufigen Aussagen der zwei Superdetektive auf. Und zwar draußen. Das Haus ist für die beiden tabu.«

»Aber ...«

Ich zog Cornfeld am Arm nach draußen. »Seien Sie verdammt nochmal still! Beantworten Sie brav alle Fragen und unterlassen Sie dumme Kommentare!«

Brünstrup winkte uns zu einem Polizeitransporter, der auf der gekiesten Auffahrt stand.

»Soll ich zusehen, wie diese sturen deutschen Beamten ihren Dienst nach Vorschrift abspulen, während Pia umgebracht wird?«

»Wenn wir hier stundenlang festsitzen, können wir gar nichts unternehmen.«

»Sagen Sie bloß, Sie haben eine Idee?«

Ich schaute ihn an. »Wollen Sie sie hören?«

»Natürlich.«

»Dann machen Sie, was ich Ihnen gesagt habe!«

Die nächste Stunde verbrachten wir in dem stickigen Polizeiwagen. Brünstrup notierte akribisch unsere Aussagen und nahm die Personalien von Cornfeld und Pia Petry auf. Schließlich erkundigte sie sich nach einem Foto.

»Ich habe kein Foto dabei«, sagte Cornfeld. »Sie ist meine Chefin, nicht meine Freundin.«

So nah standen sie sich also offenbar nicht.

»Ohne ein aktuelles Foto gestaltet sich die Suche etwas schwierig«, bemerkte Brünstrup spitz.

»Ich werde eins besorgen«, antwortete er giftig. »Per Fax, E-Mail oder wie auch immer. Sie werden auf jeden Fall ein Foto bekommen.«

»Gut. Sobald Sie es haben, geben Sie es bitte bei der Mordkommission im Polizeipräsidium ab. Morgen früh um neun erwarte ich Sie beide zur Unterzeichnung des Protokolls.«

Und dann durften wir endlich gehen.

Cornfeld konnte es kaum abwarten, bis wir in meinem Wagen saßen. »Schießen Sie los!«

Ich bog auf die Straße, die nach Hiltrup führte. »Ich habe Ihnen doch von den Fotos erzählt, die mir Wegener zugespielt hat. Averbecks SM-Nummer mit der Verkäuferin.«

»Und?«

»Pia hat Wegener ein paar Stunden nach dem Mord in seinem Haus gesehen, mit einer Kiste in den Händen. Und ich glaube nicht, dass er versucht hat, den Mord zu vertuschen.«

In Cornfelds Kopf arbeitete es. »Er wollte belastendes Material beiseite schaffen.«

»Richtig. Ich wette, dass in der Kiste die Videokamera war. Und das heißt: Er besitzt Aufnahmen von dem Mord. Warum hat er die nicht der Polizei zukommen lassen?«

»Weil Averbeck nicht der Mörder ist«, kombinierte Cornfeld.

»Mit den Fotos, dem erzwungenen Schuldbekenntnis und dem fingierten Selbstmord wollte Wegener der Polizei eine Lösung des Falls anbieten. Hätte er sich ein bisschen geschickter angestellt, wäre ihm das vielleicht auch gelungen.«

»Sie denken, Wegener selbst hat die Verkäuferin umgebracht? Aber wozu?«

»Vielleicht hat er Averbeck einen Gefallen getan, wie im *Club Marquis*, als er Renate verletzt hat. Wenn es stimmt, dass die Verkäuferin Averbeck erpresst hat, musste er sie loswerden. Und Wegener hat ihm gerne geholfen, denn vermutlich ging es um das Geld, das sie gemeinsam hinterzogen haben.«

»Und anschließend erledigt er auch noch Averbeck?«, zweifelte Cornfeld.

»Perfide, aber logisch. Damit hat er der Polizei einen Täter geliefert und die gesamte Summe für sich allein.«

Cornfeld schaute nach draußen. »Wo fahren wir eigentlich hin? Das ist doch nicht die Straße nach Münster.«

»Zum Bauernhof von Marie Niehues.«

»Und warum haben Sie das nicht der Polizei erzählt?«

»Damit noch ein paar Stunden vergehen, bevor etwas passiert? Sie haben doch gesehen, wie die Polizei arbeitet. Ohne Durchsuchungsbeschluss geht gar nichts. Ich würde Pia gerne lebend befreien.«

Schlimmeres wollte ich mir im Moment nicht vorstellen.

Cornfeld lehnte seinen Kopf gegen die Kopfstütze. »Verdammt! Hoffentlich kommen wir nicht zu spät.«

Das hoffte ich auch. Denn Stürzenbechers Geschichte von der Eisdiele war zu schön, um wahr zu sein.

31

Pia Petry trinkt zu viel und verplappert sich

Wie ein aufgescheuchtes Huhn renne ich durch Dracus Wohnung und suche meinen Trenchcoat. Als ich ihn gefunden habe, schlüpfe ich hinein, nehme aber vorsichtshalber mein Reizgas aus der Manteltasche und behalte es in der

[illegible] hte hier zu heiß. Auch
gesetzt. Denn wenn
er mit hoher Wahr-
alten Meyerink und
, von dem Jochen
ng gegen ihn ange-
nd weiß der Teufel
ist er sogar Tanjas

mich in einem rela-
acu praktizierender
llertür gibt, hinter
mit einem halben
ht vor, länger die

h ein Geräusch an
am.
Tür knirscht und
krampfen sich um
zurück. Und ich
nichts geschehen.
wollen, weil mir

Dann steht er vor mir. In seiner ganzen Pracht und Herrlichkeit. Zwei Meter groß, mit einem Kreuz, das jedem

Wrestler alle Ehre machen würde, Oberarmen, die fast die Ärmel seiner Lederjacke sprengen, und Haaren, die ihm tropfnass ins Gesicht hängen. Sofort entspanne ich mich.

»Götz!«, rufe ich erleichtert. »Was machst du denn hier?«

»Ich wohne hier«, antwortet er treuherzig, während ihm das Regenwasser vom Kinn auf das T-Shirt tropft. Er sieht aus, als habe er die letzten Stunden unter der Dusche zugebracht. Die Brühe läuft in dünnen Rinnsalen aus seiner voll gesogenen Jacke, tropft auf die völlig durchnässten Jeans und von dort auf die aufgeweichten, ehemals weißen und jetzt schlammig grauen Turnschuhe.

»Ich denke, du arbeitest heute Abend?«

»Schon. Aber Dracu hatte einen Unfall.«

»Einen Unfall?«, frage ich erschrocken.

»Ja. Er hat eine Fahrradfahrerin auf die Hörner genommen. Die ist jetzt im Krankenhaus. Bis klar ist, wie schwer sie verletzt ist, bleibt er erst mal da. Solang leiste ich dir Gesellschaft. Wenn es dir recht ist.«

»Das ist nett«, sage ich. »Aber wegen mir kannst du ruhig wieder zurück …«

»Lass mal. Ich muss heute nicht mehr in den Club. Ich habe mit einem Kollegen getauscht.«

»Weißt du was von meiner Tasche? Dracu wollte sie holen«, frage ich vorsichtig.

»Keine Ahnung«, sagt er und geht ins Bad. Ich stecke mein Reizgas wieder zurück und folge ihm.

Götz lässt seine Jacke auf den Boden fallen, zieht Schuhe und Socken aus, rubbelt sich mit einem großen Frotteehandtuch die Haare trocken. Ich stehe in der Tür und beobachte ihn. Sogar sein T-Shirt ist nass. So nass, dass seine Muskeln deutlich durch den weißen Stoff hindurch zu erkennen sind.

»Wolltest du weg?«, fragt er und mustert mich neugierig.

»Nein, nein«, sage ich und zupfe verlegen an meinem

Trenchcoat herum. »Ich wollte nur ein bisschen an die frische Luft. Einen kleinen Spaziergang machen. Wie hast du es geschafft, so nass zu werden?«, versuche ich, ihn abzulenken.

»Mein Auto ist nicht angesprungen. Und finde mal bei dem Sauwetter jemanden, der dir Starthilfe gibt. Das hat ewig gedauert.«

Er zieht den Gürtel aus seiner Hose. »Ich würde mich jetzt gerne umziehen …«

»Klar«, sage ich. »Aber weißt du, ich könnte jetzt eigentlich auch gehen. Du bist bestimmt müde und willst deine Ruhe haben …«

Er sieht mich enttäuscht an »Ach komm«, sagt er, »du musst doch auch Hunger haben. Ich dachte, wir kochen etwas Leckeres, machen uns einen gemütlichen Abend und warten zusammen auf Dracu.«

»Weißt du …«

»Du musst keine Angst haben. Ich bin ein echt netter Kerl«, sagt er, »und beißen tu ich auch nicht. Ehrenwort.«

Was sollte ich dazu sagen? Wie hätte ich seinen Überredungskünsten und seinem treuherzigen Dackelblick widerstehen können? Ich habe meinen Mantel ausgezogen und mich in die Küche getrollt. Und da stehen wir zwei jetzt und kochen. Ich rühre Schnittlauchquark an, Götz wendet die Rindersteaks in der Pfanne. Er gibt sich wirklich jede Mühe, nett zu sein, ist charmant und aufmerksam, ohne dabei aufdringlich zu wirken. Mit ihm an meiner Seite fühle ich mich ein bisschen sicherer. Und sehe Dracus Ankunft mit einer gewissen Gelassenheit entgegen. Was nicht heißt, dass ich nicht die nächste Gelegenheit für einen Aufbruch nutzen werde.

Nach einer guten halben Stunde sitzen wir endlich am Tisch.

»Das sieht lecker aus«, lobe ich unsere Kochkünste.

Götz nickt. »Dracu kauft nur gesunde Sachen ein«, erklärt er. »Das Fleisch ist bestimmt vom Biometzger.« Dann zwinkert er mir zu. »Und der hat das Tier wahrscheinlich von Geburt an und mit Namen gekannt.«

»Normalerweise esse ich nichts, was einen Namen hat«, antworte ich, nippe an einem Glas Rotwein und betrachte das Fleisch, das in einer Pfütze aus Blut und Bratensaft vor mir auf dem Teller liegt. »Aber heute mache ich eine Ausnahme.«

Götz grinst. »Okay, dann mache ich auch eine.«

Das Steak ist fantastisch und absorbiert meine gesamte Aufmerksamkeit. Als mein Teller schon halb leer ist, fällt mir ein, dass ich ja auch noch einen Job zu erledigen habe.

»Wie lange wohnst du eigentlich schon hier?«, frage ich und tupfe mir den Mund mit der Serviette ab.

»Ein halbes Jahr. Ich bin auf der Suche nach einer eigenen Wohnung. Aber das ist gar nicht so einfach.«

Und wahrscheinlich ist es auch nicht so dringend, weil es hier ja viel bequemer ist, denke ich.

»Wie habt ihr euch denn kennen gelernt? Du und Dracu.«

»Im Club. Wir kommen beide aus Argentinien. Das verbindet. Und als mich meine Freundin rausgeschmissen hat, konnte ich hier unterkriechen.«

»Das ist natürlich praktisch«, sage ich. »Und wieso sprichst du so gut Deutsch?«

»Ich bin zweisprachig groß geworden.«

»Das wäre ich auch gerne«, antworte ich und deute auf die Weinflasche, die hinter Götz auf einer Anrichte steht. »Könntest du mir bitte noch etwas geben?«

Götz greift hinter sich, nimmt die Flasche und schenkt mir ein.

Ich lasse den Rotwein genüsslich in meinem Glas kreisen und rechne nach, dass ich nach drei Gläsern Portwein jetzt schon bei meinem zweiten Glas Rotwein angekommen bin.

Ich sollte mich ein bisschen zurückhalten. Sonst fange ich an zu lallen, bevor das Dessert serviert wird.

»Das Fleisch ist so was von weich und saftig«, schwärmt Götz begeistert. »Dracu weiß schon, warum er so großen Wert auf gutes Essen legt.«

»Das glaube ich«, antworte ich. »Die Mahlzeiten im Knast werden nicht so toll gewesen sein.«

Götz zieht unmerklich die Augenbrauen hoch. »Wie kommst du denn darauf?«

»Ganz einfach«, sage ich, »Dracu heißt im wahren Leben Raoul Meyer. Oder? Meyer wie Meyerink. Habe ich Recht?«

Einen Moment zögert er. »Ja, klar«, sagt er. »Das steht ja auch an der Tür.«

»Richtig! Und wenn er Raoul Meyer ist, dann war er im Gefängnis.«

»Woher weißt du das?«

»Von einer Bekannten.«

»Von Renate?«

»Nein, jemand, den du nicht kennst.«

»Was hat dieser Jemand denn sonst noch so erzählt?«, fragt er.

»Dass Dracu mit zwei Kilo Koks geschnappt worden ist und die Familie ihn deshalb verstoßen hat. Wobei ich eins nicht verstehe: Wie kann man so blöd sein und mit zwei Kilo Rauschgift einreisen? Das musste doch schief gehen ...«

»Er war es nicht!«

»Er ist unschuldig?« Ich verziehe das Gesicht. »So wie alle Leute, die erwischt werden.«

Götz fährt sich mit der Hand durch sein nasses Haar und greift nach seinem Glas. »Er hatte wirklich nichts damit zu tun. Das Rauschgift hat ihm jemand untergeschoben.«

»Und wer soll das gewesen sein?«

»Jochen!«

»Ah ja«, sage ich wenig überzeugt.

»Nicht persönlich natürlich. Die Drecksarbeit lässt er ja immer andere machen.«

»Und aus welchem Grund soll er das getan haben?«

»Eifersucht«, erklärt Götz. »Der alte Meyerink mochte Raoul und hat ihm einen Job in seiner Firma in Münster angeboten. Und da hat Jochen Schiss gekriegt, hat Angst gehabt, Raoul könne ihm seine Stellung streitig machen.«

»Und das hat dir alles Dracu erzählt?«

»Klar. Schließlich sind wir befreundet.«

Er steht auf, sammelt die schmutzigen Teller ein und verschwindet damit in der Küche.

»Was hältst du von einem Nachtisch?«, ruft er.

»Was gibt es denn?«, frage ich und folge ihm.

Götz steht vor dem offenen Kühlschrank. »Tiramisu könnte ich anbieten.«

»Einverstanden!«

Gegen die Arbeitsplatte gelehnt, beobachte ich, wie er eine Glasschale mit Tiramisu auf den Tisch stellt und die Süßspeise mit einem großen Messer portioniert.

Er wischt sich mit dem Handrücken über die Stirn und schmiert sich dabei etwas von der süßen Creme in die Haare.

»Vorsicht«, sage ich und halte seine Hand fest, »du hast dich bekleckert.«

Vor allem das geflochtene Lederarmband, das er am rechten Handgelenk trägt, ist völlig verklebt. Er geht zum Waschbecken, wäscht sich die Hände und lässt Wasser über das Armband laufen.

»Ich bin nicht gerade der geborene Koch«, sagt er entschuldigend.

»Für einen Mann machst du das schon ganz gut«, antworte ich und sehe mich suchend um. »Wir brauchen Dessertteller«, verkünde ich und fange an, wahllos Küchenschränke aufzureißen.

»Weißt du, dass Jochen Dracu für alles verantwortlich macht?«, frage ich, während ich zwei kleine Glasschüsselchen aus dem Schrank nehme. »Dass er behauptet, Dracu sei daran schuld, dass Renate ausgezogen ist und er seinen Job verloren hat?«

»Jochen gibt immer anderen die Schuld. Der hat noch nie in seinem Leben für irgendetwas die Verantwortung übernommen.«

»Aber wer hat Renate verletzt, wer hat die Verkäuferin umgebracht? Wie hängt das alles zusammen?«

»Das war Jochen!«, sagt Götz in einem Ton, als könne er nicht fassen, dass ich das immer noch nicht begriffen habe. »Er wollte Renate eine Lektion erteilen, klarstellen, was sie zu erwarten hat, sollte sie sich je von ihm trennen wollen. Und Tanja wollte er daran hindern, ihre SM-Affäre öffentlich zu machen.«

»Etwas wundert mich: Wenn Jochen daran schuld ist, dass Dracu unschuldig im Knast war, dass Renate schwer verletzt und eine junge Frau getötet wurde, warum unternimmt Dracu dann nichts? Ich meine, wenn mir jemand Rauschgift untergejubelt und ich deswegen jahrelang unschuldig im Knast gesessen hätte, ich würde ja sonst was tun, um den Kerl fertig zu machen.«

Götz steht mit verschränkten Armen vor mir und mustert mich lächelnd. »Jochen gräbt sich sein eigenes Grab, da muss sich niemand die Finger schmutzig machen. Dracu schon gar nicht.«

»Das ist ja eine sehr pazifistische Einstellung«, sage ich.

»Du meinst, eine zu pazifistische für einen Sadisten?«, fragt er, während er zwei Portionen Tiramisu auf die Glasschüsselchen verteilt.

Ich nicke.

»Das siehst du falsch. Sadisten reagieren sich an Masochistinnen ab. Im normalen Leben sind das die friedlichsten und nettesten Menschen, die man sich vorstellen kann. Das siehst du ja an mir.«

Irgendwo in der Wohnung klingelt ein Telefon. Götz entschuldigt sich und verlässt die Küche.

Ich warte. Dann schleiche ich hinter ihm her. Seine Stimme kommt aus dem Arbeitszimmer. Als ich mich auf Zehenspitzen der Tür nähere, wird sie von innen zugeschlagen. Offensichtlich möchte er bei diesem Telefonat nicht gestört werden. Ich versuche, etwas von dem Gespräch mitzubekommen, kann aber nur Gemurmel hören. Zwei Wörter verstehe ich dann aber doch, klar und deutlich: »Bis nachher.«

Blitzschnell haste ich zur gegenüberliegenden Wandseite und tue, als wäre ich in die Betrachtung eines der Filmplakate vertieft. »Kannst du mir erklären, was die gute alte Emma Peel mit SM zu tun hat?«, frage ich, als Götz aus dem Schlafzimmer kommt.

Er bleibt wenige Meter von mir entfernt stehen und mustert mich. Lange, sehr lange. Erst dann bequemt er sich zu einer Antwort.

»Nun«, sagt er, »als 1961 in England die Serie *The Avengers,* in Deutschland hieß sie später *Mit Schirm, Charme und Melone,* startete, sollte Mrs. Emma Peel ursprünglich ein Lederkostüm mit Schnürstiefeln, Korsage und Gesichtsmaske tragen. Dieses Outfit war den Filmproduzenten aber dann doch zu heavy und wurde deshalb nochmal geändert.«

Während er spricht, lässt er mich nicht aus den Augen. Er schlendert langsam zum Esstisch, legt dort sein Handy ab und deutet auf das Plakat. »Der Lederanzug ist auch nicht schlecht, aber lang nicht so sexy. Was allerdings nichts daran ändert, dass Diana Rigg als Emma Peel Kultstatus erreicht hat. Und weißt du auch wo?« Er kommt auf mich zu und bleibt ganz dicht vor mir stehen.

Ich schüttele den Kopf.

»In der britischen Fetisch- und SM-Subkultur. Der Name *Mrs. Emma Peel* leitet sich angeblich von *Miss SM-Appeal* ab.«

»Ach«, sage ich und betrachte das Plakat jetzt mit ganz anderen Augen. Stimmt schon, so ein bisschen was SM-Artiges hat sie, die gute Diana Rigg, wie sie da hocherhobenen Hauptes, ganz in Leder gekleidet neben Patrick Macnee steht.

»Meinst du, er hat ihr die Stiefel geleckt?«, frage ich.

Götz kommt mit seinem Mund ganz nah an mein Ohr. »Hast du gelauscht?«

»Was?«

»Ob du gelauscht hast?«, fragt er.

»Ich? Ähh, nein. So etwas würde ich nie ...«

»Dann weißt du's also nicht.«

»Was weiß ich nicht?«

»Dass Jochen tot ist.«

»Was? Machst du jetzt Witze?«, frage ich entsetzt.

»So makaber ist mein Humor nun auch wieder nicht«, antwortet er, fasst mich am Arm und dirigiert mich zur Couch.

»Tot?«, frage ich und lasse mich auf die Polster sinken. »Wieso denn tot?«

»Er hat sich aufgehängt.«

»Aufgehängt«, wiederhole ich. »Aber warum denn?«

»Die Polizei hat einen Abschiedsbrief gefunden. Darin bezichtigt er sich des Mordes an Tanja und gibt zu, Renate verletzt zu haben.«

Warum hat er mich dann engagiert? Das macht doch alles keinen Sinn, schießt es mir durch den Kopf.

»Was ist?«, fragt er. »Woran denkst du?«

»Wer hat dich angerufen?«

»Männe.«

Er steht auf und bringt mir mein Glas Rotwein.

»Hier«, sagt er. »Das ist gut für die Nerven.«

»Mein Gott, das muss entsetzlich für Renate sein«, sage ich und leere das Glas auf einen Zug.

Götz holt die Flasche und gießt mir nach. »Ja«, sagt er. »Das muss es wohl.«

Wir sitzen nebeneinander. Ich nippe an meinem Wein, Götz starrt aus dem Fenster. In meinem Kopf rasen die Gedanken wie aufgescheuchte Ameisen kreuz und quer durcheinander.

»Und das war ganz sicher Selbstmord?«, frage ich.

Er nickt und knotet sein Lederarmband auf.

»Wann ist es passiert?«

»Männe wusste es nicht so genau. Irgendwann heute Nachmittag.«

Geistesabwesend dröselt er den Lederzopf auseinander und lässt die drei Bänder durch seine Finger gleiten.

»Und was, wenn es Mord war?«

»Warum sollte es denn Mord sein?«, fragt er und verknüpft zwei der Bänder zu einem Weberknoten. Den kenne ich noch von den Pfadfindern.

»Und wenn Dracu ...«

»Vergiss es!« Götz winkt ab. »Der bringt niemanden um.«

»Vielleicht«, sage ich. »Vielleicht war es Renates Liebhaber?«

»Renate hat ein Verhältnis?«, fragt Götz.

»Ja! Sie hat einen Lover. Und mit dem ist irgendetwas faul. Vielleicht hat der ...«

»Pia, du fantasierst.« Er löst den Weberknoten, wickelt sich eines der Bänder um den Finger und verknotet es mit zwei halben Schlägen.

»Nein, nein, nein«, widerspreche ich und merke, dass meine Aussprache wegen des Alkohols etwas unsauber geworden ist. »In ihrem Sklavenvertrag steht, dass derjenige, der mit jemand anderem eine SM-Beziehung anfängt, sein Heil verwirkt hat.«

»Was auch immer das heißen mag«, antwortet Götz spöttisch.

»Götz, ich habe Tanja gesehen. Ich habe gesehen, was der Mörder ihr angetan hat, das war nicht Jochen, das glaube ich einfach nicht. Ich war mal mit ihm liiert, ich kenne ihn seit …«

Und dann fällt mein Blick auf den Knoten, den Götz zuletzt gemacht hat. Er sieht sehr auffällig aus, wie eine Kette, und ist sicher nicht einfach zu knüpfen. Ich weiß nicht, wie er heißt und wozu er dient. Aber ich weiß, dass ich ihn schon einmal gesehen habe. An dem Seil, das sich tief in den Hals der toten Verkäuferin eingeschnitten hatte.

32

Wilsberg verursacht einen Sprachfehler

Marie Niehues war nicht erfreut, mich zu sehen. Bevor ich einen Ton sagen konnte, wollte sie die Tür schon wieder zuschlagen. Gerade rechtzeitig brachte ich einen Fuß in den Türspalt.

»Verschwinden Sie!«, brüllte sie von innen.

Ich drückte von außen gegen die Tür. »Wo ist Ihr Bruder?«

»Hauen Sie ab! Oder ich rufe die Polizei.«

»Meinetwegen.« Ich quetschte mich ins Innere, darauf gefasst, dass sie mir die Augen auskratzen würde. »Wo hat er Pia Petry hingebracht?«

Sie schnaufte heftig, behielt ihre Krallen aber eingezogen. »Ich kenne keine Pia Petry.«

»Hören Sie auf mit den Spielchen, Frau Niehues. Ich rede von der Frau, die Ihr Bruder in der Villa Averbeck gekidnappt hat.«

»Was soll er getan haben?«, schrie sie. »Sie spinnen doch!«

Ich ging an ihr vorbei zur Wohnstube. »Dann sagen Sie mir, wo er ist. Ich frage ihn gerne selbst.«

Sie heftete sich an meine Fersen. »Ich habe ihn seit Tagen nicht mehr gesehen.«

Auf dem großen Holztisch standen Schüsseln mit Kartoffeln, Gemüse und Braten, außerdem zwei Teller und zwei Gläser.

»Und für wen haben Sie gedeckt?«

»Ich erwarte Besuch.«

»Frau Niehues«, ich versuchte, so freundlich zu klingen, wie es unter den gegebenen Umständen möglich war, »wollen Sie sich wirklich mitschuldig an einem Mord machen?

Ich verstehe ja, dass Sie Ihren Bruder schützen. Aber ist er es wert, dass Sie zwanzig Jahre ins Gefängnis gehen?«

»Mein Bruder hat niemanden getötet.«

Ich hörte ein leises Geräusch. Vielleicht hatte Cornfeld irgendwo eine Scheibe eingeschlagen. Auch Marie Niehues musste es gehört haben, doch sie schaute auf meine Füße und dann schnell weg, als hätte ich sie bei etwas ertappt.

Ein Verdacht keimte in mir auf. Ich packte den Perserteppich, der den Holzboden bedeckte, und schlug ihn zurück. Treffer! In die breiten Planken war eine quadratische Falltür eingelassen.

Mithilfe eines Metallrings, der an einer Seite befestigt war, klappte ich die Tür hoch. Eine Holztreppe und ein paar Quadratmeter nackte Betonfläche waren zu erkennen. Alles andere lag im Dunkeln.

»Wie schaltet man das Licht ein?«, fragte ich.

Wegeners Schwester war erstarrt.

Ich brüllte: »Pia! Bist du da unten?«

Keine Antwort.

Ich kniete mich neben die Öffnung und steckte meinen Kopf in das Loch. Das hätte ich besser nicht getan, denn im selben Moment bohrten sich die Läufe einer Flinte in meine Brust.

»Bewegen Sie sich nicht! Sonst jage ich Ihnen eine Ladung Schrot in den Leib«, sagte eine Männerstimme.

Ich bewegte mich nicht.

Wegener trat aus dem Schatten neben der Treppe. Der Kellerraum war keine zwei Meter hoch und so konnte er mir bequem das Gewehr vor die Nase halten, während er den Fuß auf die erste Treppenstufe setzte. »Und jetzt stehen Sie auf, ganz langsam, sodass ich Sie immer im Visier habe.«

In Ermangelung einer echten Alternative tat ich, was er wollte.

Er kam die Treppe herauf, ich trat mit erhobenen Händen

drei Schritte zurück. »Machen Sie keinen Unsinn, Wegener! Es ist vorbei.«

Er lachte nur. »Es ist vorbei, wenn ich es sage.«

»Die Polizei weiß über Sie Bescheid. Sie haben keine Chance.«

»Tatsächlich? Warum sind dann Sie hier und nicht die Polizei?«

Im hinteren Teil des Hauses polterte etwas, als ob eine Tür gegen die Wand knallen würde.

»Was war das?«, fragte Wegener seine Schwester.

»Vielleicht ist Karl zurückgekommen.«

»Der wollte doch nach Billerbeck.«

Ich rang mir ein selbstsicheres Grinsen ab. »Glauben Sie wirklich, ich würde ohne Rückendeckung hier auftauchen? Da draußen hockt ein komplettes Einsatzkommando der Polizei. Also seien Sie ein braver Junge und legen Sie das Gewehr auf den Tisch.«

»Unsinn«, fauchte Wegener. »Die Polizei ist nicht so blöd, jemanden wie Sie vorzuschicken. Marie, schau mal nach!«

»Volker …«

»Marie, tu, was ich sage!«

Offenbar war er der Ältere der Geschwister.

Marie verschwand und Wegener wurde von Sekunde zu Sekunde nervöser. Das gefiel mir gar nicht. Aus einem Meter Entfernung konnte er mich unmöglich verfehlen.

Marie schrie auf. Dann kehrte wieder Stille ein.

»Marie!«, brüllte Wegener. »Was ist?«

Er schwenkte das Gewehr zur Tür. Vielleicht meine letzte Gelegenheit, glimpflich aus der Sache herauszukommen. Ich sprang nach vorn, packte die Läufe und drehte sie nach oben. Ein Schuss explodierte neben meinem Ohr, Putz rieselte von der Decke. Vom Knall halb betäubt, trat ich Wegener mit aller Kraft vors Schienbein. Er jaulte auf und lockerte den Griff. Ich entriss ihm das Gewehr und schlug den Schaft gegen seine Wange. Röchelnd taumelte er zurück. Sein Gesicht sah nicht gut aus. Das linke Jochbein ragte ungesund nach oben und der Kiefer hatte wohl auch etwas abbekommen. Wegener presste beide Hände an den Kopf und gurgelte etwas, das wie »Wein« klang, aber vermutlich »Schwein« heißen sollte.

Und dann erschienen Cornfeld und Marie. Er hatte ihren rechten Arm auf den Rücken gedreht und hielt ihr den Mund zu. Vor einer Minute wäre das vielleicht noch eindrucksvoll gewesen, jetzt wirkte es eher unpassend.

»Wieso hat das so lange gedauert?«, meckerte ich.

»Ich musste erst ein Werkzeug finden, um die Tür aufzubrechen«, verteidigte er sich. »Diese Bauernhäuser sind solide gebaut.«

Marie riss sich los und rannte zu ihrem Bruder, der an der Wand lehnte und in Zeitlupe abwärts rutschte, bis er auf seinem Hintern saß.

»Was haben Sie mit ihm gemacht?«, schrie sie mich an.

»Ich habe ihn jedenfalls nicht erschossen«, sagte ich. »Und ich glaube, das war das, was er mit mir vorhatte.«

Ganz ungeschoren war ich allerdings nicht davongekommen. Das Klingeln in meinem Ohr wollte nicht aufhören. Ich konnte nur hoffen, dass ich mir keinen Tinnitus eingefangen hatte.

Während sich Marie um ihren Bruder kümmerte, kontrollierte ich das Gewehr. Im zweiten Lauf steckte noch eine Patrone. Beruhigend zu wissen.

»Ich passe auf«, sagte ich zu Cornfeld. »Schauen Sie sich unten mal um!«

Cornfeld stieg die Treppe hinunter und fand den Lichtschalter. Nach einer Minute kam er wieder herauf. »Da ist niemand.«

»Das hätte ich Ihnen auch sagen können«, giftete Marie.

Ich ging auf das Geschwisterpaar zu. »Wo ist Pia Petry?«

Wegener reagierte nicht.

Ich holte mit dem Gewehr zu einem Schlag aus.

»Nein!«, schrie Marie.

Wegener schüttelte den Kopf. »Wei nich.«

»Die Frau, die Ihnen in die Quere gekommen ist, als Sie Averbeck umgebracht haben.«

»Avebe ot?« Das Erstaunen in seinen Augen wirkte echt.

Ich war verwirrt. Sollte meine ganze Theorie nur eine Luftnummer gewesen sein?

»Sie sind an der falschen Adresse«, sagte Marie mit gepresster Stimme. »Lassen Sie uns endlich in Ruhe!«

Ich guckte Cornfeld an, der meine Verunsicherung bemerkte.

»Sie wissen doch was«, übernahm er die Initiative. »Wir werden nicht gehen, bevor wir erfahren haben, wo Pia ist.«

»Was ist mit der Verkäuferin aus dem SM-Laden?«, fragte ich Wegener. »Die in Ihrer Wohnung brutal zu Tode gefoltert worden ist. Wer hat das getan? Und erzählen Sie mir nicht, dass es Averbeck war.«

Wegener schaute zur Seite.

»Sie haben Aufnahmen von dem Mord. Also los! Packen Sie endlich aus!«

Marie stand auf. »Wenn ich Ihnen sage, wer es war – verschwinden Sie dann?«

»Was Sie sagen, interessiert mich nicht. Ich will die Bilder sehen.«

»Also gut.« Sie bewegte sich auf das Kellerloch zu.

»Maiii!«, protestierte Wegener.

»Das muss sein, Volker.«

»Gehen Sie mit!«, sagte ich zu Cornfeld. »Und seien Sie vorsichtig! Könnte sein, dass da noch eine Waffe versteckt ist.«

Wegener betastete sein Gesicht. »Se aben mi Nochen bochen.«

»Das verheilt in ein paar Wochen. Aber zwei Menschen sind tot. Das lässt sich nicht rückgängig machen. Und das Leben einer Frau ist in Gefahr. Wenn Sie ein bisschen Menschlichkeit im Leib haben, spucken Sie aus, was Sie wissen.«

Er spuckte, allerdings nur Blut und ein Stück Zahn.

Danach schwieg er, bis Marie mit einem Stapel Fotos zurückkehrte. »Der Mann heißt Raoul Meyer.«

Raoul Meyer? Wer war das? Ich erinnerte mich dunkel, den Namen schon mal gehört zu haben. Im Zusammenhang mit der Gästeliste des *Club Marquis*. Er gehörte zu den Vorbestraften. Ich hatte ihn nicht weiter beachtet, weil es um ein Rauschgiftdelikt gegangen war.

»Er arbeitet in diesem SM-Club.«

Arbeitet? »Meinen Sie Dracu?«

»Nein. Ich glaube, er nennt sich Götz.«

Mir fiel ein, dass ich Clara Heusken gebeten hatte, auch die Namen der Angestellten auf die Liste zu setzen.

Ich nahm Marie die Fotos aus der Hand. Götz und die Verkäuferin. Meine Hände zitterten, als ich ein Bild nach dem anderen betrachtete. Zuerst schien sie sich nicht gewehrt zu haben. Und dann gab es diesen Moment, als sie merkte, dass etwas nicht stimmte, dass es kein Spiel war, dass es um ihr Leben ging. Ihre vor Entsetzen weit aufgerissenen Augen. Den Rest wollte ich nicht mehr sehen. Ich gab Cornfeld die Fotos.

»Warum hat er sie umgebracht?«, wandte ich mich an Wegener. Meine Stimme klang heiser.

Er vermied den Blickkontakt.

»Verdammt nochmal, Wegener, ich will wissen, warum er das getan hat. Sonst schlag ich Ihnen auch noch die andere Gesichtshälfte zu Brei.«

»Es ging nicht um die Frau, es ging um Averbeck«, sagte Marie. »Averbeck hatte dafür gesorgt, dass Götz ins Gefängnis gekommen ist.«

»Diese Rauschgiftgeschichte«, vermutete ich.

»Ja. Averbeck hatte jemanden beauftragt, Götz ein paar Kilo Kokain unterzuschieben. Dann hat er den Behörden anonym einen Tipp gegeben. Götz wurde bei der Einreise nach Deutschland erwischt und verurteilt. Vor ein paar Monaten ist er aus dem Gefängnis entlassen worden.«

»Und wieso hat Averbeck das getan? Was hatte er gegen Götz?«

»Die beiden waren Konkurrenten.«

»Wie meinen Sie das?«, fragte ich.

»In der Firma.«

»Aber Averbeck hatte als Schwiegersohn des alten Meyerink doch sicher die besseren Karten.«

»Averbeck ist sein Schwiegersohn, Götz sein leiblicher Sohn.«

Ich fühlte mich wie ein Taucher, der nicht mehr weiß, wo oben und unten ist. »Götz ist der Bruder von Renate?«

»Ihr Halbbruder.«

Ich begriff gar nichts mehr.

»Und warum startet er seinen Rachefeldzug erst jetzt?«, fragte Cornfeld.

Nun schwieg auch Marie.

Und endlich hatte ich einen Lichtblick. »Weil Sie es ihm erst vor Kurzem erzählt haben«, schleuderte ich Wegener ins Gesicht. »Woher wussten Sie es? Hatte Averbeck Sie eingeweiht? Oder waren Sie es am Ende selbst, der Götz das Kokain ins Gepäck geschmuggelt hat?«

An Maries Reaktion merkte ich, dass ich richtig getippt hatte.

»Was hat Ihnen Averbeck dafür versprochen?«, fragte ich weiter. »Geld? Den Aufstieg in der Firma? Aber er hat sein Versprechen nicht gehalten. Deshalb haben Sie es ihm heimgezahlt und Götz als Henker benutzt.«

»Averbeck hat Volker belogen und betrogen«, sagte Marie.

»Alt en Und!«, nuschelte Wegener.

»Ist doch wahr«, beharrte seine Schwester. »Er hat dich immer nur benutzt. Volker sollte Chef der Niederlassung in Argentinien werden. Aber daraus ist nichts geworden, angeblich weil der alte Meyerink dagegen war. Und als die Sache mit den Geldschiebereien herauskam, hat Averbeck versucht, Volker zum Sündenbock zu machen. Gegenüber dem großen Boss hat er die verfolgte Unschuld gespielt, hintenrum war er längst dabei, Volker auszubooten und sich das ganze Geld unter den Nagel zu reißen.«

Sie störte sich offensichtlich nicht an der Feinheit, dass das schöne Vermögen unrechtmäßig erworben war und sie sich darüber aufregte, dass ein Betrüger seinen Komplizen übers Ohr gehauen hatte.

Ich zog mein Handy aus der Tasche und wählte die Nummer der Polizei.

»Was machen Sie da?«, fauchte Marie. »Sie haben versprochen zu gehen, wenn ich Ihnen helfe.«

»Ich habe gar nichts versprochen«, sagte ich.

Ich ließ mich nicht mit Stürzenbecher verbinden, sondern erzählte der Frau in der Zentrale, wo Wegener zu finden sei.

»Wir müssen Pia suchen«, flüsterte Cornfeld. »Wenn wir warten, bis die Polizei da ist, wird man uns festhalten.«

»Wir warten nicht«, sagte ich. »Im Handschuhfach meines Wagens liegen ein Paar Handschellen. Können Sie die holen?«

Es handelte sich um die Handschellen, mit denen mich Clara im *Club Marquis* gefesselt hatte. Ich hatte vergessen, sie ihr zurückzugeben. Als hätte ich geahnt, dass man mit ihnen auch etwas Nützliches anstellen konnte.

Begleitet von wüsten Beschimpfungen seiner Schwester, kettete ich Wegener an ein Heizungsrohr. Dann machten Cornfeld und ich, dass wir wegkamen.

Als wir das Auto erreichten, warf ich die Schrotflinte auf die Rückbank und Cornfeld den Autoschlüssel zu. »Sie fahren. Ich muss telefonieren.«

Auf der Straße nach Tilbeck hörten wir die erste Polizeisirene.

33

Pia Petry hat ein Problem

Götz starrt auf den Knoten in seiner Hand. »Du hast also Tanjas Leiche gesehen.«

Mein Mund wird trocken, mein Hals so eng, dass ich kaum noch Luft bekomme. Mein Gott, denke ich, hätte ich doch bloß meine Klappe gehalten. Ich sitze in der Höhle des Löwen, esse gemütlich Rindersteaks, trinke Unmengen von Rotwein und lege mal so eben meine Karten auf den Tisch. Als ginge es um nichts. Das ist, als würde man einem Entführer die Maske vom Gesicht reißen und erwarten, dass er einen danach noch am Leben lässt.

»Nein, nein«, sage ich und versuche, ruhig und harmlos zu klingen, »ich habe sie nicht gesehen. Ein Bekannter hat sie gesehen und der hat sie mir beschrieben. Und der hat sie so genau beschrieben, dass ich das Gefühl habe, ich hätte sie selbst gesehen.«

Was für einen Schafscheiß erzähle ich da nur? Das glaubt doch kein Mensch.

»Ich müsste mal kurz telefonieren«, sage ich und stehe auf. Götz' Handy liegt auf dem Esstisch. Wie in Zeitlupe bewege ich mich darauf zu, mit Schweißperlen auf der Stirn, so groß wie Glasmurmeln. Ich bete zu Gott, dass Götz eine lange Leitung oder den Intellekt eines Kaninchens hat. Dass der liebe Gott mir Hilfe oder eine Eingebung schickt. Dass ein Erdbeben, ein Tornado oder ein Blizzard Münster heimsuchen möge und mir die Gelegenheit zur Flucht gibt.

Nichts davon geschieht und dennoch erreiche ich das Telefon, ohne dass Götz versucht hätte, mich daran zu hindern. Aber ich spüre seinen Blick wie eine Pfeilspitze in meinem Rücken. Mit zittrigen Fingern tippe ich Wilsbergs

Nummer ein und lasse es klingeln. Einmal. Dann höre ich Götz' Stimme, die durch die Nebelwand meiner Panik hindurch ganz langsam in mein Bewusstsein einsickert.

»Hab ich dir erlaubt, mein Telefon zu benutzen?«

Er nimmt mir das Handy aus der Hand, freundlich lächelnd, steckt es in seinen Hosenbund, immer noch freundlich lächelnd. Und dann schlägt er mir mit der Faust ins Gesicht.

Der Schmerz ist unvorstellbar. Aber ich kann noch nicht einmal schreien, so tief sitzt der Schock. Götz greift in meine Haare und zerrt mich hinter sich her, durch das Wohnzimmer, durch den Flur, zu der Stahltür, von der ich annahm, dass sie in den Keller führt.

Sie führt in den Keller. Eine steile, schmale Treppe hinunter, die ich kaum erkennen kann, weil ich fast nichts mehr sehe. Mein Gesicht ist voller Blut. Ich schätze, die rechte Augenbraue ist aufgeplatzt. Völlig paralysiert stolpere ich die Stufen hinunter, in dem Gefühl, dass nicht real sein kann, was da gerade passiert. Noch nie in meinem Leben bin ich mit so hemmungsloser Gewalt konfrontiert worden. Noch nie habe ich die körperliche Überlegenheit eines anderen Menschen derart brutal zu spüren bekommen.

Götz gibt mir einen Stoß. Ich stolpere, kann mich aber wieder fangen. Drei Stufen weiter gibt er mir erneut einen Stoß.

Diesmal falle ich.

Ich muss ohnmächtig gewesen sein. Anders lässt sich nicht erklären, wie ich auf diese verdammte Streckbank geraten bin. An Händen und Füßen gefesselt, mit nichts weiter am Leib als Slip und BH. Mühsam versuche ich, mich zu erinnern. Versuche ich, zu dem Punkt zurückzufinden, an dem ich das Bewusstsein verloren habe. Das ist unglaublich anstrengend. Mir ist, als müsste ich durch einen Tunnel. Als müsste ich mich durch etwas fürchterlich Dunkles, Dickflüssiges hindurcharbeiten, um in mein Leben zurückzufinden. Es dauert, bis sich das Puzzle zusammensetzt. Götz! Er hat mich die Treppe hinuntergestoßen. Das weiß ich wieder. Ich bin gefallen, habe versucht, mich abzurollen, und konnte trotzdem nicht verhindern, mit dem Knie auf dem Betonboden aufzuschlagen. Der Schmerz schoss wie eine Pistolenkugel durch mein Bein. Danach setzt meine Erinnerung aus. War das der Moment, in dem ich ohnmächtig wurde?

Ich spüre, dass ich nicht allein bin. Leider kann ich nicht besonders gut sehen. Mein rechtes Auge ist völlig verklebt. Immerhin gelingt es mir mit ein bisschen Anstrengung, die Umrisse eines Mannes zu erkennen. Er steht auf der gegenüberliegenden Seite im Halbdunkel und beobachtet mich. Wie ein Wissenschaftler ein Versuchstier. Dann macht er einen Schritt nach vorn. Ins Licht.

»Ich habe Schmerzen«, sage ich.

Er reagiert nicht. Sein Gesicht ist so ausdruckslos wie ein Stück Papier.

»Verdammt, Götz! Ich brauche einen Arzt.«

Keine Antwort.

Eine Welle aus Panik und Verzweiflung schlägt über mir zusammen und presst mir die Luft aus dem Körper.

»Mach mich los! Sofort!« Ich zerre an den Lederriemen, mit denen ich festgebunden bin.

Doch Götz rührt sich nicht. Er sieht zu mir herüber, als böte ich ein Schauspiel, für das er bezahlt hat. Als habe er mit dem, was hier passiert, nichts zu tun und auch nicht vor, sich einzumischen. Hilflos sehe ich mich um und registriere meine Umgebung. Ich bin im Keller. Um mich herum jede Menge SM-Spielzeug. Das perfekte Folterstudio. Im Schein einer von der Decke baumelnden Glühbirne schimmert schwarzes Leder, funkeln Stahl und Chrom, glänzen dunkel lackierte Holzteile. An den Wänden hängen Peitschen,

Handschellen, Klammern, Gasmasken. Das volle Programm. Die zweite Panikwelle baut sich auf und schwappt mit Wucht über mich hinweg.

»Bitte«, sage ich. »Bitte, mach mich los!«

Götz hebt leicht die Augenbrauen.

»Ich schreie«, sage ich. Und dann schreie ich. So laut und so schrill, wie ich nur kann.

Götz verzieht das Gesicht. Ich weiß auch, warum. Der Keller ist schallisoliert. Also höre ich auf zu schreien. Es bringt nichts.

»Was soll das? Ich bin keine Masochistin«, sage ich stattdessen. »Ich habe keinen Bock auf diesen Scheiß.«

Behutsam bewegt er sich durch den Raum. Auf mich zu. Wie ein Tier, das sich anschleicht. »Deine Ausdrucksweise gefällt mir nicht«, sagt er leise.

»Götz«, erwidere ich und versuche, diese entsetzlich würgende Angst in den Griff zu bekommen, »eine Masochistin, die keinen Spaß an Schmerzen hat, die kann dich doch nicht wirklich interessieren?«

Er lacht. »Masochistinnen, die gequält werden wollen, finde ich langweilig. Ich stehe auf Frauen, die Angst haben, die schreien und wimmern, die um ihr Leben betteln«, sagt er. »Ich liebe das Entsetzen in ihren Gesichtern, die Panik in ihren Stimmen, die Hoffnung, die immer wieder aufkeimt, wenn sie glauben, ich ließe sie laufen.«

Er fährt mir mit einer blauen Vogelfeder über das Gesicht und lässt sie von meinem Hals über die Brust bis zum Bauch hinabgleiten. Der Federkiel hinterlässt eine unruhige rote Spur auf meiner Haut. O Gott, ist das mein Blut?

»Gib dir keine Mühe«, sagt er. »Und versuche nicht, mich in irgendwas reinzuquatschen. Dein bisschen Psychologie wird dir hier nicht raushelfen, Frau Privatdetektivin.«

Bei dem Wort ›Privatdetektivin‹ zucke ich zusammen. Verdammt, woher weiß er das?

»Wie kommst du auf diesen schwachsinnigen Namen: *P-Quadrat?*«, fragt er und hält mir meine Visitenkarte vor die Nase.

»Wie kommst du zu meiner Visitenkarte?«, frage ich zurück und kann mir die Antwort doch gleich selbst geben. »Du warst im Haus«, sage ich. »Dracu hatte einen Unfall.«

Götz steckt meine Karte in seine Hosentasche und malt mir ein großes, rotes S auf den Bauch.

»Du hast Jochen umgebracht«, sage ich.

Mit konzentrierter Miene zeichnet Götz ein zweites S auf meinen Oberarm.

»Warum?«

Er tritt einen Schritt zurück, betrachtet sein Werk und sieht dann kurz zu mir hoch. »Weil er sein Heil verwirkt hat. Er hat sich nicht an die Regeln gehalten.«

»Und du mimst jetzt den Rächer der betrogenen Masochistinnen?«, frage ich abschätzig.

»Nein«, sagt er. »Ich bin der Rächer von Renate. Ich lasse nicht zu, dass so ein Affe sie verarscht.«

Mein Gott, denke ich, ein tumber Muskelprotz, der sich in Renate verliebt hat und sich jetzt als ihr Ritter aufführt.

»Und Tanja?«, frage ich in der kindlichen Hoffnung, ihn in ein Gespräch verwickeln und dadurch von Schlimmerem abhalten zu können.

»Der wollte ich eigentlich nur eine kleine Lektion erteilen. Konnte ja nicht wissen, dass die blöde Kuh nichts aushält und gleich schlappmacht.«

Seine Bosheit und Abgebrühtheit sind wirklich nicht zu überbieten. »Und was ist mit mir?«

»Du weißt ein bisschen sehr viel. Und du hast den falschen Job.«

»Ich kann aber nichts beweisen«, sage ich eifrig.

»Aber du könntest die Polizei auf dumme Gedanken bringen.«

»Das würde ich nie ...«

»Mal sehen«, unterbricht er mich. »Mal sehen, wie du dich anstellst. Vielleicht beeindruckst du mich ja. Dann lasse ich dich unter Umständen laufen.«

Kein Wort glaube ich ihm. Er kann mich gar nicht laufen lassen. Nie im Leben.

»Aber jetzt«, sagt er und sieht sich suchend um, »jetzt schmeiß ich erst mal den Grill an.«

»DEN GRILL?«

»Wir machen ein kleines Rollenspiel«, sagt er vergnügt. »Du bist eine Sklavin, die an ihren neuen Besitzer verkauft worden ist. Und was macht man mit einer Sklavin, die man gerade neu erworben hat?«

Ich schüttele den Kopf. »Nein«, sage ich. »Nein. Bitte nein.«

»Doch, doch«, antwortet er in einem Ton, den normalerweise Mütter ihren ungezogenen Kindern gegenüber anschlagen. »Unser kleines Mädchen kriegt ein hübsches, kleines Branding. Ein S. Für Sklavin oder für Sadomasochismus.«

»Ich möchte ein anderes Rollenspiel«, sage ich. »Das gefällt mir nicht.«

»Zu spät.«

Er geht in den hinteren, für mich nicht einsehbaren Teil des Kellers und kommt mit einem fahrbaren Gartengrill zurück, auf dem sich Holzkohlen türmen. Es wäre zum Totlachen, wenn es nicht so entsetzlich wäre. Ich brauche einen Plan. Ich brauche sofort einen Plan. Wenn mir jetzt nichts einfällt, ende ich als Grillhähnchen.

»Können wir nicht etwas anderes machen?«, frage ich. »Ponyreiten zum Beispiel?«

Das ist bei einigen Sadomasochisten ausgesprochen beliebt. Es gibt sogar SM-Clubs, die einen komplett eingerichteten Pferdestall haben, eigens für Sadisten, die ihre Sklavinnen gerne mal satteln und sie die Gerte spüren lassen.

Götz schüttet Brennspiritus auf die Kohlen und wirft ein brennendes Streichholz hinterher. Dann kommt er ganz nah an mein Gesicht. »Gute Idee«, sagt er. »Ein Pony mit einem kaputten Knie, das auf allen vieren durch den Keller galoppiert. Das gefällt mir.«

Mir nicht. Ich schiele an mir herunter und stelle mit Entsetzen fest, dass mein Knie auf die Größe eines Tennisballs angeschwollen ist. Meine Panik ist so groß, dass sie alles überdeckt. Sogar den Schmerz.

Götz zieht die Schublade eines alten Arztschrankes auf. »Ich könnte dir aber auch ein paar hübsche Doktorspiele anbieten.«

Vorsichtig hebe ich den Kopf. In der Lade liegen akkurat aufgereiht: Skalpelle, Messer, Spritzen und andere gruselige Gegenstände, die jedem Operationssaal alle Ehre machen würden.

»Nein«, sage ich. »Das finde ich nicht so gut.«

Er zieht eine weitere Schublade auf. Dort stapeln sich Leder- und Latexmasken. »Atemkontrolle«, sagt er und zwinkert mir zu. »Es gibt Leute, die bekommen vom Keine-Luft-Kriegen einen Orgasmus.«

»Da gehöre ich nicht dazu.«

»Schade«, antwortet er. »Aber die Nacht ist ja lang. Wir werden noch so einiges ausprobieren.«

Er nimmt einen Metallstab von der Wand, an dessen Ende sich ein verschnörkeltes S befindet, und legt ihn zwischen die glühenden Kohlen. Mein Magen zieht sich zusammen und mir bricht der Schweiß aus. Ich muss mein Gehirn auf Trab bringen. Mir muss etwas einfallen. Und zwar sofort. Wie komme ich hier raus? Wie kann ich mich bemerkbar machen? Doch mir fällt nichts ein. Absolut überhaupt nichts. Ich werde an meiner Fantasielosigkeit sterben, denke ich entsetzt. Weit und breit sehe ich keine Möglichkeit, mich meiner Fesseln zu entledigen. Ich habe nicht die kleinste Idee. Da ist nichts, einfach gar nichts. Außer Angst. Einer abgrundtiefen, alles beherrschenden Angst, die jeden logischen Gedanken, jede Art von Planung unmöglich macht.

Ein knirschendes, metallisches Geräusch fährt mir in die Knochen. Die Kellertür wird aufgesperrt. Mein Herz macht einen Sprung. Ist das die Rettung? Ist dieser entsetzliche Albtraum endlich zu Ende?

Im hell erleuchteten Viereck der offen stehenden Tür taucht die schwarze Silhouette einer Frau auf. Die Tür fällt zu und die Frau verschwindet in der Dunkelheit. Ihre Schritte hallen, als sie die Treppe heruntergeht. Sie geht langsam. Und sie bleibt im Schatten. Ich bin wie erstarrt. Wer ist das? Warum reagiert sie nicht, sagt sie nichts?

Die Schritte kommen näher. Die Frau bewegt sich langsam in den Lichtkreis der Glühbirne hinein. Als ich ihr Gesicht erkenne, fällt die Erstarrung von mir ab und macht unendlicher Erleichterung Platz.

»RENATE!«, schreie ich und zerre wie verrückt an meinen Fesseln. »RENATE!«

Langsam dreht sie den Kopf in meine Richtung. »Hallo, Pia«, sagt sie.

»Renate«, rufe ich, »hilf mir, hol mich hier raus, bitte, ich bitte dich, tu was …«

Renate wendet sich an Götz. »Was ist mit ihrer Augenbraue?«, fragt sie so langsam, wie sie sich bewegt.

»Geplatzt«, antwortet er. »Kann man wieder nähen. Wird man hinterher gar nicht mehr sehen.«

»Er hat mir die Kniescheibe gebrochen«, kreische ich. »Er hat mich die Treppe runtergeschmissen. Renate, er ist wahnsinnig, der bringt mich um …«

Sie sieht mich an, als müsste sie überlegen, wer ich bin. »Raoul, du hast mir versprochen«, sagt sie wieder in diesem schleppenden Ton zu Götz, »dass ihr nichts passiert.«

Ich traue meinen Ohren nicht. Wie hat sie ihn genannt?

Raoul! Götz ist Raoul. Götz ist Renates Halbbruder. Deshalb spielt er sich als ihr Beschützer auf.

»Schatz«, sagt er und streicht ihr zärtlich eine Haarsträhne hinter das Ohr. »Wenn ich sie jetzt laufen lasse, geht sie zur Polizei. Wenn ich ihr eine Lektion erteile, wird sie brav sein. Weil sie weiß, dass ich sonst wiederkomme.« Er sieht in meine Richtung und tief in seinen Augen sitzt der blanke Hohn. »Diese Nacht wird sie nicht vergessen. Glaub mir.«

»Denk an Tanja«, sagt Renate leise.

Und dann passiert das Unvorstellbare. Sie küssen sich. Und sie küssen sich nicht, wie sich Geschwister küssen. Nein. Sondern wie Menschen, die sich lieben. Körperlich lieben. Das wird ja immer schlimmer, denke ich entsetzt. Jetzt wird mir klar, wieso Jochen damit drohte, Renates Liebesverhältnis in Münster bekannt zu machen. Dann wäre sie ruiniert gewesen. Ruiniert und blamiert. Mal davon abgesehen, dass Inzest in Deutschland strafbar ist.

Das war's, denke ich. Wenn die beiden ein Verhältnis haben, dann ein sadomasochistisches. Dann ist er Top und sie Bottom. Und damit ist völlig klar, dass Renate tun wird, was er will. Alle meine Hoffnungen sind dahin. Ich könnte kotzen vor Angst und Panik.

»Renate«, flüstere ich. »Renate, glaub ihm nicht. Der lässt mich nicht am Leben. Das kann er gar nicht. Ich bin viel zu gefährlich für ihn. Der bringt mich um. Wenn du mir nicht hilfst, bringt er mich um.«

Die beiden lösen sich voneinander. Renate wankt bedenklich. O Gott, denke ich, lass sie nicht betrunken sein.

»Renate, er lügt. Ich komme hier nicht lebend raus«, rede ich verzweifelt weiter.

Doch meine Freundin beachtet mich gar nicht. Sie greift nach Götz' Hand und verschränkt ihre Finger zwischen den seinen. »Die Polizei glaubt, dass Jochen ermordet worden ist«, sagt sie leise. »Sei vorsichtig.«

Götz' Gesichtszüge scheinen für den Bruchteil einer Sekunde zu versteinern. Das war mein Todesurteil. Es gibt absolut keine Chance mehr für mich, hier lebend herauszukommen. Ich bin endgültig zum untragbaren Risikofaktor mutiert.

»Du solltest jetzt gehen«, sagt Götz und schiebt Renate zur Treppe.

Sie wirft mir einen unsicheren Blick zu.

»Pia passiert schon nichts«, beschwichtigt er sie. »Wenn du wieder bei Sylvie bist, ruf mich an.«

Sie nickt. Dann verschwindet sie in der Dunkelheit. Und ich schreie wie am Spieß.

Mit wenigen Schritten ist Götz bei mir und hält mir Mund und Nase zu. Ich kriege keine Luft und sehe, fast ohnmächtig vor Entsetzen, wie Renate die Treppe hinaufgeht. Wie sich die Tür öffnet, wie das schimmernde Viereck auftaucht, das Leben, Freiheit und Erlösung verspricht, und wie es wieder verschwindet.

34

Wilsberg telefoniert viel und erfährt wenig

Laut Auskunft stand kein Raoul Meyer in Münsters Telefonbuch.

»Haben Sie nicht etwas von einer Liste erzählt?«, fragte Cornfeld.

»Ja, aber die hat mir Pia geklaut.«

Ich rief Clara Heusken an. An den Geräuschen hörte ich, dass sie ebenfalls im Auto saß. Die Clubbesitzerin war immer noch stinksauer auf mich und ich musste meine ganze Überredungskunst aufwenden, damit sie nicht sofort wieder auflegte.

»Jetzt sind Sie wohl völlig übergeschnappt«, beschimpfte sie mich, als ich den Namen Götz erwähnte »Erst verdächtigen Sie meinen Mann und dann unsere Angestellten.«

»Geben Sie mir einfach seine Adresse!«, bat ich.

»Er ist bei Dracu untergekommen.«

»Was?«

»Die beiden sind befreundet.«

»Und wo wohnt Dracu?«

»Denken Sie, ich kenne die Adressen unserer Gäste auswendig? Fragen Sie doch die Auskunft! Sein richtiger Name ist José Manzini.«

Damit war das Gespräch beendet.

»Verdammt!«, brüllte ich laut.

»Wohin jetzt?«, fragte Cornfeld sachlich.

Wir waren in Roxel.

»Richtung Zentrum.« Noch konnten wir nicht viel verkehrt machen. Es sei denn, Dracu wohnte gar nicht in Münster, sondern in einem der Schlafdörfer ringsum. Dann waren wir aufgeschmissen.

Ich probierte es erneut bei der Auskunft. Zwar gab es auch keinen José Manzini, dafür zwei J. Manzini. Eine Adresse befand sich im Erphoviertel, die andere in Kinderhaus. Während ich mein Handy anstarrte und auf eine Eingebung wartete, klingelte es einmal. Eine unbekannte Nummer erschien auf dem Display und verschwand sofort wieder. Vermutlich falsch gewählt.

»Können Sie nicht Ihren Freund von der Kripo fragen?«, schlug Cornfeld vor. »Diesen Störtebecker.«

»Stürzenbecher. Ich fürchte, er ist nicht in der Stimmung, uns zu helfen.«

Immerhin, ein Versuch war es wert. Ich öffnete die Liste mit den gespeicherten Nummern, als mir der Hauptkommissar zuvorkam. »So ein Zufall«, sagte ich, »ich wollte dich auch gerade anrufen.«

»Denkst du, du kannst mit uns Katz und Maus spielen?«, fuhr mir Stürzenbecher in die Parade. »Da hast du dich geschnitten. Den Polizeieinsatz wirst du persönlich bezahlen.«

»Wovon redest du? Habt ihr Wegener nicht verhaftet?«

»Nein. Da war kein Wegener auf dem Bauernhof.«

»Bitte? Ich habe ihn mit Handschellen an die Heizung gekettet.«

»Na klasse! Dann läuft er jetzt mit einem schicken Armreif rum. Du bist doch wirklich selten dämlich, Wilsberg! Glaubst du, in einem ordentlichen Bauernhaushalt gibt es keinen Bolzenschneider?«

»Ihr habt ihn also entkommen lassen?«

»Nicht wir, Wilsberg. Du! Du hast ihn gehabt und du hast ihn laufen lassen. Warum hast du nicht die verdammten fünf Minuten gewartet, bis die Polizei da war?«

Ich erklärte es ihm. Danach hörte ich sein vorwurfsvolles Schnaufen.

»Okay«, sagte er schließlich. »Komm zum Präsidium! Dann klären wir die Sache.«

»So viel Zeit haben wir nicht«, beschwor ich ihn. »Götz alias Raoul Meyer, Renate Averbecks Halbbruder, ist der Mörder. Und er hat Pia Petry in seiner Gewalt.«

»Hast du das Gleiche nicht auch von Wegener geglaubt?«

»Da habe ich mich geirrt. Jetzt irre ich mich nicht.«

»Komm zum Präsidium!«

»Ich habe die Fotos!«, schrie ich ihn an. »Fotos von dem Mord an der Verkäuferin. Es war weder Averbeck noch Wegener, sondern ganz eindeutig Götz. Und Götz hat auch Averbeck umgebracht. Begreifst du das endlich?«

»Ich verstehe dich sehr gut, du musst mich nicht anbrüllen.« Stürzenbecher blieb vollkommen ruhig. »Ich sage dir, was wir machen: Du zeigst mir die Fotos und ich schicke ein Einsatzkommando hin. Entweder es läuft so oder es läuft gar nicht. Von deinen Extratouren habe ich die Schnauze voll. Woher willst du überhaupt wissen, dass die Frau bei ihm ist?«

»Wo soll sie sonst sein? Sie hat ihn bei Averbeck gesehen.«

»Lass die Finger davon, Wilsberg! Was du nämlich noch nicht weißt: Wir haben noch eine Leiche gefunden.«

»Wen?«

»Den Chef der Verkäuferin aus dem SM-Laden, einen gewissen José Manzini. Seine Leiche lag im Kofferraum eines Thunderbird in der Nähe der Averbeck'schen Villa.«

Götz lief anscheinend Amok. Für einen Moment wurde mir schwarz vor Augen.

»Hörst du mir zu, Wilsberg?«, redete Stürzenbecher weiter. »Götz, Raoul Meyer, wer auch immer, ist extrem gefährlich. Wenn du dich da einmischst, gefährdest du die Frau und dich obendrein. Wir haben Profis, die auf so etwas spezialisiert sind.«

Ich bemühte mich, ruhig zu sprechen. »In der Zwischenzeit könnte sie tot sein. Damit möchte ich nicht leben. Also: Gibst du mir die Adresse?«

»Nein.«

»Dann schick wenigstens jemanden hin!«

Ich trennte die Verbindung und spürte einen schmerzhaften Druck in der Herzgegend.

»Was ist passiert?«, fragte Cornfeld.

»Dracu ist tot.«

»War das auch Götz?«

»Anzunehmen.«

Cornfeld machte eine Handbewegung. »Wir sind im Zentrum. Wohin jetzt?«

Kinderhaus oder Erphoviertel? Was passte eher zu Dracu? Ein Vorort mit Sozialbunkern, in denen sich niemand um den Sadisten von nebenan kümmern würde, oder ein gepflegtes, bürgerliches Wohnquartier? Wie ich Dracu einschätzte, war er ein Wolf im Schafspelz gewesen, einer, der älteren Damen in der Bäckerei die Tür aufhielt.

Ich dirigierte Cornfeld zum Erphoviertel, die Adresse lautete Kortenbeckstraße 17 B.

Keine zehn Minuten später standen wir auf der Kortenbeckstraße, was fehlte, war das Haus mit der Nummer 17 B.

Cornfeld kam von der anderen Seite zurück und schüttelte den Kopf. Was konnte dieses blöde B bedeuten? Zwischen zwei Häusern gab es eine große Toreinfahrt. Vielleicht wohnten Dracu und Götz in einem Hinterhaus?

Ich rannte zum Tor und durch einen dunklen Gang mit Mülltonnen. Und da stand es, das kleine, hell erleuchtete Hexerhäuschen, wie geschaffen für lange Folterabende.

Cornfeld war mir gefolgt. »Wie gehen wir vor?«

»Wir sondieren erst mal die Lage«, gab ich leise zurück. »Vorsichtig, er darf uns nicht bemerken.«

Im Wohnzimmer und in der Küche brannten Lampen. Durch die weißen Gardinen erkannten wir, dass sich kurz zuvor mindestens zwei Personen in den Räumen aufgehalten haben mussten. Die Essensreste auf den Tellern waren noch nicht eingetrocknet, die Rotweingläser im Wohnzimmer halb gefüllt. Aber von denjenigen, die gegessen und getrunken hatten, war nichts zu sehen und zu hören. Auch aus dem dunklen Obergeschoss kam nicht der leiseste Mucks.

»Schauen Sie sich die Filmplakate an den Wänden an!«, flüsterte ich.

Cornfeld nickte. »Wo können sie sein?«

Hatte Götz Pia woanders hingeschleppt? Besaß er irgendwo ein geheimes Versteck? Ich zog das Handy aus der Tasche und gab Dracus Festnetznummer ein. Im Haus klingelte das Telefon, aber niemand nahm ab.

»Und wenn wir einbrechen?«, schlug Cornfeld vor. »Vielleicht finden wir ja einen Hinweis, wo die beiden sind.«

»Ja«, stimmte ich zu. Obwohl ich nicht glaubte, dass Götz uns eine Wegbeschreibung dagelassen hatte.

Ich schaute mich nach einem Gegenstand um, mit dem ich ein Fenster einschlagen konnte, als von der Vorderseite des Hauses ein Klacken zu hören war. Als ob jemand die Haustür zugezogen hätte.

Eine Sekunde später lugten wir um die Ecke. Mit den tastenden Schritten einer Schlafwandlerin bewegte sich Renate Averbeck auf die Toreinfahrt zu. Wo war sie hergekommen?

Renate verschwand im Durchgang und wir hetzten hinterher. Auf dem Bürgersteig vor dem Vorderhaus holten wir sie ein. Sie bemerkte uns erst, als wir direkt vor ihr standen. Ihre Augen waren groß und leblos. Vermutlich wäre sie auch nicht überraschter gewesen, wenn die Straßenlaterne mit ihr geredet hätte.

»Guten Abend, Frau Averbeck.«

Sie hatte Probleme, mich zu identifizieren. »Was wollen Sie?«

»Wir suchen Raoul.«

»Raoul?« Ihre Aussprache wurde klarer, anscheinend wirkte das Wort wie ein kleiner Stromstoß.

»Ihren Halbbruder.«

»Wieso?«

»Wir möchten mit ihm sprechen.« Ich deutete zur Toreinfahrt. »Ist er zu Hause?«

»Nein.«

»Was haben Sie denn in dem Haus gemacht?«

»Das geht Sie nichts an.« Sie schob mich mit einer müden Bewegung zur Seite.

»Frau Averbeck«, ich hielt ihren Arm fest, »wir machen uns Sorgen um Pia. Pia ist doch Ihre Freundin.« Ich hoffte, dass sie noch so etwas Ähnliches wie Mitgefühl besaß.

Ihre Mundwinkel zuckten. »Pia geht es gut.«

»Das würden wir gern von ihr selbst hören.«

Sie versuchte, sich loszureißen, mit der Kraft eines dreijährigen Mädchens. »Lassen Sie mich! Sonst schreie ich, so laut ich kann.«

»Bitte!«, sagte ich eindringlich. »Helfen Sie uns! Raoul darf nicht noch jemanden umbringen. Er hat schon genug Unheil angerichtet.«

Sie schrie. Es klang wie das Gurgeln einer Ertrinkenden. Vor Schreck ließ ich sie los.

35

Pia Petry macht einen Vorschlag

Das war meine Chance. Meine letzte. Tränen laufen mir übers Gesicht. Meine Beine fangen an, unkontrolliert zu zittern.»Renate lässt mich nicht im Stich«, schluchze ich.

Götz gibt ein abfälliges Grunzen von sich und bewegt den Eisenstab zwischen den Kohlen hin und her. »Die ist bis obenhin mit Valium abgefüllt«, sagt er ungerührt. »Die kriegt rein gar nichts mehr auf die Reihe. Zumindest nicht heute Abend.«

Die Hoffnung stirbt zuletzt, denke ich. Aber bei mir stirbt sie jetzt. In diesem Moment. Denn ich wüsste wirklich nicht, woher er noch kommen sollte. Der Ritter in der funkelnden Rüstung, der auf seinem weißen Pferd durch die Gefängnismauern sprengt. Der Typ, der nie da ist, wenn man ihn braucht. Vielleicht sollte ich schon mal anfangen, mich aus meinem Körper zu verabschieden, überlege ich. Vielleicht gelingt es mir ja, mich kraft mentaler Energie aus meiner leiblichen Hülle herauszubegeben, an die Decke zu schweben und alles, was jetzt passieren wird, aus der Distanz zu beobachten, ohne es wirklich erleben zu müssen?

Da fällt mein Blick auf Götz' Handy, das immer noch in seinem Hosenbund steckt. GÖTZ' HANDY. Auf einmal funktioniert mein Gehirn wieder: schnell, klar, präzise. Ich habe als Letzte mit dem Handy telefoniert. Vorhin erst, als ich Wilsberg angerufen habe. Danach hat niemand mehr das Telefon benutzt. Das heißt: Ich muss an die Wahlwiederholungstaste heran. Ich muss Götz so nah kommen, dass ich mit den Fingerspitzen die Tasten seines Handys berühren und eine Verbindung zu Wilsberg herstellen kann. Dann muss ich nur noch sagen, wo ich bin. Natürlich so, dass

Götz nicht merkt, was ich da gerade mache. Ich habe noch eine Chance, denke ich verzweifelt. O lieber Gott, bitte, bitte, hilf mir, ich muss es schaffen. Diesmal darf nichts schief gehen.

»Götz«, sage ich und versuche das Zittern in meinen Beinen genauso zu unterdrücken wie das Zittern in meiner Stimme, »darf ich mir wenigstens aussuchen, wo das Branding hinkommt?«

Er sieht mich überrascht an. »Sicher.«

»Okay«, sage ich. »Dann male mir doch mal ein S auf den Oberschenkel ...«

36

Wilsberg trifft ins Schwarze

Während sich Renate langsam entfernte, klingelte mein Handy. Einen Moment lang war ich paralysiert. Ich wusste, dass ich Renate nicht gehen lassen durfte, sie war unsere Chance, Götz zu erwischen. Andererseits bestand die Möglichkeit, dass Pia an ein Telefon herangekommen war.

Ich brauchte eine endlos lange Sekunde, um mein Handy aus der Tasche zu fingern.

Dieselbe unbekannte Nummer, die schon vor einer halben Stunde auf dem Display erschienen war. Diesmal blieb sie stehen.

Ich nahm den Anruf an und sagte meinen Namen. Statt einer Antwort hörte ich ein metallisches Geräusch. Es hallte wie in einer Kirche – oder einer Gruft. Ich war kurz davor, »Hallo, wer ist da?« zu rufen, als ich Pia reden hörte.

»Wilsberg wird mich bestimmt suchen!«, sagte sie mit einer Stimme, die vor Panik vibrierte. Mir schlug das Herz bis zum Hals.

»Hier findet er dich nie«, hörte ich eine männliche Stimme, die eindeutig Götz gehörte.

Cornfeld starrte mich fragend an. Ich hielt das Mikro zu und deutete mit dem Kopf zu Renate. »Halten Sie sie auf, irgendwie!«

»… herausgefunden, dass du Raoul Meyer heißt«, hörte ich wieder Pia. »Und dass du in einem kleinen Hinterhaus mitten in der Stadt wohnst.«

»Warum schreist du denn so?«, fragte Götz. »Ich bin doch nicht schwerhörig.«

»Ich denke, dein Keller ist schallisoliert. Da kann ich doch so laut schreien, wie ich will. Oder? Raoul Meyer!«, rief sie jetzt laut. Wohl in der verzweifelten Hoffnung, dass ich auch alles verstand, was sie sagte.

Ich hätte ihr gerne geantwortet, ihr gesagt, dass die Botschaft bei mir angekommen sei, dass es sich nur noch um Minuten handeln könne, bis wir bei ihr seien. Aber ich durfte jetzt keinen Fehler machen.

Allerdings schien auch Götz zu kapieren, was da gerade passierte.

»Verdammt«, schrie er auf einmal. »Was hast du ...«

Dann war die Verbindung tot.

»Ich weiß, wo sie ist!«, brüllte ich und rannte zu Cornfeld, der mittlerweile Renate eingeholt hatte und gestikulierend auf sie einredete. Ich packte Renate am Arm und zerrte sie zur Toreinfahrt zurück. »Pia ist bei Raoul. Und Sie helfen uns jetzt, sie da rauszuholen.«

Renate war zu sehr damit beschäftigt, auf den Beinen zu bleiben, um lautstark protestieren zu können. Abgesehen von einem gehechelten »Unsinn« brachte sie nichts heraus.

Im unbeleuchteten Durchgang stieß ich sie gegen die Wand. »Geben Sie uns die Schlüssel!«

»Ich habe keine.«

»Durchsuchen!« Ich presste ihre Arme gegen den Beton, während Cornfeld sie abtastete.

Renate spuckte mir ins Gesicht. »Ich werde Sie anzeigen.«

»Kein Problem.«

»Ich hab ihn.« Cornfeld wedelte mit einem Schlüsselbund.

»Einen Moment.« Ich ließ Renate los und trat zurück. »Passen Sie auf, dass sie nicht wegläuft.«

»Das wird sie schon nicht«, sagte Cornfeld grimmig.

Ich hastete zu meinem Wagen und nahm die Schrotflinte von der Rückbank. Als ich zurückkam, zierten drei blutige Striemen Cornfelds Wange.

Er hielt Götz' Halbschwester im Polizeigriff und schob sie vor sich her zum Hinterhaus.

Renate schielte zu dem Gewehr: »Was haben Sie damit vor?«

»Nichts, wenn Sie und Raoul vernünftig sind.«

Wahrscheinlich zweifelte sie daran genauso wie ich.

Der dritte Schlüssel passte. Mit dem Gewehrlauf schob ich die Haustür auf. Eine reine Vorsichtsmaßnahme, denn eigentlich war ich sicher, dass Götz noch im Keller war. Ein kurzer Rundgang durch die Räume bestätigte meine Annahme.

»Was ist?«, drängte Cornfeld. »Schließen Sie die Kellertür auf!«

»Sofort.«

Ich nahm das Gewehr in die linke Hand und probierte alle Schlüssel durch. Fehlanzeige. Und einer Stahltür konnte das Schrotgewehr nichts anhaben.

»Wo ist der Kellerschlüssel?«, fragte ich Renate.

»Keine Ahnung.«

»Wir müssen da sofort rein, um Pia zu retten«, fuhr ich sie an. »Raoul hat sowieso keine Chance zu entkommen. In ein paar Minuten wird die Polizei hier sein. Also sagen Sie uns, verflucht nochmal, wo der Schlüssel ist!«

Ich benutzte dauernd die Namen Raoul und Pia, weil ich hoffte, damit eine Reaktion bei ihr auszulösen. Aber es war zwecklos. Sie schüttelte nur den Kopf. Entweder war sie eiskalt oder sie stand dermaßen unter Drogen, dass sie nicht mehr begriff, um was es ging.

»Wir rufen ihn an«, schlug Cornfeld vor.

»Was?« Ich war zu sehr mit meinen Gedanken beschäftigt.

Er legte eine Hand auf Renates Schulter. »Er liebt sie, oder?«

Ja, das war eine Möglichkeit. Renate war Götz' Schwachpunkt. Obwohl er wahrscheinlich ahnen würde, dass wir nur leere Drohungen ausstießen.

»Sie hat ein Handy in der Tasche«, sagte Cornfeld. »Wenn er glaubt, dass sie anruft, geht er vielleicht ran.«

Ich stellte die Verbindung her. Nach dem zweiten Klingeln meldete sich Götz mit einem knappen »Renate?«.

Ich hielt ihr das Gerät vor den Mund. »Raoul? Ich bin oben, im Haus.«

»Wieso?«, fragte er überrascht.

»Sie haben mich gezwungen.«

»Und wir werden sie noch zu ganz anderen Dingen zwingen«, redete ich weiter.

»Arschloch!«, brüllte Götz. »Verdammtes Arschloch!«

»Ich schlage dir einen Tausch vor. Pia gegen deine Schwester.«

Götz tobte: »Ich bring dich um. Ich ...«

»Du hast eine Minute«, sagte ich und drückte auf die rote Taste.

Dann trat ich drei Schritte zurück und richtete das Gewehr auf die Tür. Obwohl ich die Waffe mit beiden Händen umklammerte, zitterte der Lauf bedenklich. Falls Götz überhaupt kommen würde, würde er nicht unbewaffnet sein. Vielleicht besaß er keine Schusswaffe, aber ein Samurai-Schwert oder wenigstens einen langen Dolch traute ich ihm zu. Mit bloßen Händen konnten wir dagegen nichts ausrichten. Und im Gewehr steckte nur noch eine einzige Patrone.

Die Sekunden verstrichen. Als hätten wir ein Schweigegelübde abgelegt, sagte keiner ein Wort.

Nach einer gefühlten Zeit von etwa einer Stunde drehte sich der Schlüssel im Schloss. Ich gab Cornfeld ein Zeichen. Er ließ Renate los und riss die Tür auf. Dahinter war ein schwarzes Loch. Götz musste links oder rechts neben der Tür lauern.

»Er hat ein Gewehr!«, schrie Renate.

Je länger ich wartete, desto größer wurde Götz' Vorteil. Ich sprang nach vorn und glaubte, den Umriss eines Schuhs zu erkennen. Fünfzig Prozent plus x, dass er rechts von der Tür stand. Ein Arm mit einer blitzenden Klinge tauchte vor mir auf. Die Klinge traf mich unterhalb des Ellenbogens, aber ich spürte keinen Schmerz. Ich schoss. Das Gute an einem Schrotgewehr ist der Umstand, dass man nicht zielen muss. Götz heulte auf und ließ das Messer fallen.

Der Nachteil von Schrot besteht darin, dass es sich nicht um mannstoppende Munition handelt, wie sie bei der Polizei beliebt ist. Götz war verletzt, aber er war immer noch voller Hass und Energie. Er sprang mich an und ich verlor das Gleichgewicht. Das Blut aus seinen Wunden spritzte mir ins Gesicht, als ich hart auf dem Boden aufschlug. Götz lag auf mir und drückte mir mit beiden Händen die Kehle zu. Ich brauchte viel zu lange, um meine Arme zu befreien. Als ich versuchte, die Daumen in seine Augen zu bohren, schwanden meine Kräfte. Er grinste mich an, dann flog sein Kopf plötzlich zur Seite und er sackte auf mir zusammen.

Renate schrie auf. Ich befreite mich von dem schweren Körper und schnappte nach Luft.

»Der Hund ist ja verdammt zäh«, sagte Cornfeld. Er hielt den Lauf der Schrotflinte wie einen Baseballschläger in der Hand.

Zum ersten Mal war er mir richtig sympathisch.

Pia sah fürchterlich aus. Ihre Augenbraue war aufgeplatzt, das Gesicht voller Blut und geschwollen. Doch das schien sie nicht zu interessieren. Energisch zerrte sie an ihren Fesseln.

»Ihr habt ja ewig gebraucht«, schimpfte sie. »Was habt ihr eigentlich die ganze Zeit gemacht?«

»Kaffee getrunken und Strickmuster getauscht«, sagte Cornfeld. »Übrigens – ich freue mich auch, Sie zu sehen.«

»Ich hätte mich gefreut, Sie früher zu sehen«, antwortete sie.

Offensichtlich hatten die Erlebnisse im Keller ihrer Schlagfertigkeit nicht geschadet.

Ich schnallte die Riemen auf, mit denen sie festgebunden war. »Götz ist erledigt.«

»Und was ist mit Renate?«

»Die pflegt seine Wunden«, sagte Cornfeld.

Mühsam richtete sie sich auf, schwang die Beine über die Bank und kam zum Sitzen.

»Alles in Ordnung?«, fragte ich besorgt.

Sie saß da und starrte auf den Gartengrill, der schräg vor der Streckbank stand.

»Dieses gottverdammte Schwein«, sagte sie leise.

»Was hat er denn …« Ich versuchte, den Sinn der glühenden Kohlen zu begreifen. Bis mir das Brandeisen auffiel. »Hat er dich …«

Sie schüttelte den Kopf.

»Es ist vorbei«, sagte ich leise.

In dem Moment lief ein Zittern durch ihren Körper und sie fing an zu weinen. Ich beugte mich vor, nahm ganz vorsichtig ihr Gesicht zwischen meine Hände und gab ihr einen Kuss.

»Der Krankenwagen wird gleich da sein«, sagte Cornfeld mit viel zu lauter Stimme. »Pia muss dringend ins Krankenhaus.«

Sie riss sich von mir los und lehnte sich zurück.

»Du blutest«, sagte sie.

Erst jetzt bemerkte ich, dass Blut aus meinem Hemdsärmel tropfte.

»Dann haben wir ja schon wieder was gemeinsam.«

Sie lächelte. Und noch während sie lächelte, entgleisten ihre Gesichtszüge. Sie rutschte von der Bank. Cornfeld machte einen Satz nach vorn. Aber da hatte ich Pia schon aufgefangen. Und ließ sie so schnell nicht wieder los.

37

Pia Petry im Valiumrausch

Ich fühle mich, als hätte mir jemand Beton in die Venen gespritzt, als hätten sie mir das Gehirn amputiert und meinen ganzen Körper mit Sandsäcken beschwert. Was auch immer die Ärzte mir gegeben haben, es war eindeutig zu viel. Einen Vorteil haben die Medikamente jedoch. Mir ist alles egal. Auch das, was sich während der letzten vierundzwanzig Stunden ereignet hat. Götz, der Keller, die Folterinstrumente, die glühenden Kohlen. All das hat nichts mit mir zu tun. Über meinen Erinnerungen liegt ein Nebel, der gnädig Distanz schafft zwischen mir und dem Grauen.

Cornfeld sitzt neben meinem Krankenbett, hält meine Hand und sieht mich an wie ein Vater sein verloren geglaubtes Kind.

»Wie fühlen Sie sich?«, fragt er.

»Glänzend«, sage ich müde.

»Die Idee mit dem Handy war klasse.«

»Was?«

»Dass Sie die Wahlwiederholungstaste gedrückt haben.«

»Ah ja.«

Er nickt eifrig. »Ich bin stolz auf Sie.«

Ich schließe die Augen und lasse mich in die Kissen sinken. »Ich bin so wahnsinnig müde.«

Cornfeld streichelt unbeholfen meine Hand.

»Ähm«, sagt er. »Renate …«

»Ja?«

»Renate«, wiederholt er, »Renate würde Sie gerne besuchen.«

»Wieso ist die nicht im Knast?«

»Bis zum Prozess ist sie erst einmal auf freiem Fuß. Und das wird wahrscheinlich auch so bleiben. Mehr als unterlassene Hilfeleistung kann man ihr nicht nachweisen. Und da sie an dem Abend bis zum Anschlag mit Medikamenten voll gepumpt war, wird es auf verminderte Zurechnungsfähigkeit hinauslaufen. Ich denke, sie wird mit einer Bewährungsstrafe davonkommen.«

»Und die Morde?«, frage ich.

»... hat Götz gestanden.«

»Na ja«, sage ich, »wahrscheinlich hat sie nicht gewusst, wie weit er gehen würde.«

»Darf Renate Sie denn hier einmal besuchen? Ich habe den Eindruck, dass ihr das alles wahnsinnig leid tut.«

»Das ist mir völlig egal«, fahre ich ihn an. »Wer mich in einer solchen Situation im Stich lässt ... Wissen Sie«, sage ich und versuche, mich im Bett ein bisschen aufzurichten, »ich werde nie in meinem Leben vergessen, wie sie sich umgedreht hat. Wie sie diese verdammte Treppe hochgegangen und einfach verschwunden ist. Dieses Gefühl von tiefster Verzweiflung, diese Wahnsinnsangst – das werde ich ihr nie verzeihen.«

»Vielleicht«, sagt er, »vielleicht überlegen Sie es sich noch einmal?«

»Wirklich nicht.« Ich entziehe ihm meine Hand. »Was ist eigentlich mit Dracu?«, frage ich.

Cornfeld räuspert sich. »Den hat es auch erwischt.«

»Erwischt?«

»Der ist Götz vor der Averbeck'schen Villa in die Arme gelaufen. Und hat da wohl irgendetwas mitgekriegt oder gesehen ...«

»Was er nicht sehen sollte«, beende ich seinen Satz. »Das heißt, er ist tot?«

Cornfeld nickt.

Ich rolle mich auf die Seite. Das ist alles ein bisschen viel auf einmal. »Ich bin hundemüde«, sage ich leise.

»Soll ich gehen?«

»Gute Idee.«

»Okay.« Er springt auf, dreht sich um und prallt mit Wilsberg zusammen, der gerade das Zimmer betritt.

O Gott, noch ein Retter, denke ich und kann die Augen nur mit Mühe offen halten. Noch einer, der mich halb nackt und blutverschmiert in einem Keller gefunden hat. Da kann ich nur von Herzen dankbar sein für all die chemischen Substanzen, die in meinen Adern zirkulieren und die die Peinlichkeiten meines Lebens auf die Größe unbedeutender Banalitäten reduzieren.

»Hi«, flüstere ich, als Wilsberg an mein Bett tritt.

Er räuspert sich. »Wie geht es dir?«

»Ganz gut.«

Ich versuche zu lächeln, bekomme aber nur eine schiefe Grimasse zustande.

»Deine Augenbraue sieht prima aus«, sagt er. »Wenn die Fäden gezogen sind, sieht man bestimmt nichts mehr.«

Ich nicke und deute auf mein Knie. »Tut weh.«

»Das vergeht.« Lächelnd schaut er auf mich herab.

Und erst jetzt bemerke ich, dass er sich in Schale geschmissen hat, dass er im grauen Anzug mit einem Strauß Blumen vor mir steht und aussieht, als wolle er um meine Hand anhalten.

»Ich habe etwas für dich«, sagt er und wedelt verlegen mit dem Grünzeug vor meiner Nase herum. »Hast du eine Vase?«

»Hier gibt es keine Vasen«, sagt Cornfeld und deutet auf den Mülleimer. »Wie wäre es damit?«

Erschrocken blinzele ich Cornfeld an. Was ist denn in den gefahren?

»Ich kann ja die Schwester fragen«, erwidert Wilsberg mit einem beleidigten Unterton.

»Das mache ich schon.« Cornfeld nimmt ihm die Blumen aus der Hand. »Es ist besser, Sie gehen jetzt«, sagt er. »Pia braucht Ruhe. Die Ärzte haben ihr jede Aufregung verboten.«

Als Wilsberg widersprechen will, mische ich mich ein. »Wisst ihr was«, sage ich. »Am besten ihr geht beide.«

Cornfeld fährt empört zu mir herum. »Pia …«

»Also, tschüss Jungs! Schön, dass ihr da wart, und danke für die Blumen.«

Ich drehe mich zur Wand. Das ist eindeutig. Die beiden verlassen mein Zimmer und kurz darauf schlafe ich ein.

38

Wilsberg kommt zu spät

»Ich verstehe immer noch nicht, warum Götz seine eigene Schwester beinahe umgebracht hat«, sagte Clara Heusken.

»Er wollte sie dafür bestrafen, dass sie ihn nach dem angeblichen Rauschgiftschmuggel genauso missachtet hat wie der Rest der Familie«, antwortete ich.

»Und dann haben sie sich versöhnt?«

»So muss es gewesen sein«, vermutete ich. »Renate hat ihn an dem Abend irgendwie erkannt. Sie haben sich ausgesprochen. Und dann hat Götz beschlossen, Jochen zu erledigen.«

Clara stand auf. Mit ihren kurzen, weißblonden Haaren, dem grauen Kostüm und den scharf geschnittenen Gesichtszügen sah sie aus wie eine toughe Businessfrau, die männlichen Geschäftspartnern den Angstschweiß unter die Achseln treiben konnte. Und im Grunde war das ja auch ihr Job.

»Wie auch immer«, sagte sie. »Münster ist für uns verbrannte Erde. Wir werden woanders einen neuen Club aufmachen, in Hamburg oder Bremen, auf jeden Fall in einer Stadt, in der nicht jeder jeden kennt.«

Auf dem Weg zur Tür strich sie mir wie zufällig über den Rücken. »Schade, wir hätten viel Spaß miteinander haben können.«

»Ja«, sagte ich, »vielleicht.«

»Ich schicke Ihnen eine Einladung, wenn wir unseren neuen Club eröffnen.«

»Was wird Männe dazu sagen?«

»Mit Männe komme ich schon klar. Hauptsache, Sie werden ein bisschen lockerer.«

»Ich werd's versuchen«, versprach ich.

Und dann war sie verschwunden.

»Wow!«, sagte Franka. »Die Frau ist ja ein richtiges Rollkommando.«

»Du solltest sie erst mal mit Nippelschmuck und neunschwänziger Katze sehen.«

»Das hast du ja leider verhindert.«

»Und das war auch richtig so.«

Ich beugte mich vor und schnappte mir die Geldscheine, die Clara auf den Schreibtisch in Frankas Rechtsanwaltskanzlei geblättert hatte. Um die Geschichte auch geschäftlich zu Ende zu bringen, hatte ich Franka gebeten, Clara anzurufen und mit Konsequenzen zu drohen, falls sie nicht bereit sei, das vereinbarte Honorar zu zahlen. Und Clara hatte nicht nur eingewilligt, sie hatte sich auch erboten, die Summe cash auf den Tisch zu legen. Unter der Bedingung, dass ich persönlich anwesend sei. Ich nahm an, dass das mit meiner Ausstrahlung zusammenhing, die speziell auf Dominas unwiderstehlich wirkte.

»Und wie ist es bei der Polizei gelaufen?«, fragte Franka.

»Mies ist noch stark untertrieben. Stürzenbecher macht mich dafür verantwortlich, dass Wegener entkommen ist.«

Franka legte die Stirn in Falten. »Aber er hat mit den Morden doch gar nichts zu tun.«

»Sagen wir mal so: Er hat Götz auf Averbeck gehetzt und dessen Tod billigend in Kauf genommen. Auch den Mord an der Verkäuferin hätte er verhindern können. Beihilfe zum Mord kann man ihm also durchaus vorwerfen. Hinzu kommt, dass nach dem neuesten Stand der Ermittlungen Jochen Averbeck an den betrügerischen Aktionen zum Nachteil der *Meyerink & Co. KG* gar nicht beteiligt war. Die gehen allein auf Wegeners Konto.«

»Was?« Franka machte große Augen. »Averbeck war unschuldig?«

»Nicht ganz. Er hatte Wegener angestiftet, Götz alias Raoul Meyer das Kokain in den Koffer zu legen. Und nachdem

Wegener aus der Firma ausgeschieden war und seine eigene Marketingagentur gegründet hatte, hat Averbeck ihm etliche Aufträge zugeschoben. Aber das reichte Wegener nicht. Er wollte mehr Geld und möglichst wenig dafür tun. Da hat er angefangen, Aufträge zu fingieren und Leistungen abzurechnen, die er nie erbracht hat.«

»Und wie hat er das gedeichselt? Er muss doch dafür einen Komplizen in der Firma gehabt haben.«

»Hatte er auch. Kyoko Kano. Sie hat Dateien manipuliert und Averbecks Unterschrift gefälscht. Zumindest«, schränkte ich ein, »sieht es im Moment so aus. Die Untersuchungen sind noch nicht abgeschlossen.«

»Das verstehe ich nicht«, meinte Franka. »Diese Kyoko hatte einen guten Job und beim alten Meyerink ein Stein im Brett. Warum hat sie das aufs Spiel gesetzt?«

»Sie wäre aus familiendynastischen Gründen nie an Jochen Averbeck vorbeigekommen«, erklärte ich. »Kyoko hatte zwei Ziele: Averbeck abservieren und für die Alterssicherung ein hübsches Sümmchen in der Karibik bunkern. Als die Schiebereien bei einer Betriebsprüfung auffielen, deutete alles darauf hin, dass Averbeck mit Wegener gemeinsame Sache gemacht hatte. Gleichzeitig konnte sich Kyoko sicher sein, dass Wegener sie nicht verpfeifen würde, weil er sich damit selbst geschadet hätte.«

»Das ist cool«, staunte Franka.

»Allerdings gab es einen Haken«, redete ich weiter. »Jochen Averbeck. Kyoko musste fürchten, dass Averbeck ihr auf die Schliche kommen würde. Also hat sie alles darangesetzt, ihn weiter in die Enge zu treiben.«

»Und wie?«

»Indem sie Götz Geschichten über Jochens Affäre mit der Verkäuferin erzählt hat, weil sie wusste, wie sehr er seine Schwester liebt. Und mir hat sie ein paar entscheidende Tipps gegeben, damit ich immer schön auf Jochens Spur bleibe. Das war sozusagen ihr Plan A. Wäre er aufgegangen, hätte Meyerink sie an Jochens Stelle zur Leitenden Geschäftsführerin berufen und sie würde heute so sauber dastehen wie ein frisch gepelltes Ei.«

»Plan A? Heißt das, es gab auch einen Plan B?«

»Ja, den gab es«, räumte ich zerknirscht ein. »Gerade deswegen hat mich Stürzenbecher ja so zusammengeschissen.«

»Sie ist nicht verhaftet worden«, spekulierte Franka.

»Richtig. Sie hat gestern in Schiphol einen Flieger nach Südamerika genommen. Übrigens in Begleitung eines Mannes. Aufgrund der Videoaufnahmen im Flughafen kann man davon ausgehen, dass es sich um Wegener gehandelt hat, mit Perücke und Schnurrbart verkleidet und natürlich mit einem falschen Pass. Leider ging die internationale Fahndung zu spät raus. Als die holländischen Grenzbeamten die Meldung sahen, war das Flugzeug schon in Mexiko gelandet. Dort verliert sich die Spur der beiden.«

Franka lutschte an ihrem Kugelschreiber. »Wer sagt, dass sich Verbrechen nicht lohnt?«

»Ach was.« Ich machte eine wegwerfende Handbewegung. »Ein paar Monate unter Palmen liegen und den ganzen Tag Caipirinha schlürfen mag ja ganz nett sein. Aber dann wird's tödlich langweilig.«

Ich schaute auf meine Uhr. In fünfzehn Minuten fuhr der Zug, den Pia und Cornfeld nach Hamburg nehmen wollten.

»Scheiße!« Ich stemmte mich aus dem Sessel hoch und spürte dabei die Naht, mit der die Ärzte meinen aufgeschlitzten Arm geflickt hatten. »Ich muss weg.«

Ich hätte es noch rechtzeitig geschafft, wenn der Ludgerikreisel nicht durch einen Auffahrunfall lahm gelegt worden wäre. Als ich Pias Handynummer wählte, ging Cornfeld ran.

»Geben Sie mir Pia!«

»Das halte ich für keine gute Idee. Wie ich Ihnen bereits

sagte, ist es für ihren psychischen Zustand nicht gut, wenn sie an die Ereignisse hier in Münster erinnert wird. Und Sie gehören nun mal leider zu diesen Ereignissen.«

»Quatschen Sie keinen Müll, Cornfeld!«

»Wer ist das?«, hörte ich Pias müde Stimme.

»Nur ein Journalist«, sagte Cornfeld und kappte die Verbindung.

Ich fluchte so laut, dass die Mercedesfahrerin neben mir pikiert ihren blond ondulierten Kopf schüttelte.

39

Pia Petry wartet auf einen Anruf

Wilsberg ist nicht gekommen. Ich hatte gehofft, er würde in Münster am Bahnhof auftauchen, um mich und Cornfeld zu verabschieden. Das ist nicht passiert. Offensichtlich hat er mir den Rausschmiss im Krankenhaus übel genommen. Die ersten Tage in Hamburg hat mich das nicht weiter irritiert. Aber je niedriger die Dosis meiner Psychopharmaka wurde, umso größer wurde mein Ärger. Mein Ärger und meine Verunsicherung.

Was die Sache noch unangenehmer macht, ist Cornfelds Eifersucht. Seit dem kurzen, aber heftigen Waffengang in meinem Krankenzimmer ist mein Assistent auf der Hut. Er hat begriffen, dass Wilsberg Konkurrenz ist. Und zwar ernst zu nehmende Konkurrenz. Sollte Wilsberg im Büro anrufen, werde ich das nicht erfahren. Da bin ich mir ziemlich sicher. Mir bleibt nichts anderes übrig, als auf mein Handy zu hoffen. Ich sorge dafür, dass der Akku immer aufgeladen ist, und sehe alle fünf Minuten nach, ob eine SMS oder ein Anruf in Abwesenheit eingegangen ist. Natürlich könnte ich selbst zum Hörer greifen. Aber die Tatsache, dass Wilsberg nicht am Bahnhof erschienen ist, lässt das wenig ratsam erscheinen. Vielleicht hat er unsere Geschichte ja längst abgehakt. Und das möchte ich nicht am Telefon erfahren.

Was war das? Ein Klingelgeräusch!

Meine freudige Erregung schlägt schnell in Enttäuschung um, als mir klar wird, dass es der Tischapparat auf meinem Schreibtisch ist, der bimmelt. Ich humpele ins Arbeitszimmer und hebe ab.

»Sie schon wieder«, sage ich, als ich Cornfelds Stimme höre.

»Ich dachte, ich frage mal, wie es Ihnen geht.«

Das denkt er zurzeit jeden Tag. Als mein Retter glaubt er, ich benötige eine Vierundzwanzig-Stunden-Betreuung. Und bisher habe ich es nicht geschafft, ihn von dieser Idee abzubringen.

»Ich bin okay«, sage ich.

»Wie klappt es mit den Krücken?«

»Ganz gut«, sage ich. »Aber das Knie tut immer noch ziemlich weh und es wird wohl noch eine Weile dauern, bis der Draht aus der Kniescheibe entfernt werden kann.« Dann stelle ich die Frage, die er am wenigsten hören will, die ich mir aber beim besten Willen nicht verkneifen kann: »Hat Wilsberg angerufen?«

»Nein!«

Und dann sagt er nichts mehr. Wir schweigen uns eine Weile an. Und ich höre nichts weiter als das Rauschen und Knistern in der Leitung.

»Wieso ist dieser Wilsberg Ihnen so wichtig? Hatten Sie was mit dem?«, fragt er leise.

»Wie kommen Sie denn auf so einen Schwachsinn?«

»Der ist in Sie verknallt. Das sieht doch ein Blinder mit 'nem Krückstock«, sagt er bockig.

»Dafür kann ich nichts.«

»Tun Sie nur nicht so unschuldig.«

»Jetzt machen Sie aber mal einen Punkt. Was soll ich denn mit so einem Provinzler? Der ist überhaupt nicht mein Typ.«

»Klar«, sagt er. »Deshalb haben Sie auch als Erstes gefragt, ob er angerufen hat.«

»Mein Interesse ist rein beruflicher Natur.«

»Ha, ha.«

»Sie sollten mich besser kennen.«

»Na ja«, sagt Cornfeld und klingt, als würde er mit sich selbst reden. »Beziehungen über eine so weite Distanz funktionieren auf Dauer sowieso nicht. Sie sind einfach nicht der

Typ für Wochenendbeziehungen. Sie setzen sich nicht jahrelang in den Zug und fahren mal eben von Hamburg nach Münster.«

»Wieso?«, frage ich. »Die Fahrt dauert doch nur zwei Stunden und sechzehn Minuten.«

»Was? Woher wissen Sie das so genau? Haben Sie sich etwa schon erkundigt?«

»Das weiß doch jedes Kind«, sage ich und bin froh, dass er nicht sieht, was ich deutlich spüre. Diese ekelhafte Röte, die meinen Hals hochkriecht und sich wie ein Flächenbrand auf meinem Gesicht ausbreitet.

Es bimmelt erneut. Und diesmal ist es mein Handy.

»Ich muss Schluss machen«, sage ich und lege auf.

So schnell ich kann, humpele ich mit meinen Krücken ins Wohnzimmer. Es dauert, bis ich mein Nokia endlich von dem niedrigen Couchtisch geangelt habe. Aber ich habe Glück. Es klingelt immer noch, als ich es endlich in der Hand halte. Auf dem Display erscheint eine Telefonnummer, die mit 0251 anfängt. Das ist, wie ich sehr wohl weiß, die Vorwahl von Münster …

Danksagung

Nein, wir danken nicht unseren Familien. Die haben sich zwar rührend bemüht und jede Menge Rücksicht und Verständnis aufgebracht, aber dafür sind Familien ja schließlich da. Wir danken ebenfalls nicht der Insel Juist, insbesondere dem *Haus Seelust* und dem Hotel *Juister Hof*, die Jürgen Kehrer für zwei Wochen Kost und Logis geboten haben, damit er in der rauen Seeluft dem Werk den letzten Schliff geben konnte. Denn eigentlich hätte er viel mehr arbeiten können, wenn er nicht durch die langen Strandspaziergänge abgelenkt worden wäre. Wir danken auch nicht der Lektorin Ulrike Rodi, die, wie das ihre Art ist, mit viel Geduld und freundlichem Zureden das Buch in eine druckreife Form gebracht hat. Denn immerhin ist das ihr Job.

Nein, wir danken uns gegenseitig. Denn allein hätte es keine/r von uns geschafft, dieses Buch zu schreiben.

Hamburg/Münster, Mai 2005

Petra Würth   Jürgen Kehrer

Wilsberg-Krimis von Jürgen Kehrer

Und die Toten läßt man ruhen
Der erste Wilsberg-Krimi – Vom ZDF verfilmt – ISBN 3-89425-006-2
»Dramaturgisch perfekt bis aufs I-Tüpfelchen« (Leo's Magazin)

In alter Freundschaft
Der zweite Wilsberg-Krimi – Vom ZDF verfilmt – ISBN 3-89425-020-8
Eine minderjährige Ausreißer-Punkie und ein bestohlener Disco-Chef

Gottesgemüse
Der dritte Wilsberg-Krimi ISBN 3-89425-026-7
Wilsberg erlebt den Psychoterror einer fanatischen Sekte.

Kein Fall für Wilsberg
Der vierte Wilsberg-Krimi ISBN 3-89425-039-9
Dubiose Waffengeschäfte und ein Firmenchef mit Doppelleben

Wilsberg und die Wiedertäufer
Der fünfte Wilsberg-Krimi ISBN 3-89425-047-X
»Kommando Jan van Leiden« fordert vom Bischof eine halbe Million.

Schuß und Gegenschuß
Der sechste Wilsberg-Krimi ISBN 3-89425-051-8
Wilsberg im Reality-TV. Nach Drehbeginn kommt es zu schweren Unfällen.

Bären und Bullen
Der siebte Wilsberg-Krimi ISBN 3-89425-065-8
Wilsberg soll Entführung aufklären – was verschweigt Willi?

Das Kappenstein-Projekt
Der achte Wilsberg-Krimi – Vom ZDF verfilmt – ISBN 3-89425-073-9
Wilsberg als Leibwächter der grünen Stadtkämmerin

Das Schapdetten-Virus
Der neunte Wilsberg-Krimi ISBN 3-89425-205-7
Wilsberg bewacht 100 Affen für medizinische Experimente.

Irgendwo da draußen
Der zehnte Wilsberg-Krimi ISBN 3-89425-208-1
Trieben Außerirdische die junge Corinna in den Tod?

Der Minister und das Mädchen
Der elfte Wilsberg-Krimi – Vom ZDF verfilmt – ISBN 3-89425-216-2
Ist der Sohn des Ministers in spe ein Vergewaltiger?

Wilsberg und die Schloss-Vandalen
Der zwölfte Wilsberg-Krimi ISBN 3-89425-237-5
Wer bedroht Schloss Isselburg? Wilsberg stößt auf die Leiche im Keller.

Wilsberg isst vietnamesisch
Der dreizehnte Wilsberg-Krimi – Vom ZDF verfilmt – ISBN 3-89425-262-6
Rätselhafte Mordserie in einem beschaulichen Stadtteil

Wilsberg und der tote Professor
Der vierzehnte Wilsberg-Krimi ISBN 3-89425-272-3
Wilsberg stößt an der Uni auf ein Geflecht von Intrigen.

Wilsberg und die Malerin
Der fünfzehnte Wilsberg-Krimi ISBN 3-89425-280-4
Was hat der rechtspopulistische Politiker mit dem Kunstraub zu tun?